W0218849

10|18
12, avenue d'Italie — Paris XIIIe

Du même auteur
aux Éditions 10/18

LES AUDIENCES DE SIR JOHN, n° 3001
LE FER ET LE FEU, n° 3051

L'ONDE SÉPULCRALE

PAR

BRUCE ALEXANDER

Traduit de l'anglais
par Jean-Noël CHATAIN

10|18

INÉDIT

« Grands Détectives »
dirigé par Jean-Claude Zylberstein

Titre original :
Watery Grave

© Bruce Alexander, 1996
Edité par G.P. Putnam, Inc., New York, N.Y.
Tous droits réservés
Publié avec l'accord de Linda Michaels Limited,
International Literary Agents.
© Éditions 10/18, UGE Poche, 1999,
pour la traduction française.
ISBN 2-264-02570-0

À Tony et Susan Luraschi

NOTE AU LECTEUR

Où des témoins divergent
sur la version des faits

Si vous aviez la bonté de vous y appliquer, vous pourriez tenter d'imaginer une tempête en mer. Mais peut-être, cher lecteur, suis-je par trop exigeant, car à moins d'avoir voué son existence à sillonner les océans et essuyé de violents coups de chien, vous ne sauriez concevoir pareille tourmente, que nombre de marins aguerris qualifièrent de pire qu'ils aient connue.

Au beau milieu de l'après-midi, des nuages viennent obscurcir le ciel, de sorte qu'on jurerait être en pleine nuit. De ces nues se déverse une pluie qui, bien que constante, n'en demeure pas moins imprévisible, car elle tombe parfois en formidables rafales manquant noyer la mer entière, puis sa virulence s'amoindrit pendant quelques minutes, pour mieux exploser en gigantesques trombes d'eau. L'océan décrit alors les dépressions et protubérances d'un paysage prodigieusement vallonné, si bien qu'un vaisseau de taille respectable, une frégate de la marine royale, se voit ballotté de haut en bas, tiraillé à hue et à dia, à l'instar de quelque modeste caisse à savon pourvue de voiles.

Sur le pont de ladite frégate, l'équipage lutte de toutes ses forces pour la maintenir à flot. Vague après vague, le vaisseau se précipite et s'écrase dans les creux, tandis que l'eau afflue et le brimbale de bâbord à tribord, pour mieux l'inonder encore. Les marins restés sous le pont prient, jurent et se tiennent près des échelles, afin de ne pas être les derniers à gagner les canots, si d'aventure le bateau venait à se briser en mille morceaux.

Dans ce spectacle apocalyptique apparaissent deux silhouettes sur la dunette, laquelle, lorsque le navire se soulève à l'extrême, demeure en pareilles circonstances son endroit le plus périlleux. Surgis des cales, nos deux individus se frayent un lent chemin dans cet espace balayé par la bourrasque. Seul l'un d'eux avance de son propre ressort ; il soutient son compagnon, qui, bien que ses pieds foulent le pont, semble à peine marcher. Le duo chemine le plus malaisément du monde. L'homme vigoureux voit sa démarche engourdie sous le poids du second.

Ainsi traversent-ils avec peine la dunette jusqu'à l'échelle de tribord. Mais tandis qu'ils besognent, la frégate plonge alors au creux d'une profonde lame et le plus faible des deux échappe à l'emprise du plus résistant. Le voilà projeté contre la lisse de couronnement, à l'opposé même de l'échelle de tribord. Par miracle, il ne trébuche pas, mais son répit sera de courte durée. Son compagnon lui tend les bras et l'autre disparaît par-dessus bord.

Deux hommes postés sur le gaillard d'arrière seront témoins de ce geste final. Le premier, s'escrimant à la barre, jettera un regard à l'instant crucial et y verra la vaine tentative de retenir l'infortuné marin. Le second, cramponné à la solide corde qui maintient un canon en place, décrira ledit geste comme l'ultime bourrade qui précipita le malchanceux dans l'onde devenue son sépulcre.

Sauveteur ou assassin ? Pareille énigme ne manquera point de nous absorber par la suite. Et jusqu'à ce jour, s'agissant de déterminer si l'acte fut criminel ou non, la question échauffe encore bien des esprits et suscite d'âpres disputes parmi ceux dont elle effleura l'existence.

CHAPITRE PREMIER

Où je fais la connaissance de mon futur demi-frère

Un certain jour de juillet 1769, sir John Fielding m'avait demandé d'accompagner lady Fielding à Tower Wharf, où nous devions accueillir le fils de cette dernière, Tom, qui rentrait au pays après avoir servi pendant presque trois ans à la station navale des Indes. Sir John m'ayant confié que les cérémonies officielles en l'honneur du vaisseau de Sa Majesté l'*Aventure* ne débuteraient point avant midi, nous quittâmes Bow Street avec suffisamment d'avance pour arriver à temps sur les lieux. Pareil horaire empêchait toutefois le magistrat d'assister à l'événement, comme il l'eût souhaité, car il devait alors siéger en son tribunal de Bow Street, ainsi qu'il le faisait quotidiennement, à moins qu'il ne fût souffrant ou que ne survînt quelque circonstance imprévue. Il m'avait donc pris en aparté, m'octroyant une somme idoine de shillings et de pence, et m'avait chargé de conduire lady Fielding à Tower Wharf puis de la ramener, en compagnie de son fils, à Bow Street. Il s'agissait là d'une responsabilité considérable pour l'adolescent de quatorze ans que j'étais alors, mais j'avais grandi de deux ou trois pouces au cours de l'année précédente et ma stature avoisinait désormais celle d'un homme de taille modeste.

Comme nous descendions Tower Hill, le cocher de notre voiture de louage ramena d'un cri ses chevaux au pas.

— Je ne puis vous emmener plus loin, nous lança-t-il. Vous empruntez la passerelle là-bas, ajouta-t-il en pointant l'index devant lui. Traversez et montez l'escalier, puis vous serez au pied de Tower Wharf.

Et ainsi, longeant les fossés sur notre gauche, nous atteignîmes les bords du fleuve, au bas de Tower Hill. J'étais certain que nous n'étions aucunement en retard pour la cérémonie. Pourtant, dans un grand roulement de tambours, soutenu par un joyeux air de fifres et l'appel des clairons, un orchestre invisible se mit à jouer par-delà l'escalier, et lady Fielding partit en trombe pour disparaître en haut des marches. Lorsque je la rattrapai, elle avait rejoint la foule sur le quai et jouait des coudes parmi les badauds, à l'instar de quelque ménagère devant l'étal d'un épicier de Covent Garden.

Couvrant alors le brouhaha et les cris, l'orchestre, qui s'était formé à une dizaine de pas de nous, dans un espace libre et délimité par un cordon, fit un vacarme de tous les diables. Placé parmi les premiers spectateurs, je jouissais d'une vue splendide sur la Tamise. Tel que j'en ai à présent souvenance, je croyais que l'*Aventure* serait fermement amarré le long de Tower Wharf. Mais il n'en était rien. Le vaisseau mouillait à quelque portée en amont du fleuve, voiles ferlées et flammes claquant au vent. Pour une raison bien évidente : le bateau se révélait assurément trop imposant pour le quai. Comme je l'appris plus tard, l'usage voulait que les navires de guerre demeurent à une distance discrète du rivage. On m'avait en outre confié que l'*Aventure* était une frégate. Je savais que la flotte de Sa Majesté englobait des bâtiments plus gros, mais ne pouvais absolument pas en imaginer de tels.

Un canot de bonne taille, manœuvré par huit rameurs, avait quitté la frégate. L'embarcation contenait davantage d'hommes à son bord, tant et plus, en réalité, qu'elle était lente à s'approcher du quai.

— Oh, Jeremy, déclara lady Fielding à mes côtés,

que faire si je ne le reconnais point ? Ce n'était qu'un enfant lorsqu'il est parti. Il m'a tout l'air d'être un homme, à présent, à en croire ses lettres du moins.

— Une mère doit sans nul doute reconnaître son fils, répondis-je, car telle réponse me semblait convenir en la circonstance.

Elle y réfléchit un instant puis, hochant fermement la tête, répliqua :

— Oui... assurément.

Le canot avait disparu en contrebas du quai. Je m'attendais à voir surgir ses passagers d'un instant à l'autre. Toutefois, certaine bienséance devait être observée de prime abord. J'entendis une voix tonitruer depuis le fleuve :

— Autorisation de débarquer.

Un homme en uniforme s'avança sur le quai et, faisant fi de la parole, préféra répondre par de longs coups de sifflet.

Puis, au bout de quelques instants, l'équipage de l'*Aventure* apparut sur le débarcadère. Je supposai qu'ils avaient emprunté une échelle. La foule applaudit à l'apparition de chacun des marins, et c'était en vérité fort approprié, car la scène offrait certes un caractère tant soit peu théâtral. Comme les hommes débarquaient, un à un, ils formèrent une rangée inégale le long du quai. Lorsqu'ils furent tous rassemblés, j'en dénombrai quinze. Debout et arborant la même attitude rigide, ils furent contraints d'attendre qu'un homme corpulent et d'un âge mûr s'avançât pour se placer devant eux.

Il fit un discours de quelques minutes. Donnant de la voix ici et là, il se débrouilla pour s'adresser à la fois aux marins et à la foule venue les accueillir. Vêtu d'un somptueux uniforme, il présentait une face rubiconde et arborait moult médailles et rubans. Sans connaître son rang, je le tins pour un amiral au moins. Le discours dont il nous gratifia, quoique nullement mémorable, louait les hommes se trouvant devant lui, pour avoir protégé les routes commerciales des attaques des pirates et des corsaires. Il cita une vingtaine de combats dont les officiers et les hommes de l'*Aventure* s'étaient admirablement acquittés... les prises de cargaison, le tonnage commercial préservé et ainsi de suite. Tout cela me dépassait, à l'instar, j'en suis sûr, de la plupart des personnes présentes. Il poursuivit cependant et s'adressa alors aux seuls membres de l'équipage, leur rappelant d'accomplir coûte que coûte leurs tâches, en dépit d'apparentes dissensions parmi les officiers et des rumeurs de violents affrontements.

Tout cela me parut passablement étrange et lady Fielding partagea, sembla-t-il, mon sentiment, car nous échangeâmes des regards perplexes devant pareilles remarques. Les hommes demeuraient quant à eux plutôt troublés. Certains osèrent remuer la tête, se dévisageant mutuellement d'un air sombre. Un ou deux affichèrent une franche colère.

— Si quiconque parmi vous dispose de renseignements à ce sujet, reprit l'orateur, je l'invite à se faire connaître.

Il attendit. Nul ne se détacha du rang.

— À votre guise, dit-il. Mais sachez que mon bureau est ouvert à tout un chacun. Ce qu'on viendra me confier en privé restera secret.

Il fit une nouvelle pause, sans doute pour donner du poids à ses propos, puis poursuivit :

— Par ailleurs, je souhaitais vous remercier pour votre devoir accompli envers votre bâtiment, votre roi et votre pays. Nous sommes fiers de vous. Maître d'équipage ?

Comme l'homme au sifflet s'approchait pour officier de nouveau, l'orateur s'avança et fendit la rangée de marins pour disparaître par la même échelle que ces derniers avaient empruntée. Je le vis une dernière fois assis à bord du canot, manœuvré par ses huit rameurs, qui regagnait la frégate.

Cela me parut bizarre. Tout aussi bizarre, par ailleurs, qu'il n'eût point fait mention du capitaine, comme une autre personne envers laquelle les marins avaient accompli leur devoir.

Le maître d'équipage donna encore du sifflet et l'orchestre se remit à jouer. Sur ces entrefaites, j'oubliai soudain tout ce qui m'avait semblé étrange, bizarre ou déroutant dans ce que j'avais vu ou entendu, car les marins se mêlaient à la foule. Dans la cohue, je faillis être renversé et m'écartai malgré moi de lady Fielding.

Lorsque je parvins à la situer, elle avait rejoint un jeune homme au teint plutôt clair et qui devait me dépasser alors de quelques pouces. Il dominait assurément sa mère, laquelle était encore plus petite que moi, mais cela ne l'empêchait pas de l'enlacer et de l'étreindre si fort que je crus bel et bien qu'elle l'étoufferait. Ce qui ne gênait point le garçon. Riant et souriant sous les transports maternels, il s'en libéra enfin et, tenant fermement les mains de lady Fielding dans les siennes, il se mit à lui parler avec le plus grand sérieux. Elle lui répondit avec passion, libérant une main pour essuyer les larmes qu'elle versait. J'assistai certes à la scène de visu mais n'en perçus aucune parole, jugeant plus opportun de me tenir à distance respectueuse d'un événement aussi émouvant, jusqu'à ce qu'on sollicitât ma présence. Pendant tout ce temps, l'orchestre continuait à jouer.

Deux soirs plus tôt à peine, lady Fielding m'avait confié que la dernière fois qu'elle avait vu son fils, Tom, c'était à l'Old Bailey[1]. Lorsqu'on l'avait emmené hors du tribunal, en compagnie de deux autres adolescents, elle était alors certaine — puisque le juge l'avait déclaré — qu'il serait pendu.

Je me souviens que nous étions dans la cuisine, en train de boire une dernière tasse de thé. Mme Gredge, cuisinière et gouvernante de la maison, s'était retirée

1. Cour d'assises de Londres. (*N.d.T.*)

pour la nuit. Sir John se trouvait à l'étage au-dessous, s'entretenant de quelque affaire en compagnie de M. Bailey, le capitaine des sergents de ville. Bien que je connusse le passé du fils de lady Fielding, grâce à sir John, elle n'en avait jamais discuté avec moi jusque-là, tant elle avait peine à l'évoquer.

— Tu peux me croire, Jeremy, m'avait-elle confié, si je te dis que lorsque j'ai vu qu'ils emmenaient mon fils, mon unique enfant, enchaîné, vers une mort certaine... *alors*, mon cher jeune ami, j'ai vécu l'instant le plus sombre de mon existence. Ce n'était qu'un garçonnet, plus jeune que tu ne l'es aujourd'hui, et on allait mettre un terme à sa vie... pour quelle raison? Pour quelques shillings, une livre tout au plus, qu'il avait l'intention de me donner, à moi, sa mère, afin que nous ne mourions pas de faim. En toute honnêteté, ma vie m'importait peu alors. Non, je souhaitais mourir et j'aurais, j'en suis sûre, mis fin à mes jours si Jack ne s'était point trouvé là.

Elle faisait allusion à sir John. Car ainsi l'appelait-elle, à l'instar de la première lady Fielding durant les quelques semaines où je fis sa connaissance, avant qu'elle ne passât de vie à trépas.

De toute urgence, sir John Fielding avait alors adressé une requête au président de la Haute Cour de justice, afin qu'on épargnât la vie des trois adolescents, compte tenu de leur jeunesse, le plus âgé ayant à peine quatorze ans. Il s'était débrouillé pour sauver d'autres très jeunes gens qui, en contrepartie, s'étaient engagés dans la marine royale. La reine Charlotte en personne avait exprimé sa régalienne approbation eu égard à cette manière de clémence, de même que le roi avait manifesté sa gratitude envers le magistrat du tribunal de Bow Street, en le faisant chevalier. Aussi le président de la Haute Cour était-il bien préparé lorsque sir John lui présenta sa doléance, arguments à l'appui; mais il s'y opposa avec force.

Il la refusa non point par pure opiniâtreté ou sécheresse de sentiments, mais parce que, au cours du cambriolage, des blessures avaient été infligées à la victime, un boutiquier. Comme ce dernier avait résisté, l'aîné des adolescents lui avait assené de grands coups, à l'aide d'une matraque qu'il tenait en main. Le malheureux commerçant eut une blessure ouverte au crâne et la jambe brisée. Bien sûr, il ne put les poursuivre, mais les garçons, effrayés par leur propre méfait, s'étaient enfuis de la boutique. Il n'en fallut pas davantage pour qu'on criât haro sur eux, et la police les appréhenda.

En définitive, deux des délinquants juvéniles durent leur salut au témoignage du négociant. À l'audience, il affirma que les deux plus jeunes étaient absolument horrifiés par le geste de leur aîné et lui avaient arraché la matraque des mains, avant qu'il ne blessât davantage le pauvre homme. Devant le président de la Haute Cour, sir John avait indiqué que l'attitude des deux garçons, en dépit de leur participation au cambriolage, les disculpait des dommages corporels infligés au boutiquier. À contrecœur, le haut magistrat avait reconnu que l'argument n'était pas sans valeur, puis signé l'injonction remettant Jonah Falkirk et Thomas Durham au service de la marine royale. Ainsi furent-ils sauvés. John Dickey, âgé de quatorze ans, fut pendu à Tyburn, deux jours après que ses compagnons eurent embarqué de Portsmouth, à bord du vaisseau de Sa Majesté, l'*Aventure*.

J'avais appris tout cela de la bouche même de sir John, mais durant l'année où lady Fielding et moi avions vécu sous le même toit, elle n'avait jamais fait directement allusion à l'affaire et jamais à vrai dire exprimé ses sentiments en la matière jusqu'à cette récente soirée, à l'office, autour d'une tasse de thé. Elle avait alors à peine poursuivi plus avant, en expliquant que sir John ne l'avait informée de ses efforts en faveur de son fils qu'une fois ceux-ci couronnés de succès.

— Il ne désirait pas susciter en moi de faux espoirs,

si d'aventure ils venaient à s'envoler en fumée, me dit-elle. Cela valait sans doute mieux, encore qu'il se fût ravisé s'il eût connu l'ampleur de mon désespoir. Toutefois, lorsqu'il m'a mandée à Bow Street pour m'informer de sa réussite — partielle, s'il en est —, ce fut pour moi comme une renaissance, une nouvelle raison de vivre. C'est le geste le plus affable qu'un homme ait jamais pu accomplir envers un enfant et sa mère.

Elle se tut alors pendant plus d'une minute, si longtemps, en vérité, que je me levai de table, rassemblai ma tasse et la théière vide, m'apprêtant à les laver.

Elle reprit néanmoins la parole une dernière fois :

— Et quand je songe que ce même brave homme, gentil et généreux m'a prise pour épouse, bien qu'il ait eu connaissance de mon passé, il s'agit là, à mes yeux, d'un merveilleux coup du sort. Nul ne saurait, Jeremy, deviner ce que le destin nous réserve.

— Je suis bien placé pour le savoir, répondis-je.

Elle me gratifia alors du plus grave des sourires.

— Tu dois le savoir, en effet, admit-elle.

Nous avions eu cette conversation deux soirs plus tôt. Aussi comment allais-je interrompre ses retrouvailles avec son fils au Tower Wharf ? Je me tins donc à l'écart, jusqu'à ce que lady Fielding jetât un regard à la ronde, se demandant visiblement où j'avais pu passer.

Ce fut à ce moment-là seulement que je m'approchai. Le quai se vidait prestement. Les hommes d'équipage descendus à terre formèrent une file d'attente devant un officier assis à une table, sur le débarcadère même.

— Je dois faire la queue pour percevoir ma solde, déclara Tom à sa mère, sinon je peux faire une croix sur mes trois années de service.

— Vas-y, Tom, lui répondit-elle. Jeremy se chargera de récupérer notre voiture et je t'attendrai ici.

Il sourit en hochant la tête, tout en reculant vers la file d'attente.

— Jeremy, prends mon sac de marin avec toi. C'est mon seul bagage, ajouta-t-il à mon adresse, en désignant l'objet à mes pieds.

Je dois reconnaître au crédit de lady Fielding qu'elle s'avança alors en disant :

— Tom, Jeremy n'est point un domestique. Je te prie de lui adresser ta requête avec politesse et je suis certaine qu'il sera ravi d'y accéder.

— Oh, tu peux t'en charger, maman. Arrange-toi avec lui. Je dois aller quérir ma solde et mon ordre de permission.

À ces mots, il nous laissa pour prendre place dans la queue.

Si je n'étais pas un serviteur, qu'étais-je, en réalité ? Trop heureux d'en faire partie, je m'interrogeais rarement sur ma place au sein de la maisonnée de sir John Fielding, magistrat au tribunal de Bow Street. Il était tout à la fois mon maître et mon ami depuis ce jour, voilà un peu plus d'un an, où moi, Jeremy Proctor, j'avais comparu devant lui, accusé à tort de larcin. Bien qu'il fût aveugle, il avait percé à jour les mensonges proférés par ceux qui avaient témoigné à mon encontre, avant de m'accueillir, alors que j'étais orphelin, en qualité d'aide en son foyer et son tribunal, voire d'assistant oculaire occasionnel dans ses enquêtes criminelles.

La plupart du temps, il me traitait comme un enfant adoptif. Sur son lit de mort, la première lady Fielding avait exprimé le souhait que je devinsse un bon fils pour lui. Kate Durham, que j'avais connue et appréciée comme amie avant son mariage avec sir John, se montrait moins maternelle à mon endroit. En qualité de seconde lady Fielding, elle me prodiguait de bons conseils, de l'amitié et témoignait d'un intérêt constant pour mon bien-être. Ce fut elle qui suggéra que je reprenne le chemin de l'école. Selon son époux, je n'en avais nullement besoin, tant que je continuais à lire avec la même voracité dont j'avais fait preuve jusque-là. Elle s'occupa toutefois de mes lectures, orienta mes choix, me questionna sur le contenu de chaque ouvrage que je venais d'achever, me demandant de rédiger des compositions sur divers sujets. Elle se montrait aussi exigeante que n'importe quel maître d'école ou tuteur, si j'ose dire.

Quant à mes tâches ménagères, ce n'était que justice de prêter main-forte à Mme Gredge, laquelle était devenue plus impotente depuis un an et plus grincheuse, de surcroît. Et j'étais heureux de rendre quelque service que sir John exigeât de moi en sa fonction officielle. J'avais des missives à quérir et à porter, ainsi qu'une kyrielle d'autres tâches que leur diversité m'empêche d'énumérer. J'étais, comme il me surnomma un jour, en proie à une humeur joviale, son « Vendredi ». Ayant lu *Robinson Crusoé* de Defoe à moult reprises, malgré mon jeune âge, j'acceptai l'allusion de bonne grâce, sachant que Vendredi était un travailleur volontaire et ingénieux.

Ainsi demeurais-je, un peu moins qu'un fils et un peu plus qu'un domestique. L'ordre que m'avait donné Tom Durham et la preste réaction de sa mère ne faisaient que me rappeler ma place mal définie. Je n'attendis pas que lady Fielding s'arrangeât avec moi, comme il le lui avait demandé, mais ramassai, sourire aux lèvres, le bagage, qui n'était ni lourd ni encombrant, et quittai le quai en direction de Tower Hill.

— Je réglerai cela avec Tom, me lança lady Fielding dans mon dos.

Je me retournai, toujours souriant, et lui fis un signe de la main en guise de réponse. Tout en agissant ainsi, je nourris l'espoir qu'une fois qu'elle aurait réglé le différend avec son fils, elle pût de même clarifier la situation avec moi.

Les douze derniers mois que venait de vivre le magistrat du tribunal de Bow Street s'étaient avérés pour le moins riches en événements. Non seulement il avait tendu un piège aux auteurs du « grand massacre de Grub Street[1] », ainsi que le qualifiaient journaux et gazettes, mais il avait en outre épousé la veuve Durham à Saint-Paul, Covent Garden. Dans les mois qui suivirent, la quiétude et la tranquillité caractérisèrent leur vie commune, que ni la rancœur ni la discorde ne vinrent gâcher. Ils souriaient fréquemment, toujours l'un à l'autre, et passaient de longues soirées dans la pénombre du bureau de sir John. Ils reçurent peu de visiteurs, et personne ne regretta ceux qui ne leur rendirent point visite.

Les seules difficultés qui avaient surgi furent causées par Mme Gredge, la cuisinière. J'ai dit plus haut qu'elle était devenue plus invalide et plus grincheuse. « Acariâtre » conviendrait mieux. Elle entrait dans de longues périodes de bouderies, puis cédait à des accès de colère, en général à mon endroit, ce qui ne me blessait point, puisque j'étais accoutumé à ses manières. Mais à deux ou trois reprises, lady Fielding fit les frais de ses invectives et, en ces moments-là, peu de choses parvenaient à apaiser la cuisinière. Elle semblait s'indigner du moindre changement s'opérant dans la direction de la maisonnée, quand bien même elle en tirât quelque avantage. Sa conduite déroutait sir John, et il me confia qu'il pensait qu'elle nourrissait une certaine hostilité à l'endroit de la seconde lady Fielding, compte tenu de sa loyauté envers la première. Pour ma part, il me semblait qu'on ne pouvait guère remédier à pareille situation.

Mais le jour de l'arrivée de Tom, il fut à peine question de Mme Gredge lorsque, comme de coutume, je lui rendis visite en son cabinet, après sa séance au tribunal. En réponse à mes coups frappés à l'huis, il me cria d'entrer. Je le découvris comme à son habitude en la circonstance, gilet déboutonné, perruque ôtée et posée sur la table derrière laquelle il était assis, et les deux pieds sur une chaise voisine.

1. Voir *Le Fer et le Feu*, 10/18, n° 3051.

— Eh bien, Jeremy, dit-il. Est-ce toi qui t'en viens quérir quelque tâche ?

— Tout à fait, monsieur.

— Tu es débarrassé de Mme Gredge pour la journée ?

— Assurément, répondis-je. Elle m'a chassé de l'office, tant elle était affairée par les préparatifs du souper.

— Si tôt ? Nous ne souperons certainement pas avant trois ou quatre heures.

— Il semble qu'elle ait nombre de plats à cuire au four, avant même qu'elle ne songe à préparer le repas proprement dit. Ou du moins est-ce ce qu'elle m'a confié avant de me chasser de la cuisine.

— Ah... les mystères de l'art culinaire ! Et qu'en est-il de la mère et du fils ? Leurs retrouvailles se passent-elles agréablement ?

— Le mieux du monde. Ils sont en grande discussion au salon.

— Et tout s'est bien déroulé à Tower Wharf ?

— Oh oui, monsieur. Il y avait une fanfare et quelqu'un, qui devait être amiral à tout le moins, nous a gratifiés d'un discours. Oh, c'était en vérité une grande cérémonie !

— Et quel était le nom de cet amiral, Jeremy ?

— Je ne saurais vous le dire, monsieur. Il n'a point décliné son identité.

Sir John rit à cette réplique.

— Certes, le contraire m'eût étonné. Mais dis-moi, mon garçon, a-t-il déclaré quoi que ce soit qui t'a paru étrange ou inhabituel ?

Comment diable pouvait-il s'en douter ?

— Eh bien... oui, ou du moins cela m'a-t-il semblé bizarre au moment du discours. Il a fait allusion à un événement connu de lui et de l'équipage, mais pas du reste d'entre nous. Il a parlé de dissensions au sein des officiers et de violentes attaques. Il a demandé à quiconque ayant des renseignements à ce sujet de se faire connaître. Comme personne n'a réagi, il leur a dit que son bureau leur demeurerait ouvert et que tout ce qu'on lui confierait en privé serait tenu secret.

— Jusqu'à la cour martiale, bien sûr, répliqua le magistrat comme à part lui.

— Comment... sir John ?

— Oh... rien.

Pendant quelques instants, il demeura silencieux, la tête immobile, mais posa les pieds par terre et se pencha légèrement en avant vers moi.

— Tout à l'heure, reprit-il, tu as utilisé une expression qui, me semble-t-il, n'était pas dénuée de sens. Tu as dit que Kate et son fils étaient en grande discussion. As-tu la moindre idée quant à la nature de cette conversation ?

— Mais, sir John, la porte du salon était close. Je n'aurais pas osé écouter à l'huis.

— Bien sûr que non. Je ne le tolérerais pas. Mais n'ont-ils point échangé quelque propos, avant de fermer la porte, disons librement, en ta présence... un propos qui puisse nous éclairer sur la teneur de leur discussion ?

— Eh bien...

Le sujet me mettait mal à l'aise. C'était comme si j'espionnais ou quelque chose d'approchant.

— Ce que tu me confieras en privé gardera le sceau du secret, déclara-t-il.

— Jusqu'à la cour martiale ? m'enquis-je, peut-être avec une once d'impudence.

Il en rit de nouveau.

— Oh, oh ! Tu as donc entendu ce que je marmonnais, n'est-ce pas ? Eh bien, je t'assure, Jeremy, que tu ne comparaîtras pas en cour martiale. Si j'ai de bonnes raisons de te poser cette question, ma requête n'est pas le fruit d'une vile curiosité.

Je fus évidemment convaincu par ses paroles. Aussi, non point contre mon gré mais sans grand enthousiasme, je lui rapportai une conversation qui avait eu lieu dans le fiacre, durant notre trajet de retour à Bow Street ; lady Fielding proposant à Tom de lui acheter de nouveaux vêtements et lui répliquant fermement par la négative. Je citai alors Tom : « Je suis un marin, après tout, et fier de l'être » et déclarai à sir John que lady Fielding avait conclu en disant à son fils qu'ils en reparleraient plus tard.

Le magistrat écouta avec la même attention dont il eût fait montre au tribunal, sans le moindre changement d'expression notoire et en se ménageant un instant de réflexion, une fois que j'eus fini. Puis il frappa la table de sa main avec une telle force que sa perruque en tressauta.

— Ha ! triompha-t-il. Exactement ce que je pensais ! Je l'ai dit à Kate, je lui ai dit et redit qu'une fois que ce gaillard aurait goûté à l'eau de mer, il ne reviendrait plus de bonne grâce sur le plancher des vaches. Mais étant sa mère, nul doute qu'elle aura vu les choses à sa manière, lui aura vanté les mérites d'une vie à terre, aura même supposé qu'il puisse retourner à Westminster, comme un brave petit écolier. Balivernes ! Ce garçon a seize ans, c'est presque un homme... sans doute plus homme, grand Dieu, que n'importe quel employé ou secrétaire de la Cité. Comment le trouves-tu, Jeremy ?

— Je vous demande pardon, monsieur ?

— Que penses-tu de Tom Durham ? Quel genre d'individu est-ce ?

— Oh... eh bien, c'est un brave garçon.

— Est-il viril ?

— Il est assez grand.

— Eh bien, certes... à son âge, il doit l'être, mais que dire de ses manières ? Sa voix ? Son comportement ?

— Il a une voix grave, monsieur.

Ce dont j'étais conscient, pour mon plus grand désarroi, car à l'époque la mienne se révélait parfois des moins fiables ; je n'étais jamais certain de l'octave qui s'échapperait de ma bouche, lorsque je m'apprêtais à parler.

— Présente-t-il l'attitude de quelqu'un qui commande ?

Je songeai à la facilité avec laquelle Tom m'avait ordonné de porter ses affaires à notre fiacre.

— Oui, monsieur, répondis-je, je ne puis dire le contraire.

Puis j'ajoutai, hésitant :

— Et... son langage est véritablement celui d'un jeune homme, mâtiné de toutes sortes de termes de marine. Il s'exprime de façon un peu fruste, mais comme le ferait un gentleman.

— Ah ! fit sir John. Excellent, excellent.

Ses doigts pianotèrent sur le bureau et son visage s'anima, tandis qu'il réfléchissait intensément à quelque sujet concernant à l'évidence Tom Durham. N'eût été le bandeau de soie noire qui lui recouvrait les yeux, j'eusse imaginé que ceux-ci étincelaient d'enthousiasme. Manifestement, il avait un plan.

— Vous allez le rencontrer bientôt ? demandai-je.

— Pas pour l'heure, non. Selon moi, mieux vaut les laisser conclure leur conversation. Ensuite, Kate souhaitera peut-être prêter l'oreille à mon projet.

Il tâtonna la table et y trouva une missive assez épaisse... scellée et prête à être portée.

— Ceci est destiné au président de la Haute Cour de justice, déclara-t-il. Tu sais te rendre à Bloomsbury Square, bien sûr.

Je lui pris la lettre des mains. Nul doute que je connaissais le chemin : je me rendais à l'impressionnante résidence du comte de Mansfield une ou deux fois par semaine.

— Attendez-vous une réponse ? m'enquis-je.

— Non, aucune, répondit-il avant de fouiller dans la volumineuse poche de son habit, d'où il sortit quelques pièces, qu'il palpa afin d'en estimer la valeur.

M'offrant toute la poignée, il ajouta :

— Prends ceci et profite pleinement de ton après-midi. Va donc dans Grub Street et achète-toi un livre ou deux. Fais ce que bon te semble, Jeremy.

Il me tendit vivement l'argent et je l'acceptai.

— Merci, sir John, dis-je. Je crois que je vais suivre vos conseils à la lettre.

— Nous devons simplement mettre en place un système d'émoluments réguliers. Rappelle-le-moi à l'occasion, je te prie.

— Oh, je n'y manquerai point, sir John !

— Va-t'en, à présent, mais sois de retour pour le souper.

Mon après-midi se déroula de telle sorte que je rentrai après dix-sept heures à peine sonnées, pour trouver Mme Gredge en proie à une vive agitation. Sans trop savoir que faire, elle courait d'un côté à l'autre de l'office, tout en s'essuyant les mains sur son tablier.

— Oh, Jeremy ! Où étais-tu, mon garçon ? J'avais tant besoin de toi !

— Mais vous m'avez donné congé ! Vous m'avez chassé, à vrai dire.

Elle soupira :

— Je l'ai sans doute fait, avoua-t-elle. Cependant, quand j'ai besoin de toi, j'ai besoin de toi.

— Que voulez-vous donc, madame Gredge ?

— Tu dois mettre le rôti au four. J'ai fait un grand feu. C'est prêt pour la cuisson, mais je crains de ne point avoir la force de m'en charger.

— Ouvrez-moi simplement les portes du fourneau, madame Gredge, et je ferai le nécessaire.

Elle s'approcha prestement du four et, à l'aide d'un gros torchon épais, s'exécuta. Le feu était en effet bien fort... point trop, espérais-je, pour que la viande fût cuite à point. Quant au rôt, je savais qu'il n'était pas aussi lourd qu'elle le prétendait. Je l'avais moi-même acheté à l'étal de M. Tolliver et rapporté à la maison. J'étais certain qu'elle pouvait le soulever, dans son plat en fer garni de pommes de terre, car je l'avais vue porter des fardeaux plus lourds. Je me demandai à quel jeu elle pouvait bien se livrer.

Je m'abstins toutefois de la contrarier et lui demandai seulement pourquoi elle n'avait pas requis l'assistance de Tom Durham en mon absence.

Sa réponse me frappa par sa singularité :

— Oh, je ne ferais point une chose pareille ! Le souper de ce soir n'est-il pas en l'honneur du jeune gentleman ?

Songeant qu'elle me demanderait de sortir du four ce que j'y avais mis, je pris donc place dans un coin de l'office, ouvris le livre que j'avais acheté chez Boyer, dans Grub Street, et m'installai pour le lire. Mme Gredge continua à vaquer de-ci de-là, de la manière la plus gênante qui fût, s'acquittant des nombreuses autres tâches qui devaient être accomplies. Sir John monta enfin du rez-de-chaussée, où il avait eu une longue discussion avec M. Marsden, le greffier du tribunal. Nous gratifiant d'un salut de pure forme, il traversa la salle à manger pour gagner le salon.

L'ouvrage que j'avais en main n'était autre que le *Voyage autour du monde* de lord Anson[1]... une édition ancienne, acquise à bon prix. Lady Fielding m'avait exhorté à parfaire mes connaissances eu égard à la géographie du monde. Quant à sir John, il semblait vivement aspirer à ce que je me documente davantage sur l'univers marin. Le livre traitant assez longuement de la Chine, il m'offrirait peut-être l'opportunité de discuter avec Tom Durham ; je l'espérais du moins, car nous n'avions en effet guère de choses en commun, semblait-il. Je n'avais lu que le prologue, rédigé par le véritable auteur de l'ouvrage, un certain Richard Walter,

1. Amiral britannique (1697-1762) qui accomplit le tour du monde, lors d'une expédition contre les Espagnols. Il contribua au développement de la Royal Navy et son ouvrage connut un grand succès au XVIIIe siècle. (*N.d.T.*)

chapelain du *Centurion*, le vaisseau à bord duquel la traversée avait été accomplie, lorsque, pour mon plus grand étonnement, Mme Gredge s'agrippa à la table où j'étais assis, se mit à pousser un cri évoquant une sorte de gémissement et se laissa littéralement choir sur la chaise voisine de la mienne, cherchant sa respiration comme si elle eût été à l'agonie.

Avait-elle perdu connaissance ? Était-ce une attaque d'apoplexie ? Je n'en avais aucune idée. Que devais-je faire ? N'ayant rien trouvé de mieux, je lui apportai un verre d'eau. Nul doute que cela pourrait l'aider. Je lui demandai d'en boire une gorgée. Elle m'obligea et, d'un ton plaintif, exprima son désir de parler à sir John. À ces mots, je me précipitai aussitôt dans le salon. J'en heurtai l'huis d'une main impérieuse, l'ouvris à la volée et annonçai que Mme Gredge était prise d'un malaise.

Tout le monde se rua alors sur la cuisine en m'emboîtant le pas.

— S'est-elle évanouie ?

— Est-elle tombée par terre ?

En la voyant, la tête ballant par-dessus le dossier de la chaise et les mains nouées vainement sur ses genoux, lady Fielding se précipita vers elle en s'exclamant :

— Pauvre de vous, qu'est-ce qui vous a fait choir de la sorte ?

— Mes forces m'ont manqué, répondit la gouvernante d'une voix qui trahissait sa faiblesse. Sir John ?

— Je suis là, madame Gredge.

— Je crois que je devrais me mettre au lit. Jeremy peut-il m'aider à monter ?

— Certainement, dit-il. Jeremy et Tom vous emmèneront là-haut.

Nous nous débrouillâmes tant bien que mal pour la transporter jusqu'à l'étage au-dessus et revînmes prestement à l'office.

J'y fus accueilli par deux visages sévères et sombres.

— Jeremy, commença sir John, n'as-tu point perçu

les signes avant-coureurs que Mme Gredge était sur le point de défaillir ?

— Aucun, monsieur, répondis-je. Elle s'agitait ici et là dans la cuisine, jusqu'au moment où elle s'est affalée sur la chaise.

— Et où te trouvais-tu alors ?

— Ici même, à cette table.

— Qu'y faisais-tu, je te prie ?

— Je lisais, j'ai... pensé qu'il valait mieux demeurer à proximité, au cas où elle aurait encore besoin de moi.

— *Encore* besoin de toi ? Explique-toi, veux-tu ? reprit le magistrat d'une voix des plus solennelles.

C'était le ton qu'il employait au tribunal. Nul ne pouvait y résister.

Je pris une profonde respiration et lui dis la vérité :

— Elle m'avait demandé de mettre le rôti au four, craignant de ne point avoir la force de s'en charger.

— Et n'as-tu pas interprété cela comme le signe d'un affaiblissement ?

De nouveau, ce ton grave, et j'étais si effrayé que je crus ne plus pouvoir parler, alors que je savais qu'il m'était impossible de m'y soustraire.

— À ce moment-là, déclarai-je enfin, j'ai pris cela pour un simulacre. Je ne puis que constater mon erreur, à présent.

— Et pourquoi as-tu pensé cela, Jeremy ? s'enquit lady Fielding.

— Parce que je l'ai souvent vue soulever des fardeaux plus lourds, jusqu'à une période récente.

— Je suis certain, dit sir John, que tu saisis la faille dans ton raisonnement.

— Tout à fait, monsieur.

— Eh bien, va quérir le médecin, ce dénommé Carr, qui a soigné Kate — c'est-à-dire lady Fielding — il y a quelque temps.

— Bien, monsieur, répondis-je et, saisissant mon couvre-chef, je gagnai hâtivement la porte.

Ce fut alors qu'à ma grande surprise Tom Durham s'avança et leur dit :

— Je crois que je vais accompagner Jeremy. J'ai grand besoin de me dégourdir les jambes à l'heure qu'il est.

Et en trois enjambées, il m'avait rejoint.

Sur ces entrefaites, nous nous mîmes en route sans plus tarder; j'ouvris la marche, en passant devant le sergent Baker et la chambre de sûreté déserte, traversant ensuite le corridor, avant de franchir la porte s'ouvrant sur Bow Street. Nous n'échangeâmes aucune parole pendant quelques instants, tandis que nous gagnions Drury Lane, où était sis le cabinet d'Amos Carr.

— Il y a quelque chose que je souhaitais te dire, finit par me déclarer Tom.

— Oh? fis-je en marchant du même pas que lui. Et de quoi s'agit-il?

— Tu ne dois pas prendre ombrage de leur conduite envers toi. Lorsque les choses vont mal, les gens cherchent quelqu'un à blâmer. C'est tout à fait naturel. Je suis sûr que cela s'est passé comme tu l'as dit, que tu es resté auprès d'elle pour l'aider. On m'a réprimandé par deux fois à bord de l'*Aventure*, simplement parce que j'étais le premier à portée de main. Elle n'est plus toute jeune, cette daronne qu'on a transportée en haut de l'escalier. Ce genre de malaise risquait fort de lui arriver.

— Tu n'as pas tort en ce qui concerne Mme Gredge. J'en suis certain.

— Et comment! déclara-t-il avec assurance. Ce sont des gens honnêtes, ma mère et ton sir John. Et tu as eu raison de leur répondre avec honnêteté. Ils vont réfléchir à la conversation que vous avez eue et à l'état de santé de la vieille folle. Tu ne te feras point tirer l'oreille, cette fois-ci. Tu peux me faire confiance.

Amos Carr examina Mme Gredge et diagnostiqua son attaque subite comme résultant simplement de la fatigue; il lui prescrivit de rester alitée. En quittant la maison, il demanda son âge mais personne ne parut le connaître.

— Quoi qu'il en soit, déclara-t-il, elle n'est plus dans sa prime jeunesse. Cela crève les yeux. Elle ne saurait œuvrer comme elle le fit jadis.

Il sourit d'un air circonspect, apparemment convaincu d'avoir prodigué sa grande sagesse à nous autres auditeurs.

— Cela fera cinq shillings, sir John, ajouta-t-il.

Tout en le raccompagnant jusqu'à la porte, le magistrat plongea la main dans sa poche, lui régla ses honoraires et manqua le faire sortir à bras-le-corps.

— Remarquable ! s'écria-t-il à notre adresse. Cinq shillings pour nous annoncer que Mme Gredge a besoin de repos ! Eh bien, suivez-moi et attablons-nous enfin pour le souper.

Mais avant que nous eussions passé à table, lady Fielding m'avait pris à part et parlé tranquillement à l'office.

— Jeremy, dit-elle, nous avons l'impression de t'avoir par trop sévèrement traité. Tu as veillé sur elle. Sir John est le premier à admettre que c'est une femme peu commode. Elle a ses manies, comme nous tous, je ne t'apprends rien. Quoi qu'il en soit, sir John et moi reconnaissons que ta façon de réagir n'a point été aussi déraisonnable que nous l'avons jugée de prime abord. Après tout, tu es demeuré en cuisine. Tu étais là pour nous informer de son malaise. En ton absence, qui sait combien de temps elle aurait souffert sans que nous soyons au courant.

Tom Durham, qui avait entendu sa mère de bout en bout, bien qu'il n'en laissât rien paraître, ne me fit aucun commentaire, si ce n'est lorsqu'elle s'éloigna de moi et lui tourna le dos, où il me gratifia d'un prodigieux clin d'œil.

J'apportai le rôti et constatai qu'il n'avait point fière allure. Dans son état précaire, Mme Gredge avait espéré hâter les choses en faisant un feu qui aurait certainement brûlé toute la bâtisse du 4 Bow Street, s'il n'avait été contenu en notre solide fourneau de cuisine. En conséquence, la viande se révélait calcinée et noire sur le dessus et presque crue à l'intérieur. J'en fis le premier la découverte car ce fut à moi qu'incomba la tâche de la découper. Lady Fielding se confondit en excuses, encore que ni sir John ni Tom Durham n'aient semblé lui faire le moindre reproche.

Le premier, après une ou deux raisonnables bouchées, qualifia le rôt de : « bonne pièce de bœuf anglais », en ajoutant :

— Il est quasiment impossible de gâcher un aussi beau morceau. C'est toi qui l'as choisi, n'est-ce pas, Jeremy ?

— En effet, monsieur.

— Bien, mon garçon, tu as fait un bon choix.

Quant à Tom, il parut pour ainsi dire aux anges :

— J'avais presque oublié la saveur du bœuf à l'état brut, déclara-t-il au comble de l'enthousiasme, tellement cela fait longtemps que je dois le supporter sous sa forme salée. Jeremy, veux-tu m'en couper une autre tranche, s'il te plaît ? Une épaisse, hein ?

Il n'avait fait qu'une bouchée de la première, à dire vrai. Je m'attelai à la tâche et lui tranchai un joli morceau.

— Kate, ma chérie, ces garçons ont-ils du vin pour arroser le tout ?

— Suffisamment, j'en suis certaine, répondit-elle.

— Eh bien, remplis leurs verres. En quoi cela peut-il leur faire du mal ?

Résignée, elle s'exécuta.

— Je puis t'assurer, Tom Durham, que j'ai souvenance de la saveur du bœuf salé, de même que de sa consistance, déclara le magistrat.

— Dur comme du caillou !

Et tous les deux rirent de bon cœur, comme s'ils avaient partagé quelque bonne boutade.

— Vous avez donc pris la mer, sir John ? s'enquit Tom.

— Tout à fait !

— Au service de Sa Majesté ?

— À bord du *Résolu*, soixante-dix canons, désormais en cale sèche.

— Mais racontez-nous donc, monsieur. Quand était-ce ?

Sir John écarta le sujet d'un geste de la main :

— Il y a bien trop longtemps pour qu'il m'en souvienne, répliqua-t-il. Je préférerais de loin que tu évoques tant soit peu ton expérience. L'*Aventure* avait pour mission de protéger la navigation aux Indes orientales, n'est-ce pas ?

— Oui, monsieur.

— Mais les Indiens sont armés, bien armés, n'est-ce pas ? Ne peuvent-ils point se protéger eux-mêmes ?

— La Compagnie des Indes orientales a demandé de l'aide. L'*Aventure* la lui a accordée, déclara Tom non sans fierté. Corsaires, pirates, frégates, sloops, grabs. Tout ce que nous ne pouvions saisir, nous le laissions couler, monsieur.

— Voilà un compte rendu qui me semble convenable. Tu dois me fournir des détails, à présent. Mais avant tout, dis-moi, Tom, que diable signifie « grab » ?

— Ah ! Cela nécessite d'abord quelques explications, puis je vous conterai une histoire.

— Eh bien, explique et livre-nous ton récit.

Sir John se pencha en avant avec impatience, vida son verre de vin et le leva en direction de lady Fielding pour qu'elle le lui remplît à nouveau.

— Un grab, commença Tom, est une sorte de galère — dotée de rames et de voiles — de taille modeste, peu armée, et dont raffolent les pirates angriens[1]. À vrai dire, cela contient tout au plus quelques petits canons

1. Allusion probable de l'auteur au royaume imaginaire d'Angria, créé par Charlotte Brontë (1816-1855) et son frère Branwell Patrick Brontë (1817-1848), et dont la chronique est relatée dans les *Juvenilia* (publiées en France en 1972). (*N.d.T.*)

pivotants, moins d'une cinquantaine d'hommes à bord. Mais ils opèrent en flotte de cinq ou six, parfois davantage, le long de la côte de Malabar. Ils vous accostent sous vos propres canons et s'apprêtent à aborder. C'est ainsi qu'ils ont capturé deux Indiens. À présent, voici mon histoire...

— Je suis sur des charbons ardents !

— Nous naviguions non loin des côtes, la nuit tombait... et je n'étais guère plus âgé que Jeremy ici présent. Nous avons contourné une pointe de terre protégeant une crique, ou une petite baie... et nous les avons trouvés en train de nous guetter. Tout à coup, voilà que ces grabs nous assaillent de toutes parts, six au total. En un éclair, ils étaient sous nos canons et nos propres canons pivotants ne s'avéraient donc d'aucune utilité.

— Qu'avez-vous fait, alors ?

À tâtons, sir John saisit son verre de vin. Il avala une grande lampée de bordeaux, tandis que Tom le tenait en haleine.

— Nous les avons combattus, pardi ! Nous les avons combattus !

Il s'ensuivit un récit des plus alertes de la bataille, où certains passages nous parvinrent pêle-mêle avec moult détails au milieu d'une intrigue compliquée évoquant quelque bric-à-brac. Fourchette et couteau en main, Tom fendait l'air de côté et d'autre, gesticulant comme un beau diable au-dessus de sa tranche de bœuf. Il se laissa entraîner par la narration de son histoire... le feu constant des mousquets des fusiliers marins, les lourds couperets distribués hâtivement à l'équipage, les coups de pistolet, la détermination absolue, la bravoure inébranlable. Bien que j'eusse lu de tels récits, je n'en avais jamais entendu de la bouche de qui que ce fût. Je vivais donc avec excitation chacun des instants qu'il décrivait. Sir John prêtait lui aussi une oreille attentive, fasciné par la fin glorieuse de l'épisode, où tous ceux qui avaient abordé l'*Aventure* trouvèrent la mort ou furent capturés. Quant aux grabs à bord desquels ils avaient accosté le vaisseau, ils brûlèrent à la dérive dans la nuit, encore qu'un ou deux aient pu battre en retraite, mais le pavillon britannique flottait toujours, haut et fier.

Pendant le récit de Tom, j'avais nonobstant lancé un regard sur sa mère qui n'affichait aucun enthousiasme ou fascination. Mâchoires serrées, elle plissait les lèvres, et son visage trahissait une sévère désapprobation.

Lorsqu'on parvint enfin au terme de l'histoire, je ne fus donc qu'à demi surpris — contrairement à Tom et à sir John, semblait-il — lorsque lady Fielding se leva et déclara qu'elle allait se coucher.

— Je crains que toutes les émotions que nous avons vécues aujourd'hui ne m'aient épuisée, dit-elle. Jeremy, tu débarrasseras la table ?

Je lui en fis la promesse, ajoutant que je me chargerais également de laver les plats.

— Eh bien, bonne nuit, Jack, Tom. Veillez aussi longtemps que vous le souhaitez. Je constate que vous avez beaucoup de choses à vous dire.

Alors qu'elle prenait congé, nous nous levâmes tous les trois. Tom s'avança vers elle et déposa un baiser sur sa joue, puis lui murmura quelques mots à l'oreille tandis qu'elle quittait la salle à manger.

En reprenant nos places, nous demeurâmes quelques instants silencieux, jusqu'à ce que Tom Durham finît par reprendre la parole.

— Je crains d'être la cause de son départ, déclara-t-il.

— Ton histoire ? hasarda sir John. Je l'ai trouvée excellente.

— L'histoire... oui, sans doute... mais plus encore mon refus de demeurer à terre, comme elle m'en prie instamment. J'ai l'intention d'embarquer derechef à bord de l'*Aventure*. Elle croit pouvoir me retenir ici à force de persuasion, dans l'espoir que vous, sir John, puissiez régler cela avec la marine. Je me suis engagé pour sept ans, et je m'en trouve fort chançard. À ce propos, je ne vous en ai jamais remercié, je ne vous remercierai jamais assez, du reste. Mais engagement ou pas, j'allais reprendre la mer. Telle est la vie qui me convient.

— Ta mère m'en a touché deux mots pendant que Jeremy et toi étiez partis quérir le médecin.

— Vous comprenez peut-être mieux qu'elle ce que j'éprouve.

— Oh, je comprends cela fort bien ! répondit sir John.

— Compte tendu de vos états de service en mer, bien sûr, dit Tom.

— En effet, admit le magistrat. Je conserve de ces années mes plus beaux souvenirs. Mais dis-moi, qu'est devenu cet autre garçon qui s'est embarqué avec toi sur l'*Aventure* ? Il s'appelait Jonah Falkirk, si je ne m'abuse.

— C'est cela, oui. J'ai le regret de vous dire qu'il est mort au cours de la bataille contre les Angriens dont je vous ai fait le récit. Bien que je ne me sois pas trouvé à ses côtés pendant le combat, on m'a dit qu'il s'est vaillamment conduit.

Tom hésita un instant, puis ajouta :

— J'ai pensé qu'il valait mieux ne point y faire allusion en présence de ma mère.

— Excellente initiative, commenta sir John. Mais écoute-moi, Tom Durham, j'ai un projet à te soumettre. En premier lieu, as-tu été rendu à la terre comme simple mousse ?

— Non point, monsieur, on m'a nommé matelot peu après le combat contre les grabs. Vers la fin, avec nombre de lascars[1] de l'équipage, je suis passé gabier de misaine[2].

1. Du persan *laškar*, armée, camp, employé aussi pour désigner un soldat. Le terme a désigné un soldat hindou, puis un matelot hindou naviguant dans l'océan Indien. (*N.d.T.*)

2. Matelot autrefois préposé aux voiles et au gréement. (*N.d.T.*)

— Gabier de misaine, dis-tu ? Eh bien ! Je trouve cela admirable, Tom. Je loue ton avancement. Et c'est précisément de cela que je souhaitais parler, ton avancement. Il est peut-être en mon pouvoir de t'obtenir une affectation au poste d'aspirant. Qu'en dirais-tu, mon garçon ?

Tom Durham n'en croyait pas ses oreilles.

— Les mots me manquent pour... bredouilla-t-il, puis il se tut pour réfléchir au projet.

— Une carrière d'officier s'ouvrira alors à toi, reprit le magistrat. Tu auras l'avantage de ton âge, de ta maturité et de ton expérience en qualité de marin à bord d'une frégate. Mais je n'irai point quérir pour toi un poste d'aspirant, si telle n'est ta volonté exprimée de vive voix en ma présence.

— Oh, monsieur, c'est certainement mon vœu le plus cher ! répliqua Tom Durham. N'ayez aucun doute en la matière. Mon seul souci est le suivant : si vous pouviez effectivement m'obtenir un poste d'aspirant, je ne souhaiterais point rembarquer en cette qualité à bord de l'*Aventure*.

— Je te comprends tout à fait, Tom, et je trouve ton attitude fort honorable. Tu ne désires point te retrouver à un poste de commandement, aussi modeste soit-il, supérieur à tes anciens camarades simples marins... c'est tout à fait louable.

— Mais pensez-vous que la marine me confiera le poste d'aspirant avec mon... mon passé ?

— C'est mon problème, après tout. Rappelle-toi, je t'ai dit que cela était *peut-être* en mon pouvoir. Je ne t'ai rien promis. Avant toutes choses, je devais néanmoins savoir si tu accepterais une telle aubaine, au cas où elle te serait offerte.

— Je l'accepterais, monsieur, et vous en saurais fort gré.

— Cette étape étant franchie, je puis agir. À propos, je crois que cela tranquilliserait considérablement ta mère de te savoir aspirant. Nul doute qu'elle pense à tort qu'un officier — aussi jeune soit-il dans ses fonctions — demeure davantage en sécurité à bord d'un bâtiment que les simples membres de l'équipage, en particulier lors d'une bataille.

Tom Durham eut alors un sourire entendu, eu égard à des connaissances que je n'avais point et que je n'aurais jamais, en vérité.

— Nul doute, en effet, sir John.

— Cela la rassurerait quelque peu et la rendrait fière de toi.

Puis, hochant la tête avec ostentation, le magistrat ajouta :

— Je vais voir ce que je puis faire. Mais j'ai encore une question, ou peut-être plusieurs, à te poser.

— J'y répondrai du mieux que je le puis.

— J'en suis certain.

Il tapota la table, comme s'il cherchait la meilleure façon d'aborder le problème. Tandis qu'il agissait ainsi, Tom me décocha un regard interrogateur, auquel je répondis par un hochement de tête rassurant. Enfin, sir John revint sur le sujet qu'il avait laissé en suspens :

— Il n'est point coutumier pour un vaisseau tel que l'*Aventure* de rentrer au bassin de Tower Wharf, après presque trois ans en Orient. Sais-tu pourquoi vous vous êtes mis à quai à Londres et non point à Portsmouth ?

— Un jour plus tôt, répondit Tom, je vous aurais répondu non. Mais hier au soir, une nouvelle des plus étonnantes a circulé sur le gaillard d'avant. À savoir, monsieur, que l'un de nos officiers, le lieutenant de vaisseau Landon, avait été consigné et comparaîtrait en cour martiale.

— Quelles sont les charges qui pèsent sur lui ?

— Un meurtre... le meurtre du capitaine de l'*Aventure*.

Sir John parut tant soit peu interloqué par la réponse.

— Meurtre, dis-tu ? répéta-t-il. Et quand celui-ci est-il censé avoir eu lieu ?

— L'affaire nous a semblé à tous pour le moins singulière. Le capitaine a basculé par-dessus bord, lors d'une violente tempête voilà plus de deux ans. Jusqu'ici, on considérait l'événement comme s'agissant d'une mort accidentelle.

— Et pourquoi plus maintenant? Qu'est-ce qui a changé?

— Nous n'en savons guère plus, si ce n'est que le lieutenant Hartsell a déposé une plainte à l'encontre du lieutenant Landon, un officier apprécié de tous, un homme honnête.

— Et qui est le lieutenant Hartsell?

— Ah oui, j'oubliais, bien sûr... navré, monsieur. C'est le premier officier à bord de l'*Aventure*, où il a fait fonction de capitaine suppléant.

— L'équipage ne l'apprécie point autant?

— Le lieutenant Hartsell ne jouit pas de la même popularité, déclara Tom, nous laissant l'impression qu'il eût pu en dire davantage.

— Je vois. Jeremy m'a raconté qu'au débarquement à Tower Wharf, ce fut un officier de très haut rang qui présida la cérémonie du retour à terre.

— C'était l'amiral sir Robert Redmond, monsieur.

— Et il a demandé à quiconque ayant des renseignements sur cette affaire de se faire connaître. Nul n'a accédé à sa requête, selon Jeremy.

— Pour la bonne raison, monsieur, qu'aucun d'entre nous ne sait quoi que ce soit, ou du moins est-ce ce que je crois. Aucune rumeur n'a circulé au moment de la mort du capitaine, aucun soupçon n'a été murmuré en cachette. Nous ne nous attendions pas du tout à cette nouvelle.

Sir John se tut, se bornant à approcher son verre de la carafe posée non loin de moi, afin que je le lui remplisse. Je m'exécutai. Il sirota le vin et attendit, comme s'il avait presque espéré entendre d'autres confidences de la part de Tom. Mais le jeune marin n'avait manifestement plus rien à dire.

— Tom, déclara le magistrat au bout d'un long

moment, cela t'intéressera peut-être de savoir que sir Robert m'a écrit au sujet de cette affaire, en sollicitant mon opinion. Il s'est cependant montré avare de détails. En discutant avec toi, je découvre, par exemple, qu'une plainte pour meurtre a été déposée. Il a simplement fait allusion à un pénible événement survenu à bord de l'*Aventure*, lequel serait susceptible d'aboutir à la cour martiale qu'il devrait présider. Lui et moi sommes de vieux amis. Nous étions camarades de bord sur le *Résolu*. Comme je le disais, il a demandé mon aide. J'ignore encore ce que cela entraînera, mais eu égard à notre amitié, je ne puis m'y soustraire. Jeremy et moi irons lui rendre visite demain après-midi, à Tower Hill.

— Vraiment, sir John ? m'exclamai-je, éberlué.

— Tout à fait, confirma-t-il. Je crains d'avoir eu la négligence de ne t'en point faire part, mais tu viendras volontiers ?

— Certainement, monsieur, oh ! certainement.

Peu de temps après, alors qu'ils poursuivaient leur conversation, j'entrepris de débarrasser la table, sachant que si je ne m'en chargeais pas aussitôt, je serais incapable de tenir ma promesse à l'endroit de lady Fielding. Le peu de vin que j'avais avalé me montait à la tête et, s'il ne m'avait certes point enivré, une puissante torpeur m'envahissait.

J'enlevai donc les assiettes, ainsi que le rôti presque entièrement consommé, ne laissant que les verres de vin devant Tom et sir John. Quand j'achevai de desservir la table, le jeune marin était en train de déboucher l'une des bouteilles de bordeaux de la réserve, tout en relatant la capture d'un corsaire le long de la dangereuse côte de Coromandel. Il racontait l'histoire avec la même fougue dont il avait fait montre dans son récit de la bataille contre les grabs.

Je me débrouillai tant bien que mal pour laver la vaisselle, ou la plupart des plats, car j'en laissai une partie pour le lendemain. Et alors que je passais en traînant les pieds devant la salle à manger, je les entendis parler encore, sir John mêlant sa voix à celle de Tom, pour le questionner sur quelque détail concernant l'armement ou autre. Sir John était avide de pareilles histoires. Je ne lui connaissais point une telle passion à l'écoute d'autrui.

Avec le recul du temps, tandis que je rapporte ces faits une trentaine d'années plus tard, il paraît étrange qu'une affaire, qui suscita plus de controverses et de querelles que la moindre des enquêtes menées par sir John, eût commencé ainsi, au cœur de la vie domestique et familiale... lors d'un souper de fête en l'honneur d'un des membres de la maisonnée. Mais ainsi va la vie qu'aucun d'entre nous ne saurait deviner quand ou comment débutent les grands événements de notre existence, ni même si, une fois qu'ils se sont déroulés, ils auront une bonne ou une mauvaise influence sur nous. On peut certes affirmer que sir John lui-même fut profondément affecté par la série d'occurrences qui débuta furtivement ce jour-là. Longtemps après, il en parla encore non sans une vive amertume. De mon point de vue, toutefois, s'il y perdit quelque chose, il y gagna également beaucoup, car l'on tire toujours profit de pouvoir méditer sur sa propre existence, d'en évaluer les mérites et de réfléchir à ce qui, dans son passé, doit être mis à l'écart.

CHAPITRE II

Où les amitiés se renouent et sont mises à l'épreuve

J'ignore l'heure à laquelle Tom alla se coucher, mais en me levant le lendemain matin, je découvris qu'il partageait mon lit. N'ayant nul besoin de le réveiller, je me faufilai doucement hors de la courtepointe, me vêtis à la hâte et quittai la pièce en silence, laissant la porte entrebâillée derrière moi. Selon toute vraisemblance, autant de précautions m'étaient inutiles, car mon compagnon de lit dormait aussi profondément qu'un être vivant puisse dormir, à moins d'avoir sombré dans le repos éternel.

Souliers en main, je poursuivis toutefois mon chemin et descendis l'escalier à pas feutrés, en me déplaçant sur la pointe des pieds. La plupart du temps, j'étais le premier debout dans la maisonnée. Il m'incombait régulièrement d'allumer le feu pour Mme Gredge. Eu égard à sa soudaine incapacité, laquelle fut confirmée par le bruit d'une respiration difficile en provenance de sa chambre, j'avais décidé ce matin-là de préparer le déjeuner à sa place. Pourtant, qui d'autre que lady Fielding ne découvris-je point en train d'œuvrer au fourneau ? Elle s'affairait à l'office avec la plus grande efficacité qui fût, s'acquittant des diverses tâches nécessaires à la préparation du premier repas. À en juger par l'avancement de son ouvrage, il me sembla qu'elle s'y était attelée depuis près d'une heure.

— Me suis-je levé aussi tard ? m'enquis-je en sa présence, tout en me frottant les yeux. Quelle heure est-il ?

— Non, non, répondit-elle, rien de la sorte. Je me suis réveillée tôt et j'ai pensé me rendre utile, tout simplement... comme tu l'as fait hier au soir.

— Pardon, madame ?

— Pour la vaisselle, je veux dire.

— Ah... oui, fis-je dans un haussement d'épaules. Je m'en acquitte toujours pour Mme Gredge.

— En ce qui me concerne, j'étais des plus ravies de voir le travail accompli.

Puis elle frappa dans ses mains, comme si elle avait formulé un ordre :

— Mais assieds-toi, Jeremy. Mange ton porridge. Prends une tasse de thé. Ensuite, si tu le veux bien, tu pourras apporter un plateau à notre cuisinière souffrante.

Je m'assis donc et mangeai mon content. Elle me servit du pain et du porridge, garnissant l'un et l'autre d'un généreux morceau de beurre. Puis elle me versa une tasse de thé, s'en servit une et s'attabla pour me regarder me restaurer. C'était une attitude pour le moins curieuse, mais si cela me causa quelque embarras, nul doute qu'elle avait plaisir à me voir manger.

— Ce porridge n'a jamais été aussi bon, déclarai-je, espérant ainsi complimenter ses efforts.

— Allons, Jeremy. Le porridge, ce n'est que du porridge. Tu peux le beurrer et le saler à ta guise, ce que j'ai moi-même fait... mais on ne peut guère faire autre chose pour lui donner de la saveur.

Elle ajouta ensuite, comme pour se rédimer :

— J'admets cependant que c'est un bonheur de te voir te régaler autant. Mon jeune Tom en faisait de même il n'y a pas si longtemps. Ce n'est plus mon jeune Tom, désormais, soupira-t-elle.

— A-t-il tellement changé ?

Elle eut un petit mouvement de tête décidé :

— Tout à fait. Point tant pour le pire ou le meilleur... il est simplement différent, à tel point que je le reconnais à peine. Je crois que Jack le comprend mieux que moi, à présent... or moi, après tout, je suis la mère de Tom. *Et toi*, Jeremy !

Elle fit un grand geste en pointant l'index vers moi. Que voulait-elle dire ? Qu'avais-je donc fait ?

— Oui, madame ?

— Tu le comprends probablement mieux aussi.

— Dans quelle mesure ?

— Eh bien... tu dois me le dire. Est-ce que *toi*, tu peux comprendre pourquoi il a tant hâte de s'embarquer de nouveau sur ce... vaisseau ?

— L'*Aventure* ?

— Peu importe son nom. Pourquoi souhaite-t-il y retourner ?

— Si j'ai bien saisi ce qu'il a dit, commençai-je, ce n'est point tant le bateau qui l'attire, ni ceux qui sont à bord, mais plutôt la vie en mer qui l'enfièvre autant.

— Mais, *pourquoi* ?

— Ma foi, madame... les rigueurs de la vie au grand air, les dangers, l'occasion de prouver qu'il est un homme.

— Un *homme* ! répliqua-t-elle dans un rire dépourvu de gaieté. Il n'est qu'un enfant. Je ne comprends pas — et je n'ai jamais compris, du reste — cette ardeur incontrôlée à vouloir devenir adulte, cet amour du danger. Il se peut, ajouta-t-elle d'un air songeur, que ni Tom ni les autres ne puissent s'en empêcher... qu'à une certaine période de son existence, chaque garçon éprouve le besoin de se lancer à la poursuite de je ne sais quelle fantaisie, dont l'aboutissement ferait de lui un homme, qu'il s'agisse d'une folie guerrière, intellectuelle ou charn...

Elle s'interrompit, comme en proie à quelque découverte subite.

— Jeremy ? dit-elle.

— Oui, madame ?

— Je me demande si tu voudrais bien me rendre un service particulier ?

— Avec plaisir.

— Je dispose d'un monceau de vêtements, entassés pêle-mêle et collectés par mes soins pour le Foyer Marie-Madeleine. Peut-être pourras-tu m'aider à les déposer dans un fiacre. Ces dames n'auront aucune peine à les décharger, j'en suis certaine. J'avais l'intention de demander à Tom de m'aider et de m'accompagner, afin qu'il ait quelque idée de ce à quoi je m'emploie depuis l'année qui s'est écoulée. Mais pourquoi ne pas le laisser dormir, n'est-ce pas ? Je présume qu'il était profondément enfoui dans les bras de Morphée, quand tu l'as quitté ?

— Oh, certes oui ! Il reposait du sommeil du juste.

— Parfait, déclara-t-elle. Eh bien, après avoir porté son plateau à Mme Gredge, j'aimerais que tu descendes dans Bow Street et que tu hèles une voiture de louage. Demande au cocher de se placer devant la porte, afin que nous puissions charger le fiacre ensemble. Inutile même de faire mention du Foyer à Tom.

Le Foyer Marie-Madeleine pour prostituées repenties avait vu le jour voilà presque un an et devait conjointement son existence à sir John et à lady Fielding. Si l'idée venait d'elle, le projet avait pu prendre corps grâce à la vitalité et à l'organisation pratique dont il avait, lui, fait preuve. Moi-même y avais modestement contribué, car qui d'autre que moi avait porté aux quatre coins de la ville les missives dans lesquelles sir John quémandait des fonds ?

Ce fut donc ainsi qu'on diffusa le projet et qu'on rassembla l'argent. Si ces premiers donateurs ne firent sans doute point pleuvoir les guinées sur sir John et lady Katherine, ils se montrèrent nonobstant assez généreux afin qu'on acquît une bâtisse et la reconstruisît à l'intérieur, selon les vœux de lady Fielding, qu'on engageât quelques employés et qu'on en ouvrît enfin les portes. En vérité, nombre de gens étaient curieux de savoir ce qu'il adviendrait de l'endroit, avant de manifester la volonté de débourser avec libéralité pour le soutenir. La plupart, autant les dames que les messieurs, semblaient remettre en question l'existence même de prostituées *repenties*... ainsi le bruit courait-il que le lieu demeurerait vide. Procédant du même principe, les fripouilles affirmaient le contraire, en déclarant que le Foyer Marie-Madeleine deviendrait sans nul doute le bordel le plus bondé de Londres.

Aucune des deux prédictions, bien entendu, ne s'avéra. Il existait effectivement, et il existe toujours, des prostituées repenties, car le refuge eut tôt fait de se remplir et, même si aucune de ses résidentes n'y demeure plus d'un an, il affiche encore complet à ce jour. Il ne s'agit point, comme certains se plaisent à le qualifier aujourd'hui, d'un club pour femmes déchues. Lady Fielding insista pour qu'il accueillît celles qui abandonneraient leur vie sur le trottoir, si on leur en offrait l'occasion. Si elles disposaient d'un métier ou d'autres moyens de gagner de l'argent, tous les efforts seraient faits pour les placer en situation de pouvoir subvenir à leurs besoins ; ce qui fut toujours accompli en quelques mois. Si elles n'avaient aucun métier à leur actif, on leur en enseignait alors un et elles effectuaient un apprentissage rudimentaire durant leur séjour au Foyer Marie-Madeleine ; après tout, rares sont les professions exercées par les femmes en ce bas monde qu'on ne saurait apprendre en une année.

Ce fut donc au Foyer, sis dans Westminster, que lady Fielding se rendrait ce matin-là. Je fis venir le fiacre au numéro 4 de Bow Street puis, sans l'aide aucune du cocher, j'entrepris d'y déposer la grosse pile de robes, jupes et autres chemises que j'avais remontées du cellier. Il ne restait guère de place pour lady Fielding, lorsqu'elle apparut enfin, s'excusant de son retard et me comblant de remerciements pour m'être acquitté de la tâche sans son assistance (que j'aurais de toute façon déclinée).

— Je serai absente une grande partie de la journée,

annonça-t-elle. Je souhaite m'informer auprès de ces dames du Foyer, pour savoir si l'une d'entre elles pourrait venir nous prêter main-forte à l'office.

— Mme Gredge peut être bientôt sur pied.

— Tout comme elle risque de ne l'être point, soupira-t-elle. Ma foi, Jeremy, inutile de parler de tout cela à Tom. Contente-toi de dire que je serai de retour dès que je le pourrai. Je suis certaine que tu veilleras à ce qu'il ne s'ennuie pas.

— Je ferai de mon mieux, bien sûr.

— Et à ce qu'il ne s'attire pas d'ennuis.

À ce sujet, je ne lui fis aucune promesse, mais me bornai à agiter la main en signe d'au revoir, tandis qu'elle grimpait dans la voiture et que l'attelage s'ébranlait.

— Tu dois m'en dire davantage au sujet de cet endroit, déclara Tom Durham. Une demeure charitable pour les jeunes femmes, dis-tu ? Est-ce que j'ai bien compris ?

— Je pense que je ne devrais pas t'en dire plus, répondis-je.

— Oh ! Et pourquoi ?

— Parce que ta mère souhaite que tu ne sois pas au courant de son existence.

À ces mots, il partit d'un fort glapissement amusé, puis continua à marcher en silence avec moi pendant un long moment.

C'était lui qui avait eu l'idée, après tout, de partir se baguenauder dans Covent Garden. Je fis quelques emplettes eu égard à une liste que m'avait confiée lady Fielding... des légumes pour le ragoût qu'elle préparerait avec les restes du rôti. Mais nous avions occupé le plus clair de notre temps dans le quartier à errer sans but précis d'un bout à l'autre de la grande place. Ce qui le satisfaisait.

Comme je m'y attendais, ses nippes de marin causaient quelque émoi parmi les arsouilles et les garçons désœuvrés. Ils l'interpellaient et lui se bornait à sourire, en faisant signe de la main. L'un d'entre eux se planta devant nous et tenta d'exécuter les pas d'une matelote, comme en guise de salut goguenard à l'endroit de Tom, lequel s'empressa de lui montrer à son tour comment la danse devait correctement s'effectuer. Les femmes de la rue attiraient également son attention, par leurs appels, leurs cris, leurs bribes de ritournelles et autres invitations ostensibles. Ce à quoi il demeurait tranquillement insensible. Bref, il provoquait sans nul doute quelque agitation.

— Ah, Jeremy, dit-il (après qu'une d'entre elles l'eut sollicité le plus chaleureusement du monde... une brune aux yeux bleus), je suppose que je devrais choisir la plus jolie du lot et conclure cette sinistre affaire. J'ai l'argent pour m'en acquitter. Et Dieu sait que ce n'est pas l'envie qui me manque !

Quelle ne fut pas ma déception ! J'avais supposé Tom bien plus au fait que moi des choses de la chair, et espéré qu'il pût parfaire mes connaissances, voire me prodiguer éventuellement quelques conseils dans ces domaines ô combien complexes. Mais je pouvais assurément compatir à sa situation et à son attitude, tant celles-ci ressemblaient aux miennes.

Je répondis toutefois à sa plainte d'une manière familière :

— Qu'est-ce qui t'en empêche donc ?

— Le manque d'occasion, je suppose.

Comment cela était-il possible ? La moitié des femmes faciles semblait avoir élu domicile ici, à Covent Garden, et dans les rues avoisinantes.

— Et la vérole, ajouta Tom. Autant te le confier, j'ai peur de la vérole.

— Je partage la même frayeur, avouai-je, d'un ton à peine supérieur à celui d'un murmure.

— Ma foi, que *fais-tu* donc, alors ?

On eût dit que ce gaillard de seize printemps demandait conseil au gamin de quatorze ans que j'étais.

Sa question s'avérait si directe qu'elle ne laissait place ni à l'équivoque ni au faux-fuyant. Je n'avais d'autre choix que de recourir à la vérité :

— Je m'abstiens, j'en ai bien peur.

— C'est ce que j'ai fait, moi aussi, je le crains. Mes compagnons de carré me tiennent pour un phénomène. Le médecin de bord a insisté pour m'examiner. En haut lieu, on a même insinué certaines choses à mon endroit. Et tout cela parce que j'avais refusé d'accompagner mes camarades lors d'une triste expédition dans un bordel de Bombay, d'où tous les trois sont revenus vérolés, en vérité. C'est étrange, ne trouves-tu pas, que ma mère veuille me tenir à l'écart de son refuge pour jeunes femmes et jeunes filles, parce qu'elle me tient pour je ne sais quel loup vorace, prêt à fondre sur ses pauvres brebis ?

— Allons, je crois que tu te trompes à son sujet, répliquai-je.

— Qu'as-tu à en dire, alors ?

— Elles ne sont pas des brebis, et ta mère le sait pertinemment. Peut-être qu'elle craint de les voir, *elles*, fondre sur *toi*. Tu es son fils, après tout. Elle souhaite te tenir à l'écart du danger... à tout prix.

— Eh bien, je suis d'accord sur ce dernier point, déclara Tom. À tout prix, certainement.

Après avoir sillonné Covent Garden de part en part, nous finîmes par faire une pause devant la colonne, qui se dressait alors au centre même de la place, mais qui ne s'y trouve plus aujourd'hui. Tout en devisant, nous nous adossâmes contre la base du monument, mais aussi exaltés que fussent nos déboires, nous les évoquions à voix basse. En vérité, à nous observer en train de marmotter de la sorte en plein jour, nos têtes si proches l'une de l'autre, avec la foule du marché alentour, on nous aurait assurément pris pour des conspirateurs. Car lorsque Jimmie Bunkins nous découvrit et s'approcha, il nous héla ainsi :

— C'est-y qu' j'aurais la berlue ! Ce bon vieux

finaud d' Tom, dans un vrai costume de marin, en train d' vanter sa vie d' galopin à mon ami Jeremy !

À ces paroles, Tom Durham s'esclaffa, bondit de la base de la colonne et se précipita vers Bunkins en ouvrant les bras en grand.

— Jimmie B. ! Les argousins n' t'ont point encore attrapé ? Moi qui croyais qu' tu f'sais tes classes à l'académie flottante Duncan Campbell[1]. Ou même pire ! T'as pu échapper au violon grâce à tes s'ringues, pas vrai ?

J'étais doublement surpris : primo, de découvrir qu'à l'évidence ils se connaissaient ; secundo, de constater que Tom parlait aussi bien le *flash*[2] de Covent Garden, et qu'il s'en souvenait, après presque trois ans d'absence.

Ils s'étreignirent, comme le feraient de véritables amis. Tom, qui dépassait son camarade d'une bonne tête, arracha littéralement ce pauvre Bunkins du sol. Il s'ensuivit quelques bourrades dans le dos et de franches poignées de main, entrecoupées de : « Comment vas-tu ? », « Te v'là dev'nu aussi grand qu'un homme » et ainsi de suite.

Puis Bunkins, le voleur repenti, se tourna vers votre serviteur et, de nouveau, exprima sa surprise de me voir en compagnie de Tom. Je lui expliquai nos liens du mieux que je pus. Tom me relata ensuite son histoire avec celui qu'il appelait Jimmie B.

— On était galopins ensemble, me confia-t-il. Pendant l'année que j'ai passée à Covent Garden, on ne s'est pas quittés d'une semelle. Il m'a appris à jouer au bonneteau, à chaparder des toquantes et toutes les pratiques obscures du quartier. Pas vrai, Jimmie B. ?

— Pour sûr, l'ami ! jura Bunkins. Même que j'ai jamais eu d' meilleur élève. Suffit qu' t'écoutes comme il connaît bien l' flash !

1. Rafiot amarré sur la Tamise et servant de prison pour les longues peines. (*N.d.T.*)

2. Argot anglais de l'époque, au même titre que le *cant*. (*N.d.T.*)

Bunkins s'approcha et, lorgnant Tom du coin de l'œil, il me glissa à voix basse :

— En fait, s'il s'en était t'nu au bonneteau, comme j' lui avais conseillé, il ne se s'rait pas mis à mal avec les agents du Curieux.

Puis, s'adressant à Tom :

— C'est l' Curieux qui t'a sauvé, pas vrai ?

(Il faisait référence, cher lecteur, à sir John.)

— En effet, reconnut Tom Durham.

— Un brave daron, commenta Bunkins.

— Pour sûr, acquiesça Tom.

— Où s' trouve ton compagnon Jonah ? Vous vous étiez embarqués ensemble.

— Eh bien, tu ferais mieux de te taire, l'ami, car tous ceux qui ont la chance de pouvoir prendre la mer devraient la saisir au vol, mais le camarade Jonah a perdu la partie sur la côte de Malabar.

— J'aurais dû m' taire, pour sûr. Mais... c'est-y qu'il s'est fait prendre au bonneteau ?

— Oh, non ! On a laissé cela à terre en s'embarquant tous les deux. Jonah Falkirk est mort en valeureux marin, au cours d'une bataille contre les pirates indiens.

— Les pirates *indiens*, qu' tu dis ? Bigre, Tom ! Tu dois en avoir des histoires à raconter, pas vrai ?

— Quelques-unes, oui.

— Mon daron *a été* marin, déclara Bunkins non sans fierté.

Puis il ajouta en chuchotant :

— On raconte qu'il aurait été pirate, mais lui, l'en cause jamais.

— *Ton* daron, dis-tu ? Et qui est-ce donc ?

— John Bilbo, pardi.

— Black Jack Bilbo ? Celui qui possède la maison de jeu de Mayfair ?

— Le même, sauf qu'il laisse pas tout l' monde l'app'ler comm' ça. Il me d'mande de l'app'ler : « monsieur Bilbo », et moi j' l'oblige, car il m' traite correct'ment et il prend soin d'moi.

— J'ai constaté que tu avais fait du chemin, déclara Tom, et pas seulement que tu avais grandi de quelques pouces. Tu portes de beaux effets et, autant qu'il m'en souvienne, c'est la première fois que je vois ta face propre et débarbouillée. Nul doute que c'est un Jimmie Bunkins flambant neuf que j'ai sous les yeux.

— T'en sais pas la moitié, l'ami. M'sieur Bilbo m'apprend à lire et à compter, figure-toi !

Il jeta un regard rusé à la ronde et ajouta :

— Ça te dirait de l' rencontrer, Tom Durham ? D'aller l' voir et d' lui serrer la louche ? C'est un brave daron, pas vrai, Jeremy ?

— Oh, certes oui, approuvai-je. C'est un ami de sir John... même si leurs points de vue divergent parfois.

— Eh bien, viens-t'en... pis toi aussi, Jeremy. Il dit du bien de toi, même qu'y d'mande toujours des nouvelles de sir John et d' toi.

Tout en secouant la tête à regret, j'exhibai les légumes que j'avais achetés aux étals.

— Si nous voulons manger ce soir, déclarai-je, alors je dois rentrer les rapporter. Vas-y, Tom, et en chemin raconte à Jimmie l'histoire des grabs.

Ils me firent leurs adieux en agitant la main. Tandis qu'ils s'éloignaient, j'entendis Jimmie Bunkins s'enquérir :

— Diable ! J' me d'mande bien c' que ça peut être, un grab ?

Tout en traversant seul Covent Garden pour rejoindre Bow Street, je me dis que Tom Durham et son Jimmie Bunkins formaient un singulier duo... mais alors Bunkins et moi devions paraître également mal assortis.

J'étais loin de soupçonner chez Tom un tel passé de délinquant. Tous deux étaient des coquins amendés et chacun avait fait pénitence à sa manière. Mieux valait, décidai-je, ne point confier à lady Fielding en quel endroit et avec qui son fils s'en était allé. Elle pourrait en tirer des conclusions erronées.

À mon retour, je rendis visite à Mme Gredge, puis j'eus tout loisir de chercher sir John. Il m'avait demandé de me tenir prêt, dès qu'il aurait conclu ses audiences, car nous nous rendrions au ministère de la Marine, afin d'y rencontrer le vice-amiral sir Robert Redmond. Quelques minutes plus tôt à peine, j'avais entrouvert la porte du tribunal et découvert le magistrat en train d'interroger un témoin. Il paraissait vraisemblable que cela se prolongeât quelque peu, mais lorsque je quittai Mme Gredge et revins à la salle du tribunal, je la trouvai déserte.

En proie à la panique, car je ne souhaitais pas voir sir John effectuer un parcours aussi long tout seul, pas plus que je n'avais le désir de manquer l'occasion d'être présenté à un amiral, je me mis à le chercher et le découvris dans la petite alcôve qui servait de bureau à M. Marsden, le greffier.

Avant même que je n'ouvrisse la bouche, le magistrat s'était tourné dans ma direction.

— Jeremy, prononça-t-il, est-ce toi ?

— Oui, monsieur.

— Bien, dans ce cas mettons-nous en route. Je pense que nous en avons terminé, monsieur Marsden ?

— Oui, avant de m'en aller je déposerai les lettres sur votre bureau, pour que vous y apposiez votre signature.

— Pouvons-nous partir, Jeremy ?

M. Marsden, ou M. Fuller, ou encore l'un des autres messieurs de service en journée, s'était occupé de nous faire venir un fiacre. Il y en avait un qui attendait dans la rue, devant la porte.

Tandis que nous grimpions dans la cabine, sir John indiqua notre destination au cocher.

— Tower Hill, déclara-t-il. Le conseil de l'Amirauté.

Je fermai la portière de l'attelage derrière moi et me tournai vers sir John en lui demandant :

— Monsieur, lorsque je me suis présenté tout à l'heure à vous, au bureau de M. Marsden, vous avez aussitôt su que c'était moi. Je ne m'étais même pas exprimé et pourtant, vous le saviez. Cela s'est produit plus de fois que je n'en ai souvenance. Si je puis me permettre, sir John, comment pouvez-vous deviner pareille chose ?

Il me répondit en souriant :

— Oh, cela tient en partie à mon attente ! Je t'escomptais, après tout, car nous nous étions mis d'accord pour nous rendre ensemble à Tower Hill. Mais il se peut aussi que j'aie reconnu ta façon de marcher. Elle s'avère un peu plus preste et légère que la plupart de celles que je perçois à Bow Street.

Fronçant les sourcils, il hésita un instant, comme pour évaluer la perspicacité du raisonnement. Puis il reprit enfin :

— Il y a autre chose à prendre en considération.

— Et de quoi s'agit-il, sir John ?

— Tu as une odeur.

— Je... je sens mauvais ?

Nul doute que je m'étais pourtant lavé avec soin, pour me débarrasser de ces effluves nocifs que tant de personnes dissimulent sous du parfum.

— Non, non... n'en prends point ombrage, Jeremy. Chacun de nous détient une odeur qui lui est propre. C'est ainsi que les chiens nous différencient... non pas selon nos effets, qui leur importent peu, ni selon nos visages, qu'ils voient rarement, mais plutôt selon notre odeur. Leur sens de l'odorat est largement supérieur à leur vue.

— Et le vôtre se révèle tout aussi développé ?

— Oh, je ne suis point un chien de chasse, mais je puis percevoir une odeur lorsque le besoin s'en fait sentir.

Il rit de sa badinerie.

Nous cheminâmes en silence pendant un certain temps, puis je songeai à m'enquérir :

— À quoi ressemble mon odeur ?

— Oh, à quoi, en fait ? répondit-il. Qu'est-ce qui distingue un visage d'un autre ? Un nez plus long, peut-être ? Un menton plus saillant ou plus fuyant ? C'est plutôt l'association de tous ces éléments, leur équilibre, qui constitue l'aspect général d'un visage... ou du moins est-ce ce dont je me souviens de la période où je jouissais de la vue. N'est-ce pas ainsi ? Eh bien, de la même manière, ton odeur se compose de bon nombre d'éléments... la sueur, la tienne possède une senteur assez marquée ; du lait, tu en bois beaucoup, et... oh, d'autres choses, je suppose. Il ne s'agit point, en tout cas, d'une odeur désagréable, si telle était ta crainte. Simplement ton odeur *à toi*.

— Et chacun a la sienne ?

— Tout à fait.

Ces dernières paroles m'incitèrent au mutisme, m'offrant matière à réfléchir pendant une bonne partie de notre trajet. Sir John se tut, comme il en avait souvent coutume. Il ne reprit pas la parole avant que n'apparût la Tour.

— As-tu eu l'occasion de passer voir Mme Gredge ?

— Je l'ai fait, monsieur.

— Comment t'a-t-elle paru ? En meilleure condition ? Pire ?

— À certains égards, je l'ai trouvée mieux. Elle était éveillée et dispose, mais j'ai noté qu'elle avait quelques difficultés à s'exprimer, comme si sa langue était devenue trop grande pour sa bouche.

— J'ai remarqué cela. L'apoplexie en est peut-être la cause. Elle ne doit point se remettre à besogner. Je crains que ce ne soit la fin pour elle. J'essayerai d'entrer en relation avec ses fils. Elle en a trois, je crois... dont deux à Londres.

Toute discussion au sujet de l'état déplorable de Mme Gredge cessa à ce moment-là, car le cocher s'arrêta devant une grande bâtisse imposante, au cœur d'une rangée de bâtiments tout aussi impressionnants.

Bien qu'on pût les embrasser du regard, avec la forteresse et les douves, je ne les avais pas remarqués la veille, tant j'étais enthousiaste à la perspective de voir la Tour.

Ces immeubles abritaient les bureaux de l'Amirauté. Dans l'un d'eux le vice-amiral sir Robert Redmond attendait notre visite. Une fois parvenus en haut des marches et à l'intérieur de l'enceinte, nous nous présentâmes à un maître [1], qui choisit un marin, parmi les trois assis sur un banc voisin, et le désigna pour nous escorter jusqu'au bureau idoine. Nous dûmes alors gravir encore moult marches et traverser un long corridor. Sir John n'éprouva aucune difficulté à garder la cadence, bien qu'il ignorât autant que moi où l'on nous conduisait. On nous fit tourner par deux fois sans crier gare et nous manquâmes entrer en collision avec notre guide, mais nous parvînmes enfin devant la bonne porte.

Le marin frappa aussitôt à l'huis en beuglant :

— Permission d'entrer, *mon lieutenant* !

À l'intérieur, une voix presque aussi tonitruante répliqua :

— Permission accordée !

On nous ouvrit la porte en grand, puis sir John et moi pénétrâmes dans une antichambre où trônait un jeune lieutenant. L'huis se referma en claquant dans notre dos. On nous laissa aux bons soins de l'officier. Son couvre-chef sous le bras, il se tenait raide comme un piquet dans son uniforme de parade, et psalmodiait d'un ton nasillard et affecté, comme s'il nous eût donné des ordres.

— Je présume, monsieur, que vous êtes sir John Fielding ?

— En effet.

— Et ce jeune homme ?

— Mon compagnon.

Cette dernière réplique parut le déconcerter. Il hésita,

1. Officier subalterne dans la marine. (*N.d.T.*)

puis hocha sèchement la tête, fit volte-face et gagna la grande porte sise derrière son bureau.

On nous fit entrer dans une salle deux fois plus spacieuse que celle que nous venions de quitter. Par sa taille et son mobilier, elle n'était pas sans me rappeler la pièce qu'occupait sir Percival Peeper à la Compagnie des Indes orientales, dans Leadenhall Street, non loin de cette bâtisse, du reste. Toutefois, alors que le bureau de sir Percival était d'autant plus sombre que les rideaux étaient tirés, celui de l'amiral s'avérait clair et lumineux, le mur du fond n'étant qu'une large baie vitrée, laquelle m'éblouissait presque, à cause du soleil miroitant sur le vaste fleuve en contrebas. La Tamise nous apparaissait dans toute sa splendeur, ses quais et ses entrepôts fourmillant d'activité, bateaux et navires, grands et petits, sillonnant son cours dans les deux sens.

L'homme qui se tenait debout au beau milieu de ce vaste tableau n'était autre, bien sûr, que celui qui s'était adressé aux marins sur Tower Wharf. Il n'observa guère longtemps cette pose, car il s'empressa de contourner son imposant bureau pour venir saluer sir John. Ils se débrouillèrent pour se serrer la main, s'étreindre et se tapoter l'un l'autre dans le dos, tout cela de conserve... un véritable tour de force, me sembla-t-il alors. Et ce faisant, ils n'eurent de cesse de glorifier leur amitié, regrettant à tour de rôle et avec effusion d'avoir attendu une aussi longue période pour se revoir, se réjouissant de l'occasion qui leur était offerte de renouer leur relation; bref, ils échangèrent tous ces propos que deux adultes ont coutume de se dire, après une longue séparation.

— Mais, dis-moi, Jack, qui est ce garçon? Est-ce ton fils?

— Non point, mais il le sera jusqu'à ce que Dame Nature daigne m'en offrir un. Il s'appelle Jeremy Proctor et m'apporte son concours de toutes les manières possibles.

Je fus si ébloui par la présentation élogieuse que sir John avait faite de mon humble personne que j'en demeurai quasi muet, voire pétrifié sur place. Je le dévisageai si longuement que j'en oubliai la main que me tendit sir Robert. Pas tout à fait, à vrai dire, car je finis par la saisir et la lui serrer avec enthousiasme, quoique tant soit peu tardivement.

— J'ai remarqué, déclara le vice-amiral, que tu étais fort impressionné par notre vue sur la Tamise, jeune Jeremy.

— Oui, tout à fait, monsieur.

— Eh bien, là-bas sur la droite, le plus grand navire qu'on aperçoit est le vaisseau de Sa Majesté l'*Aventure*, récemment revenu des Indes. Le vois-tu ?

— Certes, oui, monsieur. Je le vois bien.

— Alors, sache, Jeremy, et toi aussi, mon cher Jack, qu'il est la cause de mes problèmes. Mais asseyez-vous donc, tous les deux, et je m'en vais vous exposer clairement l'affaire.

Il désigna d'un geste pour le moins magistral un sofa installé contre un mur. Effleurant à peine le coude de sir John, je le dirigeai vers le siège. Nous nous y installâmes, tandis que sir Robert commençait. Il se révéla dans les minutes qui suivirent un orateur fortement enclin à la déambulation, ravi de faire les cent pas dans le vaste espace dont il disposait, à mesure qu'il déroulait le fil de son récit. Plus tard, l'idée me vint que pareille habitude de marcher de long en large avait dû s'acquérir à bord d'un bateau ; son bureau tenait lieu de gaillard d'arrière, semblait-il.

— J'ai été vivement consterné, déclara-t-il, en découvrant que ma promotion au titre d'amiral mettait un terme à ma carrière en mer. Ce que je préférais dans la marine, c'était la vie à bord, et désormais, tout cela était fini. On m'a confié la responsabilité des entrepôts navals à Portsmouth, où j'ai effectué certains changements dans la comptabilité et dans l'inventaire qui se sont avérés utiles, et tout cela m'a conduit à ma nomination au conseil de l'Amirauté, à mon arrivée ici à Londres. À présent, je plaide grandement en faveur d'une forte représentation de marins dans cette administration. Tout ce qui concerne les achats, l'approvisionnement et les réserves se révèle bien trop important pour être confié aux mains des politiciens et des bureaucrates. Ne le penses-tu point, Jack ?

— Comment ? Oh ? Oh, oui, bien entendu.

La réplique fut prononcée par sir John de telle façon que je le soupçonnai à demi de n'avoir prêté qu'une oreille distraite aux propos de notre hôte. Ce qui, évidemment, ne me surprenait guère.

— Mais lorsque j'ai pris mes fonctions il y a moins d'un mois, on m'a demandé... nenni, on m'a ordonné, car je ne pouvais *pas* m'y soustraire... d'œuvrer en qualité de juge suprême à ce qui serait — m'a-t-on assuré — l'une des *rares* cours martiales qui siégeraient à Londres, plutôt qu'à Portsmouth, puisqu'on y traite les crimes capitaux, à savoir la piraterie, la mutinerie et, bien sûr, le meurtre. Ma foi, il semble en réalité que de telles cours martiales ne se réunissent pas aussi rarement qu'on me l'a laissé entendre, car ce qui m'attendait n'était rien de moins qu'une lettre qui était passée de main en main et de bureau en bureau, depuis un an ou davantage. Lorsque j'en ai pris connaissance, j'ai aussitôt compris pourquoi personne n'avait souhaité endosser la responsabilité dans cette affaire.

À cet instant, l'amiral marqua une pause, tandis que ses pieds agités cessaient de marcher dans le même temps. À la façon dont il scrutait sir John, il parut solliciter un commentaire ou une question. Mais le magistrat se borna à le gratifier d'un hochement de tête.

— Puis-je t'en faire lecture, Jack ?

— Mais je t'en prie, Bobbie. L'affaire est-elle aussi délicate ?

— Épineuse, à tout le moins... diablement épineuse. Ce que dit la missive laisse supposer tant d'irrégularités et suscite tant d'interrogations qu'en ce qui me concerne, j'aimerais autant savoir ce qui n'y est *point* mentionné. Si toutefois tu me suis ?

— C'est possible, répondit sir John, mais je ne pourrai en être véritablement certain qu'après que tu m'auras lu ladite lettre, n'est-ce pas ?

— Comment ? Oh... oh, je suppose que oui. Je l'ai remisée quelque part. Si je puis... un instant.

Il nous tourna le dos et fourragea hâtivement dans les papiers entassés sur son bureau. Après une brève recherche, il dénicha le billet en question et se retourna vers nous, une paire de lunettes chaussant son nez.

— Elle est adressée, reprit sir Robert, « À celui qui sera désigné comme juge en les tribunaux navals de Sa Majesté » et elle se poursuit ainsi : « La présente tient lieu de déclaration officielle portant accusation à l'encontre de William Landon, lieutenant dans la marine royale, qui, au soir du 12 avril 1767, au large du cap de Bonne-Espérance, et au cours d'une violente tempête, a de sang-froid poussé et fait basculer le capitaine Josiah Markham de la marine royale par-dessus la lisse de couronnement, et dans les eaux de l'océan, où ce dernier s'est noyé, un tel acte constituant le meurtre et l'homicide volontaire de l'officier supérieur du lieutenant Landon. Le soussigné jure devant Dieu tout-puissant avoir assisté en personne à la scène, en qualité de témoin oculaire. » Et la lettre est signée : « Lieutenant James Hartsell de la marine royale, capitaine suppléant à bord du vaisseau de Sa Majesté, l'*Aventure*. »

— Ma foi, commenta sir John après qu'un instant se fut écoulé, la prose manque d'élégance, mais les points importants n'y figurent pas moins pour autant. Si tu souhaites mon opinion en la matière, sache que cette missive tiendra lieu d'acte d'accusation.

— *À l'exception du fait*, Jack, que la date inscrite est celle du 25 novembre 1767... soit près de sept mois après l'événement qu'elle décrit.

— Et où se trouvait donc ce lieutenant Landon pendant tout ce temps ?

(Il me sembla, cher lecteur, comme vous devez également en avoir l'impression, que sir John posait des questions dont il connaissait les réponses. Il avait dû décider de ne point souffler mot de ce que Tom Durham lui avait appris sur l'affaire, la veille au soir.)

— Tu serais tenté de croire, n'est-ce pas, répondit sir Robert, qu'il a été jeté aux fers à bord du navire, ou mis sous bonne garde dans quelque prison indienne, en attendant que soit rassemblée une cour martiale là-bas, aux Indes... n'est-ce pas ?

— Quelque chose dans ce goût-là, oui.

— Eh bien, tu aurais tort... tout comme moi, car j'ai supposé la même chose. Ce lieutenant Hartsell a conservé Landon en qualité de premier officier suppléant pendant toute la période de service de l'*Aventure*. On n'a pas notifié à Landon les accusations qui pesaient sur lui, jusqu'à ce que le vaisseau soit sur le point de mettre l'ancre à Tower Wharf. Ce n'est qu'à ce moment-là qu'on l'a consigné dans sa cabine.

— Pour le moins inhabituel, dit sir John. Mais pourquoi précisément ce Hartsell n'a-t-il fait aucun effort pour que cet homme soit jugé plus tôt en Inde ?

— Parce que peu de temps après la guerre contre les Français, la marine royale n'était pas régulièrement présente aux Indes. La Compagnie des Indes orientales s'est chargée elle-même d'armer lourdement ses bateaux, afin de protéger les équipages et leurs précieuses cargaisons. Peut-être l'ignorais-tu ?

— Ce qui signifie qu'à présent ces banquiers cupides de Leadenhall Street possèdent également leur propre flotte ?

— Tu peux le formuler ainsi, certes. Mais l'Amirauté était disposée à les laisser agir à leur guise. Comme tu dois le savoir, nous sommes en train de réduire notre force navale de toutes les manières possibles ou presque. Tel n'est pas mon souhait, ni celui de mes collègues officiers, mais les politiciens ont eu raison de nous. Cependant, après avoir perdu un ou deux de leurs navires marchands au bénéfice des pirates, les barons de la Compagnie des Indes orientales ont fait appel à l'Amirauté, afin qu'elle envoie une frégate pour détruire ces détrousseurs marins. C'est au vaisseau *Aventure* qu'a incombé la mission. En tout et pour tout, elle l'a fort bien accomplie.

— Donc, ce que tu affirmes, Bobbie, c'est qu'il était impossible de constituer une cour martiale en Inde, par manque d'officiers de la marine royale, qu'il s'agisse de capitaines ou de gradés supérieurs ?

— C'est cela. J'ai passablement manqué d'arguments sur ce point, n'est-ce pas ?

— Selon l'ancien code de justice militaire, répondit le magistrat, ce Hartsell aurait pu juger Landon séance tenante, l'envelopper d'une toile et le flanquer par-dessus bord... il était, après tout, à la fois juge et premier témoin à charge. Il n'aurait pas mis en doute son propre témoignage, j'imagine.

— En effet. Mais il a dû craindre que les autres ne le récusent, car il m'a confié qu'il avait le sentiment de ne pas pouvoir agir ainsi, puisqu'il n'était pas capitaine... seulement capitaine suppléant.

— Tu t'es donc déjà entretenu avec lui ?

— Certainement.

— Ainsi qu'avec Landon ?

— Tout à fait.

— Eh bien, qu'en penses-tu, Bobbie ?

— Ce que j'en pense ? Ma foi, comme je l'ai dit au début, c'est une affaire diablement épineuse. Je pense que la conduite de Hartsell en l'occurrence — l'accusation tardive, le fait qu'il n'ait point immédiatement relevé Landon de ses fonctions, ni ne l'ait confiné d'une façon ou d'une autre — est sujette à caution, de même que les charges qu'il fait peser sur son collègue.

— Et que dit Landon à sa décharge ?

— Très, très peu de choses qui puissent excéder la simple dénégation. Mais alors...

La voix du vice-amiral sir Robert Redmond s'estompa de manière lugubre, comme s'il eût été incapable de poursuivre.

— Quel est le problème, mon vieil ami ? Parle donc, je te prie.

— Le problème, dit sir Robert, réside dans ma propre inaptitude en la matière, Jack. Je ne m'y entends guère dans le domaine juridique et encore moins dans l'art d'interroger des témoins, d'évaluer les déclarations, et ainsi de suite. Je ne suis pas du tout préparé à supporter ce fardeau et j'aurais profondément souhaité qu'on ne me le confie pas. Jack, pourrais-tu...

Il s'interrompit à nouveau, mais enchaîna aussitôt :

— Comme je te l'ai écrit dans ma lettre, j'ai besoin d'aide. Pourrais-tu trouver le moyen de me prêter main-forte dans cette affaire ?

— De quelle manière ?

— Ma foi, je n'ai aucun talent à poser des questions. J'ignore comment faire parler un homme, le désarçonner, au besoin. En ce qui te concerne, je suis certain que cela doit relever d'une seconde nature. J'avais l'intention de retourner à bord de l'*Aventure* aujourd'hui, afin d'interroger les deux hommes, puisque j'ai si peu obtenu de leur part, hier. Voulez-vous m'accompagner... le garçon et toi ? Pose-leur des questions de ton cru. Tu sais bien mieux que moi comment t'y prendre.

— Bobbie, cela fait de longues années que je n'ai mis les pieds à bord d'un navire.

— Est-ce un oui ou un non ?

— Un oui franc et massif.

CHAPITRE III

Où accusateur et accusé témoignent à tour de rôle

La même chaloupe à huit rames qui avait conduit l'équipage de l'*Aventure* à terre nous attendait au quai de Tower Wharf désert. Un officier subalterne nous y accueillit et exécuta un salut des plus brusques à l'arrivée de l'amiral. Sir Robert le lui rendit avec désinvolture, de la manière lasse qui caractérise les corps constitués.

— À vos ordres, mon amiral !

— Nous sommes trois en tout.

— Par ici, mon amiral !

— Jack, déclara sir Robert, sauras-tu te débrouiller avec l'échelle ?

— Je l'ai assez souvent empruntée dans le passé, répondit sir John, et si ma mémoire est bonne, j'utilisais davantage mon toucher que ma vue.

— Puisque tu le dis. Le garçon peut peut-être te précéder et moi t'aider à te placer.

— Cela devrait faire l'affaire. Jeremy ?

Il posa la main sur mon épaule et je le pilotai jusqu'à l'endroit indiqué par le maître. Cela ressemblait à n'importe quel autre emplacement en vue, hormis les deux cordes clouées dans les poutres du quai. Je me penchai en avant avec précaution et regardai en bas. Il y avait certes un canot de belle taille en train de flotter au pied de l'échelle, sur la Tamise. Mais il me paraissait d'ores et déjà suffisamment bondé avec ses huit rameurs... et Dieu du ciel ! Ce qu'il me semblait loin en contrebas ! L'échelle me supporterait-elle ? Allait-elle également supporter le poids considérable de sir John ? Elle me semblait si fragile... et qu'adviendrait-il si le bateau s'en allait juste au moment où j'atteindrais le bas de l'échelle ? Peut-être devrais-je leur confier que je n'avais jamais appris à nager. Peut-être devrais-je être tout simplement dispensé de ce périlleux exercice !

— Jeremy ? sollicita le magistrat.

— Euh... oui, monsieur ?

— Il te suffit de faire volte-face et de trouver le premier barreau avec ton pied, m'expliqua-t-il calmement. Ensuite, tu t'agrippes aux cordages avec les deux mains, puis tu descends barreau par barreau. Les hommes du bateau t'aideront à grimper à bord.

— Oui, sir John, répondis-je, toujours hésitant.

— Retourne-toi, à présent, et prends mes deux mains. Je te tiendrai jusqu'à ce que tu commences à descendre.

Maintenu par l'homme aveugle, j'amorçai donc ma descente, en posant d'abord à tâtons mon pied droit sur l'un des barreaux en bois, puis le gauche. La force de ses mains me donna du courage. Il s'agenouilla, tout en continuant à me tenir fermement, puis me lâcha, tandis que mes mains cherchaient les cordes. Mes quatre extrémités ainsi engagées, je découvris que j'étais beaucoup plus à l'aise.

J'atteignais presque le dernier barreau, lorsque l'échelle se raidit tout à coup, sous un poids supplémentaire. Je levai les yeux et constatai que sir John commençait à descendre. Je n'avais d'autre recours que de placer tous mes espoirs dans cette chose frêle qui nous soutenait à présent tous les deux. Je me hâtai tant bien que mal, puis me retrouvai malgré moi dans les bras bruns de l'un des rameurs qui me souleva. Sans souffler mot, cet homme se contenta de désigner un endroit à l'avant du bateau, où j'étais censé me placer.

Je ne sais trop comment, mais en dépit du roulis de l'embarcation qui me déséquilibrait à chacun de mes pas, je parvins à me frayer un chemin au juchoir qu'on m'avait désigné, entre deux membres de cet équipage à la peau brune.

Il devait s'agir, songeai-je alors, de ces lascars dont Tom Durham avait parlé. L'individu à ma droite, qui ne devait guère être plus âgé ni plus robuste que moi, semblait-il, hocha la tête et sourit jusqu'aux oreilles, en laissant entrevoir des dents d'une blancheur immaculée. Je lui rendis son signe de tête et son sourire, bien que j'y misse assurément moins de conviction.

Peu après, sir John prit place à mes côtés, et quelques instants plus tard, sir Robert et le maître descendirent dans la chaloupe. Nous levâmes l'ancre et nous en allâmes. Bien que les huit rames fussent manœuvrées par des lascars, et que peu d'entre eux s'avérassent plus forts que celui qui se tenait à mes côtés, nous voguions prestement vers l'*Aventure*. Et tandis que nous nous approchions, je découvris ce que je n'avais point encore remarqué : une flottille de quatre ou cinq bateaux nous avait précédés... de simples canots, en l'occurrence, lourdement chargés de vivres et... oui, cher lecteur, de femmes. Que pouvaient bien rechercher des femmes à bord d'un vaisseau de guerre ? Qu'est-ce qu'un tel navire pouvait vouloir à des femmes ?

L'air perplexe, j'observai la première d'entre elles, puis une deuxième, monter à l'échelle lancée par-dessus bord, les jupes virevoltantes, mais avec une agilité surprenante.

— Ohé, du canot ! lança l'officier subalterne de son poste à la barre. Éloignez-vous de l'échelle !

— Je m'en irai, répliqua le batelier sur le même ton, dès qu'on m'aura payé pour avoir transporté les catins !

— Éloignez-vous ou nous vous heurtons par l'étrave sans crier gare !

Comme notre embarcation se révélait bien plus grande et que nous filions droit sur lui, l'autre ne pouvait qu'obtempérer aux sommations du maître. Ce qu'il fit, en lâchant tout un flot d'injures. J'ignore pour quelle raison, mais l'incident causa une grande hilarité parmi les autres bateliers et leurs passagères. Le malheureux ne put que lancer des regards noirs en réponse à leurs gloussements et rires gras.

Ne leur prêtant aucune attention, les lascars accostèrent l'*Aventure* dans l'espace occupé à peine une minute plus tôt par le canot. Cette fois-ci, je n'étais point aussi intimidé par l'échelle qui pendait et, quoi qu'il en fût, souhaitais m'acquitter de cette épreuve. J'entrepris de me lever, mais sir John m'interrompit dans mon mouvement.

— Sir Robert nous précède, me souffla-t-il à l'oreille.

Ce fut alors que l'officier subalterne tonitrua :

— Maître d'équipage ! Veuillez siffler la montée à bord de l'amiral !

Nous n'attendîmes qu'un instant et quelqu'un joua l'un de ces airs étranges à l'aide d'un sifflet, au-dessus de nous, à bord du vaisseau. Comme les dernières notes s'estompaient, je sentis notre canot osciller légèrement. Lançant un regard derrière moi, je vis sir Robert s'engager sur l'échelle avec une admirable dextérité. Mais la main posée sur mon épaule me retenait toujours. J'en compris la raison lorsque, après une autre courte pause, un minuscule orchestre composé d'un fifre et d'un tambour entama une ritournelle militaire. Il y aurait encore nombre de rituels et de saluts avant qu'il nous soit permis de monter à bord.

— Nul doute que la marine raffole de ses coutumes et cérémonies, n'est-ce pas, sir John ? commentai-je dans un murmure par-dessus mon épaule.

— Beaucoup trop, me répondit-il.

Les choses se calmèrent enfin en surplomb. Le maître s'avança et chuchota à l'oreille de sir John, qui se laissa alors conduire vers l'échelle. Je le suivis. Lorsque la chaloupe heurta de nouveau le flanc du navire, on lui tendit l'échelle ; il posa fermement le pied sur un barreau, comme s'il s'agissait d'un étrier, et se mit à monter. Le magistrat chemina en confiance, sa canne glissée dans l'une des vastes boutonnières de son habit. Et lorsqu'il parvint presque tout en haut, le maître me fit signe d'approcher. Il empoigna l'échelle et me la tendit, tandis que je m'y engageai... puis je la gravis.

Si je dus couvrir une plus longue distance pour atteindre le haut, je trouvai cela moins difficile que lorsqu'il m'avait fallu descendre. La vie sur le pont semblait avoir repris son cours habituel. Envahissant le bastingage, les marins interpellaient bruyamment les femmes à bord des petits canots qui, derrière moi, décrivaient des cercles dans le sillage de la chaloupe, et on leur répondait de la sorte :

— Hé, l' matelot ! J'ai assez d'alcool pour que tu ne dessoûles point d'une semaine, d'un mois, ou même d'une année !

Une autre voix s'écria :

— Du rhum, du gin ou d' la bière !

Une soprano enrouée de renchérir :

— Et une femme pour trinquer ! Qui t'apport'ra moult gaieté !

— R'garde un peu ces mamelles ! lâcha une quatrième. T'en as jamais cajolé d' plus belles !

Ainsi faisaient-elles rimer leurs boniments, auxquels répondaient clabauderie et sifflets grivois sur le pont. On eût dit Covent Garden sur la Tamise ! À dire vrai, je n'avais aucune idée du commerce en vigueur à bord et alentour des grands vaisseaux mouillant sur le fleuve. (Il en est toujours ainsi de nos jours, ou du moins me l'a-t-on dit, cher lecteur.)

Lorsque j'atteignis enfin le bastingage, personne ne m'offrit son aide, tant cette bande de marins était absorbée par les racoleuses en contrebas. Je lançai toutefois une jambe par-dessus le garde-corps et me posai en douceur sur le pont, avec une aisance que j'estimai semblable à celle d'un marin digne de ce nom.

Je perçus de la musique jouée par un allègre violon, des chansons tapageuses et le *clop-clop-clop* d'une danse au-dessous. Au travers d'une vaste ouverture dans le pont, je surpris des hommes et des femmes en train de se conduire de la manière la plus bizarre qui fût, créant ainsi un effet pour le moins incongru parmi les canons arrimés. Je ne m'attendais nullement à pareilles réjouissances à bord d'un vaisseau de guerre. L'amiral n'avait en rien assombri leur liesse.

Où se trouvait-il ? Où était sir John ? Non point au-dessous, certes. Je scrutai le pont où j'avais posé les pieds et n'y vis aucune de leurs traces, hormis des matelots ordinaires et quelques fusiliers marins. Il existait toutefois un pont au-dessus de celui-ci, situé à l'arrière du bateau... « en poupe », devait-on dire correctement, comme j'allais bientôt l'apprendre. Il y avait un étroit escalier (une « échelle ») menant vers le haut. Je m'y précipitai et la gravis d'un pied agile. Mon chemin fut alors entravé par quelqu'un que j'eusse qualifié de garçon, encore qu'il eût pu être mon aîné d'un an. Il arborait un uniforme qui n'était à l'évidence point celui d'un matelot, sans pour autant être celui d'un officier. Autrement dit, j'ignorais la fonction précise qu'il occupait, ou l'autorité dont il disposait. Toutefois, j'étais certain que sir John, sir Robert, ainsi qu'un tiers que je pris pour le capitaine suppléant sc tcnaicnt ensemble à quelques pas derrière lui. Je souhaitais poursuivre ma route au-delà de ce fâcheux jeune homme.

— Dis donc, toi, m'apostropha-t-il, regagne ta place qui est au-dessous. Les gars comme toi ne sont pas autorisés à monter ici, à moins d'y être mandés... comme tu devrais le savoir.

Non seulement ses paroles mais aussi son attitude se révélaient des plus arrogantes. Je tentai de lui expliquer qui j'étais et pourquoi l'on devait m'autoriser à rejoindre ceux avec lesquels j'étais monté à bord. Il fit la sourde oreille à mes propos, se bornant à se hausser du col et continuant à me rudoyer d'une voix basse et menaçante :

— Tu es un terrien, pas vrai ? Qu'on vient de racoler ? Appelle-moi M. Boone et sois certain que je te ferai vivre l'enfer à bord, si tu ne redescends pas diablement vite !

— Mais tu ne *comprends* pas, rétorquai-je. Je ne fais *point* partie de votre équipage. Si seulement tu voulais m'écouter...

— Dois-je te rosser sur-le-champ ? Je vais te faire enfermer dans les soutes... Je vais te... Je vais te...

Mâchoires serrées, il mit alors ses menaces à exécution en levant les deux mains. Au moment même où il s'élança sur moi et couvrit les trois pieds de distance qui nous séparaient, je bondis adroitement sur ma gauche, libérant ainsi l'endroit où je m'étais tenu et l'accès à un escalier étroit... où il se précipita la tête la première, puis fit la culbute, et s'effondra malgré lui comme une masse gémissante, au pied des marches.

Si j'éprouvais quelque difficulté à compatir tant soit peu à sa douleur, puisqu'il avait clairement manifesté l'intention de me faire subir un sort similaire sur le pont, je regrettais sincèrement l'incident et espérais qu'on ne m'en blâmerait point. Je n'étais certes pas pour autant préparé à la réaction des hommes d'équipage. Ils se rassemblèrent en silence, puis, comme ma victime avait grand-peine à se relever, quelques gloussements fusèrent parmi eux, dont un rire franchement jovial, que tout le monde imita soudain, et l'hilarité gagna le navire entier, devant les déboires de M. Boone. D'autres affluèrent d'en bas pour observer la scène et se trémoussèrent également de voir le garçon lutter cruellement pour se remettre debout. Nul ne fit un geste pour lui porter secours. J'eus tôt fait de conjecturer que le jeune M. Boone n'était guère apprécié de l'équipage.

— Qu'est-ce donc ? Que s'est-il passé ?

Je relevai la tête et découvris à mes côtés cet officier que je tenais pour être le capitaine suppléant... à savoir, l'auteur de cette lettre d'accusation dont sir Robert nous avait fait la lecture. À l'instar de l'amiral, il présentait une carnation sanguine, mais semblait témoigner d'un grand courroux, comme s'il était de nature colérique. Outre sa haute stature, il était également doté d'une voix forte et impérieuse.

— Il a chu en bas des marches, semble-t-il, monsieur, déclarai-je de l'air le plus innocent du monde.

Me gratifiant d'un regard perçant, il ne me répondit pas pour autant et préféra s'adresser à l'équipage :

— Cessez donc de rire, vous autres. C'est des plus malséant, ma foi.

L'hilarité cessa encore plus subitement qu'elle avait débuté.

— À présent, deux d'entre vous... toi et toi... prononça-t-il en choisissant les marins dans l'attroupement, conduisez M. Boone chez le médecin de bord.

— Il n'est plus parmi nous, répliqua l'un des assistants désignés.

— Eh bien, emmenez-le chez son auxiliaire, espèce d'imbécile !

— À vos ordres ! répondit le marin en saluant.

En proie à une sollicitude soudaine, les deux hommes d'équipage aidèrent M. Boone à se relever et il claudiqua entre eux, pour gagner le pont inférieur.

Ensuite, le capitaine suppléant tourna brusquement les talons et, en quelques longues enjambées, rejoignit sir John et l'amiral. Je lui emboîtai le pas et pris tranquillement place auprès du magistrat. Je sentis sa main agripper vivement mon épaule. Nul doute que j'allais avoir quelques explications à lui fournir.

— Je suggère, déclara le capitaine suppléant, que nous poursuivions cette conversation en ma cabine... si cela vous agrée.

Sir Robert acquiesça dans un murmure.

— Monsieur Grimsby, dit celui qui certes s'appelait Hartsell, comme je m'en souvins enfin, demandez à l'un des autres aspirants de remplacer M. Boone, voulez-vous ?

À cette requête, un jeune officier s'approcha, que je n'avais point remarqué jusqu'alors. Il semblait avoir conservé ses distances à l'égard du groupe, comme pour se tenir à l'écart de la discussion.

— Je m'en charge, monsieur Hartsell, répondit-il.

— Messieurs ?

Tous s'avancèrent, tandis que le lieutenant Hartsell montrait le chemin, sir John et moi fermant la marche. Comme un autre escalier encore plus étroit se présentait à nous, mon compagnon aveugle garda la main fermement posée sur mon épaule. Alors que nous nous apprêtions à descendre, il me retint tant soit peu.

— As-tu quelque responsabilité dans l'incident ? s'enquit-il en un murmure insistant. As-tu poussé cet aspirant en bas de l'échelle ?

— Sir John, répondis-je, vous avez solennellement ma parole que je n'ai point touché cet individu.

N'hésitant que l'ombre d'un instant, il répliqua :

— Je te crois, Jeremy.

Puis il me tapota l'épaule et nous commençâmes notre descente.

— Soyez prudent, monsieur, c'est tout à fait abrupt.

— Inutile de me le dire, déclara le magistrat. À ton âge, j'avais emprunté plus d'une échelle comme celle-ci. J'avoue cependant que ma taille avoisinait alors davantage la tienne que celle qui est mienne aujourd'hui.

On nous conduisit en une cabine, la première d'une petite série qui jalonnait une coursive fort étroite, laquelle se révélait toutefois des plus spacieuses, eu égard aux critères navals. Ladite cabine n'était autre que celle du capitaine, occupée, comme l'expliqua le lieutenant de vaisseau Hartsell, par lui-même, depuis le décès du capitaine Markham. Les sièges s'avéraient en nombre suffisant pour tout le monde, mais par respect pour sir John, je choisis de rester debout auprès de lui, comme pour lui prêter éventuellement assistance.

— À présent que nous sommes assis dans l'intimité de votre cabine, lieutenant Hartsell, commença sir Robert, je souhaite vous entendre réitérer votre récit, tel que vous me l'avez confié hier.

— Dois-je le faire? soupira-t-il. C'est énoncé noir sur blanc dans l'acte d'accusation.

— Qu'à cela ne tienne.

— Ah... eh bien, comme il vous sied. Nous étions en train d'essuyer une violente tempête à une journée du Cap, de sorte que nous naviguions plein sud vis-à-vis du cap de Bonne-Espérance. Et...

— Si je puis me permettre de vous interrompre à cet endroit, intervint sir John, j'ai noté que lorsque sir Robert nous a lu votre acte d'accusation à l'encontre du lieutenant Landon, et alors même que celui-ci se révélait précis à bien des égards, il demeurait étrangement vague quant à votre position exacte au moment où a eu lieu ce déplorable incident. En vérité, vous n'en avez donné aucune. Pourquoi cela?

— Vous m'interrompez bel et bien, répliqua le lieutenant Hartsell le plus froidement du monde. Jc vous y autorise certes et m'en vais répondre à votre question, à condition que vous me disiez en vertu de quelle autorité vous la posez. Vous m'avez été présenté comme étant sir John Fielding, magistrat auprès du tribunal de Bow Street. Comme ces événements se sont déroulés à des milliers de miles de Londres, je ne comprends absolument pas quels intérêts pourraient être les vôtres en la matière.

À ces mots, le capitaine suppléant de l'*Aventure* croisa les bras et attendit qu'on lui réponde. Pour sa part, sir John afficha un sourire bienveillant et attendit également la réponse, sachant pertinemment qu'elle devait émaner de quelqu'un d'autre.

Le vice-amiral sir Robert Redmond s'éclaircit la

voix d'un air quelque peu sentencieux et finit par prendre la parole :

— Sir John se trouve ici sur mon invitation et souffrez qu'il s'exprime avec mon autorisation. C'est un enquêteur expérimenté en matière criminelle.

— Mais l'affaire relève d'une cour navale.

— Et il s'agit d'un meurtre, ce qui n'est autre qu'un acte criminel par nature... vous ne sauriez en disconvenir. Alors répondez, je vous prie, à la question, lieutenant Hartsell. Je suis moi-même curieux d'en connaître la réponse, à présent qu'elle a été soulevée.

— Très bien, dans ce cas. Nous avions établi notre position au compas, le matin du 12 avril 1767, et consigné celle-ci dans le livre de bord. À mesure que la journée avançait, la tempête a gagné en intensité, jusqu'à ce qu'elle atteigne les conditions de grand vent dans l'après-midi. Ce jour maudit, l'*Aventure* couchait de manière si périlleuse qu'au pire du coup de chien, nous barrions tantôt à bâbord toute, tantôt à tribord toute. Le navire prenait l'eau. Compte tenu des conditions, il était impossible de calculer une seconde fois notre position, pour noter l'événement, bien que j'admette que cela aurait dû être fait. En réalité, notre position n'a pas été établie avant le lendemain, lorsque la brise avait molli. Nous n'avions quasiment point progressé dans notre itinéraire, car la plupart du temps, nous n'avions fait qu'étaler la tempête.

— C'est fort compréhensible, déclara sir John. Mais, dites-moi, lieutenant Hartsell, le capitaine se trouvait-il sur le pont durant tout ceci, à savoir au pire de la tempête ?

— Non, pas du tout.

La réponse fut lâchée non sans une certaine circonspection.

— Et où était-il donc ?

— Dans sa cabine... dans *cette* cabine. Le capitaine Markham était souffrant. En fait, il l'a été durant la majeure partie de la traversée. J'ai agi à sa place la plupart du temps. Il m'a accordé sa confiance. J'ai moi-même occupé les fonctions de capitaine au cours des deux dernières années de la guerre contre les Français.

— Oh ?

— On l'a réduit à un rang inférieur, afin qu'il demeure en activité, expliqua sir Robert. Ils n'ont conservé que les meilleurs. Le lieutenant Hartsell a été capitaine d'une frégate à l'âge de vingt-six ans. Lui, plus que tout autre, pouvait s'attendre à se voir ainsi rétrogradé. Ses états de service pendant et après la guerre se sont avérés exemplaires.

— Je n'en doute point, répondit sir John, mais c'est l'apparition tardive du capitaine Markham qui m'intrigue. Quand a-t-elle eu lieu ? Et pourquoi ?

— Je l'ai envoyé quérir. Il me semblait que nous étions sur le point de perdre notre mât de misaine. Je souhaitais connaître son opinion, pour savoir si nous devions le démolir. Je n'étais guère enclin à prendre une telle décision de mon propre chef. En l'occurrence, il a tenu, encore que le bois se soit quelque peu fendu. Nous l'avons fait remplacer à Bombay.

— Quel a été le conseil du capitaine Markham ?

— Je n'ai pas eu l'occasion de lui parler avant qu'il ne soit poussé par-dessus bord.

— De quelle manière l'avez-vous mandé ?

— J'ai dépêché le lieutenant Landon à sa cabine.

— Hum... Intéressant. Et il est revenu avec lui ?

Devant l'interrogatoire rigoureux de sir John, le lieutenant Hartsell commençait à présenter quelques signes d'exaspération. J'étais certain, quant à moi, qu'il en montrerait davantage si le magistrat poursuivait sur sa lancée. Sir Robert, bien qu'il n'eût guère à se prononcer, paraissait pour le moins s'émouvoir de cet échange entre les deux hommes.

— Oui, au bout d'un certain temps, ils ont fait leur apparition. C'était au moment où...

— Navré de vous interrompre à nouveau, mais quelle heure était-il ?

— *Comment le saurais-je ?* Dieu du ciel, mes mains étaient trop occupées à maintenir l'*Aventure* à flot ! J'avais un mât de misaine dont je craignais qu'il ne résiste point à la tempête et une centaine d'autres sujets d'inquiétude. Le cadet de mes soucis étant, vous pouvez me croire, de savoir à quelle heure et à quelle minute précises le capitaine est apparu en poupe et a été poussé à la mer par le lieutenant Landon !

La réplique fut livrée avec un tel émoi que Hartsell pantelait presque après qu'elle se fut échappée de ses lèvres. Tout en recouvrant son sang-froid, il ajouta néanmoins :

— Disons que cela s'est passé dans l'après-midi, au milieu de l'après-midi, quelle qu'ait pu être l'heure à terre.

Sir John hocha la tête d'un air songeur.

— Très bien, dit-il, nous nous en tiendrons à cela. Ce qui me préoccupe, toutefois, c'est de savoir comment, alors que vous vous trouviez dans l'état d'affolement que vous venez de décrire, vous avez pu être aussi sûr de l'acte que vous avez vu commettre par le lieutenant Landon.

— Ma foi, sir John Fielding, laissez-moi vous relater ce que j'ai vu.

— Non, je ne pense pas, contra le magistrat. Il vaudrait beaucoup mieux que vous nous le *montriez*. Avec votre permission, sir Robert, je désirerais que nous retournions tous sur la dunette, afin que nous assistions à une reconstitution des faits.

— Comment ? Eh bien, je...

Pris tant soit peu de court, l'amiral bredouilla quelques paroles inaudibles avant de reconnaître que cela lui paraissait une bonne idée :

— Comme je dis toujours, il ne faut jamais remettre au lendemain ce que l'on peut faire le jour même, pas vrai ?

Et nous nous en retournâmes donc par le chemin que nous avions emprunté... sir Robert ouvrant la marche, cette fois, le magistrat et moi dans son sillage, et le lieutenant Hartsell la fermant. Une fois sur la dunette, les deux officiers observèrent sir John, en attendant ses instructions.

— À présent, déclara ce dernier à Hartsell, voulez-vous, je vous prie, situer le plus précisément possible l'endroit que vous occupiez, lorsque vous avez vu le lieutenant Landon en train de se livrer à l'acte présumé ?

— Je ne me trouvais point sur la dunette. Je m'y étais certes tenu, mais j'étais descendu sur le gaillard d'arrière.

— Oh ? Alors, vous ne vous trouviez pas très près.

— J'étais suffisamment près.

— Parfait. Descendons sur le gaillard d'arrière. Placez-vous donc à l'endroit convenu. Jeremy, tu restes ici et tu joues le rôle du lieutenant Landon. Mais qui peut jouer celui du capitaine Markham ? Il y a sans doute un autre officier sur le pont, je présume ?

Celui que Hartsell avait désigné tout à l'heure s'approcha.

— Oui, monsieur, lieutenant Grimsby... pour vous servir.

Sir John se tourna dans sa direction avec un sourire affable.

— Ah oui, lieutenant, seriez-vous prêt à prendre part à notre petit jeu ?

— Bien entendu, monsieur.

— Très bien. Si vous voulez bien demeurer ici sur la dunette, en compagnie de mon jeune assistant, Jeremy Proctor, nous descendrons tous les trois sur la plage arrière, et le lieutenant Hartsell vous disposera tous les deux selon sa mémoire. Cela satisfait-il tout le monde ici présent ?

Si Hartsell n'objecta point, son visage trahissait clairement qu'il désavouait pareil exercice. Il les conduisit néanmoins sur le pont inférieur et, après un ou deux essais erronés, il choisit de se poster sur la droite (le « tribord ») du pont, à proximité d'un canon.

Tandis que pareille action se déroulait, l'équipage cessa de badiner avec les canots d'approvisionnement sur le fleuve en contrebas et se calma. Les marins observèrent la scène à distance, à l'évidence attentifs à la signification de ce remue-ménage se déroulant sur la dunette. M. Grimsby et moi observions également ce qui se passait, prêts à jouer notre rôle selon les instructions qu'on nous donnerait. Ce qui ne tarda point.

— À présent, monsieur Hartsell, si vous voulez bien indiquer à nos deux acteurs où ils doivent se rendre.

— Par ici, plus près, répondit le lieutenant, dans la partie de la dunette la plus proche de l'échelle de tribord.

Nous nous déplaçâmes à l'endroit désigné. M. Grimsby savait précisément ce que cela signifiait.

— À proximité de la lisse de couronnement, ajouta Hartsell.

Nous nous postâmes alors tout près du garde-corps rutilant qui se dressait telle une barrière et courait tout le long de ce qu'ils appelaient la dunette. Je notai au passage que l'échelle de tribord n'était autre que celle où j'avais rencontré cet aspirant du nom de Boone, et au bas de laquelle il avait dégringolé.

Sur un plan horizontal, Hartsell ne se trouvait guère à plus de dix pieds de nous, peut-être moins. Mais comme nous étions sur la dunette, nous le surplombions de six bons pieds.

— Dans quelle direction étiez-vous tourné, monsieur Hartsell ? s'enquit sir John.

— Eh bien, dans leur direction, évidemment.

Mais il s'interrompit et réfléchit.

— Je vois où vous voulez en venir, ajouta-t-il. Non, alors qu'ils s'approchaient de l'endroit où ils se trouvent maintenant, j'étais tourné vers l'avant. Mais comme je me demandais pourquoi ils tardaient à venir, je me suis tourné, et c'est alors que je les ai vus, tels qu'ils sont à présent.

— Tels qu'ils sont à présent ?

— Non, non, bien sûr que non. Le capitaine Markham avait le dos contre le couronnement, et lorsque j'ai regardé, le lieutenant Landon l'a poussé à deux mains et l'a fait basculer directement dans la mer.

— Ahurissant ! fit sir John. Mais la lisse de couronnement représente une barrière considérable, n'est-ce pas ? À présent, il ne serait guère aisé pour Jeremy de pousser M. Grimsby dans la Tamise.

— Certes, mais nous avions vivement couché par le tribord. À ce moment-là, les deux hommes se trouvaient presque à l'horizontale.

— Tout comme vous l'étiez vous-même.

— Certainement, je l'étais aussi. Je m'étais cramponné à ce canon de dix-huit pour garder l'équilibre.

— Dites-moi, monsieur Hartsell, comme vous en avez fait mention plus tôt, tout ceci se serait produit approximativement au milieu de l'après-midi... et le cas échéant, quelles étaient les conditions de luminosité ? Je gage que le soleil ne brillait point ?

Hartsell décocha un regard courroucé à l'amiral, comme s'il eût mis en doute la santé mentale de sir John.

— Sauf révérence, monsieur, vous êtes-vous jamais trouvé en pleine tempête en mer ?

— En l'occurrence, oui.

— Vous devez donc savoir combien il fait sombre. C'est quasiment la nuit en pleine journée.

— Et il pleuvait ?

— Par Dieu, oui, il pleuvait.

Sir John se tut un long moment et lorsqu'il reprit la parole, il s'exprima d'une voix profonde et vibrante que tout le monde pouvait percevoir :

— Dans ce cas, monsieur, je doute que vous ayez pu voir quoi que ce soit aussi clairement que vous l'affirmez. Souffrez que je vous rappelle ce que vous avez dit. Il faisait presque aussi sombre qu'en pleine nuit. La pluie tombait. Et vous observiez la dunette depuis un angle si singulier que vous deviez vous agripper à un canon pour éviter de basculer vous-même par-dessus bord. Comment pouvez-vous être aussi affirmatif ?

Hartsell n'hésita pas un seul instant, mais s'exprima à haute et intelligible voix, de sorte que tout le monde put également l'entendre :

— J'ai vu ce que j'ai vu.

— Jeremy ! m'interpella le magistrat. Es-tu toujours là-bas en compagnie de M. Grimsby ?

— Oui, monsieur, répondis-je.

— Tends les bras contre lui, comme pour le pousser par-dessus bord.

Je fis ce qu'il me demandait. Sans doute transporté par l'enthousiasme du moment, mes mains se posèrent un soupçon trop fort contre M. Grimsby.

Il lâcha un « Oh ! » et murmura :

— Je crois assurément que tu *pourrais* m'entraîner dans le fleuve, mon garçon. Un peu moins de fougue, je te prie.

— Est-ce fait ? s'enquit sir John.

— Absolument, répondis-je.

— Nous y voilà, déclara-t-il à l'adresse de Hartsell, considérez cela, s'il vous agrée. La scène doit s'apparenter peu ou prou à ce que vous avez vu, monsieur. Le lieutenant Landon n'aurait-il point tendu les mains pour rattraper le capitaine Markham ? Son intention n'était-elle pas plutôt de le sauver ?

Ce à quoi Hartsell se borna simplement à réitérer :

— J'ai vu ce que j'ai vu.

Des murmures hostiles se mirent à parcourir l'équipage. Ce qui n'échappa point à sir Robert, lequel fronça les sourcils et chuchota à l'oreille de sir John. En guise de réponse, le magistrat se contenta de hausser les épaules.

— Ceci viendra clore notre interrogatoire, déclara l'amiral à Hartsell.

— Je n'en espérais pas moins. Aurez-vous besoin de moi de quelque autre manière que ce soit ?

— En l'occurrence, oui, répondit sir Robert. Eu

égard à ces circonstances particulières, je dois vous demander de me remettre le journal de bord.

— Il sera déposé entre vos mains avant que vous ne quittiez l'*Aventure*. Puis-je prendre congé, dans ce cas ? Je souhaite regagner ma cabine. Comme vous devez vous en douter, cela a été des plus éprouvant.

— Avec mes remerciements, vous pouvez vous retirer, lieutenant Hartsell.

Sans la moindre parole à l'adresse de sir John, Hartsell salua promptement l'amiral et se dirigea vers la dunette ; il évita M. Grimsby et votre serviteur, en choisissant de gravir l'échelle à bâbord.

— Jeremy ? appela le magistrat. Voudrais-tu descendre par ici un instant ? Quant à vous, monsieur Grimsby, si vous voulez bien demeurer là où vous êtes.

Ce qui fut accompli. M. Grimsby, d'une nature accorte en toutes circonstances, me gratifia d'une tape dans le dos et d'un : « Bonne chance à toi », tandis que je m'éloignais en descendant l'échelle. Sir John m'attendait, posté un peu à l'écart de l'amiral. J'allai vers le magistrat et il m'attira vers lui.

— Jeremy, me confia-t-il. Je souhaiterais que tu te places derrière la barre et que tu me dises si tu aperçois M. Grimsby entièrement ou en partie.

— La barre, monsieur ?

— La grande roue grâce à laquelle on dirige le bateau.

— Ah, oui.

Impossible de la manquer, dès lors qu'il me l'avait décrite. L'instrument se trouvait éloigné de la cloison de la dunette, et personne ne le manœuvrait. Je me postai derrière et regardai sur ma droite. Je vis bel et bien M. Grimsby, ou du moins une grande partie de sa personne, ses genoux échappant à mon champ de vision. Il m'aperçut au même moment et fit semblant de me saluer. Je revins auprès de sir John et lui livrai mon rapport. Comme il en avait souvent l'habitude, il se contenta de me remercier, sans me laisser entrevoir de quelque façon que ce fût la signification de tout cela.

Le vice-amiral sir Robert nous manda alors et nous entraîna dans une modeste coursive. Comme il martelait l'huis avec vigueur, je regardai autour de moi et découvris que le lieutenant Hartsell ne se trouvait qu'à quelques pas de nous, dans la cabine du capitaine. Un singulier endroit que ce navire, à bord duquel accusateur et accusé résidaient à telle proximité l'un de l'autre. La porte n'était même pas verrouillée de l'extérieur. Le lieutenant Landon n'offrait rien d'autre que sa parole d'honneur pour demeurer prisonnier en ce lieu.

La porte s'ouvrit et il nous apparut : un jeune homme qui n'avait pas encore atteint les vingt-cinq ans, je dirais, de corpulence trapue et le visage mince. Ses cheveux sombres étaient portés longs. L'expression grave de son regard s'éclaircit quelque peu lorsqu'il reconnut son visiteur.

— Sir Robert, déclara-t-il, c'est gentil à vous de passer me voir à nouveau. Entrez, vous tous, et prenez un siège, je vous prie.

Son attitude me frappa par sa familiarité, compte tenu de sa situation. On lui présenta sir John, l'informa de ses attributions et de la raison de sa visite. Mais tandis qu'il s'installait dans un fauteuil et posait de côté la Bible qu'il était en train de lire, la lumière sembla disparaître de ses yeux, comme si le simple fait de converser avec d'autres personnes des charges qui pesaient contre lui allait lui rappeler que son cas s'avérait totalement désespéré. Il paraissait presque accepter sa condition. Il donnait l'impression d'un homme d'ores et déjà condamné, de quelqu'un qui attendait seulement son rendez-vous avec le bourreau.

S'il avait été présent lorsque sir John interrogeait Hartsell, il n'aurait pas affiché un tel comportement, songeai-je. S'il avait entendu le magistrat désarçonner le capitaine suppléant avec ses propres paroles, il aurait pris courage. J'en avais la certitude.

Néanmoins, alors qu'ils commençaient à débattre de l'affaire, il s'exprima avec une indifférence similaire à celle de son attitude. Lorsque sir John lui demanda s'il se trouvait sur la dunette en compagnie du capitaine Markham, au moment où ce dernier avait basculé pardessus bord, il reconnut le fait et ajouta qu'il était à cet endroit, sur l'ordre du lieutenant Hartsell.

— Seriez-vous assez aimable pour me décrire l'action qui conduisit le capitaine à choir dans la mer ?

— Le capitaine et moi, nous sommes montés, répondit le lieutenant Landon, et j'ai cherché le lieutenant Hartsell sur la dunette, où il était censé se trouver. Il m'avait précisément demandé de lui amener le capitaine là-haut, mais il se tenait alors sur le gaillard d'arrière. J'ai lutté pour aider le capitaine à rejoindre l'échelle de tribord, mais nous couchions violemment par le tribord, le vaisseau s'aplatissait presque contre la mer. J'ai songé qu'une lame risquait de nous submerger et que nous allions couler. Le capitaine a échappé à mon emprise et il a été projeté contre la lisse de couronnement ; c'est alors que j'ai vu le pont se dérober sous ses pieds, alors qu'il commençait à glisser pardessus bord. Impossible de le retenir. Je n'avais plus que son soulier en main.

— Savez-vous par hasard pourquoi le lieutenant est convaincu que vous étiez en train de pousser le capitaine, plutôt qu'en train d'essayer de le retenir ?

— Je n'en ai aucune idée, aucune... Tout ce que je puis faire, c'est insister sur le fait que je n'ai point poussé le capitaine. J'ai essayé, au contraire, de le sauver.

S'il avait prononcé de telles paroles avec force et certitude, nul doute qu'elles auraient eu l'effet d'une insigne réfutation. À la manière dont le lieutenant Landon avança pareils propos, ceux-ci parurent toutefois lui échapper avec indifférence, perplexité. Il conclut sa réplique, à vrai dire, dans un haussement d'épaules, comme pour sous-entendre que cela n'avait guère d'importance qu'il réfutât ou acceptât sa culpabilité.

— Jeune homme, reprit sir John avec sévérité, vous

devez vous montrer plus persuasif pour votre propre salut, ou vous courez tout droit à la potence.

Peut-être était-ce la perspective qu'on lui avait ainsi présentée ou simplement le ton employé par sir John, mais l'effet sur le lieutenant Landon se révéla tel qu'il se redressa aussitôt sur son siège, hocha brusquement la tête et prononça :

— Oui, monsieur.

Eût-il été debout, je gage qu'il eût gratifié le magistrat du salut dont il avait privé l'amiral.

— Il ne me reste plus que deux questions à vous poser, poursuivit sir John. Tout d'abord, puisque vous ne niez pas le fait d'avoir tendu les bras en direction du capitaine, il s'agit simplement de savoir comment traduire votre geste. Pourquoi, selon vous, le lieutenant devrait-il interpréter celui-ci de manière aussi négative ?

Comme dans la cabine du capitaine, j'avais pris place à côté du siège occupé par sir John. Depuis cette position stratégique, je surpris un regard — ou, plus précisément, deux regards — s'échanger entre le lieutenant Landon et sir Robert. Celui du premier était interrogateur, celui du second évoquait une mise en garde. Tout cela se déroula si promptement entre eux qu'il ne s'écoula qu'un bref instant avant que ne vînt la réponse de Landon.

— J'y ai réfléchi, bien entendu, monsieur, déclara-t-il avec franchise, mais je ne puis y trouver la moindre raison vraisemblable.

— Ma foi, réfléchissez-y davantage, car l'affaire est d'importance. Ma seconde question s'apparente quelque peu à la précédente. Existe-t-il une quelconque raison pour laquelle vous auriez usé de violence à l'encontre du capitaine Markham ? C'est-à-dire, aviez-vous la moindre raison de lui faire du mal ?

— Aucune. En fait, je doute même que le capitaine m'ait jamais connu.

— *Comment ?* Voilà une déclaration à tout le moins bizarre. Vous étiez son officier en second, n'est-ce pas ?

— Certes, monsieur, mais comme on a déjà dû vous le confier, le capitaine a été souffrant la plupart du temps, pour ne pas dire pendant toute la traversée. Il s'est rarement hasardé à l'extérieur de sa cabine.

— De quoi souffrait-il, au juste?

— Comme cela n'est point de mon ressort, mon opinion n'aurait que peu de poids. Vous feriez mieux de vous renseigner auprès du médecin de bord, Donald MacNaughton. J'ai cru comprendre, toutefois, qu'il avait quitté le navire.

— Nous nous en chargerons, je présume. Mais pour l'heure, j'ai fini de vous interroger, lieutenant Landon.

Ce disant, sir John se leva et heurta vivement de sa canne le plancher de la cabine. Je me postai à son flanc et nous avançâmes vers la porte. Quelque peu surpris par cette sortie hâtive, le lieutenant et l'amiral se relevèrent promptement et commençaient à peine à se faire leurs adieux que j'avais ouvert l'huis et que sir John sortait déjà dans la coursive. Comme je lui emboîtais le pas, j'entendis sir Robert demander au jeune lieutenant s'il était bien nourri et si on l'autorisait à quitter sa cabine pour faire un peu d'exercice, dans la journée, ce qui me parut d'une étrange sollicitude, eu égard aux circonstances.

Cela me sembla d'autant plus curieux que, lorsqu'ils se retrouvèrent, à peine une dizaine de mots furent échangés entre sir John et sir Robert. Ce dernier fit remarquer la nécessité pour lui de retourner à son bureau de l'Amirauté. Sir John reconnut qu'il se faisait tard. À l'échelle de coupée, un aspirant remit le journal de bord à l'amiral, geste que sir John se borna à commenter d'un grognement sceptique. Et aucun autre mot ne fut prononcé pendant toute la durée de notre traversée, du navire au quai, à bord de la chaloupe de l'*Aventure*.

De retour à Tower Wharf, je fus encore le dernier en haut de l'échelle. Compte tenu du silence qu'ils avaient observé, je fus pour le moins surpris, une fois parvenu en haut, de les entendre converser bruyamment et de manière si animée que j'aurais juré que les deux vieux amis se querellaient. Je n'avais point tort, en fait. Je ne saurais dire la teneur de leurs propos, mais tandis que je grimpais tant bien que mal vers eux, j'aperçus l'amiral qui heurtait la paume de son poing.

— Par Dieu, Jack, disait-il, ce n'était guère séant, la manière dont tu lui as parlé. Il le savait. Je le savais moi-même. Et il savait que je le savais.

— En quoi est-ce important ? répondit le magistrat. Je l'ai traité comme je l'eusse fait avec n'importe quel témoin.

— Mais il ne s'agissait point de n'importe quel témoin. Il s'agissait du capitaine du vaisseau de Sa Majesté, l'*Aventure*.

— Capitaine suppléant.

— N'ergote pas avec moi. Il a tenu le rang de capitaine *de facto* pendant plus de deux ans. Et s'adresser à lui comme tu l'as fait, devant son équipage... en exprimant ton *doute*. Qu'as-tu donc dit ? « Je doute que vous ayez pu voir quoi que ce soit aussi clairement que vous l'affirmez. »

— Eh bien, tel était mon doute, Bobbie, et il demeure en moi.

— Mais affirmer une chose pareille en présence de son équipage équivaut à inciter à la mutinerie.

— Balivernes ! répliqua sir John. Un capitaine qui ne détient pas la confiance de son équipage n'est point un capitaine digne de ce nom.

— Tel était ce qu'on nous disait jadis. Mais en vérité, un homme dans la position de Hartsell doit traiter avec des criminels et des assassins, et tout individu que les racoleurs ramassent dans les couches les plus basses de la société. Pour conserver *leur* confiance, un homme doit parfois se montrer sévère, quelquefois paraître inflexible et versatile, mais avant tout, il ne doit *point* leur permettre de douter de lui.

— Chaque jour à Bow Street, je traite avec des individus semblables à ceux que tu décris, et je sais par expérience que l'équité et la cohérence contribuent davantage à gagner leur respect et leur confiance.

Visiblement, la dispute commençait à lasser sir Robert. Il prit sir John par le bras et l'entraîna vers l'escalier du quai, tout en me faisant signe de les suivre. Dieu sait que j'étais bien placé pour savoir que mon mentor et maître se laissait rarement conduire de la sorte ; un effleurement au coude était la règle en la matière, car il n'appréciait guère qu'on lui rappelât sa cécité. Mais de la part de son vieux compère, il le tolérait.

Ainsi traversèrent-ils d'un même pas la moitié du long quai, tandis que je marchais sur leurs brisées. Enfin, comme ils descendaient les marches, l'amiral reprit la parole en rendant hommage au magistrat :

— Je reconnais toutefois, Jack, que tu as obtenu davantage du lieutenant Hartsell que je n'en aurais moi-même obtenu, quelle que soit ta méthode.

— C'est mon travail, Bobbie. Je crains cependant de ne point avoir aussi bien réussi avec l'accusé. Tu sembles être en bons termes avec le jeune homme ; tu dois l'encourager à réfléchir et à s'exprimer avec davantage de force pour sa propre défense. Il semble presque languissant, comme s'il cédait au désespoir. As-tu déjà désigné un avocat pour le défendre ?

— Non, pas encore. Le choix n'est guère vaste ici, à Londres.

— Il devra appartenir à la marine, bien sûr ?

— Bien sûr.

— Je lui conseillerais et je *vais* lui conseiller, si tu le veux bien, bref, je lui conseillerais de réfuter la version de Hartsell et de chercher d'autres témoins parmi l'équipage.

— Nul ne s'est encore présenté à moi, du moins aucun parmi ceux qui ont eu la permission d'aller à terre. Mais en ce qui concerne ce que tu suggères à l'égard du lieutenant Hartsell...

— Quoi ? Tu veux dire que cela pourrait semer le doute ? Pardonne-moi, mais c'est précisément ce qu'il faudrait susciter. Et ne me parle pas des hommes d'équipage. Aucun ne sera présent.

— Mais Jack, il se trouve que Hartsell *est* le capitaine.

— Et il lui suffit seulement de répéter : « J'ai vu ce que j'ai vu »... c'est cela ? C'est presque comme s'il disait : « Je suis qui je suis », n'est-ce pas ?

— C'est *lui* le capitaine.

— Ah, Bobbie, Bobbie... la justice en mer s'avère quelque chose de bien différent de la justice à terre. Je commence à l'apprécier de plus en plus. Mais ne nous séparons pas avec la moindre rancœur entre nous, mon vieil ami. Nous partageons trop de bons souvenirs pour cela. Laisse-moi te faire une proposition. Viens souper avec nous demain soir, et nous ne soufflerons mot sur cette affaire... pas un seul ! Ce sera à la fortune du pot, mais le vin coulera à flots, je te le promets.

Ils s'étaient arrêtés là, sur Tower Hill. La bâtisse qui abritait les bureaux de l'Amirauté se trouvait à proximité. L'amiral saisit la main de sir John et la serra chaleureusement dans les deux siennes.

— J'en serai ravi, Jack, répondit-il. Le mess de la Tour laisse quelque peu à désirer, même pour un vieux célibataire tel que moi, et puisque je n'ai pas élu domicile en une résidence permanente, je n'ai guère le choix.

— Demain soir à huit heures, alors ? Au numéro 4 de Bow Street, au-dessus du tribunal.

— Demain à huit heures, et j'ai hâte de rencontrer ta charmante épouse. À demain, donc.

Il s'en alla et traversa prestement la rue, silhouette imposante s'il en fut, avec son long habit dont les épaulettes tressautaient. Il n'avait pas pris soin de me dire au revoir, mais après tout, il était amiral, n'est-ce pas ?... et moi je n'étais qu'un des membres de l'équipage de sir John.

— À présent, Jeremy, si tu peux nous dénicher un fiacre, nous pourrons nous mettre en route.

— Il y en a un qui attend plus loin, devant nous, répondis-je.

— Eh bien, fais-lui signe de s'approcher. J'ai descendu et monté mon content d'échelles, de même que je suis las de cheminer.

Quelques instants plus tard, nous étions installés dans la voiture de louage et sir John déplorait d'avoir été contraint par nécessité à inviter le vice-amiral sir Robert Redmond à souper.

— Cela n'enchantera guère Kate, déclara-t-il d'un air lugubre, pas avec ces problèmes de Mme Gredge qui s'éternisent. Peut-être que notre vieille gouvernante sera suffisamment rétablie pour aider quelque peu. Peut-être que non.

— Mais vous avez dit que vous étiez contraint par nécessité, monsieur. Je ne vois pas tout à fait...

— Ah, ma foi, il s'agit de la nomination de Tom Durham au titre d'aspirant, bien sûr. J'espère que sir Robert m'apportera son concours en la matière. Je me suis tellement engagé dans l'interrogatoire de ces deux-là — je me suis montré fort grossier, je l'admets — que j'en ai complètement oublié ma requête. Et puis, cette ultime altercation avec Bobbie, c'eût été peu diplomate d'en faire alors mention, en disant : « Oh, à propos... » Non, cela devra se faire demain soir. Nous devons aborder la question le plus tôt possible.

Nous poursuivîmes notre chemin en silence et, ce faisant, sir John se mit à tapoter le plancher de l'attelage à l'aide de sa canne. Était-il plongé dans ses pensées ou manifestait-il simplement son impatience ? Comme j'avais à lui faire part de quelque chose, j'attendis un peu, mais décidai en définitive qu'il valait mieux m'en débarrasser sur-le-champ.

— Sir John ?

— Oui, mon garçon, qu'est-ce ?

— Lorsque vous avez demandé à M. Landon s'il

existait la moindre raison pour laquelle M. Hartsell aurait mal interprété son geste, lorsqu'il avait voulu retenir le capitaine, j'ai vu le jeune lieutenant décocher un regard — oh, en haussant seulement les sourcils — à l'amiral, et ce dernier lui répondre en plissant le front et en secouant légèrement la tête.

— Uniquement cela, dis-tu ? Permission requise, permission refusée. Ma foi, c'est intéressant, n'est-ce pas ?

— Et ils semblaient partager une certaine familiarité.

— Oui, effectivement. Telles ces montagnes de glace qui flottent dans les mers du Nord, tout cela possède une partie cachée plus importante que la partie visible, et bien plus que je ne le souhaiterais.

Une surprise nous attendait à notre retour. Lady Fielding était rentrée du Foyer Marie-Madeleine pour prostituées repenties avec, dans son sillage, une jeune fille venue aider à l'office. Comme elle avait manifesté son espoir d'en trouver une, voilà qui n'était guère surprenant. Ce qui me stupéfia grandement, en revanche, fut de découvrir que sa jeune protégée n'était autre qu'Annie, la fille de cuisine délurée et polissonne de feu lord Goodhope. Je me souvins que sir John avait exprimé sa crainte de la voir choir sur le trottoir, et ce fut par ce chemin détourné qu'elle était parvenue en notre office.

Lorsque le magistrat et moi fîmes notre entrée, nous trouvâmes les deux femmes s'affairant presque gaiement à l'élaboration de notre souper... épluchant, tranchant et bavardant comme le fait la gent féminine devant les fourneaux. On nous préparait un ragoût avec les restes de bœuf de la veille — une viande de choix, s'il en fut, pour un simple ragoût — et son délicat fumet embaumait la pièce. Mme Gredge n'était visible nulle part.

Lady Fielding présenta la jeune fille — Annie

Oakum — comme résidente du Foyer Marie-Madeleine avec quelque aptitude pour l'art culinaire. Et elle ajouta :

— Annie m'a confié que vous l'avez tous deux rencontrée voilà un an, Jack, au cours de cette infâme affaire Goodhope[1].

Lady Fielding était tout sourire, tel un professeur présentant sa meilleure élève.

— Certes, oui, tout à fait ! répliqua sir John en tendant la main. Bien sûr que je me souviens de vous, Annie... et je suis d'autant plus ravi que nos chemins se soient de nouveau croisés.

Il la salua donc comme une vieille amie. Elle, pour sa part, fut un modèle de politesse, faisant la révérence, lui donnant du « monsieur » tous les trois ou quatre mots. Elle semblait déterminée à lui faire bonne impression et, d'une manière générale, elle y parvint. En ce qui me concerne, elle me gratifia d'une œillade.

Invitant lady Fielding à monter à l'étage pour « deviser », sir John nous abandonna pour rejoindre son petit bureau. Je connaissais mieux qu'elle les sujets dont il souhaitait s'entretenir avec elle. Elle parut embarrassée et quelque peu perplexe.

— Peux-tu te charger du reste jusqu'à mon retour ? s'enquit-elle auprès d'Annie.

— J'en suis tout à fait capable, madame, soyez-en sûre. Vous n'avez aucun souci à vous faire.

— Je ne m'en ferai point, Annie. À toi de jouer, à présent.

Lady Fielding se tourna ensuite vers moi en fronçant les sourcils et déclara :

— Jeremy, as-tu la moindre idée de l'endroit où est passé Tom ? Il est parti depuis un certain temps, semble-t-il.

J'avais certes une idée sur la question, mais celle-ci n'aurait eu d'autre effet que de l'affliger. (Comment

1. Voir *Les Audiences de sir John*, 10/18, n° 3001.

pouvais-je lui dire qu'il était allé rejoindre un ancien pirate ?) Aussi me bornai-je à lui rapporter les faits, tels que j'en avais connaissance.

— La dernière fois que je l'ai vu, il était parti en balade avec un vieil ami dans Covent Garden.

— J'espère sincèrement qu'il ne s'agit pas de l'un de ceux qui l'ont conduit à la délinquance.

— C'est quelqu'un de convenable, dis-je. Je connais moi-même ce gars.

— Répondrais-tu de lui ?

J'y réfléchis un instant.

— Oui, finis-je par déclarer, je le ferais.

— Très bien, conclut-elle, mais si Tom ne rentre pas de sitôt, je t'enverrai le quérir.

À ces mots, elle ponctua sa réplique d'un hochement de tête et se dirigea vers l'escalier. Nous la regardâmes tous deux s'éloigner. Dès que lady Fielding eut disparu et fut hors de portée de voix, Annie partit d'un grand gloussement.

— T'aurais dû voir ta tête ! lança-t-elle. Comme ta bouche était béante quand tu m'as découverte ! Je n' pouvais rien faire d'autre que d' garder moi-même mon sérieux.

— Ma foi, rétorquai-je en faisant tant soit peu la moue, j'étais surpris de te voir.

— Et comment ! fit-elle en pouffant derechef. Mais autant qu' tu t'habitues à m' voir ici, mon vieux Jeremy, parce que j' suis vot' nouvelle cuisinière.

— En es-tu aussi certaine ? Mme Gredge pourrait être bientôt rétablie.

— Ce n'est point d' cette façon qu' Madame voit les choses. Elle a dit qu'elle me donnerait ma chance, et c'est bien tout c' que j' demande. J' n'ai aucune envie de m'en r'tourner d'où j' viens.

— Pourquoi ? m'enquis-je dans ma trop grande naïveté. La vie au Foyer Marie-Madeleine est-elle aussi insupportable ?

— Ce n'est pas ce que j' voulais dire.

— Oh...

Je réfléchis un instant à ce qu'elle avait *réellement* voulu dire. Puis mon esprit juvénile aborda la situation sous des aspects plus pratiques.

— Annie, pardonne-moi cette question, mais sais-tu cuisiner ? Je pensais que Meg et toi étiez seulement chargées du nettoyage des chaudrons et des casseroles.

Elle se redressa et se rengorgea en disant :

— Eh bien, monsieur Jeremy Je-sais-tout, tu devrais savoir que Meggie et moi, on f'sait toute la cuisine dans cette maisonnée — ou en grande partie, disons —, ainsi qu' la vaisselle. La cuisinière nous appelait ses apprenties et elle nous a enseigné des tas d' choses, mais elle n'a jamais signé des papiers pour nous. Je n' suis point certaine qu'elle pouvait l' faire, comme c'est une femme. Tout compte fait, on a un peu appris à ses côtés, pardi.

— As-tu... commençai-je timidement, as-tu eu des nouvelles de Meg, depuis son départ pour le Lancashire ?

— Alors elle te plaisait autant qu' tu lui plaisais ?

J'ignorai sa question, car c'en était une pour laquelle elle n'espérait aucune réponse.

— Non, je n'en ai point eu et ça m'étonn'rait qu' j'en aie. Elle sait pas écrire et j' sais pas lire.

Ce fut alors que Tom Durham se vit épargner le déshonneur d'être débusqué dans l'antre d'un pirate. Il martela les marches de l'escalier et surgit dans la cuisine en arborant un sourire épanoui, lequel témoignait du plaisant après-midi passé en compagnie de Jimmie Bunkins et de son daron, Black Jack Bilbo. À mes yeux, il ne sembla en rien exceptionnel, ni différent du garçon qui s'était trouvé un peu plus tôt avec moi ce jour-là.

Mais lorsque je le saluai et me tournai vers Annie pour m'acquitter tant bien que mal des présentations, cette dernière, qui d'ordinaire avait la langue si bien pendue, m'apparut comme frappée de mutisme. Son visage affichait une expression avoisinant la crainte respectueuse.

Tom, lui aussi, avait dû le remarquer. Mais fort des bonnes manières qui, chez lui, semblaient comme une seconde nature, il tendit la main et serra celle de la jeune fille.

— Annie Oakum, n'est-ce pas ? Eh bien, je suis tout à fait ravi de faire votre connaissance. J'espère que vous demeurerez quelque temps parmi nous.

— Oh ! répondit-elle dans un profond soupir. Je l'espère aussi, en vérité...

CHAPITRE IV

Où nous apprenons comment sir John Fielding a perdu la vue

À vrai dire, Annie retourna ce soir-là, après le souper, au Foyer Marie-Madeleine pour prostituées repenties. Toutefois, elle avait largement fait ses preuves en organisant et en améliorant le repas que lady Fielding avait commencé, car la discussion entamée par sir John dura plus longtemps qu'on ne l'aurait prévu, tant et si bien que la jeune fille eut tout loisir d'épicer la mixture à son goût. Elle alla même jusqu'à verser le reste d'une bouteille de bordeaux dans le chaudron, stupéfiant ainsi Tom et moi qui n'avions jamais vu le vin utilisé de la sorte.

— Les Français le font tout l' temps, nous expliqua-t-elle avec assurance. C'est pour le goût, pardi.

J'ignore si ce fut grâce au bordeaux, ou au poivre et au thym qu'elle ajouta avec diligence, mais le ragoût se révéla d'une saveur à tout le moins mémorable. Comme nous étions tous les cinq assis autour de la table de l'office, sir John et lady Fielding plongèrent leur cuiller dans leur bol et goûtèrent. Le sourire qui illumina leur visage réconforta Annie, tout en me rassurant. Le magistrat se borna à tremper derechef sa cuillère et continua à manger avec grand plaisir. Lady Fielding se pencha vers sa jeune protégée et la gratifia d'un vif hochement de tête pour témoigner de son approbation.

— Ma chère petite, déclara-t-elle, c'est absolument

le plus savoureux ragoût que j'aie jamais goûté. Tu y as adjoint quelques petites choses, je présume.

— J'ai pris quelques libertés, madame.

— Pour le plus grand bien du plat, je te l'assure.

— Bravo, bravo ! s'enthousiasma sir John. Bravo, bravo !

Puis il revint à la tâche qui l'occupait.

Ainsi avait-on décidé du sort de Mme Gredge en son absence. Après avoir rendu visite à la cuisinière, on avait discuté de celui-ci, ainsi que de l'avenir de Tom, au cours du conciliabule dans le bureau du magistrat. Que les maîtres eussent trouvé une remplaçante en la personne d'Annie Oakum, tous deux en convinrent promptement, après avoir avalé le repas. Annie, bien entendu, n'en était que trop ravie. Restait à en informer Mme Gredge, la pauvre âme. Ce à quoi ils se préparèrent, tandis que je débarrassais la table. Lady Fielding remplit un bol avec les restes du ragoût, qu'elle irait lui porter. Puis elle se tourna vers moi, me gratifiant encore d'un de ces hochements de tête appuyés.

— Jeremy, dit-elle, je souhaite que tu raccompagnes Annie en fiacre au Foyer. Te reste-t-il suffisamment d'argent, après la sortie d'hier ?

— J'en suis certain.

— Eh bien, alors, veille à la ramener à bon port et reviens-t'en. Dis au cocher de t'attendre.

Elle ajouta à l'adresse d'Annie :

— Rassemble tes affaires dès demain, ma fille, et dans l'après-midi tu pourras revenir ici avec moi, et t'installer dans la chambre de Mme Gredge.

— Je ne vous en saurai jamais assez gré, madame.

— Tu percevras des gages, bien sûr. Sir John en discutera avec toi.

— Merci, madame.

Sur ces entrefaites, lady Fielding nous souhaita le bonsoir et, bol de ragoût en main pour Mme Gredge, elle gravit l'escalier avec sir John.

Ainsi me retrouvai-je donc peu de temps après en

l'unique compagnie d'Annie, dans une voiture de louage qui nous menait au Foyer. Toute l'exubérance qu'elle avait contenue en elle rejaillit sous le feu de ses insatiables questions, dont chacune avait peu ou prou un lien avec cet « adorable et charmant garçon » que je lui avais présenté, à savoir Tom Durham.

Je lui confiai moult renseignements, quoique pas la totalité, au sujet dudit garçon : qu'il était le fils de lady Fielding ; que la mort de son père avait considérablement amoindri leurs ressources et mis un terme à son éducation ; qu'il avait pris la mer voilà plus de deux ans et demi, à bord du vaisseau de Sa Majesté, l'*Aventure*, et servi aux Indes ; que son désir le plus cher n'était autre que de reprendre la mer, mais qu'à ce sujet (et sans doute me suis-je alors quelque peu avancé) sir John espérait lui obtenir une nomination au grade d'aspirant. Ce que j'omis, bien entendu, c'étaient les circonstances dans lesquelles Tom avait été enrôlé dans la marine royale, son passé de délinquant et son rendez-vous manqué avec l'exécuteur des hautes œuvres.

Assise à mes côtés, Annie semblait fascinée par tous les détails que je lui divulguais. Lorsque j'eus fait le tour de la question, elle sombra simplement dans le mutisme et se mit à regarder par la vitre de la voiture. Que pouvait-elle bien voir ? Peu lui importait, car, comme je m'en étais rendu compte à juste titre, seules les pensées et rêveries à l'endroit de son désormais cher Tom trouvaient grâce à ses yeux. J'ignorais qu'en penser, car je n'avais point rencontré pareil émoi dans les rues frustes qui avoisinaient Covent Garden. Ce qui unissait sir John et lady Fielding relevait davantage, selon moi, d'une grande amitié que les débordements de cette fougue soudaine. Était-ce l'expansion des tendres sentiments que je nourrissais à l'égard de sa compagne de cuisine, Meg ? Ou s'agissait-il de cette chose sublime qui s'anime sous la plume des poètes ? Était-ce l'amour de Juliette pour son Roméo qu'Annie la gourgandine éprouvait pour Tom ? Assurément point.

J'espérais qu'il n'en était rien, en vérité, compte tenu de la pénible existence qui l'avait conduite jusqu'à nous.

Plus tôt que je ne l'aurais cru, le fiacre s'arrêta devant le Foyer Marie-Madeleine. Je demandai au cocher de m'attendre, s'il souhaitait être payé, puis accompagnai Annie à la porte. L'effroyable directrice l'accueillit d'une manière pour le moins hostile :

— Te voilà donc chez nous à nouveau, n'est-ce pas ?

— Oui, mais guère pour longtemps, répondit Annie en recouvrant sa morgue. Je dois retourner demain là-bas pour y demeurer.

— Eh bien, Miss Grands-airs, nous verrons combien de temps cela durera.

Ce à quoi Annie ne réagit point, se bornant à m'embrasser sur la joue en disant :

— Merci, Jeremy.

Puis elle disparut à l'intérieur de la bâtisse, en passant devant l'imposante silhouette de noir vêtue.

Le piètre au revoir d'Annie me rendit quelque peu maussade, tandis que je rentrais au 4, Bow Street. N'étions-nous pas de vieilles connaissances ? Était-elle si entichée de Tom Durham ? Oh, mais quelle importance, me consolai-je, tant que tout se passerait pour le mieux ? Car, à dire vrai, la situation m'était aussi profitable qu'à tous les autres. Si j'avais largement profité de la cuisine de Mme Gredge au cours des douze derniers mois — et grandement apprécié celle-ci —, elle m'avait toujours semblé tant soit peu fade.

J'arrivai donc à la demeure de Bow Street que je connaissais si bien. À l'intérieur, je saluai de la voix et de la main M. Baker qui, de tous les sergents de ville du Curieux, était le seul présent à cette heure-là... puis montai à l'étage et poussai la porte de l'office où une agréable surprise m'attendait. Je découvris qu'en mon absence toute la vaisselle avait été lavée, et fort bien lavée, qui plus est. Ne voyant personne alentour, je grimpai l'escalier, perçus le grave murmure d'une conversation derrière l'huis clos de Mme Gredge — la voix de sir John — et poursuivis mon chemin jusqu'à la mansarde que je partageais pour l'heure avec Tom Durham. Allongé en travers du lit, il était en train de lire mon exemplaire fraîchement acquis du *Voyage autour du monde* de lord Anson. Il leva le nez, sourit et me montra la couverture de l'ouvrage, afin que je pusse en apercevoir le titre.

— Holà, l'ami, déclara-t-il, est-ce ton livre ?

— En effet, répondis-je. Je l'ai acheté hier seulement. Mais tu peux le lire. Bien entendu.

— Ah, cet Anson, il était marin... n'est-ce pas ?

J'acquiesçai — comment ne point être d'accord ? — et prêtai l'oreille à une intelligente allocution de quelques minutes sur les exploits dudit George Anson en qualité de marin, navigateur, soldat et ministre de la Marine. À la fin, Tom esquissa un sourire triste.

— Sais-tu de qui je tiens tout cela ? Du lieutenant Landon de l'*Aventure*... celui-là même qui est consigné en ses quartiers comme dans quelque donjon, pour être à tort accusé de meurtre. C'est lui qui m'a permis de m'élever de mousse à matelot, et qui a fait de moi un gabier.

— Tu dis qu'on l'accuse à tort. Pourrais-tu apporter une preuve qui vienne l'aider dans sa situation ?

— Si seulement je le pouvais ! Non, je l'affirme et j'en suis certain, car un homme aussi probe que lui ne saurait en aucun cas accomplir ce qu'il est censé avoir fait. Je connais cet homme. Je le connais bien, car lui et moi avons passé toute une nuit à converser le long des côtes de Coromandel et de Malabar. C'est à travers lui et grâce à lui que m'est venu cet amour de la mer.

— Je l'ai rencontré aujourd'hui, annonçai-je.

Ce qui n'était pas tout à fait vrai, car on ne m'avait point présenté au lieutenant... mais pour l'essentiel, je ne mentais pas.

— Comment est-il ? Comment supporte-t-il sa condition ?

Je lui répondis en toute honnêteté :

— Sa défense manque d'ardeur... ou du moins est-ce ce qu'en pense sir John.

— Tu étais là-bas aujourd'hui, en compagnie de sir John... et tu es monté à bord de l'*Aventure*. Dis-moi ce que tu y as vu et entendu. S'il te plaît, Jeremy, je dois savoir.

Ainsi vins-je à livrer à Tom Durham un rapport aussi complet et fidèle que j'en eusse jamais offert à sir John, en quelque affaire que ce fût. Il m'écouta fort attentivement, tandis que je lui relatais comment le magistrat, par son interrogatoire avisé, avait quasiment contraint le lieutenant Hartsell à admettre qu'il pouvait à peine voir au moment des faits sur lesquels il clamait aujourd'hui haut et fort avoir vu tant de choses. Je lui confiai également les sombres murmures qui avaient parcouru l'équipage, lorsque sir John interrogeait Hartsell en présence des marins. Ensuite, j'enchaînai directement sur les appréhensions de l'amiral, que je citai de mémoire, ses propos sur l'incitation à la mutinerie, *et cetera*.

— Et qu'a dit sir John de tout cela ? s'enquit Tom, en m'interrompant pour la première fois.

— Il a dit...

Ma voix se fit plus profonde, comme pour imiter peu ou prou le magistrat.

— « Un capitaine qui ne détient pas la confiance de son équipage n'est point un capitaine digne de ce nom. »

Tom rit de bon cœur devant ma prestation. Puis, tout à coup, il se rembrunit :

— Il a tout à fait raison, bien sûr. Car en vérité, le lieutenant Hartsell n'a *pas* la confiance de l'équipage. L'amiral n'avait donc pas tort de craindre l'éventualité d'une mutinerie.

— Au port ? répliquai-je, totalement incrédule. À Londres ?

— C'est peu probable, répondit-il, mais tout peut arriver en haute mer. Je gage que s'il avait porté plus tôt son accusation à l'encontre du lieutenant Landon, et si l'équipage en avait eu vent, l'*Aventure* aurait connu une mutinerie. Dans le pire des cas, Hartsell aurait eu un accident qui lui aurait été fatal. C'est pourquoi, j'en suis sûr, il n'a pas consigné Landon dans ses quartiers et ne l'a point accusé, jusqu'au soir qui a précédé notre arrivée au port.

— Le lieutenant était-il réellement aussi apprécié ?

— Il a été le plus compétent, le plus brave, le plus juste et le meilleur officier que nous ayons eu. Hartsell a peut-être tenu le rôle de capitaine suppléant, mais Landon est resté le maître à bord... mais qu'en est-il de lui ? Raconte-moi, à présent.

Je m'exécutai donc fort brièvement. Encore que j'eusse pu brosser un portrait plus flatteur de son favori. Mais qui pouvais-je décrire d'autre, si ce n'était l'homme mélancolique qui nous avait accueillis, la Bible en main, et apparemment résigné quant au sort qui l'attendait ? Tout ce qu'il offrait en guise de défense résidait dans l'affirmation qu'il n'avait point poussé le capitaine par-dessus bord mais qu'il cherchait à le retenir... ce qu'en tout cas sir John avait d'ores et déjà perçu.

(Vous noterez au passage, cher lecteur, que je tus à Tom la moindre allusion aux liens privilégiés unissant le vice-amiral sir Robert Redmond et le lieutenant Landon de l'*Aventure* ; pas plus que je ne fis mention des regards que ces deux hommes échangèrent à un moment crucial, pendant que sir John interrogeait le lieutenant. Pareils renseignements demeuraient selon moi la propriété du magistrat, et la sienne uniquement.)

Que Tom Durham fût attristé par mon récit, cela ne fit aucun doute à mes yeux, car il resta muet un certain temps, après que j'eus fini, bien que sa face se révélât aussi dénuée d'expression que possible. Il me parut profondément plongé dans ses pensées.

Enfin, il se tourna vers moi et reprit :

— J'aimerais qu'il existe un moyen qui me permette de l'aider.

— Peut-être que celui-ci se présentera de lui-même.

— Peut-être.

Nous abordâmes moult autres sujets, ce soir-là : Black Jack Bilbo et Jimmie Bunkins ; la visite prochaine de l'amiral ; les étranges existences que nous avions vécues tous les deux... orphelins, déracinés, livrés à nous-mêmes... mais ce ne fut qu'en fin de soirée, alors que nous étions en train de bâiller et nous apprêtions à nous mettre au lit, que Tom en vint à parler d'Annie. Il m'interrogea à son sujet : qui elle était et par quel hasard je l'avais rencontrée. Je lui touchai deux mots de l'affaire Goodhope, et me contentai d'ajouter qu'Annie avait œuvré à l'office de la grande demeure de St. James Street.

— Vraiment ? s'étonna-t-il. Je me suis trouvé dans une maison semblable de St. James, aujourd'hui... c'était celle de M. Bilbo.

— C'est la même, répondis-je.

— C'était réellement celle-là ? Ma foi, je suppose que lord Goodhope n'en avait guère l'usage, comme il était mort et tout cela...

L'impudente badinerie de Tom nous fit ricaner de conserve, tels les garçons insouciants que nous étions alors.

— Mais Annie est une cuisinière accomplie, à n'en point douter, ajouta-t-il. Jolie, de surcroît, quand on y pense. J'aimerais la connaître mieux.

Nous étions sous les couvertures, la chandelle éteinte, et presque endormis dans le lit que nous partagions, lorsqu'une pensée me traversa l'esprit.

— Tom, déclarai-je, est-ce toi qui as fait la vaisselle, ce soir... tous ces chaudrons et ces casseroles ?

— Oublie cela, camarade, me répondit-il dans son demi-sommeil.

— Ma foi, sache que je t'en sais gré.

— On rend toujours service à un camarade.

Et quelques instants plus tard, j'entendis la respiration régulière et profonde de son sommeil.

Il m'avait appelé « ami » et « camarade ». Cela signifiait, j'en étais sûr, que des liens d'amitié nous unissaient désormais. Je retournai gaiement cette idée dans ma tête, jusqu'à ce que de plaisants songes s'emparent de moi.

Lady Fielding décida, avec la bénédiction de sir John, que certaines emplettes devaient être effectuées, avant la visite de l'amiral pour le souper, à savoir de nouveaux effets pour Tom. Comme sir Robert allait certainement se présenter en uniforme naval, il s'avérerait malséant pour l'un des siens d'apparaître ainsi vêtu.

— Nenni, mon garçon, déclara le magistrat à Tom, cela ne peut convenir. Ta mère m'a décrit ce costume dépenaillé qu'à présent tu arbores. Aussi fier que tu puisses être de ta tenue de marin, ce serait faire affront à l'amiral de lui demander de s'asseoir à une table en compagnie d'un simple matelot.

— Mais...

— Et *puisque*, poursuivit sir John, coupant court aux tentatives de protestation de Tom, et *puisque*... disais-je, l'objet de son invitation en cette demeure consiste à requérir son concours pour t'élever de matelot à aspirant, il serait plus convenable de te présenter tel que le jeune gentleman que tu aurais pu être si tu n'avais point joué de malchance.

— Mais vous lui parlerez indubitablement de... des circonstances de mon enrôlement !

— J'aborderai le sujet en temps voulu, peut-être pas ce soir. Mon but, ce soir, consiste à t'exposer sous ton meilleur jour — bien vêtu et bien éduqué —, puis de semer en lui l'idée qu'un jeune individu aussi admirable que toi ferait un excellent aspirant et un magnifique officier.

Tom poussa un soupir de capitulation.

— À votre guise, sir John.

— Parfaitement.

Et ce fut donc ainsi que lady Fielding obtint gain de cause. Son fils n'arborerait certes point, comme elle l'eût souhaité, des effets sur mesure taillés selon sa nouvelle stature, mais il existait dans Chandos Street de respectables boutiques qui vendaient des vêtements de confection fort acceptables, ainsi que des habits déjà portés mais d'excellente qualité, lesquels pouvaient se retoucher. Il fut donc décidé qu'elle l'emmènerait là-bas.

Avant qu'ils ne s'en aillent, elle me confia toutefois une liste de denrées à acheter à Covent Garden, pour le souper de l'amiral. Tout en haut y était inscrit « une pièce d'agneau à rôtir ».

— L'agneau s'avère difficile à trouver, marmonnai-je en signe de dissentiment.

— Adresse-toi à M. Tolliver, dit-elle. Il doit en avoir, comme il est encore tôt dans la matinée. Sinon, je crains que tu ne doives faire un saut au marché de Smithfield.

— Entendu, alors. J'y vais de ce pas.

Et je me retrouvai donc, comme presque tous les jours, me hâtant parmi la foule grouillante de la grand-place, m'ouvrant un chemin de marchand en étal, examinant les marchandises pour dénicher les meilleurs produits offerts. Depuis plus d'un an que je résidais chez sir John, j'étais devenu à la longue un client avisé. Satisfaire Mme Gredge présentait des difficultés, mais lady Fielding m'avait cependant enseigné qu'acquérir les plus beaux morceaux ne signifiait pas toujours acheter les meilleurs, et qu'une couleur avenante n'offrait pas nécessairement le meilleur des goûts.

Lors de nos sorties dans Covent Garden, lady Fielding m'avait nonobstant surpris en évitant l'étal de boucherie de M. Tolliver. Tel qu'il était sis dans un coin de l'esplanade, on pouvait certes aisément l'esquiver, mais je me souvenais fort bien que c'était elle-même qui, la première fois, m'avait fait traverser la grand-place et présenté à M. Tolliver, en m'assurant qu'il proposait la meilleure viande du quartier, d'autant qu'il vendait les plus beaux morceaux au prix le plus juste. Tout cela se déroulait toutefois avant ses épousailles avec sir John. Durant la brève période où ce dernier lui fit sa cour, j'étais un jour allé porter à sa bien-aimée un message émanant de lui et j'avais surpris ensuite M. Tolliver qui sortait de chez elle, abattu et attristé. Je sais aujourd'hui, bien que je ne l'eusse point saisi alors, que le boucher de Covent Garden avait lui-même fait sa demande en mariage. Après avoir épousé sir John, lady Fielding avait donc dû trouver plus décent et certainement moins embarrassant d'éviter simplement son étal. En suivant ainsi son exemple, et après qu'elle m'eut peu ou prou dépêché ailleurs, mon itinéraire avait été dévié de l'éventaire de M. Tolliver vers ceux de concurrents qui lui étaient inférieurs. Lorsqu'il s'agissait d'un achat pour une grande occasion, comme ce mémorable rôti de bœuf que nous avions consommé pour fêter le retour de Tom, ainsi que le lendemain soir, on m'envoyait battre la semelle du côté du marché de Smithfield.

En tout cas, ce fut vers l'étal de M. Tolliver que je me dirigeai par cette chaude journée de juillet 1769, afin qu'y quérir « une pièce d'agneau à rôtir ». Fidèle au poste, le boucher était en train de servir un essaim de clients. Je pris place dans la file d'attente et il me reconnut, pendant que je patientais. Il me salua d'un hochement de sa grosse tête et, lorsque vint mon tour, il devança mes propos en bredouillant tout à trac :

— Eh bien, Jeremy, mon garçon... cela fait quelque temps que je ne t'ai point vu, n'est-ce pas ?

— En effet, monsieur, bien que je ne sache pas vraiment pourquoi.

— Ma foi, j'ai ma petite idée sur la question.

— Je me suis souvent rendu au marché de Smithfield.

— Ils ont de la bonne viande là-bas, encore qu'elle

ne soit pas meilleure que la mienne. Qu'est-ce que je te sers ?

Je lui répondis et il s'en alla vers les quartiers de viande, ôta le linge qui recouvrait une petite carcasse accrochée à l'écart et, en quelques coups experts de son grand couteau, la découpa en deux, puis trancha un morceau supplémentaire. Chassant les mouches, il enveloppa les restes dans la toile, puis ma viande dans du papier. Le paquet se retrouva ensuite entre mes mains.

— C'est du véritable agneau, me confia-t-il, non point du jeune mouton. Comme le morceau peut paraître plus petit que prévu, j'y ai ajouté une cuisse, sans supplément de prix. Considère cela comme un présent pour te compter de nouveau dans ma clientèle.

— Eh bien, merci, monsieur, répondis-je en comptant les pièces que je glissai dans sa paume.

— Sache que je continuerais à te voir, que tu t'approvisionnes ou non à mon étal. Tu es un brave et vaillant garçon, Jeremy. Te souviens-tu du jour où nous avons donné la chasse à ces scélérats tout de noir vêtus[1] ?

— Oh, certes oui, monsieur ! répondis-je avec enthousiasme.

— Nous leur avons flanqué une bonne leçon, pas vrai ?

Il secoua la tête, songeur, tout en souriant d'un air des plus étranges, comme si l'épisode qu'il avait évoqué lui procurait tout à la fois du plaisir et de la peine.

— Rappelle-moi au bon souvenir de ta maîtresse, conclut-il. À qui le tour ?

Je fus alors bousculé par une cuisinière grandement pressée. La viande emballée sous le bras et mes autres emplettes dans les mains, je repris le chemin de Bow Street. Sans savoir au juste pourquoi, cette rencontre m'avait procuré un vif émoi. Dieu, qu'il serait plaisant

1. Voir *Le Fer et le Feu*, *op. cit.*

d'être jeune et de pouvoir aussi bien comprendre avec sagacité que ressentir toute notre force !

De retour à la maison, je découvris dans notre office un étranger accordant toute son attention à sir John. C'était un individu de petite taille, sans distinction notoire, peut-être le tenancier d'une modeste échoppe, ou encore un employé. Tenant devant lui son tricorne serré entre les mains, il m'octroya un bref sourire nerveux, comme je gagnai la table de la cuisine en silence et déposai mes paquets. Mme Gredge y était assise, vêtue de pied en cap, dans une attitude d'expectative, et ne paraissant ni en meilleure ni en pire condition que la veille. Elle me décocha un regard, rien de plus, puis baissa les yeux, tout en continuant à écouter sir John.

— ... et puisque, eu égard à ses longues et nombreuses années passées au service de ma maisonnée, je me sens dans l'obligation — que dis-je, dans le devoir — de subvenir à ses besoins au déclin de sa vie, j'ai décidé de lui verser la somme d'une livre par mois.

— Oh, mais c'est des plus généreux, monsieur ! déclara le petit homme.

Il serra encore davantage son tricorne, à tel point que je craignis qu'il ne le broyât complètement.

— Vous êtes marié, n'est-ce pas ?

— Certes, oui, monsieur.

— Et vous avez des enfants ?

— Dieu nous a accordé le bonheur d'en avoir trois.

— Un trio de coquins hurleurs, comme vous n'en avez jamais entendu, brailla Mme Gredge de sa manière de choucas que nul n'eût su imiter.

Sa langue semblait encore quelque peu encombrer sa bouche.

— Maman ! protesta le petit homme, de toute évidence son fils. Voilà quelques années que tu ne les as point vus. Ils ne sont plus ainsi, à présent.

— Sans doute, intervint le magistrat, mais la question qui se pose est la suivante : quelle est la taille de votre logis ?

— Deux pièces, monsieur.

— Le cas échéant, cette livre mensuelle en sus vous permettra de vous installer en un domicile plus vaste, où votre mère pourra bénéficier d'une pièce qui lui sera propre, privilège qui a toujours été le sien sous notre toit. Je compte sur vous pour qu'il en soit ainsi. Est-ce bien compris, monsieur Gredge ?

— Oui-da, monsieur, tout à fait... et je ne peux qu'approuver ! Quand Will Gredge donne sa parole, monsieur, il la tient. Je suis réputé pour cela dans mon métier de tailleur, monsieur.

— Fort bien, dit sir John. Et vous pouvez faire usage de l'argent restant pour améliorer votre ordinaire. Elle en profitera, bien entendu, mais vous et votre famille méritez aussi une compensation pour vous occuper d'elle.

— J'aime avoir des sucreries ! coassa Mme Gredge, en proie à une véhémence soudaine.

Ce devant quoi sir John gloussa le plus jovialement du monde.

— Nul doute qu'elle les apprécie, déclara-t-il, peut-être un peu trop. Veillez à lui en offrir de temps à autre. Il est plus important, toutefois, de la sustenter en viande et en légumes. Vous y veillerez ?

— Oh, certainement, monsieur !

— Alors, parfait. Puisque nous en sommes convenus, voici le premier règlement de ma dette envers votre mère, pour avoir été à notre service.

Cela dit, il offrit le billet de une livre qu'il avait tenu tout au long de leur conversation dans sa main droite. M. Gredge s'en empara vivement — un peu trop vivement, à mes yeux —, et l'empocha. Il parut cependant sincère en répondant :

— Je ne vous décevrai point, monsieur.

Puis, à l'adresse de Mme Gredge :

— Toi non plus, maman. Je prendrai bien soin de toi.

Elle se leva de sa chaise, bataillant quelque peu pour

se mettre debout. Mais elle y parvint et, forte de sa petite victoire, claudiqua de quelques pas pour rejoindre sir John, dont elle prit la main.

— Vous avez été un bon maître, sir John Fielding, déclara-t-elle. Nul ne saurait en souhaiter de meilleur. Et vous avez fort bien subvenu à mes besoins. Mon seul chagrin, c'est de voir mon vieux corps me trahir, et de ne plus pouvoir vous servir pour le restant de mes jours.

Tâtonnant peu ou prou, la main gauche du magistrat trouva l'épaule de la cuisinière et il l'attira à lui pour l'étreindre.

— Merci, madame Gredge. Et du tréfonds de mon cœur, soyez remerciée pour ma pauvre, ma chère Kitty. Vous avez été la meilleure et la plus attentionnée des infirmières dont elle ait jamais pu disposer. Nul ne l'aurait traitée aussi bien que vous l'avez fait. J'en garderai un souvenir impérissable.

À ces paroles, la gouvernante recula, les larmes coulant à flots sur ses vieilles joues avachies.

— Je suis prête, Will, annonça-t-elle. Descends mon coffre.

— Lorsque... commença sir John.

Puis il s'éclaircit la voix et reprit :

— ... lorsque viendra le 1er du mois prochain, un autre règlement de une livre vous sera apporté, Will Gredge. J'espère que d'ici cette date vous aurez emménagé en une demeure plus vaste. Prenez soin de nous faire part de votre nouvelle adresse.

— Oui, monsieur. Je n'y manquerai point, monsieur. Merci, monsieur... répondit le fils de Mme Gredge en s'inclinant avec tant soit peu d'obséquiosité.

— Jeremy, dit le magistrat, sachant pertinemment que j'étais aussi présent, aide Mme Gredge à descendre les marches. Son fils aura les mains prises. Puis hèle un fiacre à leur intention.

Gratifiant l'assistance d'un ample salut de la tête, il ajouta :

— Au revoir à vous tous.

Puis il tourna les talons et traversa l'office qu'il connaissait si bien et commença à gravir l'escalier.

Will Gredge souleva le coffre rempli des affaires de sa mère, lequel n'était à vrai dire pas si lourd, mais massif, encombrant et difficile à porter.

— Viens, maman.

Ainsi chargé, il descendit les marches. Mme Gredge et moi le suivîmes, elle s'appuyant sur moi, de sorte que nous avançâmes lentement, une marche après l'autre. Le temps que nous arrivions au rez-de-chaussée, M. Fuller, le sergent de jour, était venu prêter main-forte à Will. À eux deux, ils n'eurent aucune peine à franchir la porte et à sortir la malle dans Bow Street.

— Jeremy, me dit la cuisinière en chemin, je dois avouer que sir John avait vu plus juste que moi à ton sujet. J'admets avoir eu des doutes, mais tu es devenu encore meilleur que je l'aurais jamais espéré. Je veux que tu prennes soin de lui, mon garçon. Prends-en soin, obéis-lui en toutes occasions, et chéris-le comme tu le ferais avec ton propre père, s'il était encore de ce monde.

— J'agirai selon vos vœux, madame Gredge.

— Il a grandement foi en toi, Jeremy, et nourrit de grands espoirs à ton endroit.

Nous avions atteint la porte donnant sur la rue. Je l'aidai à la franchir et constatai que M. Fuller avait d'ores et déjà fait venir une voiture de louage. Tandis que Will et lui confiaient la malle au cocher, Mme Gredge m'embrassa sur la joue.

— Au revoir, Jeremy. Prends soin de toi, à présent.

— Au revoir, madame. Je vous reverrai bientôt.

— Si Dieu le veut.

Je l'aidai à gagner la portière du fiacre, et Will, qui s'y trouvait déjà, l'aida à y pénétrer. Nous nous y prîmes maladroitement et elle trébucha une fois à l'intérieur; mais elle était installée et la portière claqua derrière elle. Le cocher ranima ses chevaux et l'attelage s'ébranla.

Je demeurai seul sur le trottoir, car M. Fuller nous avait laissés, sitôt le coffre chargé. Je songeai que cela valait mieux, car mes yeux s'étaient embués et les larmes commençaient à rouler le long de mes joues. Je les essuyai d'un geste, subitement gêné que quelque passant eût pu me voir ainsi. Dans mon esprit, il me semblait que j'étais bien trop âgé pour pleurer.

Ces sinistres adieux m'avaient tant abattu qu'en retournant à l'office j'eus seulement envie de m'asseoir à la table et me morfondre. J'ignore combien de temps j'y demeurai, mais lorsque j'entendis quelqu'un gravir l'escalier, je sortis enfin de ma torpeur et me levai pour accomplir la besogne qui m'incombait, à savoir déballer les produits que j'avais achetés un peu plus tôt à Covent Garden.

Je ne reconnus pas Tom Durham sur-le-champ lorsqu'il fit son apparition, quand bien même il entra dans la pièce en compagnie de sa mère, et que le bon sens me dictait qu'il ne pouvait s'agir que de lui. Il avait si fière allure dans ses nouveaux effets ! Pourtant, cela le changeait d'une manière que je n'eusse su prévoir. Il paraissait singulièrement plus âgé, plus établi et plus compétent. L'expression sérieuse qu'il arborait était due — je l'appris plus tard — à l'inconfort de ses nouveaux atours. Malgré tout, cela renforçait la sensation de maturité qui émanait de sa personne, lui offrant ainsi l'apparence d'un jeune gentleman traitant des affaires. J'avais alors eu tout loisir d'en croiser de tels, ici et là, dans la Cité de Londres.

— N'a-t-il point l'air élégant ? s'enquit lady Fielding.

— Oh, assurément !

— J'ai tout à fait l'air d'un marin d'eau douce, répliqua Tom, récalcitrant. Je le sais pertinemment, car j'ai passé le plus clair de mon temps devant le miroir, aujourd'hui.

— La chance nous a souri, reprit sa mère, papillonnante d'excitation. La culotte est un article de confection d'excellente qualité. Elle lui sied à merveille, ne trouves-tu pas, Jeremy ?

— Oh, si !

— Ah... mais l'habit... *l'habit!* Il est vrai qu'il a déjà été porté, mais c'est à peine s'il est usé... juges-en par toi-même. Regarde simplement la coupe, la belle ouvrage des boutonnières, *tâte donc* l'étoffe. Et il lui va à la perfection, comme tu peux le voir.

Docile, je palpai le vêtement aux endroits qu'elle m'indiquait. Tom semblait lutter contre l'envie de se débattre. D'une certaine façon, je le plaignais d'avoir subi moult manipulations et tripotages durant toute la matinée, mais en vérité je l'enviais encore davantage. L'étoffe paraissait à la fois douce et résistante au toucher. C'était effectivement un habit fort seyant.

— J'aimerais revêtir mes vieilles frusques, maman, déclara Tom en soulevant le paquet qu'il portait, lequel contenait celles-ci.

— Pas avant que je ne t'aie présenté à Jack !

— Mais il ne *peut* point me voir.

— Je puis te décrire avec exactitude et il pourra t'imaginer en pensée. Il excelle dans cet exercice. Parfois, je pense qu'il y voit mieux que nous... c'est du reste fort troublant. N'éprouves-tu pas ce sentiment quelquefois, Jeremy ?

— Plus souvent que vous ne le pensez, madame.

— Se trouve-t-il céans ?

— À l'étage... dans son bureau, peut-être.

— Nous allons l'y chercher. Viens, Tom.

Elle ouvrit la marche. Tandis que Tom s'éloignait, il me regarda en roulant des yeux avec insistance, comme s'il s'étonnait de tout ce qu'un homme devait supporter.

Ainsi, le reste de la journée fut consacré à la préparation de la visite du vice-amiral, sir Robert Redmond. Lorsque lady Fielding redescendit enfin, elle examina mes achats et les approuva, quoiqu'elle montrât quelque surprise en constatant que j'avais pris la liberté d'ajouter une cuisse d'agneau au morceau qu'elle m'avait demandé d'acheter.

— M. Tolliver m'en a fait présent, expliquai-je, afin de nous compter à nouveau parmi ses clients.

Elle eut alors un sourire qui se révéla aussi étrange que celui que j'avais vu se dessiner sur le visage du boucher.

— C'est une délicate attention de sa part, n'est-ce pas ? Peut-être l'avons-nous négligé. Dorénavant, Jeremy, tu peux te rendre toujours à l'étal de M. Tolliver, à moins que je ne t'envoie spécifiquement autre part.

— Sa viande est aussi bonne que celle que l'on vend au marché de Smithfield, déclarai-je. C'est ce qu'il affirme et je crois qu'il a raison.

— Parfait. Nous nous fournirons de nouveau chez lui, n'est-ce pas ? Mais à présent, il me faut me hâter vers le foyer. Je dois y régler une multitude de choses, avant de m'en revenir en compagnie d'Annie pour nous mettre sérieusement au travail. Alors, je te dis au revoir.

Elle se dirigea vers la porte, puis s'arrêta et, se retournant, s'exclama :

— C'est si palpitant ! Imagine Tom aspirant... officier !

Puis elle disparut dans l'escalier. Pour chacune des parties concernées, j'espérais que tout se déroulerait selon ses vœux.

Le départ de sir John s'avéra plus tranquille et moins empressé. Il traversa l'office à l'heure habituelle, vaquant comme de coutume à ses affaires au tribunal.

— Je gage que les nouveaux effets de Tom ont reçu ton approbation, Jeremy ?

— Oh oui, il aura fière allure devant l'amiral.

— C'est exactement le but que nous recherchons.

Il poursuivit alors son chemin, tapotant de sa canne la porte qui donnait sur l'escalier, afin de déterminer si elle était ouverte ou close, puis il l'ouvrit et descendit les marches.

Comme Tom était resté là-haut, je me dis qu'il devait se trouver dans la mansarde que nous partagions, sans doute en proie à quelque bouderie contre les indignités que sa mère lui avait fait subir, ou en train de lire le *Voyage autour du monde* de lord Anson, ou encore les deux à la fois. Quoi qu'il en fût, je songeai plus avisé de ne le point déranger. Livré à moi-même, mes pas eurent tôt fait de me conduire jusqu'à la salle d'audience de sir John.

Il me sembla que je l'avais négligée, dernièrement. Avec les commissions, le ménage et l'effervescence générale qui avait précédé l'arrivée de Tom en la demeure, je n'avais, semblait-il, guère eu de temps, ou d'occasions, pour les choses que j'aimais le plus. Et par-dessus tout, j'appréciais ces heures que je passais au tribunal de Bow Street.

En sa qualité de magistrat, sir John avait le pouvoir de juger les petits délits, d'arbitrer les procès de moindre importance, et de déférer à l'Old Bailey les grands criminels, lesquels étaient alors fort nombreux et le demeurent encore par trop de nos jours. C'est dans cette dernière compétence que se manifestaient ses célèbres capacités d'investigateur et d'interrogateur. Je l'avais vu maintes fois retourner pour ainsi dire un témoin sens dessus dessous, le contraignant à admettre qu'il n'avait point réellement *vu* ce qu'il clamait avoir vu... mais seulement entendu, ou appris par ouï dire, voire supposé à partir d'autres éléments de l'affaire en question. L'ironie du sort voulait, semblait-il, qu'un homme aveugle attachât une importance aussi capitale au témoignage oculaire. (Vous imaginez donc sans peine, cher lecteur, combien le magistrat fut désappointé, à l'issue de son interrogatoire avec le capitaine suppléant de l'*Aventure*.)

Cela dit, je vais à présent vous décevoir en affirmant qu'au cours de la séance à laquelle j'assistai ce jour-là, sir John ne se livra à aucun exploit dans l'art d'interroger, ne provoqua aucun revirement de témoignage, pas plus qu'il ne poussa qui que ce soit à déclarer ce qu'il avait vu... et cela, rien que cela. Il s'agissait somme toute de banales audiences, comparées à celles auxquelles le tribunal de sir John nous avait habitués. Il y fut question d'un litige entre un forgeron et le cocher d'une voiture de louage, au sujet du ferrage d'un cheval et des réparations de l'attelage, lesquels supposaient un règlement de deux livres ; sir John régla le conflit à l'amiable, en persuadant le maréchal-ferrant d'accepter les trois quarts de la somme, en admettant que celle-ci était suffisamment élevée pour se faire payer en deux fois. Deux autres hommes se présentèrent au magistrat, l'un d'eux accusant l'autre d'agression ; toutefois, l'accusateur s'avérait nettement plus robuste que l'accusé, lequel, plus petit, paraissait avoir la mauvaise part dans cette affaire. Puisque, selon le sergent Baker, qui s'était rendu sur les lieux et avait pris note de l'accusation, les deux adversaires n'avaient point fait usage d'armes et s'étaient battus à mains nues, sir John qualifia l'incident d'altercation mutuelle et prononça un non-lieu. Il prévint cependant les deux belligérants que si d'aventure ils venaient à se présenter de nouveau à lui, il conclurait à leur double culpabilité et leur infligerait à tous deux une amende équivalente.

Ainsi, voyez-vous, même lorsque les audiences se révélaient des plus communes, elles offraient moult matières à susciter la réflexion chez un jeune adolescent tel que moi. À force d'observer sir John œuvrer au fil des jours, je comprenais à la longue le fonctionnement de son remarquable esprit, une compréhension qui me profita grandement par la suite, dans la poursuite de ma propre carrière juridique.

La dernière affaire à l'ordre du jour concernait un cas d'ivresse sur la voie publique, lequel s'avéra digne d'intérêt non seulement pour votre serviteur mais aussi pour sir John.

Les deux prévenus se présentèrent à lui d'un pas traînant, témoignant d'un certain embarras et d'un vif dépit. M. Marsden, le greffier du tribunal, rendit lecture de la plainte à leur encontre, les nommant Isaac Banneker et George Stonesifer, toux deux marins au service de Sa Majesté. Le sergent Cowley, qui avait procédé à l'arrestation, fut appelé à la barre, et conta brièvement la manière dont il avait appréhendé les deux hommes, à minuit passé, dans Bloomsbury Square, où ces derniers s'étaient livrés à « un charivari de tous les diables, monsieur ».

— Étaient-ils en train de se battre, de se quereller bruyamment ? s'enquit sir John.

— Que nenni, monsieur, répondit Cowley. Bien au contraire. Ils étaient heureux et chantaient à tue-tête, offrant une sérénade à toute la place, pour ainsi dire, mais les riverains se plaignirent. En vérité, monsieur, c'est un valet de pied de lord Mansfield qui m'a mandé sur les lieux.

— Sur l'ordre de son maître ?

— Oui, monsieur.

— Ma foi, reprit sir John, je présume que le président de la Haute Cour de justice a besoin de dormir comme nous tous. Ces deux allègres troubadours vous ont-ils causé le moindre trouble lorsque vous les avez invités à vous suivre à Bow Street ?

— Pas du tout, monsieur. Ils avaient achevé leur bouteille de gin. Leur seul souci, c'était d'arriver à marcher correctement dans la rue. Leurs jambes flageolaient quelque peu, monsieur, ils avaient des difficultés pour avancer en ligne droite, pardi.

— Cela arrive parfois... répliqua le magistrat.

Puis, s'adressant à Banneker et Stonesifer :

— Qu'avez-vous à répondre pour votre défense ?

— Milord, dit le premier, nous n' pouvons point contredire l' sergent, monsieur...

— Qui s'exprime, à présent ?
— Isaac Banneker, milord.
— Poursuivez.
— Comme j' disais, on a rien à r'procher au sergent. Il nous a bien traités. Ça s'est probablement passé comme il l'a dit. En vérité, c'est qu' George et moi, on s'rappelle pas grand-chose. On est v'nus à terre, on a r'çu not' solde et not' ord' de permission. À c' moment-là, 'l était ben tard. Et on s'est dit qu'on économis'rait not'argent en s'ach'tant une bouteille de gin et en évitant les endroits où qu' c'est qu'on boit. C'est c' qu'on a donc fait et on s'est prom'nés jusqu'à c' qu'on trouve un joli coin ben tranquille pour vider not' bouteille. Ma foi, on a bu un p'tit coup et on s'est jamais aussi ben sentis, et puis George m'a dit : « Isaac, c'est-y qu' tu la connais, celle-là ? » Et il s'est mis à m' chanter la balade de *Molly au bord de l'eau* et puis...
— Ce sera tout pour l'instant. J'aimerais entendre la version de votre compagnon. Avez-vous souvenance que cela se soit déroulé ainsi, monsieur Stonesifer ?
— Exact'ment comme ça, monsieur. J' lui en ai chanté une, puis lui m'en a chanté une autre. J' me souviens plus laquelle, car on en a chanté tell'ment c' soir-là ! Tant qu' ça a duré, c'était magnifique, mais l' brigadier est v'nu et y nous a emm'nés.
— Vous plaidez donc coupables pour les torts dont on vous accuse.
Les deux hommes échangèrent un regard, haussèrent les épaules et, de façon discordante, répondirent « Oui, milord » et « Oui, monsieur ».
— Avant de poursuivre, reprit le magistrat, je me demande si les deux gentlemen que vous êtes pourraient me satisfaire sur un point. Vous êtes tous les deux marins au service de Sa Majesté, si je ne m'abuse ? Dites-moi, je vous prie, à bord de quel navire ?
— Le même que c'lui su' l'quel vous étiez hier,

milord, l'*Aventure*, répondit Isaac Banneker. Même qu' vous avez fait du bon travail en c' qui concerne M. Hartsell. Nous tous dans l'équipage, on était d' vot' côté, vous pouvez en êt' sûr.

Tant soit peu décontenancé par cette réaction, sir John agita tardivement la main pour enjoindre M. Banneker au silence.

— S'il vous plaît, monsieur Banneker, dit-il, ce que j'ai pu faire hier ou tout autre jour à bord de l'*Aventure* ne concerne en rien la cour. Je m'interroge seulement au sujet de la permission qu'on vous a accordée. Vous avez dit, je crois, qu'on vous a libérés tard, hier au soir ?

— Ben, quand not' tour est v'nu, milord. Vous voyez, la chaloupe a commencé à faire la navette ent' le quai et l'*Aventure*, guère de temps après vot' départ, milord, et elle a emm'né tout l'équipage. On était tous surpris, pour sûr, car on n'aurait pas dû êt' plus d' quinze en permission ; d'habitude, y a un groupe de quinze qui r'monte à bord, puis un aut' groupe de quinze descend à terre. On a été étonnés d' voir qu'ils vidaient l' vaisseau, car ils avaient laissé les dames et l'alcool à bord, pour qu'on soit contents, comm' qui dirait. Ben, ma foi non, ils nous ont tous débarqués d' l'*Aventure*. Pour tout dire, monsieur, j' sais point combien qu'y en aura qui r'mont'ront à bord. George et moi, on s' trouvait dans l'avant-dernière chaloupe.

— Me voilà donc à présent flanqué de marins ivrognes qui font la bamboche sur le territoire de ma juridiction. Dois-je comprendre cela ?

— Ma foi, c'est pas *tout* l'équipage, milord. Ils ont gardé les lascars à bord, ils doivent êt' une cinquantaine en tout... puis y a les officiers, les aspirants et les officiers subalternes, bien sûr. On est r'venus un peu moins nombreux au pays. J' dirais qu'on est environ deux cents qu' vous d'vez surveiller, monsieur, jusqu'à c' que l'*Aventure* lève l'ancre.

— Fort intéressant, commenta le magistrat. J'aurais

aimé qu'on m'en informe. Mais pour l'heure, c'est de vous deux que je dois m'occuper, n'est-ce pas ? Deux possibilités s'offrent à moi. Je puis vous dépêcher à Newgate, où vous purgerez une peine de trente jours pour ivresse sur la voie publique, ce qui vous fera ressortir de prison après le départ de l'*Aventure* et vous serez considérés *de facto* comme déserteurs... et vous n'ignorez point la manière dont la marine royale traite les déserteurs...

— Pour sûr, monsieur. Est-ce qu'on n' pourrait...

— Silence, je vous prie, car je n'en ai point fini.

— Oui, milord.

— C'est l'une des possibilités. L'autre est la suivante : je peux vous infliger une amende et vous rendre votre liberté, à condition que vous me promettiez loyalement de vous mettre en quête de vos camarades, afin de leur transmettre que je ne tolérerai aucune rixe et aucune débauche dans Westminster ou la Cité de Londres, lesquelles seraient, le cas échéant, sévèrement traitées par mes soins. À présent, messieurs, je vais vous demander de m'aider. Quelle solution souhaitez-vous que je choisisse ?

— Oh, la deuxième, milord, répondit Isaac Banneker.

— S'il vous plaît, monsieur, la seconde, renchérit George Stonesifer.

— Fort bien, j'opte donc pour la deuxième. Mais je ne vous congédie pas entièrement en qualité d'hommes libres, car vous demeurez sous l'engagement dc propager la consigne telle que je vous l'ai prescrite. Est-ce bien compris ?

Les deux hommes acquiescèrent le plus solennellement du monde à ses propos.

— Alors, je vous inflige à chacun une amende de une livre. Veuillez régler M. Marsden.

Le public clairsemé du tribunal sembla trouver quelque divertissement à ce petit drame qui venait conclure la journée. Tandis que sir John clôturait la séance à l'aide de son marteau, les spectateurs quittèrent la salle en file, échangeant rires et sourires, amusés du dénouement de l'affaire, quoique sans doute pour le moins perplexes quant aux détails ayant eu trait à la frégate l'*Aventure*. Ils ignoraient leur portée, contrairement à moi.

Car si la permission de l'équipage de ladite frégate signifiait que deux cents âmes supplémentaires venaient grossir le nombre de celles qui peuplaient les bouges, maisons à bière et autres échoppes de vins et spiritueux, cela indiquait que quelqu'un — en l'espèce le lieutenant Hartsell ou peut-être même le vice-amiral sir Robert Redmond — avait pris la menace de mutinerie au sérieux. Ils craignaient l'équipage, quand bien même le bateau mouillait au port de Londres. Dans un certain sens, au moins, Tom Durham avait vu juste dans sa manière d'apprécier la situation.

J'avais grande envie de rejoindre sir John en son cabinet, afin de l'interroger à ce sujet, mais un élan contraire m'en empêcha. En dépit de son apparence impérieuse, le magistrat paraissait fort troublé par les événements qui s'étaient produits, et se produisaient encore, à bord de l'*Aventure*. Aussi choisis-je sagement de ne point lui rendre visite, mais plutôt de monter à l'étage, où je m'affairai à nettoyer et à cirer le salon, dans lequel, comme on me l'avait dit, débuterait notre soirée en l'honneur de l'amiral.

L'après-midi touchait à sa fin lorsque lady Fielding revint du Foyer Marie-Madeleine en compagnie d'Annie, qui portait avec elle un petit ballot d'effets et d'affaires diverses. Après qu'elle eut inspecté et approuvé mon ouvrage dans le salon, la maîtresse de céans se hâta vers la mansarde, afin d'exhorter son fils à revêtir ses atours nouvellement acquis. Sur ces entrefaites, je demeurai donc seul avec Annie à l'office. Cette dernière me décocha un regard critique.

— Entendu, déclara-t-elle, voyons un peu c' que tu m'as ach'té pour cuisiner.

Les légumes reçurent son approbation, mais le paquet de viande que j'avais rapporté de l'étal de M. Tolliver l'intéressa davantage. Je le déballai et elle estima âprement la marchandise.

— Humm... une épaule *et* une cuisse, commenta-t-elle en hochant la tête et en haussant la lèvre inférieure. Vous n' quitterez pas la table affamés, c' soir. Tu as acheté ça au marché d' Smithfield, Jeremy ?

— Non, à Covent Garden, chez M. Tolliver.

— Pour sûr qu' c'est d' la bonne viande. Mais dis-moi, est-ce qu' la vieille qui travaillait ici avant moi n' gardait pas d' la sauce à la menthe par-devers elle ?

J'avais aperçu un pot, songeai-je, en nettoyant les placards, peu de temps auparavant. Je me dirigeai vers le meuble et en sortis l'objet. Comme le récipient était fermé, j'eus toutes les peines du monde pour en soulever le couvercle. Annie y trempa un doigt et goûta.

— Ça ira, dit-elle. Mais j'sais qu'y a point d'ail ou d'épices dans la maison, alors tu dois filer prestement à Covent Garden, pendant que les étals sont encore ouverts, et m'acheter un chap'let d'aulx et un beau bouquet de marjolaine bien fraîche. Tu as saisi ? Si j' dois préparer c' que j' veux... diable ! faut qu' j' m'y prenne comme il sied !

— J'ai cru que nous devions souper à la fortune du pot, déclara l'amiral. Que je meure sur-le-champ si ce n'est pas le meilleur agneau que j'aie jamais goûté ! Je sais *pertinemment* que je n'en ai jamais mangé de meilleur.

— Tu fais honneur à ma table, Bobbie.

— Nous avons une nouvelle cuisinière, intervint lady Fielding. Elle a servi précédemment à l'office de lord Goodhope.

— Ma foi, vous pouvez lui présenter mes compliments les plus sincères.

— Merci, répondit-elle. Je n'y manquerai point.

— Lord Goodhope... lord Goodhope, marmonna sir

Robert en émettant un bruit de succion, comme pour raviver ses souvenirs. Il a connu une fin malencontreuse, si je ne m'abuse ? D'ailleurs, je crois bien avoir appris que tu t'es toi-même plus ou moins chargé de cette méprisable affaire... en conduisant quelque enquête, n'est-ce pas ?

— J'ai effectivement mené une enquête, répondit sir John. Et tu as raison, l'affaire était ignominieuse, sans doute de celles dont ma chère Kate ne souhaiterait point entendre parler à la table du souper... une autre fois, peut-être.

— Assurément, assurément. Toutes mes excuses, lady Fielding.

— N'en faites rien, je vous en prie. Tom, je constate que le verre de sir Robert a besoin d'être rempli. Veux-tu t'en occuper, s'il te plaît ?

Le fils de lady Fielding s'exécuta d'une main lourde, manquant remplir le verre de l'amiral à ras bord.

— Merci, mon garçon, dit sir Robert.

Puis, après une grande gorgée de vin, il s'adressa à la tablée entière, bien qu'il parlât à son hôte en personne :

— Jack, j'avoue que je t'envie. Tu as une épouse charmante, deux vaillants garçons pour t'assister et t'apporter du réconfort... en bref, un véritable foyer. Alors que moi, qui ne me suis jamais marié, je dois m'en retourner en mes humbles quartiers de la Tour et prendre mon prochain repas dans la solitude du mess des officiers.

— Vous n'avez jamais été marié ? répéta lady Fielding. Quel dommage !

— Non, pendant toutes ces années passées en mer, c'eût été injuste de demander à une femme de supporter des absences de deux ou trois ans, pour un mois ou deux de vie conjugale. À présent que je ne navigue plus et que je demeure à terre, j'ai troqué le gaillard d'arrière contre un bureau et j'en viens à souhaiter que ma vie se soit déroulée différemment... surtout lorsque je me retrouve en telle compagnie, comme en ce moment.

— Mais il n'est sans doute pas trop tard pour prendre épouse, déclara-t-elle. Vous êtes encore un homme jeune, pétri de vigueur.

— La marine royale ne semble guère vous approuver sur ce point, chère madame, sinon elle ne m'aurait pas placé dans la situation que j'occupe désormais. Quoi qu'il en soit, je crois hélas que mes habitudes de célibataire endurci m'empêchent d'être le compagnon dont peut rêver une femme.

Sir Robert eut un petit rire de dépit et reprit :

— Oh, j'avoue qu'en voulant m'attirer votre sympathie, madame, je n'ai fait que brosser un tableau lugubre de ma condition. Je ne réside à Londres que depuis quelque temps. Dès lors que j'aurai trouvé un logis décent, ma situation s'en trouvera grandement améliorée. Je serai alors en mesure de te rendre ton amène hospitalité, Jack.

Lady Fielding insista cependant :

— Y a-t-il beaucoup d'officiers des forces navales aussi décidés que vous l'êtes à demeurer célibataires ?

— Non point la plupart, sans doute, mais un certain nombre.

— Je n'aime guère caresser l'idée de devoir être privée de petits-enfants. Mon fils, voyez-vous, désire faire carrière dans la marine.

À cet instant, l'amiral haussa les sourcils et regarda dans ma direction.

— Vous voulez dire Jeremy, ici présent ? Nul doute que ce garçon a belle prestance. Il ferait un aspirant tout à fait convenable.

Avant que lady Fielding pût corriger la méprise de l'invité, sir John leva la main pour enjoindre sa femme au silence et prit la parole :

— Non, Bobbie, Jeremy se destine à une carrière juridique... ou du moins me l'a-t-il confié. Kate fait allusion au fils issu de son premier mariage, Tom Durham, qui est assis à ta droite.

Bien entendu, l'amiral se tourna alors sur sa droite et examina Tom de près. Il parut hésiter à se prononcer.

— Je ne voudrais point me montrer décourageant, déclara-t-il, mais l'âge risque de... Quel âge as-tu, jeune homme ?

— J'ai seize ans, sir Robert, répondit Tom non sans fierté.

— Seize ans, me dis-tu ? Je t'aurais volontiers vieilli de deux ans... au moins. Mais à dire vrai, seize ans, cela ne devrait pas paraître trop âgé pour une affectation au grade d'aspirant. Quelles sont tes impressions, jeune homme ? La vie en mer constitue l'une des existences les plus rudes que l'on puisse imaginer. Les dangers vous guettent à chaque instant. Non seulement la guerre, mais aussi les éléments. Aucun terrien ne saurait supposer l'inclémence d'une tempête en mer.

— Je crois que je le puis, monsieur.

Comme en proie à une impulsion soudaine, lady Fielding intervint alors :

— Tom a déjà connu les périls auxquels vous faites allusion, sir Robert.

— Oh ? Et en quelles circonstances ?

L'amiral continua à s'adresser à Tom Durham.

Si, pour des raisons différentes, j'avais autant hâte que sir Robert de connaître la manière dont on répondrait à cette question, mon attention se porta nonobstant sur sir John, lequel avait précédemment émis quelques réserves quant à l'évocation des événements ayant conduit Tom à servir dans la marine. Bien que les yeux du magistrat fussent recouverts, comme à l'accoutumée, d'un bandeau de soie noire, et par conséquent indistincts, je vis cependant son front se plisser, comme il fronçait les sourcils, et sa fourchette s'arrêter en l'air, à mi-chemin de sa bouche.

Ce fut alors que Tom répondit :

— J'ai servi en qualité de matelot breveté à bord du vaisseau de Sa Majesté l'*Aventure*, avant d'être promu gabier la dernière année, monsieur.

Loin d'être fâché par la brutale réponse qu'on venait de lui livrer, l'amiral gloussa d'un air jovial.

— Tu ne badines point, mon garçon ? J'avoue m'être interrogé sur ton teint sombre et ta démarche de marin. Mais, mon jeune ami, tu portes les effets comme tout gentleman digne de ce nom et t'exprimes assurément comme tel.

L'amiral s'interrompit et ses yeux se posèrent sur lady Fielding, puis revinrent sur Tom.

— J'espère que tu n'as pas brisé le cœur de ta mère en fuyant la maison pour t'embarquer sur quelque navire, comme le font certains garçons... ?

— Non, monsieur, je...

— Tom a été traduit en justice, interrompit sir John d'une voix grave et impérieuse.

Le fils de lady Fielding se tut aussitôt, tandis que le magistrat poursuivait, expliquant les circonstances fâcheuses ayant entraîné l'enrôlement contraint de Tom dans la marine royale. Il mentionna au passage que la reine Charlotte en personne était intervenue, afin de sauver Tom et un autre adolescent de la pendaison.

Sir Robert, qui avait observé un silence respectueux tout au long de l'interminable récit du magistrat, hocha la tête avec sérieux, et se garda de tout commentaire pendant quelques instants.

— Je vois, déclara-t-il enfin. Et à présent, sa mère souhaite qu'il devienne officier ?

— Non, répondit sir John. Qu'il soit bien clair que l'idée de requérir une promotion pour Tom au grade d'aspirant émane de moi, de moi seul. Lorsqu'il a débarqué de l'*Aventure* voilà deux jours, j'ai accueilli un garçon qui aimait la mer et son existence avec grande passion. J'ai découvert qu'il était passé de simple mousse à matelot, avant d'être promu gabier, le temps d'une période de service de la frégate aux Indes. Alors qu'il n'était qu'un jeune garçon, il avait participé à des batailles contre les pirates et les corsaires... au corps à corps, car vous n'êtes pas sans savoir leur scélérate manière d'agir. C'est par sa conduite sous le feu de l'ennemi qu'il a pu s'élever de mousse à matelot. Je me suis trouvé face à un jeune homme qui avait reçu une excellente éducation jusqu'à l'âge de treize ans à la Westminster School, un garçon pourvu des dons naturels d'intelligence, de force et d'endurance. En bref, j'ai découvert quelqu'un qui ferait un superbe officier de la marine royale, et que l'on aurait volontiers accueilli dans les rangs des aspirants voilà trois ans, si ce n'était le signe distinctif qui l'accablait. Je soutiens nonobstant qu'il ferait toujours un brillant officier et que son expérience en qualité de marin lui permettrait de devenir un aspirant hors pair.

— Ta plaidoirie est fortement argumentée, Jack.

— Elle est le reflet de ma pensée, Bobbie.

— Il serait vain de prétendre qu'une telle nomination ne rencontrerait pas quelque opposition. Si l'on avait vent de son passé — et en toute équité, celui-ci devra être révélé en cours de procédure —, il se trouvera sans doute un membre du Parlement pour déclarer : « Pourquoi ne point choisir à sa place tel jeune patricien de Northampton qui se révèle un ange ? » Non, cela s'avérera malaisé, mais je crois Tom Durham fidèle au portrait que tu as brossé de lui et je lui apporterai — ainsi qu'à toi — tout mon soutien possible dans ta démarche pour qu'il soit nommé. Je t'en fais la promesse.

— Je ne saurais demander davantage, mon cher ami.

— Toutefois, Jack, laisse-moi te prodiguer un conseil. À ta place, j'exploiterais une autre voie pour atteindre ton but. Tu dis avoir obtenu le concours de la reine Charlotte en personne dans ton singulier effort pour dépêcher ce garçon à la mer. Sa réussite à bord de l'*Aventure* atteste du bon sens de ton projet consistant à enrôler des jeunes garçons dans la marine royale. Pourquoi ne point écrire à Sa Gracieuse Majesté en mentionnant Tom ici présent et ton désir de le voir promu aspirant ? Son succès au grade d'officier confirmerait plus tard la foi de la reine en ton entreprise. Il existe, comme tu le sais, ceux que l'on appelle des « garçons de promotion royale » — ils sont peu nombreux, certes —, dont l'affectation émane directement du souverain. Nul ne s'opposerait sans doute à la nomination de Tom, si celle-ci provenait d'une telle source.

— En haut lieu, veux-tu dire ? Mais pareilles promotions ne sont-elles pas uniquement accordées aux fils de haut lignage ou de la petite noblesse ?

— D'ordinaire, certes... mais ce ne n'est pas toujours le cas. Je pense que tu aurais tort de négliger un tel appui.

— Alors, je vais certainement suivre ton conseil.

L'affaire fut donc entendue entre les deux hommes, comme ils finissaient leur assiette. Penchée sur les rares morceaux de viande attachés à l'os que contenait la sienne, lady Fielding ne parvenait guère à dissimuler le sourire comblé qui se dessinait sur ses lèvres, ravie qu'on eût trouvé une conclusion si proche de ses désirs au sujet qu'elle avait abordé. Seuls Tom et moi restâmes à rouler des yeux, en les dévisageant à tour de rôle, puis en échangeant des regards entre nous, de part et d'autre de la table. Il me lança une œillade et je la lui rendis. Ainsi commentâmes-nous favorablement la tournure des événements.

L'amiral et le magistrat tendirent de conserve leurs assiettes, afin qu'on les leur remplît derechef.

— Je me laisserais volontiers tenter par un autre morceau, assura l'un.

— Oui, j'y goûterai encore, moi aussi, renchérit l'autre.

Tom s'empressa d'accéder à leur requête, en pourvoyant chacun d'une côtelette et d'une tranche de gigot. L'un et l'autre recouvrèrent leur mutisme, tandis qu'ils s'employaient à mâcher et à avaler avec la plus grande gravité qui fût. Quelques minutes s'écoulèrent ainsi, puis le vice-amiral sir Robert reprit la parole :

— Milady, déclara-t-il, je présume que vous aussi appelez de vos vœux cette carrière pour votre fils ?

— Certes, oui, répondit-elle. Je puis vous assurer,

sir Robert, que mon fils passera son existence en mer, qu'il soit simple marin ou officier. Il me l'a fait comprendre sans ambages. Si mon époux pense qu'une carrière d'officier conviendrait à Tom, eh bien, je ne puis naturellement que l'approuver.

— Comme toute épouse le ferait et le devrait, sans doute. Toutefois, madame, je ne vous laisserai point vous bercer d'illusions, quant à la sécurité d'un officier dans la marine royale. Lorsqu'un navire sombre durant une grosse tempête, comme cela arrive de temps à autre, les officiers périssent au même titre que l'équipage. En cas de bataille, les officiers doivent tenir bon et montrer l'exemple à leurs hommes ; leur uniforme les transforme en cibles de choix pour les mousquets ennemis. En un mot, ils courent de *plus grands* risques. N'écoutez point ceux qui vous affirment le contraire.

Tout au long de cette allocution, sir John avait écouté et mangé sans sourciller, en demeurant de marbre ; à la fin, il fit signe en levant son verre vide et Tom se déplaça pour le lui remplir.

Sa femme, pour sa part, fixait l'amiral droit dans les yeux et opinait du chef à chaque funeste éventualité que ce dernier évoquait.

— Quoi qu'il en soit, déclara-t-elle lorsqu'il eut fini, tel est le souhait de mon fils, et celui de mon mari pour lui. On ne peut guère ajouter autre chose, n'est-ce pas ?

— Peut-être ceci, répliqua sir Robert, et je vais tenter de vous l'exposer le plus brièvement possible. C'est une histoire qui mérite d'être narrée pour trois raisons, je crois. De prime abord, elle illustre le fait que pas même un aspirant n'est à l'abri des dangers, tels que ceux que j'ai décrits. Ensuite, parce qu'il s'agit d'un exemple de bravoure dont le jeune Tom pourrait s'inspirer. Et enfin, je pense que ce récit n'est point connu de cette tablée.

« Tout s'est passé durant le siège de Cartagena, pendant la guerre contre les Français et les Espagnols, voilà près d'une trentaine d'années. À cette époque, Cartagena constituait le grand port espagnol de la mer des Caraïbes, dans la partie sud des Amériques. L'or et l'argent y abondaient, et les Espagnols y conservaient une flotte de vaisseaux de guerre. La prise de ce port aurait sans doute mis promptement fin à une guerre qui a duré pendant des années ensuite, car nous aurions ainsi coupé les cordons de la bourse aux Espagnols. Mais cette campagne, à laquelle ont participé l'armée et la marine, les généraux et les amiraux, s'est avérée mal conçue et improprement menée. Chacun de nos vaisseaux contenait bien sûr des fusiliers marins, de même que des bataillons entiers de l'armée se trouvaient à bord des grands navires de guerre ; la plupart d'entre eux — fusiliers aussi bien que soldats — n'étaient que de jeunes recrues n'ayant jamais connu le feu ennemi. Deux forteresses gardaient l'entrée du port intérieur : Boca Chica, disposant de quatre-vingt-quatre canons en position, et Saint-Joseph, qui en contenait trente-six ; toutes les deux possédaient également des obusiers, ainsi que l'on n'a point tardé à le découvrir. Les généraux ont tenu à garder leurs soldats à l'arrière pour assaillir le port intérieur et la ville, et comme il incombait à la marine d'ouvrir une brèche pour franchir ces deux bastions en les prenant d'assaut, on a fait descendre à terre les fusiliers marins à Boca Chica, et un détachement de marins armés à Saint-Joseph. Notre navire, le *Résolu*, a débarqué ses fusiliers à la faveur de la nuit, à une position à portée des canons du fort. On dénombrait une centaine d'hommes et, avec le matériel et l'armement, il a fallu plusieurs voyages en canot pour transporter la troupe de débarquement du vaisseau à la terre. Au moment où débarquait le dernier des fusiliers, le jour s'était levé, et les bombardements avaient commencé. L'aspirant qui commandait le canot a compris qu'il serait impossible de regagner le *Résolu*, aussi a-t-il ordonné à ses rameurs de prendre leurs pistolets et leurs flasques à poudre, et il les a entraînés avec lui pour rejoindre les fusiliers sur la grève.

« Il s'est ensuite présenté avec son équipage au lieutenant qui dirigeait le détachement de débarquement. Ce dernier a aussitôt confié à ce jeune garçon, qui n'avait qu'un an de plus que Tom, la responsabilité d'une batterie d'obusiers débarqués du vaisseau de guerre, car si les fusiliers ne formaient pas un si grand nombre, ils étaient fort bien armés. Ils s'étaient installés derrière un talus érigé à la hâte, et constitué de sable et de bois échoué, recouvert de peaux. Ainsi se trouvaient-ils raisonnablement parés contre le feu des mousquets espagnols de la forteresse... mais non point à l'abri du feu des mortiers, car tandis qu'ils faisaient pleuvoir leurs petits obus de derrière le rempart, les Espagnols leur rendaient la pareille avec leurs plus gros obusiers. Ainsi ont-ils livré bataille, pendant qu'un duel plus conséquent s'opérait entre les canons de la flotte, qui étaient fort nombreux, et les quatre-vingt-quatre du fort de Boca Chica. Cela a duré quasiment toute la matinée — un vacarme effroyable régnait sur la plage — et le détachement débarqué accusait des pertes. Parmi elles se trouvait le lieutenant du *Résolu*, qu'un tir de mortier espagnol avait littéralement déchiqueté en mille morceaux.

« Lorsque le jeune aspirant, qui devait passer son examen de lieutenant le mois suivant, en a été informé, il a couru remplacer l'officier défunt, et a confié la charge de sa batterie de mortiers à un sergent fusilier marin. C'est de ce même sergent que je tiens ce récit. Vers la fin de la matinée, les canons du navire avaient ouvert une brèche dans la muraille du bastion. L'aspirant s'est alors dit qu'il était temps d'agir. Il a ramassé le mousquet d'un fusilier abattu et leur a ordonné à tous de fixer leur baïonnette. Il a ensuite bondi sur le talus et, donnant le signal d'avancer, il a tiré un coup de mousquet. Sachez à présent qu'il arrive parfois qu'en plein cœur de la bataille, un homme manquant d'expérience et de maîtrise de soi peut sans le vouloir charger doublement son mousquet. Le fusilier défunt, dont l'aspirant détenait l'arme, avait dû, en cédant à la panique, la charger à trois reprises, car au dire du sergent, il s'était produit un grand éclair au moment où l'aspirant avait fait feu. Le jeune homme avait chancelé, recouvré ses esprits, puis sorti l'épée d'officier dont il était ceint. Brandissant celle-ci, il l'avait ensuite pointée vers l'ennemi, en exhortant le détachement à le suivre, baïonnette au fusil.

« Par expérience, je sais que toute une masse d'hommes peut témoigner d'une surprenante bravoure, encore leur faut-il un meneur. Nul doute que cet aspirant a su parfaitement les *mener* sur cette plage. Ne sachant trop quoi penser de cette percée soudaine, ni même si une seconde ou une troisième ligne de fusiliers allaient suivre par-dessus le talus, les Espagnols ont commencé à déserter leurs canons, qui, de toute façon, s'avéraient inutiles en cas d'assaut à pied, car ils étaient dirigés vers l'extérieur dans le port. La flotte a cessé de bombarder. Menés par l'aspirant, les fusiliers sont bientôt parvenus à une position où les mortiers ne pouvaient plus les atteindre. Toutefois, ils continuaient à essuyer le feu des mousquets de l'arrière-garde espagnole qui couvrait la retraite hâtive des canonniers. L'aspirant a arrêté leur avancée par deux fois en ordonnant de rendre les tirs de mousquet et de recharger. Après la seconde fusillade, la muraille de la forteresse ne se trouvait plus qu'à quelques pas de la plage. D'un ample geste de l'épée et en poussant un grand cri, notre jeune homme a invité ses hommes à s'engouffrer dans la brèche au pas redoublé. Ils l'ont distancé, courant à ses côtés et le devançant, mais il s'est heurté à la muraille.

« Il est resté à terre, tout étourdi, tandis que les fusiliers et les rameurs de son canot franchissaient la trouée sous les yeux consternés des Espagnols restants. Les défenseurs qui ne s'étaient pas rendus avaient réussi à fuir. Boca Chica était tombée. Le sergent, croyant le jeune aspirant mort ou blessé, est revenu vers la muraille et l'a retrouvé debout, toujours abasourdi, mais incapable d'y voir. Il avait été aveuglé par la flamme de ce mousquet trop chargé. Lors de cet assaut courageux, les hommes avaient traversé la grève sous la conduite d'un aveugle.

Nous écoutâmes ce passionnant récit, comme subjugués par le conteur. Lady Fielding tressaillit à l'écoute de son stupéfiant dénouement. Tom et moi échangeâmes des regards éberlués. Seul sir John ne sourcilla point.

— Et ce jeune aspirant se trouve parmi nous ce soir, conclut sir Robert. En vérité, il préside la tablée. Il s'appelait et s'appelle toujours John Fielding.

Toutes les têtes se tournèrent vers celui qu'on venait de nommer. Sir John garda le silence. Lorsqu'il prit la parole, ce fut d'une voix calme, presque familière dans la manière.

— Ah, Bobbie, déclara-t-il. J'ai certes horreur de gâcher une bonne histoire, mais la vérité est la suivante : je voyais encore de mon œil gauche, que j'avais fermé en visant avec ce mousquet qui a explosé. Je distinguais les contours de ce fort et j'ai pensé que si je pouvais les y conduire, ils se chargeraient du reste. Et c'est ce qu'ils ont fait. C'étaient de braves garçons qui ne manquaient pas de hardiesse.

— Et tu as fini par perdre ce peu d'acuité visuelle qui te restait, n'est-ce pas ?

— Oui, je le crains, répondit le magistrat. Elle m'a abandonné à bord du navire-hôpital qui retournait en Jamaïque. Je crois que je l'ai perdue à cause des vers. Je suis resté allongé sans soins pendant toute la traversée. Peux-tu imaginer un navire-hôpital sans le moindre chirurgien à son bord ?

— Ah, Jack, ils ont fait ce qu'ils ont pu, je suppose. Si nous avions essuyé le reste de la bataille, ils t'auraient renvoyé dans tes foyers, médaillé et décoré.

— Mais aveugle.

— Mais aveugle, admit sir Robert. Ils t'ont cependant promu lieutenant, n'est-ce pas ?

— Certes, et m'ont aussitôt mis en retraite, en

m'octroyant une demi-solde. C'est tout ce que j'ai perçu, jusqu'à ce que mon frère me prenne en main.

— Nous étions tous fiers de toi, à bord du *Résolu*. Tu es resté à jamais un héros pour nous autres, tes collègues aspirants. Le capitaine et l'aumônier ont organisé une messe particulière en ton honneur.

— Ce dont je leur sais gré, bien entendu. Mais changeons de sujet, veux-tu ?

Ce qui s'avéra malaisé. Le poids du récit de sir Robert assombrit le reste de la soirée. Le pudding préparé par Annie fut quasiment consommé en silence par notre petite tablée... et lady Fielding n'y toucha point.

On proposa un porto en guise de digestif, tandis que cette dernière s'excusait, mais sir Robert déclina l'offre. Il se leva de table et la remercia avec effusion pour l'excellent repas et la gentillesse qu'elle lui avait témoignée. Il lui assura de surcroît qu'il ferait tout son possible pour aider son fils. Ce à quoi elle répondit par de chaleureux remerciements, avant de quitter la pièce pour gagner l'office.

Tout le monde se dirigea alors vers le salon et l'entrée du 4, Bow Street, donnant directement sur la rue et rarement utilisée.

— Jeremy, demanda sir John, veux-tu aller quérir le chapeau de sir Robert ?

— J'y vais de ce pas, monsieur, répondis-je.

Et je filai alors dans la cuisine, où le couvre-chef richement galonné était accroché à une patère. J'y trouvai aussi lady Fielding, assise à la table et sanglotant, alors qu'Annie faisait de son mieux pour la consoler. Je souhaitais moi aussi la réconforter, mais que pouvais-je faire sinon m'en retourner avec le tricorne de l'amiral en main ?

Une fois de retour, je surpris les deux hommes en pleine discussion, tandis que Tom se tenait avec respect à l'écart.

— Quand bien même, disait sir John, j'aurais préféré que tu ne l'aies point relaté... pas en sa présence, en tout cas.

— Mais, Jack, les femmes devraient savoir ce qui se passe pendant la guerre... à quoi cela ressemble.

— Pourquoi ?

— Ainsi, elles ne nous acclameraient pas avec autant d'enthousiasme lorsque nous levons l'ancre pour aller au combat.

— Préférerais-tu les voir au contraire pleurer et sangloter ?

— Cela conviendrait sans doute mieux.

— Sans doute, en effet.

Hochant la tête d'un air indifférent, sir Robert s'empara du chapeau que je lui tendais.

— Jack, reprit-il, je sais que nous avons promis de ne point aborder l'affaire qui nous a concernés hier, mais ce médecin de bord, MacNaughton, a été retrouvé à Portsmouth, et il est sur le point de s'embarquer.

— Déjà ?

— Moi aussi, je trouve cela curieux. Je me demandais si tu m'accompagnerais là-bas, disons demain, afin que tu puisses l'interroger ?

— Cela fait une éternité que je n'ai pas quitté Londres, semble-t-il. Alors entendu, Bobbie, si je puis m'arranger avec M. Saunders Welch, afin qu'il se charge de mes audiences, je t'accompagnerai... et Jeremy aussi.

CHAPITRE V

Où nous nous rendons à Portsmouth et où je suis brièvement enrôlé de force

Le jour suivant débuta calmement... mais, diable ! combien les choses se précipitèrent ensuite ! Dans la matinée, sir John me dicta une missive destinée à M. Saunders Welch, magistrat des districts situés hors de la juridiction de sir John. Il demandait simplement à M. Welch d'assumer la responsabilité des affaires, civiles et criminelles, dont les audiences étaient prévues au tribunal de Bow Street, le lendemain. Une fois rédigée, la lettre fut signée par sir John à l'endroit de la feuille où je plaçai la plume qu'il tenait en main. Une fois paraphée, la missive fut scellée à la cire. Et une fois scellée, elle fut portée par mes soins à son destinataire.

Saunders Welch était un bel homme qui donnait l'impression d'être fort satisfait de sa personne. Il s'empara de la lettre d'une main languissante, aussi douce et immaculée que celle d'un aristocrate, l'ouvrit sans peine et la parcourut de haut en bas.

— Ah... il me demande donc de le remplacer, n'est-ce pas ?

— Peut-être, monsieur. Si tel est le contenu de la missive.

Bien entendu, je savais de quoi il retournait, car j'avais tenu lieu de scribe pour sir John.

— Sais-tu s'il s'absente de la ville ?

— Il ne m'en a point informé, monsieur.

En vérité, il avait parlé avec le vice-amiral sir Robert Redmond et j'avais à peine surpris la conversation, à ce moment-là.

— Pouah ! lâcha M. Welch, exprimant son désarroi devant mon ignorance.

Il tourna prestement les talons et rejoignit à grands pas un secrétaire, dans un coin de son bureau. Sans se donner la peine de s'asseoir, il trempa une plume dans un encrier et griffonna un bref message au bas de la missive. Puis, après avoir pris le temps de sécher la feuille, il la replia et me la tendit non scellée.

— Tu peux t'en aller, mon garçon.

— Oui, monsieur, répondis-je, trop heureux de prendre congé.

Je m'esquivai de la demeure et du tribunal, lesquels étaient aménagés dans une bâtisse paraissant deux fois plus vaste que celle de sir John, dans Bow Street. Dès lors que je fus assez loin et ne courais aucun risque d'être vu, j'ouvris la missive — tout en songeant logiquement que si son contenu avait été confidentiel, M. Saunders Welch l'aurait scellée — et lus ce qu'il y était inscrit en réponse : « J'accède volontiers à votre requête, S. W. »

Mon cœur bondit dans ma poitrine. Sir John se rendrait à Portsmouth, le port d'attache de la flotte de Sa Majesté, et je voyagerais en sa compagnie !

En toute honnêteté, M. Welch eût été malavisé de refuser la requête qui lui avait été présentée, puisque sir John l'avait si souvent suppléé. Je tenais de Mme Gredge que le torchon brûlait, les premiers temps, entre les deux magistrats. Lorsqu'en 1754 Henry Fielding avait fait part de son projet de quitter Bow Street, afin de s'en aller au Portugal pour raisons de santé (d'où il ne revint jamais, car il y mourut moins d'une année plus tard), M. Saunders Welch espérait être nommé pour lui succéder. Mais le demi-frère d'Henry, John en l'occurrence, s'était vu attribuer à sa place les fonctions de magistrat près le tribunal de Bow Street.

Fulminant de convoitise et d'acrimonie, M. Welch avait observé qu'un aveugle ne pourrait jamais s'acquitter d'une telle tâche (quand bien même sir John avait déjà fait ses preuves en qualité de juge). Il installa alors son cabinet en dehors de la juridiction de John Fielding et découvrit bientôt qu'il avait grand intérêt à conclure la paix, car il s'absentait fréquemment et avait besoin d'un suppléant. Entre eux deux, les requêtes pour pareille assistance s'avéraient toutefois irrégulières ; voilà presque un an que sir John l'avait sollicité pour la dernière fois.

Transporté par la nouvelle que je tenais en main et l'enthousiasme croissant qui enflait ma poitrine, je rentrai à Bow Street en courant quasiment tout au long du chemin. Retrouvant le magistrat en compagnie de son greffier, j'eus à peine la patience d'attendre qu'ils eussent terminé. Mais comme ils achevaient enfin leur conciliabule, et avant même que je ne pusse présenter le billet, sir John se tourna brusquement vers moi et s'enquit à mon adresse :

— Qu'est-ce *donc*, Jeremy ? Tu transpires et sautilles d'un pied sur l'autre depuis ton retour. Par Dieu ! je ne t'ai jamais connu en pareil émoi !

— M. Saunders Welch a répondu qu'il serait ravi de vous remplacer.

— Et comment le sais-tu ? Il a sans doute rendu sa réponse par écrit.

— Eh bien, il l'a inscrite au bas de votre lettre... et, ma foi, il ne l'a point scellée.

— Et ce qui ne porte point de sceau constitue une proie rêvée pour les curieux ? Est-ce là ton précepte ?

Il s'exprimait d'un ton taquin, car il avait coutume de badiner ainsi à mon endroit, et j'entrevoyais le sourire qui étirait ses lèvres.

— Cela vous paraît-il malséant, sir John ?

— Je me souviendrai de ton précepte à l'avenir et mettrai en garde mes correspondants. Mais en l'espèce, j'ai préjugé de l'accord de M. Welch et ma chère Kate a préparé ma valise. Je suis paré à m'en aller, dès que s'achèveront mes audiences d'aujourd'hui. Je te conseille de préparer également tes bagages et de te tenir prêt. Tu ne souhaiterais point que je te laisse ici, n'est-ce pas ?

— *Oh non, monsieur !*

À ces mots, je déguerpis sur-le-champ et grimpai quatre à quatre l'escalier, tandis qu'il partait d'un gros éclat de rire.

Lorsque je fis irruption dans l'office, je trouvai Tom assis à la table et Annie adossée à un placard. Si l'on ne pouvait visiblement en rien les blâmer pour leur posture, leurs manières ou le ton de leur voix, ils parurent sursauter d'un air coupable à mon arrivée. (L'ai-je remarqué alors ou est-ce le recul du temps qui m'offre pareille circonspection ?)

— Je dois faire mes bagages, déclarai-je, tout essoufflé.

— Où t'en vas-tu ? s'enquit Annie.

— À Portsmouth. Mais, Tom, que dois-je emporter ? Je n'ai jamais fait mes bagages auparavant.

— Eh bien, inutile de prendre moult affaires... une chemise propre, un...

— Je pensais porter ma chemise propre aujourd'hui.

— Non, celle que tu arbores fera l'affaire. Mieux vaut toujours conserver la propre pour le deuxième jour. Et des bas... as-tu des bas propres ?

— Je pense que oui. Je vais voir.

— Et tu dois emporter ce gilet que mère m'a acheté hier matin.

— Oh, je ne peux pas faire ça !

— Mais tu le dois, s'il est à ta taille. Et mets le tout dans mon sac de marin. Les effets devraient y rentrer si on les plie soigneusement. On ne va pas te laisser baguenauder dans Portsmouth, en transportant tout ce que tu possèdes dans un ballot au bout d'un bâton. Qu'irait penser l'amiral ? Viens-t'en, l'ami, je vais t'aider.

Je m'en remis entièrement à lui. Il avait accompli le tour du monde et s'y entendait en pareille situation, alors que je n'avais effectué qu'un seul voyage de toute ma vie — et seulement pour rejoindre Londres, avec pour tout bagage les effets que je portais. Comme nous gravissions l'escalier pour gagner la chambre que nous partagions, je ne pus que me féliciter d'avoir un ami généreux et avisé en une telle circonstance.

Cela faisait une éternité, semblait-il, que nous étions brimbalés et ballottés ; pourtant, comme le soleil brillait encore haut dans le ciel de juillet, nous ne roulions sans doute que depuis quatre ou cinq heures. Si sir Robert nous avait promis un voyage plutôt plaisant dans son attelage de quatre chevaux, j'eusse pour ma part volontiers effectué la route à pied. Les coussins étaient certes assez moelleux, mais ils recouvraient quelque chose de dur et de rigide qui fustigeait la colonne vertébrale, en épargnant toutefois les fesses.

Mes compagnons de voyage ne semblaient guère s'en émouvoir, mais ils se révélaient alors beaucoup plus lourds que moi et ne tressautaient point aussi souvent, ni aussi haut. Nous étions au nombre de quatre. Outre sir Robert, sir John et votre serviteur, il y avait aussi ce lieutenant du bureau de l'amiral, lui-même un homme passablement corpulent d'environ deux cent vingt livres. Ledit lieutenant — un dénommé Byner — avait été choisi par sir Robert en qualité d'avocat du défendeur. Comme nous traversions Londres lentement, au début de notre voyage, et qu'il était encore possible de parler à l'intérieur du coche, sir John demanda à l'officier s'il possédait quelque expérience en matière juridique. Ce dernier répondit par la négative, ponctuant sa phrase d'un « monsieur ! » sonore, en ajoutant qu'il serait ravi d'apprendre tout ce que le magistrat aurait la bonté de lui enseigner. Sir John dut tenir pour détestable un pareil préambule, car il ne poursuivit pas le sujet plus avant.

Dès lors que nous abordâmes la grand-route, la conversation s'avéra impossible. Avec le bruit des roues, le galop des sabots, les secousses de l'attelage et les soubresauts des passagers, aucune parole ne pouvait s'échanger sans crier. C'était seulement lorsque les chevaux avançaient au pas et se reposaient que les discussions pouvaient reprendre. Lors de l'un de ces intermèdes, l'amiral observa qu'il avait prévu une halte dans une auberge proche.

— Nous n'allons assurément point y passer la nuit ? s'enquit sir John.

— Oh non, Jack, nous descendrons au *George* de Portsmouth. Même si nous arrivons tard, on nous trouvera une chambre, j'en suis certain.

Le magistrat acquiesça d'un grognement.

— Non, j'ai pensé qu'une petite collation serait la bienvenue. Bien qu'il soit tôt pour souper, il n'existe pas de meilleur établissement entre celui-ci et notre destination. Rien qui puisse rivaliser avec le festin dont vous m'avez gratifié hier au soir, je le crains. Il restera gravé dans ma mémoire... un agneau tendre, savoureux et assaisonné à point, comme jamais.

Je me demandai si semblables compliments étaient parvenus jusqu'aux oreilles d'Annie.

— Veillons toutefois à ne pas nous attarder dans l'obscurité, Bobbie. Toutes ces routes qui mènent au sud fourmillent de bandits de grand chemin.

— Ils n'oseraient tout de même pas !

— Aucun scrupule ne les arrête, car ce sont de fieffés coquins.

Ainsi, peu de temps après, dans un tourbillon de poussière et moult hennissements, le cocher ramena les chevaux au pas et nous nous arrêtâmes à l'auberge en bordure de route que sir Robert avait appelée de ses vœux pour faire étape. Il s'agissait sans l'ombre d'un doute d'un établissement d'aspect bien ordinaire. J'en avais vu de nombreux identiques, lorsque j'avais fui à Londres : deux étages, fourmillant de coins et de recoins, un vestige du siècle passé, ou peut-être de celui qui avait précédé. Deux montures étaient attachées devant la bâtisse et un coche plus petit que le nôtre avait fait halte sur le côté, afin que les chevaux pussent s'abreuver.

L'intérieur du bâtiment ne se révéla guère plus impressionnant. La salle à manger était sombre et exiguë, visiblement dépourvue du moindre confort ; nous nous retrouvâmes côte à côte avec les passagers de la petite diligence, à l'évidence un couple marié des plus respectables, tandis que dans le coin le plus obscur deux hommes se tenaient comme avachis sur la table et semblaient boire depuis un long moment. Tandis que nous prenions place auprès du couple, je remarquai que le voyageur et son épouse paraissaient achever leur repas, constitué vraisemblablement de pain, de fromage et d'une bouteille de vin.

— On sert un bon ragoût ici, déclara l'amiral.

— Eh bien, Bobbie, c'est ce que je m'en vais commander... et Jeremy aussi.

— Avez-vous entendu, aubergiste ? lança sir Robert à l'homme debout derrière le comptoir. Servez-nous quatre ragoûts, mais apportez aussi une bouteille de vin et une autre de cognac.

D'un bond, le tenancier s'empressa de nous apporter le vin avant les plats ; il posa quatre verres devant nous et déboucha la bouteille, puis nous servit généreusement et la laissa sur la table.

— Voyager attise la soif chez un homme, reprit l'amiral en avalant la moitié de son verre. Ne trouves-tu pas, Jack ?

— Je voyage si peu, en vérité, que je ne saurais dire.

— Ma foi, santé et longue vie à tous ceux qui partagent cette table !

— Ainsi qu'au lieutenant Landon, renchérit sir John en levant son verre.

— Plaît-il ? Ah oui, bien sûr.

Je goûtai le vin ; il avait une saveur rustique, amère,

tout à fait différente de ceux que j'avais bus à la table de sir John, pourtant l'amiral ne semblait guère s'en offusquer. Le lieutenant Byner, qui y trempa à peine ses lèvres, ne parut pas le trouver à son goût.

Comme l'aubergiste nous servait notre ragoût, je vis que nos voisins s'étaient levés pour s'en aller. L'homme lança quelques pièces sur la table et conduisit son épouse à la porte. Je perçus un mouvement furtif à la table située dans le coin. J'observai attentivement et vis l'un des deux individus retenir l'autre. Ils conversèrent un instant à voix basse et l'un d'entre eux, me sembla-t-il, fit un signe de tête dans notre direction.

— Bobbie, une chose fort étrange s'est produite hier lors de mes audiences.

— Oh, et de quoi s'agit-il, Jack ?

— J'ai entendu deux marins de l'*Aventure*, appréhendés pour ivresse sur la voie publique.

Sir Robert éclata de rire avec si peu de retenue qu'il en bava, et un morceau de ragoût vint maculer son menton. Il s'essuya à la hâte, vida le reste de son verre et le remplit de nouveau à ras bord.

— Qu'y a-t-il d'étrange chez un marin ivre ? finit-il par déclarer. Je serais tenté de croire qu'il s'agit là de la chose *la moins* étrange au monde. Qu'un marin descende à terre et il lui arrivera assurément deux choses : il va se soûler et attraper la chaude-pisse.

L'amiral rit de plus belle, quoique plus proprement, cette fois.

— C'est fort probable, en convint sir John, mais ces deux individus m'ont surpris en affirmant qu'on leur avait octroyé une permission, le soir même de leur arrestation, et qu'en vérité le navire avait été vidé de son équipage.

— Pas du tout ! Pas du tout ! Les lascars demeurent à bord. Il serait malséant de laisser cinquante moricauds livrés à eux-mêmes dans les rues de Londres.

— Mais deux cents Blancs avinés et courant la gueuse ne devraient point causer le moindre trouble... est-ce le fond de ta pensée, Bobbie ?

— Ma foi...

— Franchement, reprit le magistrat, cela m'inquiète. Grâce à mes sergents de ville, nous nous efforçons de maintenir le calme dans Westminster, bien qu'il s'agisse au mieux d'une tranquillité précaire.

— Mais, Jack, répliqua l'amiral d'un ton vaguement critique, je crains que tu ne doives en grande partie t'en blâmer. L'humeur de l'équipage était exécrable, après le spectacle auquel tu t'es livré avec le capitaine. J'ai craint la mutinerie. Aussi ai-je donné l'autorisation que tous puissent descendre à terre.

— Une autorisation à l'avance, si j'ai bien saisi.

— J'ai laissé le choix au lieutenant Hartsell et il en a décidé ainsi. Il nous a été diablement difficile d'obtenir les ordres de permission et les soldes de tout le monde. Et cela a sérieusement grevé les finances, pardi. N'est-ce pas, lieutenant Byner ?

— Oh, absolument, amiral ! acquiesça le corpulent officier.

— Il a passé la moitié de la nuit à compter livres et pence à la chandelle, là-bas, à Tower Wharf. Mais à présent que nous sommes en promenade, Jack, n'en parlons plus, veux-tu ? Je vois que tu as fini ton assiette. Pourquoi ne pas vider ton verre, afin que je puisse le remplir de cognac ?

Sir Robert souleva la flasque et en ôta le bouchon, prêt à verser le liquide.

— Je crains de devoir m'abstenir, répondit sir John. Je supporte le vin, mais les spiritueux ne me valent rien.

— Et de nous tous, dire que tu étais le plus grand buveur ! Ah, ma foi...

L'amiral avala le reste de vin de son verre, puis le remplit de cognac, qu'il vida dans son gosier tout aussi promptement.

— Et toi, mon garçon ? s'enquit-il à mon adresse. Aimerais-tu goûter un peu de cognac ?

— Ah, non, monsieur, mais je vous remercie de m'en proposer, répondis-je le plus poliment du monde.

Le vice-amiral sir Robert Redmond dévoilait un aspect de sa personnalité qui m'était jusque-là inconnu. Notre homme était d'ores et déjà sur le chemin des vignes du Seigneur, semblait-il. Je m'interrogeai sur la retenue dont il avait fait montre la veille au soir. Cela serait fort embarrassant s'il venait à s'enivrer en cette auberge. Qu'allions-nous faire, alors ? Son lieutenant parut s'émouvoir de la situation et, à en croire le rictus sévère des lèvres de sir John, nul doute qu'il ne souhaitait pas voir celle-ci prendre une fâcheuse tournure.

Je lançai un regard sur les deux hommes attablés dans le coin. Ils semblaient à la fois intéressés et amusés par l'état de l'amiral et notre désappointement. Mais pourquoi pas ? Sir Robert arborait sa tenue de cérémonie, ainsi que son lieutenant. Quand, songeai-je, avait-on l'occasion de voir un amiral en proie à l'ébriété ?

(Comme vous le savez sans doute, cher lecteur, la réponse est : bien *trop* souvent.)

Sir John se leva vivement, indiquant d'un geste de la main que je devais lui emboîter le pas, ce que bien entendu je fis.

— Je crois que nous devrions nous en aller, Bobbie.

Il y eut comme une sorte de bousculade à ma droite, tandis que les deux individus installés dans un coin laissaient choir quelques pièces sur la table et prenaient congé. Pourquoi une telle hâte tout à coup ? Malgré ma naïveté, cela ne présageait rien de bon, selon moi.

— Oh, assieds-toi, Jack. Nous avons amplement le temps. Même si nous arrivons tard, je délogerai deux lieutenants de leurs chambres. Le *George* n'osera point me laisser choir.

— Le jour décline, Bobbie. Nous devrions nous mettre en route.

— Je suppose que oui... alors, nous devons nous en aller. Aubergiste ! Combien vous dois-je ? J'emporte la bouteille de cognac avec moi. Mais faites-moi un bon prix, sinon je vous calomnierai de Portsmouth à Londres.

Comme sir Robert réglait la note, insistant pour obtenir une facture pour ses débours, je guidai sir John dans l'étroit passage entre les tables, en effleurant à peine son coude et en lui glissant une ou deux indications à l'oreille. Lorsque nous franchîmes la porte, je constatai que les deux chevaux attachés avaient disparu. Je décidai qu'il serait sage d'informer le magistrat de mes observations.

— Monsieur, déclarai-je à voix basse, il y avait deux hommes en train de boire dans un coin ; ils sont partis précipitamment lorsque vous vous êtes levé, en disant qu'il était temps de nous mettre en route.

— Bien observé, Jeremy. J'étais conscient de leur présence. J'ai même réussi à percevoir quelques bribes de ce qu'ils se disaient. Mais viens, amène-moi à la diligence. Je vais m'entretenir avec le cocher et le valet de pied.

Ce qu'il fit, mais il me pria de grimper dans le coche et je n'entendis rien de leur conversation. Le valet de pied, un jeune homme de la marine royale, tout comme le cocher, arborait une expression troublée en aidant sir John à s'asseoir à mes côtés. Nous fûmes bientôt rejoints par l'amiral. Le lieutenant Byner s'était hissé avec peine tout en haut de l'attelage, là où étaient placés les bagages. Il en redescendit quelques instants après.

— Jack, tu penses donc qu'il y a lieu de craindre les voleurs sur cette route ? s'enquit sir Robert.

— Oui, je le crois. Elle ne diffère en rien des autres qui sillonnent l'Angleterre.

— Entrez, monsieur Byner. Mettons-nous en route.

Le lieutenant fit passer son imposante masse par la portière et la referma derrière lui. Je notai qu'il tenait sous le bras quelque chose en cuir avec des lanières. Il s'affaissa sur le siège à côté de l'amiral, juste au moment où l'attelage s'ébranlait et les chevaux se mettaient au galop.

— Si nous devons rencontrer des bandits, reprit sir Robert, alors je m'y suis fort bien préparé.

Il tapota la banquette à l'endroit non occupé entre le lieutenant et lui, et M. Byner y déposa son fardeau que mes yeux découvrirent aussitôt. Ce n'était pas un seul mais deux pistolets, une paire donc, chacun étant glissé dans ce qu'on appelle — je le sais, à présent — une fonte[1].

— Je présume, dit sir John, que vous êtes à présent en train d'exhiber quelque arme à feu.

— Deux, à dire vrai, la meilleure paire de pistolets qu'on ait jamais fabriquée. La description vous semble-t-elle adéquate, monsieur Byner ?

— Oh, certes oui, amiral.

— Je les ai gagnés en jouant au whist avec un capitaine de cavalerie. De véritables pistolets de cavalier, pardi, chacun mesurant près d'un pied... assez lourd pour tirer une énorme balle, mais d'un poids suffisamment bien réparti pour qu'ils paraissent plus légers qu'ils ne le sont. Aimerais-tu en essayer un, Jack ?

— Vraiment pas, Bobbie. Je n'ai plus fait usage d'arme à feu depuis que l'une d'elles m'a explosé à la face.

— Quoi ? Oh... oui, bien sûr.

L'amiral prit à peine le temps de réfléchir, avant d'enchaîner :

— Je ne les possède que depuis peu et j'espérais avoir une occasion de les éprouver. Les bandits n'ont plus qu'à se présenter à nous, ma foi !

— Tel n'est pas mon souhait, contra sir John. En revanche, je préférerais que tu demandes au cocher de s'arrêter et au lieutenant de remiser ces armes.

— Sont-ils chargés, monsieur Byner ?

Le lieutenant fit ce que je n'eusse point eu la bravoure de faire et, se penchant par la vitre à la lumière, examina chacun des canons à tour de rôle.

— Ils le sont, amiral.

1. Chacun des étuis de cuir attachés de part et d'autre de l'arçon de la selle, et destinés à recevoir des pistolets. (*N.d.T.*)

Il les remit en place dans leurs étuis.

— Bien, dit l'amiral. À présent, j'aurai quelqu'un à blâmer, si d'aventure ils venaient à manquer leur cible.

Le lieutenant fronça les sourcils devant la remarque, mais se garda d'inspecter une seconde fois les pistolets.

Ce dernier échange de paroles avec l'officier Byner s'était effectué en beuglant, car la diligence roulait désormais à vive allure. Je ne pouvais qu'observer les trois autres passagers, pour juger de leur attitude et de leurs pensées. Sir John, que je distinguais de profil, ne souriait point et affichait un air effroyablement grave. Ne dissimulant pas son appréhension, le lieutenant promenait son regard ici et là dans la cabine, posant les yeux sur les énormes pistolets, puis lorgnant par la vitre. D'un geste faraud, sir Robert ouvrit la flasque de cognac et en absorba une bonne lampée, puis la reboucha et la glissa contre son flanc.

Nous avançâmes en cahotant encore pendant de longues minutes à travers champs et forêts. À en croire la position du soleil dans le ciel, j'estimai qu'il devait être sept heures du soir passées. Il nous restait encore quelques heures à profiter de la lumière du jour, mais lorsque la route coupait à travers les bois, dont certains étaient interminables et feuillus, nous nous retrouvions plongés dans une sorte de nuit frelatée, tant le chemin était assombri par l'ombre des grands arbres sur le bas-côté.

Ce fut en traversant un tronçon ainsi plongé dans la pénombre et après avoir négocié un virage que tout à coup et sans crier gare le cocher fit arrêter les chevaux.

Nous basculâmes les uns sur les autres dans la cabine. Les pistolets furent projetés sur le plancher. Au comble de la panique, le lieutenant se pencha pour les ramasser, mais ils lui échappèrent des mains.

— Pourquoi nous arrêtons-nous ? s'époumona sir Robert.

— Parce qu'il y a deux hommes armés sur la route, amiral ! lui répondit-on.

— Valet de pied, vous disposez d'un fusil de chasse et d'une paire de pistolets. Faites-en usage.

— Je ne le puis, monsieur.

— Pourquoi donc ?

— L'un des deux individus a pointé son arme sur mon cœur. Je ne puis rien faire, amiral.

À ces mots, je perçus le rire fruste des bandits de grand chemin et le pas lent des montures qui s'approchaient.

— Par Dieu, moi, je le puis, répliqua sir Robert à mi-voix.

Il s'empara d'un des pistolets, que le lieutenant avait enfin récupérés. Il ouvrit ensuite la portière à la volée puis, prenant à peine le temps de recouvrer son équilibre et de viser, il appuya sur la détente. On entendit un grand hurlement, suivit par ce qu'on pourrait qualifier du hennissement plaintif d'un cheval, puis un cri au-dessus de nous.

Je me penchai pour voir ce qu'il s'était passé. Sir John me repoussa vivement contre le dossier du siège et m'y maintint.

— Diable ! J'ai tiré sur le cheval.

Aussi brusque qu'eût été notre arrêt, nous repartîmes encore plus subitement. Les roues de l'attelage n'avaient sans doute pas effectué plus de deux tours, que j'entrevoyais par la vitre le pauvre animal agonisant au bord du chemin, et l'amiral refermait la portière avec fracas.

— Baissez-vous ! hurla-t-il.

Le lieutenant se recroquevilla. Sir John et moi restâmes pétrifiés sur place. L'amiral saisit vivement le second pistolet.

La vitre se brisa. Un objet dur heurta le dossier non loin de ma tête. Je me tournai, apeuré, vers sir John, mais il semblait ne pas être blessé. Il alla même jusqu'à relâcher sa poigne qui me clouait au siège.

— Je crois que tu trouveras la balle directement logée entre nos deux têtes, Jeremy, déclara-t-il.

Je regardai et tâtonnai dans un trou plus gros que mon doigt, puis découvris quelque chose de ferme et d'encore chaud au toucher.

Sir Robert était prêt à rouvrir la portière et à tenter de nouveau sa chance. Mais sir John l'en dissuada d'une tape sur le genou.

— Grand Dieu, Jack, je n'aurais pas dû atteindre le cheval ! C'est une honte d'abattre un tel animal !

Il se laissa choir sur la banquette, pantelant et transpirant, tout en marmonnant à part lui :

— Je n'aurais pas dû tuer ce cheval.

Il s'empara de la flasque de cognac et en avala une nouvelle gorgée.

On roula quelque temps, avant que le cocher jugeât sûr de s'arrêter. Et lorsqu'il le fit, nous nous retrouvâmes à ciel ouvert, des champs d'étendant à perte de vue de part et d'autre du chemin. Le valet de pied descendit et ouvrit la portière. Il tenait en main un fusil possédant le plus long canon que j'eusse jamais vu.

— Tout le monde est sain et sauf, monsieur ?

— Il s'en est fallu de peu, mais tout le monde est hors de danger.

On apprit alors qu'au moment où l'amiral avait abattu le cheval, cela avait tellement distrait le second bandit que le valet de pied avait pu lui tirer dessus, en le renversant à terre. Sur ces entrefaites, le cavalier manqué par sir Robert avait sauté de sa monture agonisante pour se placer sur le bas-côté, en pointant son pistolet, pendant que le cocher lançait prudemment son attelage. C'était la balle de ce bandit-là qui s'était logée entre sir John et moi.

Le valet de pied, un officier subalterne, s'était racheté aux yeux de son supérieur en tuant l'un des voleurs. Il accueillit les félicitations de sir Robert avec modestie.

— Je faisais simplement mon devoir, pour ainsi dire, amiral.

Puis il ajouta :

— Vous apprendrez avec intérêt que les deux qui nous ont arrêtés étaient les mêmes qui se trouvaient à l'auberge. Ils ne portaient même pas de masque, pardi.

Ce disant, il exécuta un salut et conclut :

— Ma foi, il n'y a plus de danger, alors. Nous allons repartir, mon amiral.

Il referma la portière et, quelques instants plus tard, le cocher tint la promesse du valet de pied. La diligence reprit sa route à une allure modérée, pour ne point trop fatiguer les chevaux.

— As-tu entendu, Jack ? Ils n'étaient pas masqués... et en plein jour, qui plus est.

— Oui, j'ai entendu.

— Ces routes ne sont plus sûres.

— Je t'ai effectivement prévenu qu'elles ne l'étaient point.

— Tu devrais lutter contre cela.

— Cela dépasse les limites de ma juridiction, Bobbie. Mais en fait, on m'a déjà suggéré de mettre en place une sorte de brigade à cheval sur les routes des environs de Londres... des sergents-cavaliers, en quelque sorte. Je pense que c'est une mauvaise idée.

— Mais pourquoi ? Il faut pourtant faire quelque chose.

— La plupart de mes agents ne savent pas monter. C'est à peine s'ils peuvent grimper à dos de cheval, en disant : « Hue ! » et « Ho ! » Il me faudrait recruter de véritables cavaliers et pour cela ni le Parlement, ni le lord-maire ne sont prêts à libérer des fonds. Pour ma part, je pense que la tâche incombe à l'armée. Que la cavalerie cesse un peu de parader et qu'elle se mette à l'œuvre.

— La tâche de l'armée consiste à guerroyer, Jack.

— En ces temps bénis, il n'y a aucune guerre à mener.

Sir Robert n'eut aucune réponse à lui opposer, aussi exhiba-t-il une nouvelle fois la flasque de cognac, afin d'en avaler une autre lampée. En vérité, à mesure que le jour déclinait et que le crépuscule s'installait, l'amiral but à intervalles réguliers, jusqu'à ce qu'il eût presque entièrement vidé la bouteille de bonne taille. À la tombée de la nuit, il dormait à poings fermés, sa tête reposant et dodelinant sur l'épaule de M. Byner.

Pendant ce temps, les chevaux galopaient toujours dans la nuit, jusqu'à ce qu'on entrevît çà et là des grappes de lumière. Il y en avait davantage, selon moi, qu'au fil des villages que nous avions traversés. Je devinai à juste titre que nous approchions des faubourgs de Portsmouth.

L'amiral continuait à dormir, encore que ses rêves semblassent le troubler. Il s'agitait de plus en plus sur l'épaule de son lieutenant, sa tête ballottant d'un côté et de l'autre, ce qui ne faisait qu'accroître considérablement l'inconfort de M. Byner, lequel changeait sans cesse de posture, pour le mieux satisfaire. Sir Robert se mit à marmonner dans son sommeil, sans articuler pour autant à voix haute, de quelque manière que l'on pût juger intelligible. Je m'efforçai de comprendre ce que je pus, mais seuls quelques mots me parvinrent : « jugement », « ne peut plaider » et le prénom d'une femme, « Margaret », parmi la multitude qu'il bredouilla. À mes côtés, sir John semblait lui aussi prêter de l'intérêt à ces communications occultes en provenance du pays des songes. Il se pencha légèrement en avant, dans cette position attentive que je lui connaissais bien pour l'avoir observé en audience. Le lieutenant, en revanche, parut simplement embarrassé par la loquacité inattendue de son supérieur.

Puis, comme les chevaux ralentissaient et que nous entrions dans Portsmouth, sir Robert parut atteindre une sorte de point culminant dans sa rêverie. Toujours endormi, il se mit à parler — que dis-je, à crier — à haute et intelligible voix :

— Non, non, non ! Vous ne pouvez me blâmer, vous ne le pouvez !

Et il protesta de plus belle, alors que sir John commençait à lui flanquer de vives claques sur les genoux et les cuisses.

— Réveille-toi, Bobbie, réveille-toi ! Ce n'est qu'un rêve... seulement un rêve.

Les yeux du rêveur s'ouvrirent alors, comme il criait un ultime : « Non ! » Il battit des paupières, regarda alentour.

— Un rêve ? répéta-t-il d'une voix timide, confuse. Oh... et quel rêve... un cauchemar, à dire vrai.

Il se pencha subitement en avant, comblant l'espace qui le séparait de sir John, et s'agrippa à lui de ses deux mains.

— Jack, tu dois sauver mon neveu. Fais tout ce qu'il est possible de faire. Trouve des témoins. Enseigne tes astuces à Byner. Fais ce que tu dois faire, mais sauve-le.

— Le lieutenant Landon est ton neveu ? répliqua le magistrat, non pas d'un ton surpris, mais plutôt comme s'il demandait à un témoin de confirmer un fait.

— Oui ! Oui ! Et dans mon rêve, c'est lui qui me jugeait... moi ! Lui et sa mère — ma sœur Margaret — et quelqu'un d'autre dont le visage était caché jusqu'à la fin, lorsque j'ai vu que ce n'était nul autre que moi-même. Ils ont rendu leur jugement sur moi... et ils m'ont condamné... à j'ignore quoi. Ah, mais c'était quelque chose d'horrible... horrible. Moi, le juge, je me suis joint au verdict. Je me suis condamné moi-même !

— Bobbie, écoute-moi. Tu dois te déclarer incompétent. Tu ne peux présider un jury qui siège en cour martiale pour ton propre neveu.

— Mais il le faut. Je dois mener l'entreprise à bonne fin. On n'en attend pas moins de moi. Nous sommes dans la marine royale, non point dans un de tes palais de justice.

— C'est bien là ce que je regrette.

Tout au long de cet échange de propos, le lieutenant — et moi aussi, je l'avoue — regarda et écouta d'un air ébahi. Byner aurait sans doute dû être au courant... mais ce n'était pas le cas, apparemment. Quant à moi, cela clarifiait la familiarité de la relation entre l'amiral et le lieutenant Landon. Pourtant cela ne répondait pas à toutes les questions... non, pas à toutes.

Le cocher arrêta enfin l'attelage. Sir Robert avait tant dormi qu'il sembla n'avoir aucune idée de l'endroit où nous nous trouvions, et peut-être craignait-il une nouvelle rencontre avec des bandits de grand chemin. Il se tourna et regarda attentivement par la vitre de la diligence.

Au même moment, le cocher s'écria :

— C'est le *George*, mon amiral. Nous sommes arrivés.

Le lendemain matin, je m'éveillai par un soleil radieux et une magnifique senteur marine. Ce n'était point les eaux souillées de la Tamise, charriant déchets et ordures, sous notre fenêtre, mais la mer éclatante de splendeur et de magnificence. Je bondis hors du lit et gagnai ladite fenêtre, aussi lestement que mes pas feutrés le permirent, afin que je pusse admirer ce que je respirais.

Je le découvris en effet, mais Dieu, quel tableau ! Quel régal pour l'œil ! Il me sembla que la marine royale entière mouillait au port. (Ce n'était pas le cas, bien sûr : il y avait des bateaux au Spithead, quelques-uns à Bristol, et les autres en service aux quatre points cardinaux.) La frégate *Aventure* me paraissant déjà d'un gabarit inhabituel, je ne m'attendais guère à en trouver deux ou trois autres de dimensions et de forme semblables, quasiment à portée de main ! J'étais encore moins préparé aux gros navires de guerre, des vaisseaux géants de soixante-quatorze et quatre-vingts canons, qui étaient à l'ancre un peu plus loin. Mais il y en avait d'autres encore... sloops, canots, cotres, et autres yoles... bateaux et embarcations de toutes les tailles et de toutes les formes. Quelques esquifs voguaient ici et là dans le grand estuaire, mais la plupart des bâtiments demeuraient relativement immobiles, flottant sous le soleil du matin. À mes yeux, les mâts nus, les espars où étaient attachées les voiles ferlées donnaient au port l'apparence d'une forêt légèrement ondoyante. Je n'aurais jamais cru qu'il ressemblerait à cela.

Comme je souhaitais en voir davantage que ce que pouvait m'offrir la fenêtre, je fis ma toilette et me vêtis prestement ; me rappelant alors le conseil de Tom, j'enfilai ma chemise et mes bas propres. Après avoir fait de mon mieux pour discipliner mes cheveux en désordre, j'examinai le résultat dans le miroir accroché au mur et décidai qu'il me satisfaisait. Puis je m'assis et attendis.

N'ayant cessé de dormir profondément durant mes préparatifs, sir John me laissait sans conteste supposer qu'il sommeillerait le reste de la matinée. Ma foi, il ne le pouvait, bien entendu ; il devait au moins être présent à l'interrogatoire du médecin, qui avait servi dernièrement à bord de la frégate *Aventure*. Et si je connaissais bien sir John, il ne se contenterait pas seulement d'écouter. Je me dis que je devais peut-être le réveiller. Pouvais-je le faire avec discrétion ? Je toussotai quelque peu. Sa lente, profonde et régulière respiration ne s'interrompit pas un seul instant. Je toussai plus fort, cette fois, et parvins à le déranger... mais seulement cela. Peut-être était-ce trop tôt pour le réveiller, en tout cas. Je souhaitais seulement lui demander la permission de sortir pour voir le port de plus près. Nul doute qu'il me l'accorderait. À quoi bon l'arracher au repos ? Peut-être valait-il mieux le laisser dormir en paix et consulter l'horloge du rez-de-chaussée. Ensuite, s'il était l'heure de le réveiller, je m'en retournerais accomplir ma tâche correctement. Et lorsque je serais en bas, je pourrais peut-être en profiter pour jeter un coup d'œil sur le port. Quel mal y avait-il à cela ?

Je quittai donc la chambre sur la pointe des pieds, ouvrant et refermant l'huis en silence derrière moi. Je descendis l'escalier et me retrouvai dans une sorte de salon, que j'avais à peine remarqué à notre arrivée, la veille au soir. Le *George*, ainsi qu'on l'appelait, était un vaste hôtel, doté d'un étage au-dessus du nôtre et d'autant de chambres que n'importe quelle grande hostellerie de Londres. Je flânai dans le salon et eus tôt fait d'y dénicher l'horloge, un grand meuble plus haut que moi.

— Eh bien, jeune homme, tu t'es *assurément* levé de bonne heure.

Debout devant la pendule, je m'aperçus alors qu'il n'était que six heures et demie.

Le gentleman qui venait de s'exprimer, sans doute le tenancier en personne, était un individu rayonnant de santé, la bedaine ronde et la face rubiconde. Il tenait en main un grand plateau sur lequel il rassemblait verres et bouteilles jonchant le salon et au-delà.

— J'ignorais qu'il était si tôt, répondis-je.

— Cela n'a rien de déshonorant, reprit-il. Je suis le premier levé dans ma famille. Le soir, mon fils se charge de la fermeture ; il sert des vins et des spiritueux à tous ces jeunes lieutenants qui boivent sans relâche. Comme je suis debout à cinq heures, quoi qu'il arrive, je m'occupe du ménage. Mais toi... au fait ? Qu'est-ce qui t'attire de si bonne heure hors du lit ?

Je réfléchis quelques instants.

— Puisque c'est à moi qu'incombe la tâche d'allumer le fourneau chaque matin dans notre maisonnée, dis-je, je dois y être accoutumé, de sorte que je me lève toujours à six heures, quels que soient le lieu ou la circonstance.

— Chacun a ses habitudes, déclara-t-il.

— Je pensais sortir pour mieux voir le port.

— C'est que nous en avons un fort beau, pardi !

Mais il médita quelque peu et ajouta une mise en garde :

— À ta place, je resterais toutefois aux abords de l'auberge. Ces derniers jours, les bandes rôdent dans les parages et un garçon seul comme toi, c'est exactement ce qu'ils cherchent.

— Je m'en souviendrai, monsieur.

— Je l'espère, jeune homme, conclut-il avant de s'en retourner à son ouvrage, et je te souhaite le bonjour.

Je franchis la porte de l'hostellerie d'un air quelque peu perplexe. À quoi pouvaient ressembler ces bandes en quête de jeunes gars tels que moi ? Elles foisonnaient à Londres, se rassemblant pour se livrer à des larcins et à des cambriolages. Mais pour capturer des garçons dans la rue ? Que non... je n'avais jamais entendu une chose pareille. Pour en faire quoi ? Les vendre comme esclaves aux Turcs ? Nul doute que la marine royale ne permettrait pas un tel commerce... et Portsmouth était alors, comme aujourd'hui encore, son berceau. Peut-être aurais-je dû davantage interroger l'aubergiste.

Mais j'étais si enivré par la vue et l'air marin que je ne m'en retournai point lui poser des questions. Désirant tout embrasser du regard, je contournai entièrement la bâtisse pour mieux encore en profiter. C'était le côté du *George* qui faisait directement face au port. Je découvris alors que celui-ci était plus grand et plus vaste que je l'aurais cru à première vue... et il contenait encore plus de bateaux à l'ancre, dont certains dans des coins assez proches. D'autres mouillaient plus loin sur la droite. Écarquillant les yeux de plus belle, je respirais à pleins poumons. Dieu, que c'était grandiose !

Mais ne le serait-ce pas davantage en m'approchant pour mieux y voir ? Je ne me trouvais guère loin de la digue, là-bas au bord de l'eau. Nul doute que j'y verrais mieux et que le panorama y serait plus beau. Aussi, mettant toute ma confiance en la marine royale, afin qu'elle maintînt l'ordre en sa ville de prédilection, et certain de n'avoir jamais eu vent de bandes d'aucune sorte qui eussent accompli leur vilenie à six heures et demie du matin, je m'éloignai de l'auberge et m'aventurai vers la digue.

Sachez, cher lecteur, que je ne l'atteignis jamais. Car

à mi-chemin, au coin d'une rue, je fus assailli par un groupe d'hommes, tapis dans l'ombre et à l'affût de quelqu'un tout à fait comme moi... naïf, innocent et ignorant de leur scélératesse.

Ils se révélèrent remarquablement calmes pour un si grand nombre. Je ne perçus aucun signe qui m'eût mis en alerte. Comme j'obliquais à l'angle où ils s'étaient embusqués, ils fondirent sur moi tel un essaim d'abeilles. Ils étaient cinq en tout... des individus adultes, armés de lattes avec lesquelles ils me menacèrent, tout en m'empoignant et m'attirant à eux. Certes, je me défendis... comme un beau diable ! Et je hurlai si fort que je dus réveiller toutes les demeures avoisinantes encore somnolentes, ce qui, bien sûr, était mon intention. Pourtant, personne ne vint à ma rescousse. Comment pouvaient-ils rester indifférents à l'infortune d'un pauvre garçon ? Quelles étaient donc les manières de ces gens qui résidaient à Portsmouth ?

Je fus poussé, tiré et traîné jusqu'à un sixième individu. Et quel ne fut pas mon étonnement de découvrir qu'il arborait l'uniforme d'un lieutenant de la marine royale ! Que ne fus-je stupéfié, ébaubi de voir qu'une personne de confiance et d'autorité eût pu prendre part à des activités criminelles ! Mais comme je demeurais pantelant et muet de surprise devant lui, je découvris alors que ceux qui me tenaient fermement étaient eux-mêmes vêtus de frustes effets de marins. Se pouvait-il qu'il existât d'ignobles bandes organisées au sein de la marine royale ?

— C'lui-ci conviendra, lieut'nant ? s'enquit l'un des ruffians au long cours.

— Laisse-moi voir un peu, répondit l'officier, dubitatif.

Et ce dernier de me toucher et de me tâter ici et là, me palpant sous toutes les coutures.

— Assez ! m'écriai-je, car je n'étais aucunement habitué à ce qu'on me traitât telle de la viande sur pied. Je suis un Anglais libre !

— Oh, tiens donc ? répliqua le lieutenant, en ricanant comme il se doit. Eh bien, mon garçon, voilà comment nous traitons une impudence telle que la tienne.

Ce disant, il me calotta vivement les oreilles de la paume de ses mains. On ne m'avait jamais flanqué pareil horion (et on ne le fit jamais depuis). Maintenu fermement comme je l'étais, je n'eus d'autre choix que de subir le déshonneur et de supporter ensuite le bourdonnement en mes oreilles, ainsi qu'il l'avait souhaité.

— Il conviendra, je suppose. Ce n'est certainement pas un gars râblé de la campagne, mais mince comme il est, il pourrait bien devenir un jour gabier de misaine.

— Pour sûr, lieut'nant. Il est plus fort qu'il n'en a l'air.

— Ma foi, c'est rassurant.

Puis s'adressant à moi, l'officier déclara :

— Dis-moi, monsieur l'Anglais libre, résides-tu à Portsmouth ?

— Non, rétorquai-je avec fougue. Je suis en vérité un Londonien et fier de l'être !

— Parfait, dit le lieutenant. Emmenez-le au bateau.

À ces mots, mes ravisseurs me forcèrent à faire volte-face et se mirent à me pousser et à me traîner vers la digue, où je supposais qu'une embarcation quelconque attendait. Je songeai à me détacher et à courir jusqu'à l'hostellerie. Mais avec deux hommes de chaque côté, leurs mains cramponnées à mes épaules par-derrière, tandis que par-devant le chef des marins me tenait fermement le poignet, il m'était impossible de m'échapper. Je songeai alors que je pourrais peut-être raisonner le lieutenant.

— Monsieur, lui criai-je, je suis l'assistant de sir John Fielding. Nous sommes venus à Portsmouth avec le vice-amiral sir Robert Redmond.

— Ah, tu manques d'imagination, mon garçon. Pourquoi pas le haut commandeur de l'Amirauté en personne ?

— Nous sommes descendus au *George*. Vous pouvez vous y rendre et vous renseigner sur place, si vous ne me croyez point.

— Pas le temps pour ces vétilles. Nous devons nous mettre en route.

Puisqu'on ne m'en laissait guère le choix, je fis encore quelques pas en silence, puis, comme j'avais perçu un promeneur solitaire derrière nous, je marchai plus lentement, me laissant pousser et traîner, tout en parvenant à nous ralentir de telle sorte que je devinai, au bruit des pas sur le pavé, qu'on allait nous dépasser. Je rejetai alors la tête en arrière et m'écriai à tue-tête :

— À l'aide ! On est en train de m'enlever ! Criez haro sur ces hommes !

Pour ma peine, je reçus un solide coup de latte sur l'arrière-train, puis un second. Mais j'étais parvenu à arrêter le groupe pendant qu'il m'administrait mon châtiment, tout en suscitant la curiosité du passant.

Il s'avéra que ce dernier n'était autre que l'adjudant de l'amiral, c'est-à-dire le lieutenant Byner.

— Monsieur Byner ! Monsieur ! l'interpellai-je.

Il me lorgna d'un air vaguement curieux, me salua et reprit son chemin.

— Mais dites-leur qui je suis !

Il s'arrêta derechef et grimaça, comme subitement en proie aux pires supplices de la réflexion.

— Oh, comment t'appelles-tu *donc* ? s'interrogea-t-il. Jeremy, n'est-ce pas ? Quant à ton patronyme, je sais qu'on me l'a indiqué à notre rencontre, mais je suis incapable de retenir les noms de famille. Alors « Jeremy » devrait faire l'affaire. Bonjour, *Jeremy*.

— Mais n'ai-je point fait le trajet avec vous et l'amiral jusqu'ici, à Portsmouth ?

— Oui, bien sûr.

Il fronça alors les sourcils, puis enchaîna :

— Ah, je vois ! Tu te trouves quelque peu en difficulté, n'est-ce pas ? Tu souhaites que je réponde de toi ?

— J'aimerais beaucoup, en effet !

J'avais alors au moins réussi à créer un soupçon de

confusion parmi cette bande de scélérats. Les marins échangèrent des regards confus et leur chef dans ce forfait, le lieutenant, s'avança et se présenta à M. Byner. Ce dernier se présenta à son tour et tous deux échangèrent une poignée de main, tels de parfaits gentlemen. Ils bavardèrent quelques minutes, puis baissèrent d'un ton pour deviser de ma situation. Je fus enfin soulagé lorsque j'entendis M. Byner déclarer que l'amiral n'apprécierait guère, ou quelque chose du même acabit.

— Il serait vraiment dans l'embarras, voyez-vous.

— Ah, eh bien, vous pouvez le reprendre, alors. J'avoue qu'il a effectivement parlé de tout cela, mais j'ai choisi de ne pas le croire. Nous entendons tant d'histoires, vous savez... une femme et sept enfants à nourrir, ce genre de choses...

— Oh, je n'en doute point !

— *Mais* nous ne pouvons placer l'amiral dans l'embarras, n'est-ce pas ?

L'ignoble lieutenant considéra ses complices d'infamie.

— Entendu, les gars, nous repartons d'où nous venons. Nous avons eu de la chance une fois. Elle pourrait bien nous sourire encore.

Ils m'abandonnèrent à contrecœur et sans la moindre excuse, tandis que je remerciais M. Byner avec effusion pour avoir intercédé en ma faveur.

— Ma foi, déclara-t-il, tu l'as échappé de justesse, n'est-ce pas ? Si je n'étais point venu à ce moment-là, on n'aurait plus eu de tes nouvelles pendant trois ans... deux, au moins.

— Les Turcs m'auraient alors libéré ?

— Les Turcs ? Que viennent-ils faire dans tout cela ? Ne comprends-tu pas qui étaient ces hommes ? C'étaient des recruteurs du vaisseau de Sa Majesté l'*Inébranlable*, qui mouille au port. Dommage qu'ils aient jeté leur dévolu sur toi et non point sur quelqu'un d'autre. C'est le vaisseau vers lequel je me rends, afin d'y quérir ce MacNaughton et le ramener au *George*, pour que nous puissions l'interroger. J'aurais pu m'en aller avec eux. Je trouverai sans doute une chaloupe, qui conviendra tout aussi bien. Je dois donc présentement te quitter.

— Encore grand merci, monsieur.

Il s'éloigna, puis me rappela :

— Cela devrait prendre un peu de temps. Dis-leur de ne pas m'attendre avant au moins une heure.

Et il reprit sa route.

Coudes au corps, je m'empressai de rentrer au *George*, peu désireux que la bande de recruteurs changeât d'idée et revînt m'enlever. Une fois dans l'auberge, je ne pris pas le temps de remercier le tenancier pour son aimable mise en garde que j'avais si négligemment ignorée. Je choisis plutôt de rejoindre tout de suite la chambre que je partageais avec sir John, dans laquelle je fis irruption pour lui raconter ce qui s'était passé.

— Qui est-ce ? fit-il, plutôt inquiet. Est-ce toi, Jeremy ?

Il était sorti du lit et à demi vêtu.

— Oui, monsieur. Et j'ai quelque chose d'incroyable à vous narrer !

J'étais pour ainsi dire à bout de souffle.

— Bon, mais va d'abord quérir de l'eau chaude, car j'ai besoin que tu me rases. Tu auras tout loisir de me conter ton histoire en t'acquittant de cette besogne.

Ce que je fis, certes. Comme je lui savonnais le visage, j'amorçai mon récit, que je fis durer grâce à moult détails, en gratifiant sir John d'un de ces rasages de près, à double passage de lame, dont moi seul avais le secret. À certains moments de ma narration, il émit en réponse quelque grognement, mais se refusa à tout commentaire jusqu'à ce que je lui séchasse la figure dans un linge.

— Eh bien, voilà qui t'aura enseigné une ou deux choses, n'est-ce pas ? dit-il. En premier lieu, je suppose, tu as appris à ne point ignorer une mise en garde, même si celle-ci n'est pas vraiment comprise. Mais ce qui est plus important, et fort fâcheux, tu as eu connaissance de l'une des pratiques les plus exécrables de la marine royale. Ces groupes de recrutement, que l'on a coutume à juste titre de surnommer « racoleurs », opèrent en toute liberté partout où les magistrats le leur permettent. Je n'autoriserais pas une telle conduite dans ma juridiction. Ils capturent les hommes dans la rue en les choisissant au hasard, puis les enrôlent de force. Ils arrêtent les navires marchands et font leur sélection parmi les hommes de l'équipage. Tout a commencé pendant la guerre — laquelle, je ne saurais dire, car l'usage est fort ancien —, lorsque le besoin en hommes se faisait cruellement sentir, mais cela se perpétue encore aujourd'hui en période de paix, chaque fois qu'il y a pénurie d'individus ; c'est une forme d'esclavage, sans aucun doute. M. Byner ne s'est en rien trompé. Si l'*Inébranlable* avait réussi à lever l'ancre avec toi à son bord, tu aurais tout bonnement disparu pendant au moins deux ans, sans doute plus longtemps. Nous t'aurions pleuré, en te croyant mort, jusqu'au jour où tu aurais pu nous envoyer une lettre.

« J'aime la marine royale. Je lui ai donné ma vue, mais je l'aime toujours. Je sais toutefois que cet amour n'est pas sans désagrément. Celui-ci, dont tu as fait l'expérience au premier chef, constitue sans doute le plus important de tous. Pareille pratique ne mérite aucune excuse. Je remercie simplement Dieu que tu aies pu échapper aux racoleurs.

Donald MacNaughton était un Écossais, et il partageait avec nombre de ses compatriotes cette tournure d'esprit qui n'a de cesse de faire des distinctions, de soulever des objections et de se complaire en arguties, pour le simple plaisir de la controverse. Je tiens moi-même ces gens-là pour un peuple d'ergoteurs, fort enclin aux polémiques inutiles. Et M. MacNaughton en était l'exemple parfait, son seul physique semblant exhiber pareilles qualités. Grand et mince, il s'élevait à près de six pieds au-dessus du sol, et si sa bouche s'affaissait et ses sourcils demeuraient froncés la plupart du temps, son regard étincelait chaque fois qu'il pensait avoir remporté quelque petite victoire intellectuelle... si bien que ses yeux paraissaient toujours sourire.

Comme convenu, M. Byner conduisit M. MacNaughton dans la salle à manger de l'auberge, laquelle, bien que non déserte, n'était pas aussi bondée qu'elle aurait dû l'être. (Ceux qui buvaient sans relâche avaient tendance à dormir sans relâche le lendemain.) Sir John et moi nous présentâmes les premiers, prîmes un bon et copieux petit déjeuner anglais, composé de porridge, d'œufs de poule et de poisson fumé, ce qui dépassait ce que lui ou moi aurions consommé à la maison ; mais sir John était en semi-villégiature et moi quasiment en vacances. Sir Robert apparut bon an mal an une heure plus tard, passablement éprouvé par ses mésaventures sur la route, la bouteille de cognac qu'il avait bue et le cauchemar qu'il avait fait dans la diligence. Je me demandai si d'autres mauvais rêves avaient peuplé sa nuit ; le cas échéant, il n'y fit pas allusion, en tout cas. Il s'exprima peu, à dire vrai, et mangea encore moins. Il commanda du café pour notre table (ce pour quoi je le bénis, car je m'étais mis à aimer ce breuvage) et s'assit, d'un air maussade, en attendant son lieutenant et le médecin de bord, lesquels firent leur apparition bien après que la pendule de la cheminée indiqua dix heures. Sir Robert commanda à nouveau du café.

Après avoir présenté le médecin à l'amiral et au magistrat, M. Byner annonça d'un air jovial qu'en conversant du décès du capitaine à bord de l'*Aventure*, M. MacNaughton l'avait convaincu qu'il n'avait aucun renseignement à apporter, tandis que tous deux traversaient le port en chaloupe.

— Ma foi, ce n'est pas exactement ce que j'ai dit, rectifia M. MacNaughton. Peut-être pas aucun, mais de très infimes renseignements.

— Pourquoi ne pas me laisser tout loisir d'en juger, monsieur MacNaughton ? répliqua sir John.

— Tel est votre bon droit, monsieur, puisque, à ce que j'ai compris, vous êtes *effectivement* le juge. Mais qui, mieux que moi, sait ce que renferme mon esprit ?

— Quels... très infimes renseignements, comme vous avez dit... avez-vous à nous communiquer à ce sujet ?

— Eh bien, il est indéniable que je me trouvais à bord du bateau à ce moment-là.

— Pendant la tempête ?

— Vous pouvez appeler cela une tempête, monsieur, mais je qualifie cela de catastrophe naturelle. Je n'en ai jamais connu de pareille.

Il fit une pause, comme pour vérifier dans ses souvenirs, et ajouta :

— Hormis peut-être une fois, il y a cinq ans, aux Caraïbes.

— Et vous trouviez-vous sur le pont, à un moment quelconque, au cours de la tempête ?

— À aucun moment, répondit-il.

C'était la première déclaration qu'il formulait sans la moindre réserve.

— Et où avez-vous choisi d'étaler la tempête ?

— Je suis resté la plupart du temps dans ma cabine, priant la Sainte Vierge Marie, afin qu'elle me délivre de cette terrible tourmente.

— Vous êtes donc membre de l'Église catholique romaine ?

— Je viens d'Aberdeen, monsieur... répondit le médecin, comme si cela réglait la question.

— Vous dites être resté « la plupart du temps » dans votre cabine, ce qui laisse entendre que vous étiez ailleurs le reste du temps. Où vous trouviez-vous, alors ?

— À la timonerie, en train d'œuvrer à ma tâche.

— Oh ? Il y a donc eu des pertes pendant la tempête ? Seul le capitaine Markham m'a été mentionné.

— Les morts ont été consignés dans le livre de bord par M. Hartsell, intervint sir Robert.

— Ah, oui, Bobbie, dit sir John. Nous devons discuter du contenu de ce journal.

— Je n'en ai point encore fini la lecture, Jack.

— Très bien, déclara sir John.

Puis, se retournant vers M. MacNaughton :

— Vous rappelez-vous qui vous avez soigné et dans quelles circonstances ?

— Je ne me souviens pas des noms, monsieur, seulement des blessures.

— Et quelles étaient-elles ?

— Deux marins au bras cassé, que j'ai maintenu avec une attelle. Un autre avec une jambe fracturée et en si piteux état, avec l'os saillant à travers la peau, que j'ai été contraint de l'amputer, car je ne pouvais y placer une éclisse. Je me souviens de son nom, Bartle, car il n'appréciait guère de perdre sa jambe à partir du genou. Il s'est débattu comme un beau diable et il a fallu le maintenir au plancher.

Le médecin s'arrêta dans son inventaire.

— Et... ah oui, dit-il, il y en a eu un qui est disparu tôt, un gabier qui est tombé sur le pont. Ses camarades ont vu qu'il respirait encore et me l'ont descendu. À leur insu, il s'était brisé le cou, et c'est en étant transporté à la timonerie qu'il a succombé. Mais je n'aurais guère pu le sauver. Ce fut le premier décès, causé par la tempête.

— L'autre fut celui du capitaine Markham ?

— Et puis il y a eu les quatre hommes dans le canot mis à l'eau sous les ordres de M. Hartsell, afin de sauver le capitaine.

— Oh ? Je n'étais point au courant de cela.

— C'est consigné dans le journal de bord, Jack, précisa l'amiral.

— Très bien, mais même au dire du lieutenant Hartsell, au moment où le capitaine a basculé par-dessus bord, il n'y aurait eu aucun espoir de le récupérer. On a lancé un canot à l'eau, dites-vous ? N'était-ce pas là un geste par trop zélé de la part du lieutenant Hartsell ?

Bien malin qui aurait su dire si sir John adressait sa question à M. MacNaughton ou à sir Robert Redmond. Elle fut donc accueillie par un silence embarrassé.

— Certains membres de l'équipage ont jugé cela superflu.

— Certains ?

— Tous ceux avec qui j'ai parlé. Tout le monde partageait cette idée, monsieur. Tout le monde, à l'exception de...

— À l'exception de qui ? questionna sir John.

— À l'exception des officiers, bien entendu... ni M. Landon, ni M. Grimsby, ni M. Highet.

— Qui est M. Highet ?

— *C'était* le quatrième officier, monsieur. Il est mort au combat contre le vaisseau corsaire hollandais *Haarlem*, l'année suivante. Un brave garçon, emporté en pleine jeunesse... ce fut une perte déplorable.

— Ça l'est toujours.

— Vous avez fait mention de l'opinion du lieutenant Landon concernant la mise à l'eau d'un canot par le lieutenant Hartsell. Vous avez dû alors lui parler de l'incident... de la chute du capitaine Markham dans la mer, *et cetera*. Quand cela s'est-il passé ? Qu'a-t-il dit ?

— Ma foi, il était passablement hagard, lorsque nous avons conversé, pendant la nuit qui a suivi la tempête, après que le temps s'était calmé. Il s'en voulait, pardi, mais je ne dirais point qu'il se sentait coupable.

— Vous faites là une distinction qui m'échappe quelque peu.

— Eh bien, cela me semble tout à fait clair, déclara M. MacNaughton non sans une certaine condescendance. Dès lors qu'un incident survient, celui qui tente d'apporter son aide ou d'y remédier risque de se dire ensuite qu'il aurait dû agir davantage ou différemment.

De cette manière, vous vous en voulez, tout en sachant que vous n'étiez pas à l'origine de cette mésaventure. Pour se sentir véritablement coupable, m'est avis que vous devez avoir l'impression d'être la cause même de cette déconvenue. C'est pourquoi je dis que M. Landon s'en voulait, certes, mais je n'irais pas jusqu'à dire qu'il se sentait coupable.

— J'accepte votre différenciation, admit sir John. Vous rappelez-vous ses paroles ?

— Non.

Cela dit, le médecin se ravisa :

— Enfin, peut-être...

— Peut-être ? Je vous en prie, monsieur, nous devons vous entendre. Nous avons fait tout ce trajet jusqu'à Portsmouth pour glaner tous les renseignements que vous pouvez nous apporter dans cette affaire. Nous méritons mieux qu'un « peut-être ». M. Landon mérite mieux qu'un « peut-être ».

— Oui-da, reconnut MacNaughton. Ma foi, la première chose qu'il a dite n'est guère importante ; s'il avait retenu le capitaine Markham par la ceinture de sa culotte, il aurait pu le sauver... le genre de phrase qu'on se dit en repensant à de telles circonstances.

Le praticien partit brusquement d'un grand rire pour le moins malséant à ce moment-là.

— Je me souviens avoir répété à Tobias Trindle ce que le lieutenant Landon avait dit. Tobias est un vieux loup de mer qui tenait la barre en ce jour funeste, et il a tout vu. Quand il a su qu'il avait été question de rattraper le capitaine par la ceinture de sa culotte, il a dit : « Si M. Landon avait fait cela, il se serait retrouvé avec la culotte du capitaine dans la main, au lieu de son soulier. C'était impossible de le sauver. » Ou du moins c'est ce que m'a confié Tobias.

— Pourriez-vous répéter cela, je vous prie ?

— Ce que le lieutenant Landon a dit ?

— Non, les paroles de ce Tobias Trindle.

Donald MacNaughton accéda à la requête du magistrat, tout en se rendant compte que les propos qu'il avait rapportés n'étaient pas dénués de signification. Une lueur matoise étincelait dans ses yeux, tandis que semblait naître en lui, pour la première fois, une ébauche de respect à l'endroit de sir John.

— À présent, reprit son interrogateur, vous avez laissé entendre que M. Landon avait prononcé d'autres paroles plus importantes. Quelles étaient-elles ?

— Il a dit que de toute façon le capitaine n'aurait point dû monter sur la dunette. Il était bien trop souffrant. M. Landon a affirmé qu'il s'en était retourné voir le lieutenant Hartsell pour l'en informer, en réponse de quoi M. Hartsell avait simplement réitéré son ordre, à savoir qu'on lui amène le capitaine.

— Lorsque j'ai parlé au lieutenant Landon... quand était-ce, Bobbie ?... il y a à peine trois jours, il a signalé que vous seriez le mieux à même de révéler la nature exacte de l'affection du capitaine. Le capitaine Markham vous a-t-il consulté ? L'avez-vous soigné ?

M. MacNaughton poussa un soupir et, pour la première fois, trahit une certaine gêne eu égard au sujet sur lequel on l'interrogeait. Il hésita longuement, avant de répondre :

— Certes, il m'a consulté au début de la traversée.

— Et de quoi se plaignait-il ?

— Il avait une grosseur aux entrailles qui le faisait souffrir.

— Qu'avez-vous diagnostiqué ? Une tumeur ?

— Selon moi, non. C'est son foie qui était enflé. Je lui ai conseillé d'arrêter de boire. Il... il n'a pas suivi mon conseil.

— Dois-je en déduire que le capitaine Markham était un pochard ?

— Pis que cela, même. À mon avis, il avait atteint les derniers degrés de dépendance à l'alcool. Il a sans doute été avisé de ne point suivre mon conseil et de continuer à boire. S'il l'avait suivi, son métabolisme aurait été si ébranlé qu'il n'en aurait pas réchappé. On ne pouvait plus le sauver. La mort qu'il a connue fut sans doute la meilleure qu'il pouvait espérer.

— Vous faites de nouveau une distinction. Quelle serait la différence entre une ivrognerie fréquente et ce que vous appelez une dépendance à l'alcool ?

— Une question de niveau, je présume... mais ce qui compte davantage, c'est l'état du corps. Son teint était jaunâtre. Son foie, comme je le disais, était enflé et douloureux. Je l'ai observé au carré des officiers et il ne s'alimentait point, hormis si cela lui offrait l'occasion de boire du vin. Je vous garantis qu'il pouvait vider jusqu'à deux bouteilles par repas. Bientôt, il a même cessé de feindre de s'alimenter. Il restait simplement dans sa cabine à siroter son cognac. Je ne lui aurais pas donné six mois. Compte tenu de son état, je ne puis comprendre comment on a pu lui confier la responsabilité d'un navire.

À cette remarque, le vice-amiral sir Robert Redmond toussa bruyamment, comme pour mettre en garde M. MacNaughton qu'il ne souffrirait aucune critique de sa part eu égard aux décisions de la Flotte.

— Cela a dû susciter une grande tension nerveuse parmi les autres officiers, déclara sir John.

— Certes, oui... pardi ! Et plus particulièrement chez le lieutenant Hartsell. C'est lui qui a établi la route, qui a tenu le journal de bord, et qui a doublé ses quarts. Il prenait ses responsabilités au sérieux... oh, un peu trop, à mon goût.

— Ticns donc ? Pourquoi cela ?

— Ma foi, peut-être ai-je tort. Après tout, il avait eu une expérience du commandement, pendant la guerre contre la France, à ce qu'on m'a dit. Il savait sans doute mieux que quiconque parmi nous ce qu'il fallait faire.

— Qu'êtes-vous en train d'essayer de me dire, monsieur ?

Pour la première fois, le magistrat trahissait quelques légers signes d'exaspération à l'endroit du praticien.

— Simplement que lorsque nous longions les côtes

d'Afrique, le lieutenant Hartsell a pris sur lui la décision d'assurer quotidiennement tous les quarts ou presque. Il se plaignait que les rares fois où il aurait pu s'octroyer un somme, il ne pouvait s'endormir. Bref, il était devenu un véritable insomniaque.

— Pour l'amour du Ciel, qu'est-ce qu'un in-som-ni-aque ?

— C'est un terme médical, expliqua M. MacNaughton, l'œil étincelant, en haussant vivement les sourcils. Un insomniaque est un individu qui éprouve des difficultés à s'endormir.

— Mais vous l'aviez déjà dit. Je vous ai fort bien saisi. Pourquoi serait-il nécessaire de... ?

Sir John s'interrompit, se ressaisit et reprit :

— Je présume qu'il a sollicité votre aide ?

— Bien entendu. À qui d'autre aurait-il pu s'adresser ? J'ai proposé de lui administrer des potions somnifères. Il a trouvé cela peu commode, puisque ses possibilités de sommeil survenaient à des heures incongrues. Il a jugé qu'il vaudrait mieux pour lui disposer de ces remèdes à portée de la main. Je lui ai donc fourni une certaine quantité de graines du pavot que j'avais ramené des Indes, et je lui ai expliqué comment en faire une infusion.

— Et cela a-t-il résolu son problème ?

— Oui, sans doute, car il n'a jamais eu l'occasion de m'en demander davantage. En vérité, monsieur, ses insomnies semblent avoir disparu du jour où le capitaine a basculé par-dessus bord.

— Vraiment ? C'est remarquable.

— Il s'est davantage appuyé sur ses collègues officiers... Landon, Grimsby et Highet. Ils l'ont bien secondé.

Un silence de près d'une minute s'écoula. Ce qui parut embarrasser... puis quelque peu déconcerter M. MacNaughton. Son regard se posa sur les autres personnes de la table... l'amiral, M. Byner, et même brièvement sur moi, comme pour demander : « En a-t-il fini avec moi ? » Puis, dans une sorte de gros grognement imperturbable, sir John s'éclaircit la voix et reprit la parole :

— Quelle est votre opinion au sujet du lieutenant Hartsell ?

— C'est un bon officier, répondit M. MacNaughton, plutôt strict, mais un marin de premier ordre et brave au combat.

— Et en tant qu'homme ?

— Ma foi, vous savez ce qu'il est écrit dans la Bible ?

— Quoi donc ? Il y est écrit tant de choses.

— *Ne juge point et tu ne seras point jugé.*

— Néanmoins, contra le magistrat, il incombe à certains d'entre nous de juger... à moi, par exemple, lorsque je siège en mon tribunal. Et à vous, lorsqu'on vous pose la question que je viens de vous poser.

De nouveau, un silence fâcheux s'installa. Les yeux de M. MacNaughton n'étincelaient plus. Il les avait baissés, tout en remuant sur son siège. Pour un peu, on eût dit qu'il avait un haut-le-corps. Mais qui d'autre que sir Robert pouvait venir à sa rescousse ?

— Jack, déclara ce dernier, je dois te rappeler que le lieutenant Hartsell n'est pas au centre du débat, ici. Ce n'est point la condamnation de l'accusateur mais la défense de l'accusé qui nous intéresse.

Sir John fulminait. Je crus qu'il allait répliquer d'une voix tonitruante, mais il n'en fit rien. Il s'exprima au contraire avec moult sang-froid :

— Alors, le cas échéant, dites-moi, monsieur MacNaughton, quelle est votre opinion au sujet du lieutenant Landon ?

— William Landon est le meilleur officier et gentleman chrétien qu'il m'ait été donné de rencontrer au cours de mes quinze ans de carrière en qualité de médecin de bord, au service de Sa Majesté. J'ai l'intime conviction qu'il n'aurait jamais pu commettre l'acte dont il est accusé.

Sir John donna enfin libre cours à sa colère :

— Est-ce pour cela, monsieur, que vous avez tourné le dos et détalé tel un lapin apeuré, pour prendre le large à Portsmouth, dès lors que l'*Aventure* a jeté l'ancre dans la Tamise ? Afin qu'on ne vous mande point pour témoigner en faveur de cet excellent officier et gentleman chrétien en cour martiale ?

— Jack ! S'il te plaît ! M. MacNaughton s'est montré des plus coopératifs.

— Certes, répondit sir John en se levant de table, et je vais lui demander de coopérer encore une vingtaine de minutes, pendant que Jeremy et moi monterons à l'étage pour préparer une déposition, tirée de l'interrogatoire de ce pusillanime Écossais. N'ayez crainte, Donald MacNaughton, je ne trahirai point vos propos. Le document ne contiendra rien de plus que ce que vous m'avez confié. Mais alors, monsieur, il vous appartiendra de le signer. Vous le devez.

Il fit un geste vif de la main à votre serviteur qui s'était levé à ses côtés et ajouta :

— Viens, Jeremy.

CHAPITRE VI

Où nous recevons une lettre
et rendons une seconde visite
*à bord de l'*Aventure

À notre retour de Portsmouth, un silence étrange nous accueillit, sir John et moi, à l'office. Il était presque l'heure de souper et nous avions effectivement grand désir de manger. Pourtant, comme nous gravissions l'escalier, aucune agitation ne parvint à nos oreilles, pas le moindre bruit de chaudrons ou de casseroles, ni même le rire sonore d'Annie. Nous en déduisîmes, ou du moins en déduisis-je, que la cuisine était déserte, mais lorsque, en bataillant avec la valise de sir John et mon sac de marin, je me débrouillai pour ouvrir l'huis en haut des marches, je fus surpris de découvrir lady Fielding et Tom Durham assis sans dire un mot, de part et d'autre de la table de l'office. Elle avait les bras croisés, lui la tête baissée. Aucun signe d'Annie dans les parages.

Tom se leva aussitôt d'un bond pour m'aider à porter la valise.

— Je l'emporte à l'étage, annonça-t-il, visiblement pressé de s'en aller.

Ce fut donc bagage en main qu'il fit sa sortie. Sa mère parut sur le point de le rappeler, mais elle se ravisa et n'éleva aucune objection.

Sir John pénétra dans la cuisine, s'avança de quelques pas, s'arrêta et huma l'air.

— Comment ? fit-il. Aucun fumet de repas ? Rien en préparation ? J'ai persuadé Bobbie de faire le trajet sans une halte, hormis pour abreuver les chevaux. J'espérais que nous pourrions consommer ce qu'Annie nous aurait préparé. Où se trouve-t-elle ?

— Annie Oakum s'en est retournée au Foyer Marie-Madeleine, John.

— Oh ?

— Oui.

— Je vois, répondit-il, d'une manière signifiant clairement le contraire. Mais ne pouvais-tu point... ?

— Diverses affaires m'ont retenue au Foyer. Je viens moi-même seulement de rentrer ici. Il n'y avait personne sur place pour se charger des emplettes.

— Mais... Tom.

— Tom est en disgrâce.

— Mais, en disgrâce ou non, ne pouvait-il pas... Ah, eh bien, qu'avons-nous à manger céans ?

— Du pain et du fromage, voilà tout ce que je puis vous offrir.

— Ma foi, du pain et du fromage feront l'affaire, alors.

— Et du thé, bien sûr.

— Bien sûr.

Il rumina un instant, puis me dit :

— Bon, Jeremy, je pense que deux voyageurs affamés peuvent aussi aisément remplir leur panse avec un simple repas qu'avec un festin.

Mais avant que je ne pusse acquiescer poliment, lady Fielding leva une main presque menaçante et la pointa en direction de l'escalier.

— Jeremy, déclara-t-elle, monte dans ta chambre, je te prie. Mon fils et toi serez appelés lorsque la table sera dressée. Sir John et moi devons nous entretenir en privé.

N'ayant ni le choix ni une raison acceptable d'objecter, je ramassai le sac, m'excusai et gagnai l'escalier. Aussi tenté que j'eusse pu être de m'arrêter à mi-chemin pour tendre l'oreille, je gravis nonobstant les marches jusqu'en haut, certain que Tom me narrerait toute l'histoire de bout en bout.

Mais il se révéla évasif. Je le trouvai dans une posture voisine de celle dans laquelle je l'avais découvert de prime abord à l'office : assis sur le lit, les coudes sur les genoux, le menton dans les mains. Tout me laissait croire que j'avais devant moi l'image parfaite de la mélancolie, tandis qu'il leva les yeux et constata ma présence d'un simple signe de tête. Posant le sac de marin par terre, je m'assis promptement à ses côtés.

— Qu'est-ce donc ? m'enquis-je tout à trac. Que s'est-il passé ?

— Oh, s'il te plaît, Jeremy, laisse-moi en paix.

— Ma foi, je te laisserai si tu insistes, mais tu pourrais au moins me dire ce qui est arrivé à Annie. Je crois mériter de le savoir, car je serai sans doute à blâmer aussi dans cette affaire. C'est moi qui, peu ou prou, ai parlé en sa faveur dans cette maisonnée. Pourquoi l'a-t-on chassée ?

— Elle est en disgrâce.

— Tu l'es aussi... ou du moins est-ce ce qu'affirme ta mère.

— Oh, je ne le sais que trop, je ne le sais que trop ! Elle n'a eu de cesse de me le rappeler depuis... Peu importe, Jeremy. Laisse-moi tranquille.

— À ta guise, répondis-je.

À demi contrarié, je me levai alors prestement du lit et revins à l'endroit où j'avais laissé le sac. Je le déballai en un tournemain, car il ne contenait guère d'effets m'appartenant, puis remerciai Tom de me l'avoir prêté. Pour toute réponse, il branla à peine du chef, ce qui me contraria d'autant. N'ayant ensuite rien de mieux à faire, je me dirigeai vers les ouvrages empilés contre le mur, en quête d'un livre que je n'avais encore point lu. Bien qu'on en dénombrât près d'une centaine, il m'était chaque fois plus difficile d'en choisir un. Qu'allais-je faire lorsque je les aurais tous lus ?

Je serais bien fourbe de jouer les parfaits innocents à votre endroit, cher lecteur. Si Tom, à l'instar d'Annie, se trouvait en disgrâce, c'était très probablement pour avoir commis avec elle quelque acte scandaleux. Et je savais pertinemment quel acte commis entre un homme et une femme était tenu pour immoral, à moins qu'il ne fût perpétré au sein d'un mariage. Aux yeux de certains, ledit acte pouvait paraître d'autant plus répréhensible qu'il était accompli par des personnes aussi juvéniles que Tom et Annie. Je souhaitais néanmoins entendre pareille explication de la bouche de Tom. Pardessus tout — dussé-je m'empourprer de vergogne en l'admettant —, je désirais glaner au passage quelques détails instructifs.

Ce fut alors que Tom s'adressa brusquement à moi de la manière la plus accusatrice qui fût :

— Pourquoi ne m'as-tu pas confié la véritable nature de ce « Foyer Marie-Madeleine » ? Des prostituées repenties, en définitive !

— Ta mère m'avait demandé de ne point le faire.

— Pourquoi ne m'as-tu pas dit qu'Annie était une de ces anciennes prostituées ? Qu'elle avait passé près d'un an à battre le pavé ?

— Ma foi, répondis-je, si je ne t'ai pas confié cela à son sujet, je ne lui ai pas dit, à elle, que tu avais été un voleur.

La riposte me semblait raisonnable, encore me faut-il admettre qu'elle était destinée à le piquer au vif. Que nous était-il donc arrivé... nous qui étions camarades, amis... pour que nous soyons désormais contraints de nous parler aussi durement ?

— Elle aurait pu me transmettre quelque maladie... la vérole ou je ne sais quoi !

— Qui cela ? Annie ?

L'idée me paraissait fort étrange.

— Elle me semble en assez bonne santé.

— Mère affirme qu'on ne peut rien certifier. C'est à peine si elle a abordé un autre sujet. Elle m'a autant effrayé que lorsque j'étais à Bombay.

— Mais qu'en est-il d'Annie ? Tu aurais pu lui faire un bébé.

— Vraiment ?

— Eh bien, n'est-ce pas ainsi qu'on procède ? J'avoue ne pas posséder de grandes connaissances en la matière, mais cela, au moins, je le tiens de Jimmie Bunkins.

Une telle perspective sembla frapper Tom de terreur :

— Grand Dieu ! Je suppose que c'est possible, alors.

— Il se peut même qu'il grandisse en ses entrailles à l'heure qu'il est.

— Mais elle est si jeune !

— Toi aussi, ma foi.

À ces mots, il se tut un moment, peut-être méditait-il sur la vérole ou sa paternité involontaire. Le temps s'écoula. Je commençai à souhaiter que sir John et lady Fielding eussent bientôt conclu leur discussion, quelle qu'en fût la gravité, afin qu'on m'octroyât éventuellement ma ration de pain et de fromage. Certes, Annie allait me manquer longtemps après le départ de Tom, j'en avais la conviction. C'était une cuisinière hors pair... doublée d'une bonne camarade. M'en étant retourné vers les livres, je m'attardai quelque peu sur la question, tout en les feuilletant d'un air désinvolte.

— Nous l'avons fait dans ce lit même, déclara Tom de son propre chef, en flanquant une tape sur le matelas.

— Tu ne badines point ?

— Non, nous avions tout manigancé d'avance, pardi. Cette fille est proprement folle, Jeremy. Elle dit qu'elle m'aime... qu'elle ferait n'importe quoi pour me combler...

Il hésita, puis ajouta :

— Je n'avais aucune idée, vraiment...

Dans mon effort pour comprendre, je fronçai les sourcils :

— Qu'est-ce que tu n'as donc point saisi ?

Pour ma part, je pensais qu'elle avait déclaré sa flamme d'une façon on ne pouvait plus claire.

— Eh bien, je n'ai rien compris du tout. Tu n'imagines pas à quel point c'est incroyable, cette affaire, l'ami ! Ma foi, nous l'avons fait et refait encore jusqu'à nous endormir d'épuisement dans les bras l'un de l'autre. Et là, tu vois, nous avons commis une erreur.

— De vous endormir, tu veux dire ?

— Eh bien... oui. Nous avions eu la sagesse de choisir ce lit, parce qu'il se trouvait fort éloigné de l'endroit où dormait ma mère. Mais c'est à moi que l'on avait confié le soin d'allumer le fourneau, en ton absence. Lorsque Maman s'est levée le lendemain matin et qu'elle s'est aperçue que ni Annie ni moi n'étions debout, elle a dû soupçonner le pire, car elle est venue tout droit ici et nous a trouvés enlacés, nus comme des vers, dormant tels des bienheureux à l'endroit même où je suis assis.

— Que s'est-il passé, alors ?

— À ton avis ? Elle a poussé un hurlement de tous les diables, elle a chassé Annie en la sommant de se vêtir, et comme je tentais de me couvrir, elle s'est mise à me sermonner en disant que je pouvais être vérolé désormais, entre autres choses effroyables dont je ne souhaite point faire mention. Et puis...

Au même moment, on nous manda en notre office. Lady Fielding nous appela d'une manière tant soit peu moins accorte qu'à son habitude.

— Le pain et le fromage, déclarai-je.

— Ma foi, dit-il, c'est au moins quelque chose. Je meurs de faim.

Nous répondîmes donc à l'appel en descendant à la cuisine, non point comme deux adolescents affamés, dans une grande hâte de se sustenter, mais avec la lente démarche mesurée de deux garçons qui ne savent trop à quoi s'attendre, si ce n'est au pire.

Notre épreuve s'avéra des moins effroyables, en l'occurrence... grâce, dans une large mesure (pour ne pas dire entièrement), aux efforts de sir John. Il se lança dans un long récit de notre voyage à Portsmouth, lequel, à tout prendre, se révélait riche en événements, qu'il se fût agi de l'attaque de notre diligence par des bandits de grand chemin en maraude, ou de mon quasi-enrôlement dans la Marine de Sa Majesté.

Même lady Fielding fut impressionnée par ce dernier épisode. Elle sortit de sa morne rêverie et tendit la main pour étreindre la mienne.

— Oh, Jeremy, dit-elle, comme c'est affreux ! Tu aurais simplement disparu. Nous n'aurions jamais su ce qui t'était arrivé.

— Une grande partie des hommes de l'*Aventure* ont été racolés, déclara Tom. Ce sont eux qui sont restés à bord, lorsque nous avons jeté l'ancre.

À ces propos, sa mère lui décocha un regard sévère. Apparemment, ceux qui étaient en disgrâce ne pouvaient alimenter la conversation de la tablée.

— Effectivement, renchérit sir John, et ce sont eux que Hartsell a autorisés à descendre à terre, avec la permission — ou la complicité, pour être plus juste — de sir Robert, pour causer du désordre en ma juridiction.

— Il y a peu de chances qu'on les revoie à bord de l'*Aventure*, reprit Tom.

— Gageons, en revanche, qu'un grand nombre comparaîtra en mon tribunal.

Quelqu'un frappa alors à la porte. Je me levai d'un bond pour aller ouvrir et ce n'était autre que Benjamin Bailey, capitaine des sergents de ville.

— C'est M. Bailey, sir John ! annonçai-je en me tournant vers la table.

— Eh bien, fais-le donc entrer !

— Inutile, monsieur, répondit le capitaine. Il se trouve qu'en faisant ma première ronde du soir, un marin ivre m'a arrêté pour me donner une lettre qui vous est adressée. Scellée et écrite d'une belle main, je suis donc sûr que ce n'est pas cet homme qui l'a rédigée.

— Faisait-il partie de l'équipage de l'*Aventure* ?

— Il n'en a rien dit, sir John. Il s'est contenté de

me la fourrer dans la paume, en me demandant de vous la remettre. À en croire l'aspect de la missive, il devait la transporter depuis quelque temps. Je vais la donner à Jeremy ici présent et m'en retourner. Ravi de vous saluer, madame. Navré de vous avoir dérangés.

— C'est gentil à vous d'être passé, monsieur Bailey, répondit-elle en le saluant d'un geste, comme il se doit.

Sur ces entrefaites, le capitaine nous salua en effleurant le front de sa main et se mit à redescendre l'escalier. Je remis la lettre à sir John, lequel la posa soigneusement à côté de son assiette.

Quoique modeste eu égard aux habitudes de notre maisonnée, le repas n'en était pas pour autant frugal. Sur la table trônait environ une livre de stilton, avoisinant une belle miche de pain, avec du beurre à l'envi, ainsi qu'un bol de cornichons macérés dans la saumure. Nous mangeâmes certes notre content, mais quand sir John eut achevé le récit de nos mésaventures, nous poursuivîmes notre collation en silence. Ce ne fut qu'après qu'il eut fini que je remarquai qu'il avait omis de faire mention de son entretien avec M. Donald MacNaughton, pas plus qu'il n'avait parlé de la surprenante révélation de sir Robert, eu égard à sa parenté avec le lieutenant Landon. En définitive, rien n'avait transpiré du véritable dessein de notre voyage à Portsmouth.

Une fois le repas terminé et la dernière goutte de thé bue, sir John recula sa chaise et éructa de félicité.

— Merci, Kate. À vrai dire, je n'ai jamais si bien festoyé à partir de rien.

Puis à l'adresse de Tom :

— Tom, mon garçon, voudrais-tu, en la circonstance, remplacer Jeremy à son habituelle tâche de vaisselle, je te prie ? Lui et moi avons quelque besogne à accomplir.

Se levant ensuite, il s'empara de la missive amenée par M. Bailey et me fit signe de le suivre. Nous gravîmes l'escalier jusqu'à son petit bureau. Il prit sa place usuelle derrière son secrétaire et posa la lettre entre nous deux.

— Écoutons ce que M. Bailey nous a apporté, déclara-t-il.

Grâce à la fenêtre, la lumière éclairait encore la pièce, mais elle faiblissait, en raison de l'heure tardive.

— Je me demandais, monsieur, si je ne pourrais point allumer une bougie pour vous faire la lecture ? déclarai-je.

— Bien sûr, Jeremy. Ombre ou lumière me sont indifférentes, tu sais. Il y a des allumettes ? Un briquet à amadou ?

— Oui, monsieur.

J'allumai la bougie la plus proche de moi, saisis la missive et en rompis le sceau.

— La lettre est signée Jonathan Grimsby, lieutenant dans la marine royale, annonçai-je.

— Ha ! Le troisième officier de l'*Aventure*, ma foi... à moins qu'il ne tienne lieu d'officier en second, puisque le lieutenant Hartsell s'octroie le titre de « capitaine suppléant ». Qu'a-t-il à nous dire, ce M. Grimsby, Jeremy ?

Tenant la feuille sous la chandelle, je fis lecture de la suivante à voix haute :

À l'attention de l'honorable sir John Fielding,
tribunal de Bow Street,
4, Bow Street.

Sir John,

*Puisque, à l'instar de l'infortuné lieutenant William Landon, je me retrouve quasiment prisonnier à bord du vaisseau de Sa Majesté l'*Aventure, *il m'est impossible de vous rendre visite, ce qui s'avère injuste car j'ai des renseignements à vous communiquer. Je souhaite vous en faire part, car vous semblez grandement attaché à porter secours à mon collègue officier. Vous serait-il possible de remonter à bord de l'*Aventure, *afin que je puisse m'entretenir avec vous en personne ?*

Comme nous manquons cruellement d'officiers, avec M. Landon consigné en sa cabine et M. Hartsell ayant choisi de demeurer dans la sienne, j'assume la tâche *d'officier de pont pendant toutes les heures de jour. J'ignore quand cette missive vous parviendra, si d'aventure elle vous parvient, puisque je l'ai confiée à l'un des hommes de l'équipage ; aussi ne vais-je fixer aucun jour spécifique pour que vous vous présentiez sur le navire, ce qui serait de toute manière malséant et présomptueux de ma part. En ce qui me concerne, tous les jours se ressemblent, à bord de l'*Aventure. *Peu me chaut donc celui que vous choisirez, j'aurai hâte de vous rencontrer et de deviser avec vous.*

Votre dévoué serviteur,
Jonathan Grimsby,
lieutenant de Sa Majesté.

Après avoir pris quelques instants pour assimiler le contenu de la lettre, sir John se redressa dans son fauteuil, planta les coudes sur le bureau et se pencha vers moi.

— Alors, Jeremy, que dis-tu de cela ?

— Le plus grand bien, répondis-je. Il désire venir en aide à M. Landon. Il a des renseignements à communiquer. Je n'y vois que de bonnes choses.

— Mais pourquoi m'a-t-il écrit *à moi* ? Pourquoi insister pour ne parler qu'à moi et à moi seul ? Pourquoi ne point s'adresser au lieutenant Byner qui, après tout, n'est autre que l'avocat de M. Landon dans cette terrible affaire ? Pourquoi ne pas en informer M. Landon lui-même ?

— Je ne vois pas pourquoi il ne s'adresse pas à ce dernier, avouai-je, si ce n'est que le sujet que M. Grimsby souhaite aborder n'est peut-être pas du goût de M. Landon.

— Ou que M. Landon ne peut l'aborder lui-même.

— Oui, monsieur, vous avez le sentiment que le lieutenant Landon pourrait garder pour lui quelque information.

— Sur les instructions de son oncle.

— Mais sur le fait que M. Grimsby choisisse de ne

point en informer M. Byner, je ne puis que supposer qu'il ignore encore que ce dernier est à présent l'avocat de l'accusé.

— Ou bien, s'il le sait, peut-être a-t-il le sentiment que M. Byner demeure par trop proche de Bobbie... euh, sir Robert.

— Certes, monsieur.

— Maudite soit cette affaire, Jeremy ! Elle présente davantage de circonvolutions qu'un serpent... et à l'instar d'un serpent, on ne sait trop par quelle extrémité la saisir. M'est avis que Bobbie souhaite de tout son cœur porter secours au jeune homme... il était au bord des larmes, lorsqu'il m'a avoué que M. Landon était son neveu et m'a prié de le sauver. Quelle surprise, n'est-ce pas ? Le fils de sa sœur ! Tu imagines !

Le magistrat sombra dans le silence, avant d'ajouter :

— Pourtant, il semble souvent se placer en travers de mon chemin, comme pour nous dire, en l'occurrence, qu'il existe certaines pistes ouvertes à l'investigation et d'autres ne l'étant point. Pourquoi a-t-il cru bon de faire appel à mes services, s'il souhaitait entraver autant ma démarche ?

— Que projetez-vous alors, sir John ? Allez-vous accepter l'invitation de M. Grimsby ?

— Oh oui, mais cela devra s'accomplir dans le dos de Bobbie, pour ainsi dire. Nous nous y rendrons demain après-midi, à l'issue de mes audiences. Qu'en dis-tu, Jeremy ? Tu auras une commission à faire dans la matinée, de même qu'une tâche m'incombera que je ne suis guère impatient d'accomplir, aussi devrons-nous agir dans l'après-midi.

Comme il n'avait point précisé de quelle course ou de quelle tâche il s'agissait, je ne sus quoi lui demander, songeant que je l'apprendrais assez tôt.

— Quoi qu'il en soit, nous détenons notre témoin. La cause de M. Landon n'est pas perdue.

— Plaît-il, monsieur ?

— Tu y as sans doute prêté attention, tandis que

MacNaughton glosait et bredouillait à l'envi ? Nous ne l'avons cependant point inclus dans la déposition qu'il a signée, car cela relevait du ouï-dire. Tu te souviens ?

— Oh oui, bien sûr... le timonier, Tobias Trindle.

— Exactement ! Celui-là même qui a affirmé que si M. Landon avait retenu le capitaine par la ceinture de sa culotte, il se serait assurément retrouvé avec ladite culotte dans les mains, plutôt qu'un soulier.

— À son avis, personne n'aurait pu sauver le capitaine.

— Nous avons donc notre témoin, reprit sir John, mais à présent il nous faut le trouver.

Je réfléchis un instant à la question.

— Peut-être que Tom et moi pourrions être d'un meilleur secours en la matière que M. Bailey, ou même que les brigadiers. Tom doit connaître Trindle de vue. Et peut-être sais-je mieux où le chercher.

(Jimmie Bunkins devrait encore mieux s'y entendre que tout le monde, songeai-je.)

— Tes arguments sont convaincants, mon garçon. Laisse-moi en deviser avec Tom. Je dois à présent lui parler, de toute façon. Je l'ai entendu à l'instant grimper dans la chambre qu'il partage avec toi. Vas-y. Dis-lui que je souhaite m'entretenir avec lui.

Je pris donc congé et lui souhaitai une bonne nuit, car il se faisait tard, puis je m'exécutai et gagnai la mansarde. J'y trouvai Tom étendu sur le lit, les mains croisées sous la nuque, fixant les poutres du plafond. Son regard se posa sur moi dès que j'apparus, m'honorant d'un salut du bout des lèvres et rien de plus.

— Sir John désire te parler, déclarai-je. Il se trouve dans la petite pièce au-dessous, qu'il appelle son bureau.

Tom se leva du lit et posa fermement les pieds au sol.

— C'est *maintenant* que vont pleuvoir les horions, répliqua-t-il. Je suppose que je puis dire adieu à mon grade d'aspirant.

Ne sachant quoi lui répondre, je me bornai à hausser les épaules. Il s'en alla donc et je pris sa place sur le lit. Je ne sus combien de temps dura leur entrevue, car je m'assoupis en lisant quelque ouvrage choisi sur la pile contre le mur. Mais à en croire l'obscurité qui avait envahi la chambre et la flamme vacillante de la chandelle, je jugeai que l'entretien avait dû s'éterniser. Toutefois, je m'éveillai suffisamment pour demander à mon compagnon comment cela s'était passé.

— Quoi donc ? fit-il. Oh, nous en avons à peine parlé. Cela viendra demain. Nous avons conversé de la vie à bord de l'*Aventure*. Il s'est avéré que j'avais beaucoup de choses à lui conter.

— Il a donc fait de toi un témoin.

— Oui, je suppose.

Sir John Fielding m'émerveillait constamment par sa connaissance de Londres. Comment pouvait-il savoir où l'on était censé trouver des canots de louage ? Il lui suffit pourtant d'indiquer au cocher du fiacre : « St. Catherine's Stairs » et nous étions en route pour une nouvelle aventure. Je découvris que notre itinéraire nous amenait juste sous la Tour de Londres, aussi en profitai-je pour admirer les façades latérales du grand château, que je n'avais jamais vues jusqu'alors. Au bas de Little Tower Hill, nous prîmes la direction de St. Catherine's Street, où nous commençâmes à entrevoir l'église. Ce fut à ce moment-là que le cocher arrêta ses chevaux et nous cria que nous étions arrivés.

Je fus soulagé de ne point voir de quai au pied de l'escalier ; il n'y aurait donc aucune échelle à descendre. Non, les marches menaient simplement au bord du fleuve, où une demi-douzaine de bateaux de tailles et de formes variées mouillaient sur la berge. Dès que les bateliers nous virent arriver, ils nous entourèrent et se mirent à beugler leurs tarifs, de sorte que le marchandage pouvait commencer. Sir John traita habilement avec eux et nous eûmes tôt fait de nous retrouver en train de naviguer sur le vaste fleuve.

— J' me d'mande bien pourquoi vous voulez vous rend' là-bas, monsieur, déclara le marinier entre deux vigoureux coups de rames. L' vaisseau est désert, comm' qui dirait.

— Nous avons de bonnes raisons.

— On a rud'ment ben commercé avec eux pendant un temps... grues, catins, alcool. Je n' compte plus les voyages que j'ai faits.

— Puis tout l'équipage a été débarqué pour une permission.

— Oui-da, mêm' qu' ça s'est fait en une nuit. Le matin, y avait plus qu' les lascars et les officiers. Les lascars n'ont point l' sou.

Sir John ne fit aucun commentaire à ce sujet.

— Du reste, reprit le batelier, c' qu'est bizarre, c'est qu' vous êtes le deuxième que j' transporte vers l'*Aventure*, aujourd'hui.

— Oh ? Vraiment ? Qui était donc votre premier passager ?

— Un officier d' marine, un lieut'nant, pardi. J' l'ai emm'né c' matin et j'ai attendu, tout comme pour vous ; puis j' l'ai ram'né... encore qu'il m'a d'mandé d' le déposer à Tower Wharf, au r'tour.

— Intéressant...

— Pourquoi qu'on n'a point dépêché un canot d'puis l' navire, j' saurais pas l' dire.

— Peut-être n'était-il pas attendu.

— Sans doute, ma foi.

Et cette conversation, pour le moins succincte, cessa complètement.

Avec un seul rameur, la traversée d'ores et déjà plus longue depuis St. Catherine's Stairs dura encore plus longtemps. Ce qui m'offrit tout loisir de méditer sur la surprenante matinée que j'avais vécue. Ma fameuse commission m'avait entraîné jusqu'au Foyer Marie-Madeleine. J'étais censé y quérir Annie et la ramener avec moi à Bow Street. Aussi surprise que votre serviteur par la nouvelle, elle m'avait assailli de questions pendant le trajet du retour. Mais comme je ne disposais d'aucune réponse, et n'en formulais pas davantage, elle avait bientôt cessé de m'interroger. Au moment de notre arrivée, elle manifesta une certaine anxiété, témoignant de son état en se tordant les mains à l'envi et en versant une larme ou deux, qu'elle essuyait bravement. Ce n'était plus Annie la délurée de jadis.

Le trio au visage de marbre qui nous attendait à l'office avait paru l'effrayer encore davantage. Elle s'était présentée à eux trois les yeux baissés et lorsqu'ils l'avaient priée d'entrer, elle avait acquiescé d'un hochement de tête. Comme je tournais les talons, on m'avait sévèrement enjoint de demeurer là en cuisine. À en croire leurs pas dans l'escalier, ils s'en étaient allés tout droit dans le bureau de sir John, et une fois là-haut, l'un d'entre eux avait refermé l'huis. Ils avaient dû s'entretenir pendant près d'une heure et lorsqu'ils étaient redescendus à l'office, tout était changé.

J'ignorais alors — mais Tom me l'apprit plus tard — que sir John et lady Fielding avaient affronté les deux jeunes mécréants en les sermonnant sur la gravité de leur acte. Sir John, bien entendu, s'était montré le plus prolixe. Sans s'attarder outre mesure sur les risques de maladie, songeant sans doute que sa Kate avait suffisamment glosé sur le sujet, il avait toutefois pesamment insisté sur les possibilités de grossesse. Il avait demandé à Tom si ce dernier se trouvait dans une situation lui permettant de subvenir aux besoins d'un enfant ; Tom avait admis qu'il ne l'était point, reconnaissant dans le même temps qu'il serait de son devoir d'y pourvoir, le cas échéant. Qu'avaient-ils à plaider pour justifier leur acte ? Annie avait répondu qu'elle avait agi par amour, que c'était la première fois qu'elle agissait ainsi, et qu'elle aimait Tom de toute son âme. Sir John avait observé qu'étant la plus expérimentée des deux, on pouvait lui reprocher de porter une plus lourde responsabilité, mais qu'il y avait cependant des circonstances atténuantes. Il avait ensuite demandé à Tom s'il aimait Annie. Ce dernier avait reconnu, en détournant son regard de la jeune fille, que s'il appréciait Annie et était attiré par elle, il ne pouvait affirmer qu'il ressentait un véritable amour à son endroit. Désignant alors le pauvre visage d'Annie chiffonné et sanglotant, sir John avait déclaré que Tom, en sachant les sentiments qu'elle éprouvait pour lui, les avait utilisés pour parvenir à ses fins. Le plus gravement du monde, le magistrat avait ajouté :

— C'est une chose effroyable, mon garçon, que d'utiliser son semblable de la sorte.

Et Tom s'était vu couvert d'opprobre. À la fin, on avait arraché à chacun la promesse solennelle que ce qui s'était passé ne se reproduirait point. Et l'on avait dit à Annie que tant qu'elle tiendrait cet engagement, elle pourrait demeurer en la maisonnée.

Mais je n'en savais rien, quand ils étaient revenus tous les quatre à l'office. Et lorsqu'on m'avait appris qu'Annie resterait avec nous, je ne pouvais comprendre pourquoi une nouvelle aussi plaisante les rendait tous aussi tristes... Annie plus que les autres. Mais la crise était passée et la jeune fille recouvra bientôt suffisamment de sa joie de vivre pour s'asseoir à mes côtés et me dicter une liste de comestibles que j'étais censé acheter au marché de Covent Garden, me confiant qu'elle allait préparer un repas que personne n'oublierait de sitôt...

— Tu vas devoir me précéder sur l'échelle, Jeremy, me dit sir John, en m'arrachant à mes pensées, et demander à M. Grimsby la permission pour moi de monter à bord.

Nous approchions du navire et étions sur le point d'accoster l'échelle qui pendait le long de la coque.

— Mais, dis-je, on vous a convié par lettre.

— Bien entendu. C'est une simple formalité, mais on l'observe rigoureusement.

Et ce fut ainsi qu'au moment idoine, au signal

convenu du batelier, j'agrippai ladite échelle et commençai mon ascension. Grimper ne m'avait jamais causé d'embarras, après tout. Le problème se présenta lorsque j'arrivai en haut.

Car avec qui allais-je me trouver nez à nez si ce n'était ce maudit aspirant Boone, ce sinistre jeune gars qui, en tentant de me repousser en bas de l'échelle de la dunette, avait lui-même dégringolé au pied des marches.

— Va-t'en, sale p'tit marin d'eau douce ! me cria-t-il. Je n' te laisserai point monter à bord.

Tout en l'ignorant, j'essayai de lancer une jambe par-dessus le bastingage. Mais il la repoussa et je manquai perdre l'équilibre l'espace d'un court instant. Je me cramponnai fermement à l'échelle en cordage.

— Je viens de la part de sir John Fielding, déclarai-je avec toute l'autorité que je pouvais rassembler. Il attend dans le canot en bas.

— Peu m'importe celui qui attend. C'est le vaisseau *Aventure* de Sa Majesté et on n' convie pas d' marins d'eau douce à bord.

— Tu ferais mieux de me laisser passer. C'est le magistrat du tribunal de Bow Street.

Ce disant, je remontai en haut de l'échelle. Lui, à son tour, poussa sur ma tête avec une telle vigueur, qu'il faillit faire glisser mon tricorne et me força à descendre d'un barreau ou deux.

— J' me moque de ton magistrat, répliqua-t-il. Descends et va-t'en, sinon j' te flanque dans l' fleuve.

J'admets que sa menace eut quelque effet sur ma personne. Si j'ai depuis lors maîtrisé ma crainte de l'eau et parviens aujourd'hui à couvrir une distance respectable à la nage, j'en étais à l'époque incapable, hormis dans un bassin où j'aurais barboté tel un caneton. Quoi qu'il en fût, j'avais déjà eu raison de ce vaurien et souhaitais fermement recommencer. D'une main résolue, je vissai donc mon chapeau sur ma tête et repris mon ascension de l'échelle. Mais cette fois, lorsque sa main se tendit vers moi, je me tins prêt et la lui saisis par le poignet. Il lutta pour se libérer de mon emprise... mais en vain. Tirant ensuite de toutes mes forces, je redescendis un barreau de l'échelle, forçant Boone à se pencher par-dessus le bastingage, au risque de perdre l'équilibre. S'il me fouaillait jusque-là de sa main libre, il était à présent contraint de se cramponner avec celle-ci au garde-corps, afin de ne point basculer. Tirant encore plus fort, j'entrepris de descendre le barreau suivant. Sa face ronde arbora une expression effrayée. Il résistait si âprement qu'il en avait les yeux exorbités. Il semblait à l'agonie. Peut-être n'était-il pas meilleur nageur que moi !

Si je pouvais encore le faire descendre d'un barreau, il basculerait par-dessus bord.

Ce fut alors qu'un autre visage apparut au-dessus de cette figure cramoisie et en sueur, sur laquelle se concentrait toute ma fougue. Cette nouvelle tête m'était familière, encore que je ne pusse y mettre un nom.

— Ah, monsieur Boone, je vois que vous vous apprêtez à vous baigner, déclara ce personnage que je connaissais. Je vous le déconseillerais. La Tamise est bien trop sale pour ce genre de distraction. Quant à vous, monsieur Proctor, je vous conseille de lâcher prise, car s'il plonge, il risque fort de vous entraîner avec lui.

Le visage n'était autre que celui de M. Grimsby. Je relâchai donc mon étreinte et Boone s'effondra de l'autre côté du bastingage. Ma main était si affaiblie par la lutte qu'elle s'avérait quasi inutile pour grimper à l'échelle. Je me débrouillai pourtant pour parvenir jusqu'en haut, et découvrir que notre bataille avait attiré tout un public de lascars, sourire aux lèvres, le long du garde-corps. Ils manifestèrent leur approbation par des gestes. Un ou deux applaudirent. Je dus sauter loin, afin de ne point bondir à pieds joints sur M. Boone.

— Sir John ! s'écria M. Grimsby à haute et intelligible voix. Vous avez la permission de monter à bord !

— J'ai cru entendre qu'il y avait quelques difficultés là-haut ! répondit sir John sur le même ton.

— Rien que votre assistant ne pouvait résoudre par lui-même, ce me semble.

M. Boone se redressa et se remit lentement debout. Le regard qu'il me décocha fut le plus malveillant qu'un homme, jeune ou adulte, m'eût jamais lancé.

— Je crois savoir que d'autres tâches vous attendent, monsieur Boone, déclara le lieutenant. Allez donc vous en charger.

— Oui, lieutenant, dit-il.

Et il s'en alla en claudiquant, portant sans doute encore les stigmates de notre rencontre trois jours auparavant. C'était le genre d'individu auquel il s'avérait peu sage de tourner le dos.

Le visage de sir John me sembla apparaître presque aussitôt, suivi de ses lourdes jambes, et il sauta sur le pont avec une adresse que je n'eusse jamais soupçonnée.

M. Grimsby vint vers lui, le prit par le bras et lui serra la main. Ils devisèrent à voix basse, et le lieutenant le conduisit vers le tribord. Aussi grande que fût mon envie de les suivre et d'écouter, je savais qu'il fallait m'en abstenir. Ah, ma foi ! Encouragé par l'adage : « Tout vient à point à qui sait attendre », je cherchai alentour quelque endroit approprié pour passer le temps.

Ce fut alors qu'un des lascars m'aborda. À l'instar de ses congénères, il était mince et de petite taille — guère plus grand que votre serviteur qui avait alors quatorze ans —, mais contrairement aux autres, il possédait quelques rudiments de la langue de Shakespeare.

— Bonjour, me dit-il.

— Bonjour à vous, monsieur.

Bien que j'eusse quelque peine à estimer son âge, nul doute qu'il était manifestement mon aîné.

— Nous t'aimons tous. Les garçons indiens détestent tous M. Boone. Oh, ça oui !

Il s'exprimait sur un rythme singulier... tout à fait allègre et d'une voix qui montait parfois dans les aigus.

— Je crois si nous allons en mer et il y a une tempête, il bascule par-dessus bord. Oh, oui !

Ce disant, il sourit à belles dents, comme s'il eût lâché quelque saillie drolatique.

— Pourquoi le détestez-vous ? Qu'a-t-il fait ?

— Oh, moult choses, moult choses ! Il aime frapper sans raison les garçons indiens avec badine en bambou. Il aime ça, c'est tout. Oh, très mauvais garçon ! Mieux si lui meurt, commence une vie nouvelle, devient meilleur la prochaine fois. Oh, oui !

(Une telle idée me parut alors si extravagante que je me demandai si j'avais bien saisi. Mais sachez, cher lecteur, que j'ai depuis lors appris que cette affaire de vies successives fait partie intégrante de leur étrange religion.)

— Et le lieutenant Hartsell ? m'enquis-je, en me rappelant ce que Tom Durham avait présumé.

Le garçon me sourit derechef.

— Même tempête. Oh, oui ! Pour missié Landon. Missié Hartsell est homme stupide. Il prend les garçons pour des filles. Il croit que personne sait. Très stupide.

Voilà une révélation qui me déconcerta par sa singularité. Afin d'en vérifier la véracité, je souhaitais questionner davantage le monsieur lascar, mais avant que je ne pusse m'y employer, il avait désigné la rive de l'index et changé de sujet.

— C'est Londres là-bas ?

— Oui, monsieur, répondis-je non sans la fierté du citadin. C'est la plus grande cité au monde, monsieur.

— Moult grandes maisons, mais je crois Bombay est plus grande. Plus de gens à Bombay. Oh, oui !

Des bruits de pas résonnèrent derrière moi qui me firent promptement virevolter. (Craignais-je que ce fût le jeune Boone, le « très mauvais garçon », armé de sa canne en bambou ou d'un coutelas qu'il m'aurait planté dans le dos ?) Mais je découvris seulement M. Grimsby et sir John qui s'en revenaient vers nous. Leur conciliabule n'avait pas duré aussi longtemps que je l'aurais cru. Le monsieur lascar avec lequel je m'étais entretenu effectua un salut des plus empressés et M. Grimsby le lui rendit de la manière désinvolte qui caractérise la plupart des officiers.

— Ah, monsieur Singh, déclara le lieutenant, êtes-vous en train de distraire notre jeune hôte ?

— Oh oui, lieutenant. Nous finissons sabler le gaillard d'arrière, monsieur. Attendons vous inspecter, monsieur.

— Je vais m'en charger. Oh, monsieur Templeton !

M. Grimsby interpella un garçonnet qui avait, semble-t-il, à peine douze ans, bien qu'il se pavanât sur la dunette comme s'il eût été lui-même seul maître à bord de l'*Aventure*. Il répondit par un salut, ponctué d'un « Oui, lieutenant ! » de soprano suraigu.

— Je souhaiterais que vous conduisiez ces deux visiteurs de la ville à la cabine de M. Landon.

— *Oui, lieutenant !*

Comme le garçon descendait, M. Grimsby glissa doucement à l'oreille de sir John :

— Pour sauver les apparences, je pense que c'est nécessaire.

— Tout à fait d'accord, répondit le magistrat. Et qui sait ? En l'absence de sir Robert, le malheureux parlera peut-être plus volontiers en son propre nom.

Quelques instants plus tard, l'aspirant Templeton apparut parmi nous, réitérant son salut, et M. Grimsby le pria de nous accompagner.

— M. Hartsell se joindra-t-il à nous ? demanda sir John au jeune aspirant.

— Je ne pense pas, répondit le garçon. Il a passé une nuit agitée, sur le pont la plupart du temps. Il s'est retiré pour faire un somme, voilà à peine une heure.

C'était un parfait jeune gentleman. M. Boone aurait pu et dû s'inspirer de lui pour sa conduite.

Nous ayant conduits à la porte de la cabine de M. Landon, l'aspirant y frappa vivement.

L'huis s'ouvrit et William Landon nous apparut dans un état quelque peu négligé. Eu égard à la chaleur et au confinement de la modeste pièce, il avait ôté son habit et déboutonné sa chemise. Ses longs cheveux étaient moites de sueur.

— Des visiteurs, lieutenant, annonça l'aspirant Templeton en se plaçant de côté.

— Ah, sir John Fielding, n'est-ce pas ? Mais ton nom, jeune homme, m'échappe pour l'instant.

Comme il nous serrait la main, j'en profitai pour décliner mon identité. Il aida sir John à s'installer et je pris place auprès du siège du magistrat. Puis, regardant à la ronde avant de s'asseoir à son tour, M. Landon constata que l'huis était resté ouvert, tandis que l'aspirant demeurait au garde-à-vous.

— Ce sera tout, monsieur Templeton. Veuillez fermer la porte, je vous prie.

Le garçon obtempéra et M. Landon s'installa en face du magistrat.

— C'est en vérité une surprise, déclara le lieutenant, non point tant de vous voir, mais de vous voir non accompagné.

— Par votre oncle ?

— Ah... il vous a donc informé.

— Certes, admit sir John, au cours de notre visite à Portsmouth.

— Vous vous y êtes rendus et en êtes revenus aussi promptement ?

— Oui, et ne l'eussions-nous fait, nous eussions peut-être ainsi manqué votre fidèle admirateur, M. MacNaughton. Il avait sa place réservée à bord d'un vaisseau de la ligne, l'*Inébranlable*, en partance pour la Méditerranée.

— Tels étaient son choix et son droit.

— Sans doute, mais selon moi, cela dénote une déficience du courage moral, notamment chez quelqu'un qui se flatte de vous tenir en haute estime. Quoi qu'il en soit, il a signé une déposition. Elle peut s'avérer utile.

Sir John marqua une pause, puis enchaîna d'un ton sévère :

— Mais dites-moi, monsieur Landon, pourquoi vous montrez-vous si charitable envers ceux qui vous fuient ?

Le lieutenant demeura silencieux un instant, puis explosa, comme en proie à une colère soudaine :

— Parce que ma cause est perdue ! Parce que le nœud se resserre déjà autour de mon cou !

— Souffrez que je formule une fois encore ce que j'ai dit lors de ma précédente visite, jeune homme. Votre cause est perdue seulement si vous la croyez telle. Si vous ne luttez pas, ne faites pas tout ce qui est en votre pouvoir, ne *dites* pas tout ce qui peut vous venir en aide, alors vous serez assurément pendu. Mais si vous confiez à moi ou à votre avocat, M. Byner, tout ce que vous savez, alors il vous reste une chance, et une chance non négligeable, je crois. À présent, veuillez me dire, je vous prie, si M. Byner vous a rendu visite ?

— Oui, ce matin.

— Je m'en doutais. Vous êtes-vous livré davantage à lui que vous ne l'avez fait avec moi, voilà trois jours ?

— Non, monsieur.

— Il me semble quelque peu obtus, mais nous devons œuvrer avec ce dont on dispose. Pour être franc avec vous, monsieur Landon, je crois — sans pouvoir, semble-t-il, en convaincre votre oncle ou M. Byner — que vous savez pertinemment pourquoi le lieutenant Hartsell a déposé une plainte à votre encontre, dont nous n'ignorons point tous deux le caractère fallacieux. Pourquoi ne pouvez-vous donc pas vous faire entendre ?

L'officier observa derechef le silence, puis répondit :

— Pas ici.

— Craignez-vous pour votre vie ?

— Je ne puis vous en dire plus.

— Eh bien...

Sir John s'interrompit, exaspéré, avant de déclarer :

— Au moins, votre MacNaughton nous a livré quelque chose... le nom d'un témoin.

À ces propos, le lieutenant croisa mon regard et porta un doigt à ses lèvres, puis désigna la porte. J'étreignis l'épaule de sir John, dans l'espoir de le persuader de tenir sa langue, puis me mis à traverser sur la pointe des pieds le court espace nous séparant de l'huis.

— Quoi ? Que voulais-tu me signifier par ce geste, Jeremy ?

J'avais atteint la porte. Je l'ouvris à la volée d'un seul et preste mouvement, laissant apparaître aussitôt l'aspirant Templeton. Bien qu'il se redressât immédiatement, je l'avais surpris dans cette posture classique... l'oreille rivée à la serrure.

— Qui est là ? mugit le magistrat.

— Ce... c'est moi, l'aspirant Templeton. Je souhaitais seulement vous demander si vous désiriez quoi que ce soit, monsieur.

— Certes, oui ! Que vous vous éloigniez de cette coursive, jeune homme, et n'y reveniez point.

— Oui, monsieur !

Et ce disant, il s'en alla en grande hâte.

— Vous voyez combien il est malaisé de s'exprimer ici, déclara le lieutenant Landon.

— Oui, en effet. Jeremy, je dois te demander de fermer la porte et de monter la garde de l'autre côté. Je suis fort déçu par mes propres capacités. Mes oreilles sont telles que nul ne saurait s'approcher sans que je m'en aperçoive. D'ordinaire, du moins.

— Il portait uniquement des bas, sir John, précisai-je. Il s'était déchaussé.

— Alors, c'est un fieffé mouchard, n'est-ce pas ? Mais j'ai bien peur que tu doives surveiller l'huis, Jeremy.

Je refermai donc celui-ci derrière moi et me postai devant, les bras croisés, le visage affichant une expression revêche. Qu'ils viennent donc... Templeton ou Boone ! Ils auraient fort à faire avec moi. Une autre pensée me traversa alors l'esprit.

Si je comprenais la nécessité d'une telle tâche et n'avais, en tout cas, pas pu la refuser, je regrettais nonobstant d'avoir dû quitter la cabine du lieutenant, au moment où il aurait eu, semblait-il, une déclaration substantielle à faire. Sir John se montrait en effet des plus persuasifs. Mais pourquoi M. Landon résistait-il, au juste ? Pourquoi son oncle lui interdisait-il, en secouant simplement la tête, d'aborder certains sujets ? Son *oncle* ? Ah, que d'interrogations tout cela suscitait en moi ! Peut-être, songeai-je, qu'en gardant l'esprit clair et en concentrant toute mon attention sur la porte derrière moi, je serais capable de discerner ce qui se disait à voix basse, comme étouffée par les cloisons de la cabine. En tout état de cause, je n'allais point me courber pour écouter à la serrure.

Ce fut alors que pour ma plus grande surprise la porte s'ouvrit derrière moi. Comme je m'y étais adossé, je perdis tant soit peu l'équilibre, mais évitai le ridicule d'une chute sur mon séant.

— Oh, navré... euh... Jeremy, j'aurais dû heurter l'huis avant de l'ouvrir, ou je ne sais quoi, afin de te prévenir.

Le lieutenant se confondit en excuses et je me montrai indulgent. Les deux hommes prirent congé l'un de l'autre, puis je raccompagnai sir John sur le gaillard d'arrière.

Là-haut, mains derrière le dos, debout dans la posture étudiée du commandement, nous attendait le capitaine suppléant de l'*Aventure*, le lieutenant James Hartsell de la marine de Sa Majesté. Je murmurai la nouvelle à l'oreille du magistrat, tandis que M. Hartsell s'approchait.

— Vous, monsieur, n'êtes point le bienvenu à bord de mon navire.

— Oh ? fit sir John. M. Landon m'a certainement fait bon accueil, semble-t-il.

— M. Landon est un prisonnier, en attente de comparution devant la cour martiale.

— Il a donc droit à un avocat.

— Son avocat, M. Byner, lui a rendu visite ce matin. Nous avons eu une longue discussion. Vous, sir John Fielding, n'avez aucune autorité au sein d'une cour navale.

— Peut-être en qualité d'*amicus curiae*[1] ? Cela n'a point encore été établi.

— Citer le latin ne vous attirera aucune faveur de ma part, monsieur. Je ne vous autoriserai pas l'accès à ce vaisseau, à moins que vous ne soyez accompagné par le vice-amiral Redmond. Le lieutenant Grimsby a eu tort de vous permettre de monter à bord. Il a supposé que vous veniez avec l'autorisation de l'amiral. Il a mal agi... et je l'en ai informé.

— Comment pouvez-vous être aussi certain que je n'ai point l'autorisation de sir Robert ? s'enquit le magistrat en toute innocence.

— Cela a été l'un des sujets que j'ai abordés avec M. Byner. Aussi, monsieur, m'en vais-je vous raccompagner, vous et ce jeune galopin, jusqu'à l'échelle de coupée, en vous remerciant tous deux de quitter mon vaisseau.

— Alors nous devons partir. Viens, Jeremy.

Le capitaine suppléant prit avec fracas la tête de notre petit cortège, ses bottes martelant le pont à chacun de ses pas. Son vacarme était censé lui donner de l'importance, semblait-il, puisque sir John ne pouvait jouir de visu de son impérieuse prestance.

— À propos, monsieur Hartsell, déclara le magistrat, comme nous risquons de ne pouvoir revenir ici, je me demandais, monsieur, si vous voudriez bien répondre à deux questions que j'ai négligé de vous poser lors de ma précédente visite. La première consiste à savoir pourquoi vous avez attendu tant de

1. Du latin *curia* (cour), lieu où les sénateurs romains prenaient les décisions concernant l'État. Sir John assisterait donc à l'audience en qualité d'*ami de la cour*. (*N.d.T.*)

mois pour porter ces accusations à l'encontre du lieutenant Landon, dans cette lettre envoyée à la cour de l'Amirauté. La seconde, pourquoi, une fois vos accusations portées, vous lui avez permis de continuer à servir à bord de l'*Aventure*.

Je m'aperçus que nous étions parvenus à l'échelle à bâbord du pont. Je tirai sur la manche de sir John pour lui indiquer de s'arrêter. Ce qu'il fit, puis il attendit calmement qu'on lui répondît.

M. Hartsell parut grandement s'offusquer que sir John eût osé persister. À l'évidence, il avait cru pouvoir impressionner le magistrat, sans se douter combien cela lui serait difficile. Un sourire des plus dédaigneux se dessina alors sur les lèvres de l'officier. Nul doute qu'il était en proie à quelque inspiration.

— Bien que je n'aie nullement besoin de répondre à vos questions et ne vous reconnaisse point l'autorité de les poser, en gentleman charitable que je suis je m'en vais vous fournir une réponse. Je vous en offrirai deux, en réalité.

« La réponse à votre première question, c'est qu'accuser un officier de mon navire du meurtre de son capitaine se révélait effectivement une affaire de la plus haute gravité, aussi ai-je ressenti la nécessité d'accorder une longue réflexion à une affaire aussi grave. En fait, il m'aura fallu deux mois pour y réfléchir, avant de rédiger la missive à laquelle vous faites référence.

« Quant au fait que j'aie maintenu M. Landon en service actif, la réponse est simple. C'était un bon officier dans tous les domaines, hormis un seul : il avait assassiné son capitaine. Pourquoi me serais-je privé des services d'un bon officier ? Je vous souhaite le bonjour, monsieur.

À ces mots, il tourna les talons et nous abandonna non loin de l'échelle de bâbord... mais nous n'étions pas tout à fait seuls. M. Singh se trouvait là et il m'aida à guider sir John pour la descente. Ce qui fut accompli sans grande difficulté. Le batelier au-dessous nous fit signe ; de son côté, tout allait pour le mieux. Le gentleman indien et moi observâmes le magistrat qui descendait promptement. Je désirais lui demander de m'expliquer les singuliers propos qu'il m'avait tenus... mais le moment ne s'y prêtait guère. Lorsque vint mon tour, je me bornai à prononcer :

— Merci, monsieur Singh.

Ce ne fut qu'une fois dans la voiture de louage qui nous ramenait au 4, Bow Street que sir John montra quelque inclination à converser de notre visite à bord de l'*Aventure*. Il s'était tu à bord du canot... observant un mutisme et un tel repli sur lui-même que cela interdisait toute discussion. De nouveau, le marinier loquace chercha à susciter la conversation, en discourant et en posant des questions. Mais il n'obtint que des grognements en guise de réponse et eut tôt fait d'abandonner.

Nous venions à peine de couvrir une courte distance en fiacre, lorsque sir John gloussa tout à coup et m'effleura le genou.

— Jeremy, déclara-t-il, as-tu entendu comment ce fat de capitaine t'a appelé ? Un « galopin » ! J'ignorais que tu avais acquis pareille réputation... et sur un navire de guerre, qui plus est. Tu dois en effet être un individu beaucoup plus malfaisant que je ne l'aurais imaginé.

Je ne sus quoi répondre :

— Ma foi, je... monsieur... c'est-à-dire que...

— Ou peut-être avons-nous mésestimé le lieutenant Hartsell. Il possède peut-être une âme meilleure que celle que nous pensions... notamment à l'égard de M. Boone qui, à en croire M. Grimsby, est le grand favori du capitaine suppléant. Il a fait de lui un lieutenant suppléant, alors qu'il a peu ou prou quinze ans... n'est-ce pas remarquable ?

— Les renseignements de M. Grimsby méritaient-ils le voyage jusqu'à l'*Aventure*, monsieur ?

— Je dirais oui, certes... encore qu'ils n'aient fait que confirmer ce que Tom m'a confié hier au soir. Il nous a fourni un nom, toutefois... encore un lapin effrayé qui a détalé de la frégate... mais pas aussi loin que Portsmouth, Dieu soit loué ! Nous lui rendrons visite demain.

Je réfléchis un instant, puis me décidai :

— Sir John, il y avait un marin lascar qui vous a assisté à l'échelle, il...

— Ah, c'est donc cela ! s'exclama-t-il en m'interrompant. J'ai senti une odeur exotique émanant de sa personne... des épices des plus admirables. Mais poursuis, Jeremy. Pardonne mon intrusion.

— Il parle un anglais des plus curieux, quoique en grande partie tout à fait compréhensible. Nous avons bavardé pendant que vous étiez en compagnie de M. Grimsby, et il m'a appris une chose pour le moins singulière au sujet du lieutenant Hartsell.

— Fais-m'en donc part, je t'en prie !

CHAPITRE VII

Où je rencontre un membre du clergé et découvre plus tard un noyé

Comme sir John et moi cheminions parmi la bousculade matinale de Covent Garden, il m'attira à lui et pesta contre les difficultés à se frayer un chemin dans semblable désordre.

— Leurs mouvements n'obéissent à aucune règle, grommela-t-il. Ils vont et viennent à hue et à dia. D'aucuns lanternent seulement et jacassent. Ma canne ne me vaut rien, car elle semble toujours heurter quelque chose ou quelqu'un, et je ne puis escompter voir ce quelque chose ou ce quelqu'un s'écarter de ma route. Je crains de devoir m'en remettre entièrement à toi pour traverser la grand-place, Jeremy, jusqu'à ce que nous arrivions à notre destination.

— Quelle est-elle, monsieur ?

— Oh ? Ne t'en ai-je point informé à notre départ ? Navré. Je ne désirais nullement faire des secrets. Nous nous rendons à l'église Saint-Paul.

— De Covent Garden ?

— Bien sûr ! Je me serais volontiers épargné une telle cohue si je devais me rendre à l'autre. Cette clabauderie est intolérable !

L'atmosphère se révélait en effet bruyante, chaotique et turbulente, mais c'était pour ces mêmes raisons que j'appréciais grandement l'endroit que sir John trouvait si exécrable. Un aveugle ne pouvait effectivement s'y aventurer sans l'aide de quiconque. Pourtant, on sentait toute la vie de Londres palpiter sur la place, et plus particulièrement le matin, lorsque cuisinières, filles de cuisine et les garçons tels que moi venaient y faire leurs emplettes, ou simplement s'y baguenauder et écouter les harangues des colporteurs et des marchands. À cette période de la journée, c'était l'endroit le plus vivant de la cité, semblait-il.

Cependant, je n'en soufflai mot au magistrat. Je me contentai de lui agripper le bras droit, tout en lui murmurant mes instructions à l'oreille : « Un peu plus à gauche... Il y a foule devant nous, écartons-nous pour les laisser passer... », *et cetera.*

Nous nous ouvrîmes ainsi le passage, jusqu'à ce que l'église ne se trouvât plus qu'à quelques pas de nous. Sir John m'informa alors que nous ne nous rendions point au lieu de culte proprement dit, mais au presbytère.

— Tu le vois, Jeremy ? Il devrait se trouver juste sur la droite, si je ne m'abuse. Il doit s'agir d'une bâtisse plutôt grande, car elle accueille nombre de visiteurs et d'hôtes, tels que celui auquel nous rendons visite.

C'était effectivement un vaste bâtiment, construit en briques rouges. Par ailleurs, il tenait lieu, comme je l'appris plus tard, d'hostellerie pour les ecclésiastiques de l'Église anglicane en visite pour raisons diverses, pendant que leurs évêques se trouvaient à Londres, lorsque siégeait le Parlement. J'aidai le magistrat à contourner la demeure jusqu'à l'entrée, où nous gravîmes deux marches pour atteindre la porte. Nous y demeurâmes quelques instants.

— Nous y sommes ? s'enquit-il.

— Nous y sommes, répondis-je.

Il heurta alors l'huis vivement à l'aide de sa canne. Je crois qu'il adorait accomplir ce geste. Je ne l'avais jamais vu faire usage d'un heurtoir ordinaire. Juste au moment où il s'apprêtait à réitérer son injonction, la porte s'ouvrit et une femme d'un âge certain et de belle corpulence apparut. Elle semblait pour le moins redoutable.

— Sir John Fielding, annonça-t-il, venu rendre visite au révérend Andrew Eagleton.

— Que lui voulez-vous ? questionna-t-elle d'un air des plus suspicieux.

— Cela ne vous concerne en rien, madame. Sachez seulement que je suis magistrat du tribunal de Bow Street, comme vous ne l'ignorez sans doute point, et que je souhaite lui parler en vertu des pouvoirs officiels qui me sont conférés.

Opiniâtre, la femme ne transigea pas pour autant :

— Il n'a commis aucun crime, répliqua-t-elle.

— C'est fort probable, madame, mais il peut très bien en avoir été le témoin oculaire, et je parviendrai seulement à le déterminer en m'entretenant avec lui.

Si son visage sévère ne s'adoucit aucunement, elle céda enfin et ouvrit la porte en grand.

— Entendu, déclara-t-elle, vous pouvez attendre au salon, pendant que je vais le quérir.

Nous entrâmes de conserve. Je l'aidai à franchir l'huis suivant sur la gauche, que la femme nous avait désigné d'un geste brusque de la main. Une fois dans le boudoir, avec sir John bien calé dans un fauteuil et moi à ses côtés, nous perçûmes la lourde démarche de la gouvernante qui gravissait la volée d'escalier que j'avais entrevue en entrant.

— Comment se fait-il, observa le magistrat, que les femmes soient bien plus difficiles à intimider que les hommes ?

Ce pour quoi je n'avais nulle réponse et n'en offris aucune.

Hormis notre présence, la pièce était déserte et pleinement silencieuse. Les murs épais de la bâtisse et le solide verre des fenêtres étouffaient le tohu-bohu de Covent Garden. On entendait seulement le tic-tac d'une pendule sur le manteau de la cheminée jusqu'à ce que nous parvînt, à travers la porte du salon, le son de deux pas qui descendaient l'escalier.

Comme les pas se rapprochaient, sir John me dit :

— Je veux que tu observes soigneusement cet individu, mais non pas de façon ostensible. Je sais par expérience que les prêcheurs témoignent d'un grand talent pour la dissimulation.

Puis, quelques instants plus tard, l'huis s'ouvrit et un homme en noir, grand et blond, entra, qui devait avoisiner la trentaine. Il semblait correspondre à l'image même du jeune ecclésiastique. Sir John se leva, nous présenta, et serra la main du révérend Eagleton. Ce dernier approcha un siège et les deux hommes s'assirent.

— Si j'avais su qu'un tel honneur m'attendait ! déclara notre jeune hôte.

— Oh ? Qu'entendez-vous par là ?

— Eh bien, monsieur, aussi loin que remontent mes études à Oxford, votre nom m'était déjà connu. Au Queen's College, tout le monde n'avait de cesse de parler de vous et de vos sergents de ville. À présent, l'occasion m'est offerte de vous rencontrer en chair et en os, si je puis dire. Je m'estime donc heureux et fort honoré, de surcroît.

— Eh bien, en ce qui me concerne, révérend Eagleton, sachez que je demeure quelque peu confus. J'étais à mille lieues de penser que ma modeste réputation aurait une telle portée. Oxford, dites-vous ?

— Certainement, monsieur, et même dans la petite paroisse rurale de Stanton Harcourt, où j'ai servi un certain temps en qualité de vicaire, il n'était pas rare d'entendre prononcer votre nom, quoique pas aussi souvent qu'à l'université... ce sont des gens simples de la campagne, après tout.

— Bien sûr, accorda sir John, mais qui n'en demeurent pas moins le sel de notre terroir anglais.

— Amen et amen. Que Dieu les bénisse tous.

En lisant ces lignes, cher lecteur, vous devez sans doute être autant consterné par cet échange de propos que je le fus alors. De la part du révérend Eagleton, j'y percevais la plus onctueuse forme de flagornerie ; si je puis ici rapporter ses paroles, il m'est en revanche difficile de restituer le ton sur lequel elles furent prononcées : mielleux, mais tant soit peu solennel et trahissant à la fois une ardeur toute juvénile. Encore plus surprenante fut peut-être la réaction de sir John, car il paraissait se gorger de ces mots sirupeux et se bouffir d'orgueil sous mes propres yeux. Pouvait-on si aisément sustenter sa vanité naturelle avec des niaiseries aussi doucereuses ?

— Vous affirmez avoir été vicaire, reprit le magistrat, mais votre titre m'indique que vous avez été ordonné à la prêtrise ?

— Certes, mais voilà à peine trois ans. Bien que je sois de modeste extraction, mon cher père aura bon an mal an rassemblé suffisamment d'argent pour régler les dépenses. Que Dieu l'en bénisse !

— Assurément, dit sir John. Mais comment cela se fait-il qu'ordonné de frais, vous ayez accepté une place aussi modeste qu'aumônier, à bord d'une frégate de la marine royale ?

— Ah, eh bien... oui, je vois, prononça le prêtre avec un sourire des plus modestes. Pour deux raisons, principalement. La première, c'est qu'il n'y avait alors aucun presbytère disponible pour moi. Et vous risquez de ne point y accorder du crédit, monsieur, mais j'avais quelque peu soif d'aventure. J'avais vécu une existence si protégée jusqu'alors... et je me suis dit qu'après tout je pourrais peut-être apporter quelques bons offices parmi ces rudes marins. En toute modestie, je crois y être parvenu.

— Vous m'en voyez ravi, déclara le magistrat. Sont-ce là les deux raisons... l'absence de presbytère disponible et la soif d'aventure ?

— Non, je les considère comme n'en formant qu'une seule et unique. L'autre raison, la raison la plus importante, était celle-ci : je l'avais sentie bouillonner en moi au cours de mes deux dernières années en qualité de vicaire... un livre !

— Un livre ? Mais racontez-moi donc.

— Oh oui, monsieur, avec votre aimable permission, je m'en vais le faire. J'avais pris moult, moult notes, là-bas à Stanton Harcourt, allant jusqu'à rédiger un opuscule strictement destiné à mon propre usage, afin de pouvoir mieux comprendre ce que l'ouvrage devait contenir, dès lors que j'aurais suffisamment de temps pour l'écrire. Et en réfléchissant aux opportunités m'étant offertes à l'issue de mon ordination, lesquelles, je le confesse, n'étaient guère nombreuses, j'ai décidé qu'à bord d'un navire j'aurais davantage l'occasion de prendre la plume... et ce fut le cas, en vérité !

— Bravo ! Et avez-vous pu finir ?

— Oui, en effet. J'ai apporté mes notes, mon opuscule, et tous les livres nécessaires avec moi pour la traversée, et les deux ans et demi durant lesquels nous avons navigué se sont avérés plus que suffisants.

— Quelle est la nature de votre œuvre ? s'enquit sir John en se penchant en avant, appuyé sur sa canne, comme si la curiosité l'eût réellement taraudé.

— Théologique, répondit le révérend Eagleton. Exhortatif dans le style et latitudinaire[1] dans son contenu.

— Ah, dit sir John, latitudinaire... comme c'est fascinant !

(Je dois ici préciser que je n'avais pas la moindre idée de ce à quoi le révérend Eagleton faisait allusion... pas plus, à mon avis, que sir John. Ce qui n'empêcha pas le magistrat de l'encourager à poursuivre, d'un sourire et d'un hochement de tête, ce qui, bien entendu, suffisait amplement à l'ecclésiastique.)

— D'un côté, je tends la main pour attirer l'Église de Rome, expliqua-t-il en écartant un bras, et de l'autre je ramène à moi les méthodistes.

Et, ce disant, il écarta l'autre bras. Puis il rapprocha les deux comme pour s'étreindre lui-même. Bien

1. Partisan d'une doctrine religieuse qui étend le salut à tout le genre humain ; universaliste. (*N.d.T.*)

qu'éloquents, ces gestes échappèrent à l'entendement de sir John, je le crains.

— Car qu'avons-nous tous en commun ? reprit-il. Eh bien, les Saintes Écritures, évidemment !

De la main gauche, il désigna une Bible invisible qu'il était censé tenir dans la droite, tout en enchaînant :

— Je m'appuie sur les Écritures pour m'opposer à l'intolérance dogmatique, dont nous avons été, si l'on remonte au siècle dernier et au précédent, aussi coupables qu'eux.

— Je ne m'étais point rendu compte que les méthodistes étaient présents depuis si longtemps, déclara sir John.

— Non, naturellement. Je fais ici référence à l'Église de Rome, mais... ma foi, vous suivez le sillage de ma pensée... un terme nautique. Vous saisissez, je veux dire ?

— Oh, tout à fait ! Cela semble un travail certes digne d'intérêt. Et vous êtes à Londres pour trouver un éditeur ?

— Oui, avec la dédicace idoine à un mécène influent, cet ouvrage pourrait me valoir un avancement. Me garantir l'aumônerie d'une noble maisonnée, un statut de prébendier[1] !

— Un évêché, suggéra sir John.

L'espace d'un instant, une lueur brilla dans l'œil de l'ecclésiastique... mais il eut un rire d'humilité.

— Oh, dit-il, je ne vise point aussi haut incontinent, mais qui sait ce que l'avenir nous réserve ? Je n'ai pas moins de valeur que les autres.

— Je n'en doute pas, je n'en doute pas. Mais, vous savez, j'ai quelques accointances dans le monde de l'édition.

Le révérend Eagleton manqua bondir hors de son siège, tant sa fougue l'emportait.

1. Ecclésiastique qui bénéficie d'une *prébende* (revenu attaché notamment au titre de chanoine). (*N.d.T.*)

— Pourriez-vous... ma foi, pourriez-vous envisager de glisser un mot en ma faveur à qui de droit ?

— Je l'envisagerais sans conteste, mais parlons d'autre chose pour l'instant, voulez-vous ?

— Oh oui, comme il vous sied, monsieur.

— Parlons de la vie à bord du navire *Aventure* de Sa Majesté.

— Ah, l'*Aventure* ! Eh bien, j'admets que cela m'a laissé perplexe, lorsque la gouvernante m'a appris que vous pensiez que j'aurais pu être le témoin d'un crime. Vous faisiez allusion, naturellement, à cette lamentable affaire à laquelle le lieutenant Landon se trouve mêlé. Je connais cet homme, bien entendu, et le respecte grandement. J'ai été aussi surpris que quiconque à bord, en apprenant, la veille du jour où nous avons jeté l'ancre, l'accusation qui pesait sur lui. Mais quant à être le témoin du crime dont il est accusé, je crains de ne pouvoir ici vous aider. Au cours de cette effroyable, effroyable tempête, je suis resté tout le temps sous le pont dans ma cabine, en priant pour notre survie. Peu me chaut de vous avouer, monsieur, que je n'ai jamais eu aussi peur de toute mon existence. Mais non, sir John, je n'ai rien vu... absolument rien.

— J'ai cru que cela aurait pu être le cas, mais ce n'était que légitime de ma part de vous poser la question.

— Certes, mais... souffrez que je sois surpris de vous savoir associé à cette affaire. Ne relève-t-elle point de la cour de l'Amirauté ?

— Certainement, mais je prête mon concours, peu ou prou en qualité de conseiller.

— Vous assistez l'accusation ou la défense ?

— Quelle importance ? Je défends la vérité, révérend Eagleton. Tel est mon credo.

— Assurément, assurément. Cela n'est guère important, bien sûr.

— Je crois savoir qu'outre votre qualité d'aumônier à bord de l'*Aventure*, vous avez également fait office de maître d'école pour les aspirants, si je ne m'abuse ?

— Eh bien, oui, il n'est pas rare qu'un aumônier remplisse de surcroît la charge de professeur... ou du moins me l'a-t-on dit.

— Combien d'élèves comprenait votre classe d'aspirants ?

— Ils étaient quatre en tout, mais après environ une année de traversée, l'un des garçons a été tué... un accident ; il est tombé du haut du mât de misaine sur la tête et il est mort sur-le-champ. C'est affreusement triste. J'ai fait un aimable sermon à ses funérailles. Quoique bref, ce fut l'un de mes meilleurs, je crois. J'ai arraché quelques larmes à ces vieux loups de mer coriaces.

— Jeremy et moi n'avons rencontré que deux des trois aspirants restants... l'aspirant Boone qui s'avère une brute et n'est guère apprécié de l'équipage.

— Pauvre Boone ! lâcha l'ecclésiastique. Il manifeste une inaptitude si pitoyable aux mathématiques que la navigation est simplement hors de sa portée. Je crains qu'il ne réussisse jamais son examen de lieutenant. Sans doute passe-t-il sa colère sur ses subalternes... ce qui n'est guère louable, bien sûr, mais compréhensible.

— Et nous avons aussi rencontré l'aspirant Templeton, qui est un mouchard.

— Grand Dieu, sir John, comme vous les jugez sévèrement ! Ce ne sont que de jeunes garçons, somme toute.

— Je vous l'accorde. À présent, dites-moi, qui était le troisième survivant qui suivait vos cours ?

Le révérend Eagleton n'appréciait guère la tournure que prenait l'interrogatoire. Les questions et remarques devenaient plus mordantes, tout en lui parvenant avec une diligence croissante. Il réagit en faisant la moue.

— L'aspirant Fowler, et c'est un jeune homme parfaitement convenable.

— Tandis que vous étiez leur professeur, vous n'en demeuriez pas moins leur conseiller spirituel, n'est-ce pas ?

— En qualité d'aumônier, j'étais conseiller spirituel de tout l'équipage de l'*Aventure*.

— Mais puisque les aspirants étaient à l'évidence les plus jeunes à bord, n'éprouviez-vous pas un sentiment particulier de responsabilité eu égard à leur bien-être spirituel?

— Si, je suppose.

— L'un ou l'autre des aspirants ne s'est-il jamais présenté à vous pour se plaindre, solliciter votre avis ou vos conseils sur le plan moral?

— Ma foi, ils ont dû le faire. Certes, en deux ans et demi, ils l'ont fait, bien sûr.

— Pour des conseils de quelle nature?

À ce moment-là, le révérend Eagleton parut des plus embarrassés. Des gouttes de sueur perlaient sur son front bombé. Ses lèvres pincées formaient une ligne étroite.

— Je crains de ne pouvoir répondre à cela.

— Et pourquoi pas, monsieur?

— Car ce qui m'est confié en ma qualité de conseiller spirituel ne saurait être répété. Ne comprenez-vous point? Cela s'apparente au sceau de la confession de l'Église de Rome.

— Est-ce le cas, à présent? Vous n'êtes point un prêtre catholique, que je sache.

— Cela procède du même principe.

— Il existe des évêques et des théologiens qui se disputeraient avec vous à ce sujet, j'en suis certain. Mais vous êtes un être intelligent. Je suis sûr que vous ne manqueriez pas de faire valoir votre point de vue. Souffrez nonobstant que je réitère ma question de façon plus précise. Laissez-moi la poser ainsi : le garçon qui a fait une chute mortelle... Comment s'appelait-il, à propos?

— L'aspirant Sample.

— L'aspirant Sample s'est-il jamais confié à vous, en alléguant une conduite contre nature à son endroit de la part d'un des officiers?

— Je ne puis vous répondre, car cela a fait l'objet d'une conversation confidentielle.

— Vous en avez donc bel et bien *discuté*.

— Je ne puis vous répondre.

— Qu'en est-il de l'aspirant Fowler, que nous n'avons point rencontré, mais que vous tenez pour un jeune homme admirable ? S'est-il jamais présenté à vous, en livrant le récit de privautés contre nature à son endroit ?

— Je ne puis vous répondre.

— Boone ? Non... non point Boone. Il est tellement le favori qu'il n'a jamais dû se plaindre, soupira sir John. Sachez, révérend Eagleton, que vous me décevez. J'eusse songé que vous eussiez crié au sacrilège. Que vous eussiez affronté cet officier en le défiant du regard, que vous eussiez rendu visite à l'Amirauté afin qu'elle le casse. Mais non, vous êtes demeuré en votre cabine, trop occupé à la rédaction de votre ouvrage, n'est-ce pas ?

Ce disant, sir John se leva hâtivement de son siège et, tout aussi promptement, je me tins à son flanc, paré à le guider vers la porte. Mais il resta sur place, car il n'en avait pas encore fini.

— Je ne vous ai point menti, monsieur. J'ai en effet des accointances dans le monde de l'édition. Et je glisserai volontiers un mot en votre faveur et en celle de votre livre, si vous témoignez en cour martiale et répondez aux questions auxquelles vous avez refusé de me répondre. Non... je ferai mieux encore. Si vous nommez les actes et l'identité de leur auteur, je veillerai à ce que l'ouvrage soit publié, quelle que soit sa qualité, dussé-je moi-même en supporter le coût. Tels sont les termes de mon engagement... à titre de contrepartie. Ni plus ni moins. Qu'en dites-vous, monsieur ?

Le révérend Andrew Eagleton n'avait rien à répondre à cela. Toujours assis, il avait détourné son regard vers la fenêtre, comme s'il eût fixé quelque objet à distance.

— Votre accord m'aurait étonné, reprit le magistrat, mais si vous deviez changer d'avis, vous me trouverez au 4, Bow Street, non loin d'ici. Je vous souhaite le bonjour.

Il franchit ensuite la porte d'un pas véloce et j'eus quelque peine à marcher à sa hauteur. Lançant sa canne devant lui en décrivant de téméraires arcs de cercle, il se mit à beugler :

— Faites place ! Faites place !

Il parut ne désirer nullement mon assistance. Mais lorsqu'il eut heurté une ou deux personnes, il ralentit un peu sa démarche, afin que je pusse le rattraper.

— Guide-moi dans ce dédale, Jeremy. Ma rage est consommée, bien que ma colère ne soit point éteinte.

Je le pris par le coude, le pilotant ici et là, lui épargnant au moins une collision. Nous poursuivîmes ainsi à une allure plus sage, en nous ouvrant un chemin parmi les acheteurs et les musards.

— Je présume, monsieur, que vous n'aurez aucunement besoin que je vous rapporte sa réaction à vos questions ?

— Oh non, j'ai lu en lui assez aisément... un flatteur, un jeune homme imbu de lui-même et de ses ambitions, un être veule sur le plan moral. Autant de vertus qu'il n'est pas rare de trouver réunies, assurément, mais elles s'affichent peu souvent de manière aussi flagrante. Il doit *apprendre* la dissimulation. Et il l'apprendra.

— Vous avez appâté l'hameçon de main de maître, déclarai-je. Il doit choisir entre votre concours pour la publication de son livre et sa présentation au tribunal pour porter témoignage.

— Jeremy, il ne portera jamais témoignage de son plein gré devant une cour martiale ou tout autre tribunal... non point sur le sujet que nous avons abordé. Pour ce faire, il lui incombe de se révéler tel le fieffé lâche qu'il a été, lorsque s'est présentée la menace. Mais je communiquerai son nom à cet âne bâté de Byner. Peut-être pourra-t-on l'assigner à comparaître. L'Amirauté a-t-elle seulement le pouvoir de mander un témoin qui n'est plus attaché à la marine royale ? Bonté divine, je dois le découvrir ! Tâche de m'y faire penser, mon garçon.

— C'est promis, sir John.

Nous avions à présent quitté Covent Garden et nous approchions de Russell Street. Le flux des passants s'était calmé au point que je jugeai le moment opportun de lui poser une question qui me troublait :

— Sir John ?

— Oui, Jeremy, qu'est-ce ?

— Il y a quelque chose que j'aimerais savoir. J'ai bien compris qu'en servant en qualité d'aumônier et de maître d'école auprès des aspirants, le révérend Eagleton avait une responsabilité particulière envers les garçons. Ils constituaient ses ouailles, pour ainsi dire.

— C'est exact.

— J'ai également compris que lorsqu'un ou plusieurs d'entre eux subissait quelque préjudice, le révérend péchait par omission en ne confrontant pas l'auteur dudit préjudice et en ne défendant pas ses ouailles.

— Oui, en n'agissant point, il tolérait l'acte, voire s'en accommodait.

— Mais ce que je ne saisis pas, c'est le préjudice spécifique qui leur était infligé. Qu'est-ce qu'une conduite contre nature ? Que sont des privautés contre nature ?

Le magistrat ne répondit rien, tandis que nous avancions de plusieurs pas, puis il amorça vaguement sa réponse... en s'éclaircissant la voix, puis marmonna un « euh... », avant de toussoter encore.

— Ah, ma foi, oui... reprit-il enfin. Une conduite contre nature est... euh... une conduite qui n'est point naturelle. C'est-à-dire, eh bien... le marin lascar avec qui tu t'es entretenu l'a déclaré de manière simple quoique assez juste. Il a dit...

— Oui, monsieur ?

— Eh bien, tu te souviens de ce qu'il a dit. Tu me l'as rapporté dans le fiacre.

— Oui, monsieur, mais vous ne me l'avez point expliqué.

— Il est vrai, Jeremy, que je m'en suis dispensé, mais je le ferai... en temps voulu. Oui, j'expliquerai tout cela en temps voulu.

— Ma foi, est-ce que...?

— Mais pas maintenant.

— À votre guise, sir John.

Les choses se déroulaient ainsi avec sir John Fielding. Certaines explications sortaient aisément et promptement de sa bouche. D'aucunes tardaient à venir, si d'aventure elles venaient un jour. D'autres ne faisaient qu'obscurcir ce qu'elles étaient censées éclairer. Quant au sujet qui me préoccupait, je n'espérais guère en apprendre davantage à son contact.

En obliquant dans Bow Street, nous cheminions d'un bon pas, lui ayant chassé ma main de son coude et moi de nouveau en train de lutter pour conserver son allure. Nous eûmes bientôt en vue le numéro 4 et j'entrevis devant la porte un attelage avec quatre chevaux. Comme nous nous approchions et que je reconnaissais le cocher et le valet de pied de notre voyage à Portsmouth, je compris qu'il s'agissait de la voiture du vice-amiral sir Robert Redmond. Ce dont j'informai sir John, et il me gratifia d'un grondement sourd en signe de satisfaction, quoique sans me fournir une plus ample réponse. Mais lorsque nous parvînmes à hauteur du coche, il parut avoir recouvré ses esprits et s'arrêta.

— Bonjour à vous, messieurs, déclara-t-il à l'adresse des cochers.

Ils le saluèrent à leur tour avec le plus grand respect.

— Et où se trouve votre maître ? Dans la voiture ?

— Non, monsieur, répondit le valet de pied-officier subalterne. Il vous attend à l'intérieur de votre lieu de travail.

L'expression fit glousser le magistrat :

— On ne me l'avait jamais décrit ainsi, mais cela conviendra, cela conviendra. Attend-il depuis longtemps ?

— Sans doute depuis plus longtemps qu'il ne le souhaiterait, monsieur. Depuis presque une demi-heure, à mon avis.

— Merci, dit sir John.

Et il se détourna en agitant sa canne, jusqu'à ce qu'il trouvât la pierre idoine, la marche adéquate et enfin la bonne porte entre les deux qui se dressaient côte à côte, offrant des entrées séparées dans l'édifice. Son habileté m'émerveillait encore fréquemment.

Celle qu'il avait choisie nous ramenait à la chambre de sûreté, où la moisson journalière de malfaiteurs attendait de comparaître devant la cour. M. Fuller s'y trouvait, maintenant l'ordre parmi eux, ainsi que M. Marsden qui préparait le rôle des causes pour sir John, et enfin le vice-amiral Redmond.

Vêtu de son uniforme de cérémonie, un sabre au côté, il arpentait la pièce à si vive allure qu'il nous tournait le dos lorsque nous entrâmes. Tout dans son attitude trahissait l'impatience.

— S'il a attendu aussi longtemps, me confia sir John, c'est que l'affaire dont il souhaite m'entretenir doit être d'importance. Et cela, mon garçon, est une bonne chose, car j'ai moult sujets d'importance à aborder avec lui.

Ce fut alors que l'amiral se rua sur nous, le visage tout congestionné sous l'effort.

— Jack, déclara-t-il, où étais-tu passé ? Nous devons parler.

— Bien, Bobbie. Le lieu où je me trouvais constitue l'un des nombreux sujets dont je souhaite converser avec toi. Dans mon cabinet, si tu veux bien ? C'est la porte qui se trouve juste au-devant.

Mais le magistrat resta en retrait, me prit à part et me chuchota à l'oreille :

— Tu te souviens, Jeremy, que tu t'es proposé avec

Tom pour te mettre en quête de notre témoin, Tobias Trindle ? Le temps est venu de le chercher sérieusement. Restez au-dehors aussi longtemps qu'il le faudra, mais trouvez-le. À présent, va chercher Tom et mettez-vous en route.

Cela faisait plus d'un an que je n'avais mis les pieds dans la grande demeure de St. James Street, laquelle avait précédemment constitué la résidence londonienne de lord Goodhope. Celle-ci avait été transmise par la veuve de ce dernier, de mauvaise grâce quoique par nécessité, entre les mains de M. John Bilbo, le propriétaire tant soit peu insigne du tripot le plus en vogue de Londres, en règlement des dettes de jeu de son défunt époux. Tom Durham s'y était récemment rendu, accompagné par Jimmie Bunkins, pour y rencontrer le maître de ce dernier, cet homme sombre à la barbe noire dont la rumeur disait qu'il avait été jadis pirate, et connu de tout un chacun sous le sobriquet de Black Jack. Tom en était revenu fort enthousiasmé par l'individu, à l'instar de tous ceux qui le rencontraient, semblait-il, même sir John Fielding, qui, non sans quelque réserve, le comptait parmi ses amis. La demeure de St. James Street avait tout autant impressionné Tom. Mais sa description de l'intérieur s'avéra si inexacte que je ne parvenais pas à comprendre de quelle manière il avait été transformé... encore que je n'ignorasse point qu'il avait à n'en pas douter changé.

Ce fut nul autre que Jimmie Bunkins en personne qui vint ouvrir, lorsque Tom, vêtu des effets qu'il arborait désormais à terre, martela vivement l'huis à l'aide du heurtoir en cuivre. Black Jack Bilbo n'employait aucun domestique, comme Bunkins me l'avait appris, hormis des gens de cuisine, un serviteur, et deux cochers. Au lieu de cela, il logeait certains des employés de sa maison de jeu ; ils étaient censés besogner pour gagner de quoi vivre, aussi quiconque se trouvait alentour lorsqu'on frappait à la porte remplissait à ce moment-là le rôle de majordome. Bunkins s'était donc trouvé dans les parages.

— Bigre ! lança-t-il. C'est-y point mes deux bons vieux camarades ! *Entrez vous !* C'est du langage français qu' j'suis en train d'apprendre avec une dame de France qui gîte ici.

Il referma la lourde porte en chêne derrière nous.

— Qu'est-ce qui cloche ? Vous avez un drôle d'air tous les deux, ma parole !

— C'est une drôle d'affaire, Jimmie B., répondit Tom. Et pas des plus aisées.

— Nous sommes à la recherche d'un témoin, expliquai-je.

— Ah, une besogne pour l' Curieux ! Raconte-moi tout et j' vais voir si j' peux vous aider.

Et le plus brièvement et diligemment possible, je lui exposai la tâche que nous avait confiée sir John. Je l'informai de la situation de M. Landon ; qu'il était accusé par M. Hartsell, lequel demeurait le seul témoin à charge, mais que nous avions eu vent d'un second individu ayant vu toute la scène et pouvant témoigner à la décharge du lieutenant Landon.

— C'est un vieux loup de mer, intervint Tom, et il est sans doute occupé à faire la bamboche, tant qu'il lui restera quelques sous vaillants. Où pourrait-il se trouver, Jimmie B. ?

— Ma foi, dans un bouge ou une gargote quelconque au bord de l'eau, de l'aut' côté du London Bridge, en train d' prendre du bon temps avec ses camarades, pour sûr.

— Tu connais le quartier.

— Aussi bien que j' connais Covent Garden. J' compte plus les guinées et les shillings qu' j'y ai chipés aux marins endormis dans les rigoles du coin. Tu connais l' gaillard de vue, Tom ?

— Je le connais bien.

— Alors j' peux vous aider... mais faut d'abord que je d'mande au daron d' la place. V'nez donc, vous deux. Il va vouloir vous voir.

Et nous suivîmes Bunkins dans le vestibule dont je me souvenais parfaitement, pour avoir visité précédemment la demeure. Comme elle semblait différente ! Les murs autrefois peints en blanc se paraient à présent d'un jaune or soutenu. Au-dessus de l'âtre, situé à mi-chemin dans le long corridor, trônait le portrait d'une Vénus, luxuriante et rose, flanquée d'un Cupidon. Je songeai à examiner le tableau de plus près, mais compris que le moment était mal choisi.

Puis nous parvînmes à la bibliothèque où avait débuté l'affaire Goodhope. Bunkins frappa vigoureusement à la porte et attendit patiemment, jusqu'à ce qu'une voix familière et bourrue aboyât de l'autre côté que nous pouvions entrer. Une fois à l'intérieur, je découvris que la pièce n'avait désormais plus de bibliothèque que le nom, bien qu'elle abritât encore quelques ouvrages. On avait enlevé les rayonnages, repeint les murs en bleu ciel, et converti l'ensemble en une sorte de galerie. Tableaux et gravures nautiques attiraient l'œil partout où il pouvait se poser... les reproductions étaient regroupées par séries, tandis que les tableaux occupaient des pans de mur entiers. La salle comptait davantage de mobilier qu'il m'en souvenait, mais, comme autrefois, le grand bureau dominait tout le reste, peut-être était-ce celui-là même qui avait appartenu à lord Goodhope, et derrière ce meuble était assis le maître de céans, « le daron de la place », Black Jack Bilbo. Il se leva et nous fit signe.

— Eh bien, entrez, entrez donc, vous tous... Mais c'est mon vieil ami, Jeremy ! Approche et laisse-moi te regarder. Tu as grandi d'un pouce ou deux, ma parole ! Cela fait combien de temps ?

— Presque un an, monsieur Bilbo. C'est au petit repas de noces que nous nous sommes rencontrés pour la dernière fois.

— C'est ma foi vrai, dit-il. Sir John et moi, nous nous sommes croisés ici ou là. Nous avons soupé une ou deux fois ensemble... mais toi... un an, dis-tu !

— Oui, monsieur, à quelques jours près.

— Et monsieur Durham. Je suis ravi de te revoir en aussi bonne compagnie. Vous serez toujours les bienvenus tous les deux. À présent, que puis-je faire pour vous, jeunes gens ?

— Je suis venu demander la permission de les accompagner, monsieur, déclara Jimmie Bunkins, dans la bouche duquel je n'eusse jamais soupçonné pareilles civilités.

— Les accompagner où cela, jeune homme ?

— Dans les endroits au bord du fleuve, où qu' c'est qu'on trouve les marins ivres.

— *Comment ?* rugit Black Jack, qui pouvait réellement donner de la voix à son gré. N'ai-je point passé toute une année de mon existence à te tenir à l'écart de semblables lieux ? Et tu souhaites présentement retourner en tes anciens repaires pour corrompre ces deux braves garçons ?

— Que nenni, monsieur, répliqua Bunkins. Vous m'avez mal compris, monsieur. Ils sont en quête d'un témoin qui a débarqué du navire de Tom, l'*Aventure*. Ils ont demandé mon aide, pour que je leur montre où chercher. Je... euh... je connais le quartier, parce que... euh... je le fréquentais autrefois.

— Je vois. Eh bien... peut-être devrais-je en savoir davantage à ce sujet. Approchez ces sièges et asseyez-vous. Jeremy, si tu m'expliquais de quoi il retourne, au juste ?

Nous obtempérâmes et, une fois installés, je réitérai mon récit avec toutefois davantage de détails qu'auparavant. À un certain moment, Tom intervint pour attester combien M. Landon était apprécié et respecté par l'équipage. Puis je m'employai à narrer l'interrogatoire de M. MacNaughton par sir John, à Portsmouth, et comment il avait mentionné au passage le nom de celui qui, lors de cette effroyable tempête, avait assisté à la chute du capitaine dans la mer, et aux efforts de M. Landon pour le sauver.

— Et c'est celui-là même que vous cherchez à présent ?

— Oui, monsieur, dis-je, tandis que Tom appuyait mes propos.

— Eh bien, en premier lieu, Jimmie Bunkins, tu as mon autorisation de t'en aller participer à cette recherche. Mais tâche d'être de retour pour le souper, car tu dois te rendre à mon établissement, afin d'y effectuer une livraison courante. Sommes-nous d'accord ?

— Oui, monsieur Bilbo, répondit-il le plus décemment du monde.

— Mais permettez-moi également de vous dire, Jeremy et Tom, que votre M. Landon se trouve proprement dans le pétrin, car la marine de Sa Majesté fonctionne de la manière suivante : le capitaine est seul maître à bord de son bateau. Sa parole fait loi, son jugement s'apparente à celui du Tout-Puissant. Ne dirais-tu point, Tom, qu'il en est ainsi ?

— Certes oui, monsieur. C'est indiscutable.

— Je suis surpris que votre individu — il s'appelle Hartsell ? — n'ait pas lancé son accusation à bord et en présence de l'équipage, qu'il n'ait pas rendu jugement sur l'accusé, et ne l'ait pas fait coudre dans un sac, avant de le jeter par-dessus bord. Tel était le châtiment réservé aux meurtriers dans le règlement de jadis.

— À cet égard, monsieur, déclara Tom, je dirais qu'il était seulement capitaine suppléant et rien de plus.

— Qu'à cela ne tienne, contra Bilbo, il n'en demeurait pas moins capitaine.

— Et s'il s'était livré à pareil jugement sommaire, cela aurait pu fort bien jouer contre lui. M. Landon était si apprécié de l'équipage que cela aurait pu déclencher une mutinerie, des actes de vengeance, à tout le moins.

— Mais votre témoin ne s'est point manifesté, alors qu'il en a eu l'occasion, si je ne m'abuse ?

Tom prit le temps de réfléchir à cette remarque.

— Oui, monsieur Bilbo, ce que vous dites est vrai.

— Il risque donc de ne pas être un témoin des plus coopératifs.

— Au besoin, je l'en persuaderai.

— Ma foi, sachez que tous mes vœux vous accompagnent. Quant à toi, Jimmie Bunkins, tu connais la consigne.

— Oui-da, monsieur.

— Montre-leur où ils doivent chercher. Reste en leur compagnie jusqu'au moment où tu devras t'en revenir. Tiens...

Bilbo plongea alors la main dans sa poche et lança quelques pièces sur le bureau.

— Un fiacre te sera nécessaire pour l'aller et le retour. Prends ceci, Jimmie.

Bunkins se leva d'un bond et ramassa la monnaie.

— Quant à vous deux, soyez prudents. Vous allez vous aventurer en territoire périlleux. Je pense qu'ils vous seront utiles.

Ce disant, Bilbo ouvrit un tiroir du secrétaire et en sortit une boîte en cuir, pourvue d'une attache en cuivre. Il leva le couvercle, laissant apparaître une paire de pistolets, me sembla-t-il, de duel, chacun argenté et gravé, comme celui avec lequel j'avais eu un jour l'occasion de faire feu.

— Tous les deux sont chargés, déclara-t-il. Mais je ne vous donnerai point de poudre et de balles en sus, car je ne souhaite pas que vous les utilisiez. Les brandir d'un air menaçant devrait suffire à vous extraire de la moindre fâcheuse posture. Est-ce bien clair ?

Tom et moi répondîmes à l'unisson :

— Oui, monsieur.

— Quant à toi, jeune Durham, tu as tiré avec de telles armes lors de batailles. Tu connais les dangers et les précautions à prendre. En ce qui te concerne, Jeremy, j'en suis moins sûr. Mais tu as prouvé un jour que tu savais tirer. À présent, vous devez tout deux savoir quand il vaut mieux l'éviter.

Il sortit les deux armes de leur écrin et, s'en saisissant par le canon, nous les tendit.

— Ils devraient aisément se glisser dans vos poches. Rendez-les-moi dès que vous aurez retrouvé votre homme ou abandonné les recherches. Et si d'aventure il venait aux oreilles de sir John que je vous ai prêté ces armes, je deviendrai votre ennemi pour la vie. Si mon amitié est fidèle, mon inimitié s'avère terrible. Maintenant, mettez-vous en route.

Dieu du ciel, je découvrais à n'en point douter un affreux quartier de la ville ! Tout n'était que docks, quais, entrepôts et magasins, tandis que çà et là se nichaient antres et bouges les plus abjects que j'eusse jamais vus. Seules la pétulance de la foule et la cohue des débardeurs en chemin rendaient l'endroit tolérable. Lorsque docks et entrepôts étaient vides, ou que l'on avait déchargé la cargaison des bateaux, alors il n'y avait plus d'ouvrage et les lieux étaient déserts... hormis en ces sombres établissements où l'on faisait commerce de gin, de rhum, d'ale et de bière. Semblables estaminets se révélaient inférieurs à la moindre taverne sise à Covent Garden. Parmi ceux que nous visitâmes — et nous en visitâmes un certain nombre —, d'aucuns ne possédaient même ni tables ni chaises. Les clients avaient le choix entre demeurer debout au comptoir ou s'asseoir par terre pour boire, voire s'y allonger ivres, parmi leurs compagnons.

Notre plan s'avérait des plus simples. Nous allions commencer par Custom House[1] Stairs, puis nous diriger vers l'ouest le long du fleuve, en nous arrêtant à chacun des endroits décrits plus haut, de sorte que Tom pût voir si d'aventure il y avait des membres de l'équipage de l'*Aventure* à l'intérieur, afin de leur demander où pouvait se trouver Tobias Trindle. Comme ces débits de boissons se situaient non loin du mouillage de la frégate, soit juste au large de Tower Wharf, ils méritaient d'être visités les premiers. Nous irions jusqu'au

1. Bureaux de la douane. (*N.d.T.*)

London Bridge et non au-delà, puisque même les navires de mer à haute mâture ne pouvaient s'aventurer plus loin. Nous devions ce dessein à Bunkins, qui semblait connaître le site aussi bien qu'il s'en était vanté. Tom l'approuva et comme je n'avais aucune préférence en la matière, mais souhaitais seulement m'atteler à nos recherches, je me ralliai donc à leur volonté.

Avec son enseigne grossièrement peinte au-dessus de l'entrée, le *Gull and Anchor* fut le premier établissement sur lequel nous jetâmes notre dévolu. Installé à proximité des douanes, celui-ci ne s'avérait point aussi rustique que ceux que nous allions ensuite visiter. Il demeurait nonobstant tout aussi sombre et empestait autant la bière et l'ale éventées. Jimmie Bunkins et moi restâmes à la porte, laissant Tom déambuler à l'envi parmi les groupes installés au bar, avant de s'en détourner, en secouant la tête en signe de négation. Ce fut alors qu'une voix tonitruante l'interpella d'une table située dans un coin proche.

— Halte-là, Tom Durham ! C'est-y point toi, mon beau, dans tes effets d' marin d'eau douce !

Tom gagna la table d'où provenait l'appel, en nous faisant signe de le suivre.

— Ce bon vieux Bristol Beatty ! s'écria Tom d'une voix tout aussi tapageuse. Et Tim Trotte-Misaine et aussi l' vieil Isaac. Si j' m'attendais à vous r'trouver tous les trois !

— Ils apprécient autant nos shillings qu' dans n'importe quel endroit au bord du fleuve, répondit l'un d'eux.

Je n'étais pas certain d'avoir compris qui était qui, au juste.

— On vient d' commencer not' journée d' beuv'rie, comm' qui dirait, renchérit le second.

— Asseyez-vous, les gars. C'est not' tournée, dit le troisième, en agitant frénétiquement la main pour attirer la servante, laquelle, aussi grasse qu'une agreste génisse, vint vers nous en se dandinant.

— Servez d' la bière à ces garçons. C'est la boisson qui leur convient l' mieux.

— Où qu' c'est t'as déniché pareils atours, Tom ?

— Ah... grimaça Tom, c'est une idée de ma mère. Va savoir pourquoi elle voulait que j'ôte mes effets de marin.

— Ma foi, si un gars doit porter des vêt'ments d' ville, c'est ceux-là mêmes qu'il doit porter. T'as l'air d'un parfait gentleman.

— Qui sont ces deux camarades ?

M'est avis que le questionneur n'était autre que le vieil Isaac ; les cheveux blancs et la bouche quasi édentée, c'était en tout cas le plus âgé des trois.

— Voici Jimmie Bunkins. Nous étions voleurs ensemble, mais à présent nous nous sommes amendés. Et voici Jeremy Proctor, qui est un peu comme mon frère, depuis que ma mère s'est remariée.

Nous échangeâmes moult poignées de main. La servante replète réapparut ensuite et flanqua les trois chopes sous notre nez. L'argent changea de main. Puis Tom pria la femme de servir à ses trois camarades de l'*Aventure* une nouvelle tournée de leurs boissons. Elle détala aussi prestement qu'elle put, toujours en se déhanchant.

— Non, non, non, Tom, mon garçon ! C'est à nous d' vous inviter.

— J' n'ai pas sorti un farthing[1] de ma bourse, depuis que j'ai débarqué à Londres, déclara Tom. Je suis logé, nourri à la table de mon beau-père, et j'ai beaucoup d'argent à dépenser.

— J'ai toujours dit qu' t'étais un brave garçon, Tom, commenta celui que je soupçonnais d'être le vieil Isaac.

— En outre, reprit Tom, j'ai quelque chose à vous demander qui nous serait fort utile, si vous connaissiez la réponse.

— Et c'est-y quoi, mon gars ?

1. Quart de penny. (*N.d.T.*)

— Où se trouve Tobias Trindle? L'avez-vous vu? Où pourrions-nous le chercher?

Les trois marins se dévisagèrent. De telles questions parurent les troubler.

— Oh, ne vous inquiétez pas, dit Tom. Nous ne lui voulons aucun mal. Le fait est qu'il peut y avoir une récompense pour lui, si nous le trouvons.

« Une récompense au paradis peut-être », songeai-je. Telle était la seule possibilité envisageable à mes yeux. Mais je m'abstins d'intervenir et laissai Tom s'exprimer à sa guise.

— Une récompense, dis-tu? Ma foi...

Le vieil Isaac exhiba alors une pipe en terre et entreprit de la remplir avec le tabac qu'il puisa dans une blague, sur la table. Tout en réfléchissant, il tassa les feuilles broyées d'herbe à Nicot.

Sur ces entrefaites, la servante revint avec trois verres remplis d'un liquide clair comme de l'eau... du gin, à en croire mes narines. Le trio de l'*Aventure* leva son verre, tandis que Tom offrit un shilling à la servante et reçut en échange une poignée de menue monnaie. Lorsque les marins reposèrent leurs verres sur la table, ceux-ci n'étaient plus qu'à demi pleins. Le spiritueux sembla délier leurs langues.

— Eh bien, si tu cherches Tobias en un endroit comme celui-ci, déclara l'un des deux autres, alors tu t'es trompé de lieu.

— Pourquoi donc, monsieur? m'enquis-je, rompant enfin le lourd silence que j'avais jusque-là observé.

— Parce que, mon garçon, intervint le vieil Isaac, en pointant sa pipe qu'il n'avait pas encore allumée, c'est la seule femme ici, et c' vieux Tobias dirait : « Elle n'en vaut pas la peine. » C'est d'ailleurs c' qu'il a dit pas plus tard qu'hier à c'te table, pas vrai, les amis?

— Oui-da.

— Pour sûr.

— Comm' qui dirait qu'y a certains hommes, une fois leur ordre de permission en poche, qu'aiment prendre un peu d' bon temps avec une bouteille. Y en a d'autres, peut-être qu'ils s' mettent à boire, mais dès qu' s' présente une femme à leur goût, il s' peut qu'ils batifolent avec elle, et même qu' c'est un peu d' bienfait qu'un homme n'a point à bord d'un bateau. Mais Tobias est l' seul homme d' ma connaissance qui n'a qu'une seule chose en tête, dès qu'il r'vient à terre... et c'est pas l' gin ou l' rhum. Pas vrai, les gars ?

Il ponctua ses derniers propos d'un long regard concupiscent, lequel suscita de gros éclats de rire chez ses acolytes.

— Non, mon gars, si t'es en quête de Tobias, faut qu' t'ailles là où qu' ça grouille de catins, car c'est assurément là qu'il s'ra.

— Mais où qu' c'est qu'il gîte ? intervint Bunkins.

— Gîte ? Quel est donc ce langage, mon garçon ?

Le vieil Isaac parut quelque peu offensé.

— Du *cant*, du *flash*, répliqua Bunkins en recouvrant ses manières pugnaces de jadis. Où est-ce qu'il dort ? Il a point d' logis ?

— Aucun, si c' n'est là où c' que la putain a sa crèche.

Je lorgnai Tom de l'autre côté de la table. Il haussa les épaules, comme pour signifier : « Qu'obtenir d'autre de ces individus ? »

Puis je sentis Bunkins me coudoyer à ma gauche.

— Tu vas boire ça ? s'enquit-il, sachant pertinemment que je détestais la bière et n'avalais que du café ou du vin, en guise de boisson forte.

Je poussai légèrement la chope dans sa direction et il s'en empara, pour vider son contenu en un tournemain. Ce qui lui valut des murmures d'approbation de la part des trois vieux loups de mer.

— V'là un gars qui sait boire ! s'exclama l'un d'eux, alors que le vieil Isaac sortait enfin son briquet à amadou et s'apprêtait à allumer sa pipe, tout en gloussant d'estime pour Bunkins.

Lorsque ce dernier répondit par un colossal rot, la gaieté redoubla à notre tablée.

— Bravo !

— Qu'on lui en serve un autre, voyons s'il peut le r'faire.

Mais à ces mots, Tom se leva d'un bond et je l'imitai. Bunkins nous suivit quelque peu à contrecœur.

— Non, dit Tom, nous devons nous en aller et poursuivre notre quête. Si vous voyez Tobias, dites-lui que je le cherche, entendu ?

— Sois-en sûr, mon gars.

— Et rappelle-toi c' que j' t'ai dit, déclara le vieil Isaac dans de grandes volutes de fumée. Cherche les catins et tu trouv'ras sans doute Tobias.

— Tente ta chance à la *Ship Tavern*, en amont du fleuve. Ça r'gorge de putains et y a des chambres à l'étage. C'est là qu'il a passé sa première nuit à terre.

Comme nous partions sous les adieux et les remerciements, je ne pus m'empêcher de me demander pourquoi ils ne nous avaient point confié ce renseignement plus tôt.

Si Tom souhaitait à tout prix se rendre directement à ladite *Ship Tavern*, je tins quant à moi à ce que nous fissions aussi une halte dans chacun des établissements jalonnant notre parcours, sachant que les recherches devaient s'effectuer avec méthode. Bunkins n'avait aucune opinion en la matière ; il désirait seulement boire davantage de bière, la chaleur s'avérant accablante et l'air particulièrement lourd.

Nous dûmes nous arrêter à six ou sept bouges en chemin. Certains abritaient des femmes, d'autres non. S'étant rallié à mon avis, Tom se montra des plus consciencieux. Il explora ces sombres repaires et y découvrit d'autres marins de l'*Aventure*. Tous avaient aperçu Trindle à un moment ou un autre, depuis leur débarquement, mais nul ne savait où il se trouvait alors. Dans les deux débits de boissons dépourvus du confort le plus sommaire, à savoir de tables et de chaises, comme précédemment décrits, Tom retourna les clients étendus au sol... mais en vain, car même s'il dénicha deux membres de l'équipage en un lieu pareil, ils n'étaient pas en état de lui faire la moindre confidence. Bunkins, en revanche, profita de ces haltes pour apaiser sa soif apparemment inextinguible. Il martelait le comptoir et réclamait de la bière, comme Tom passait la salle au peigne fin. Et il ne laissait jamais une chope non finie, car il se flattait d'en avaler le contenu en deux ou trois gorgées.

Au moment où nous parvînmes à la *Ship Tavern*, Jimmie Bunkins se trouvait dans un état passablement déplorable. Nous nous étions arrêtés trois fois en chemin, pour qu'il pût se soulager contre un mur. Mais comme notre destination était en vue, il implora notre aide, afin qu'il pût rendre gorge dans le fleuve et alléger ainsi sa panse pleine comme une outre. Un quai désert se trouvait non loin de là. Tom et moi l'aidâmes à s'y rendre, puis nous le maintînmes par la ceinture, tandis qu'il se penchait par-dessus la bordure et déversait le contenu jaune brunâtre de son estomac, soulevé de grands spasmes, jusqu'à ce qu'il l'eût entièrement vidé. Nous le relevâmes et Tom lui offrit son mouchoir. Bunkins essuya la sueur de sa figure et la vomissure de sa bouche, puis il cracha par deux fois dans le fleuve.

— Ça devrait aller, déclara-t-il enfin.

— Pourquoi as-tu tant bu, Jimmie B. ? demanda Tom.

— Sais pas, répondit l'autre. Une fois qu' j' commence, j' peux plus m'arrêter.

Tant soit peu pantelant, il vacilla, la tête semblait lui tourner.

— Écoutez, les amis, vous feriez mieux de continuer sans moi. L' daron n'appréciera guère si j' suis en r'tard. Mais faut qu' j' vous dise, il y a encore plus d'endroits comme ceux qu'on a visités au-d'là d' la Tour. Ça commence à St. Catherine's Stairs, mais soyez prudents, car c' sont les pires. Gardez les louches sur vos pistolets, là-bas.

— Je connais St. Catherine's Stairs, déclarai-je.

— Bien, dit-il. Vous faites une sacrée belle paire de gaillards. Mais, motus et bouche cousue sur c' qui s'est passé, vous voulez bien ? L' daron n'aimerait pas et j' fais d' mon mieux pour l' contenter. Euh... Tom ?

— Oui, Jimmie B. ?

— J' me demandais si t'aurais point un shilling pour l' fiacre. J'ai bu l'argent d' mon r'tour.

Tom s'empressa de lui glisser une pièce dans la main.

— J' f'rais mieux d' me calter. Au r'voir, les amis !

Et il se calta sans conteste, mesurant délibérément chacun de ses pas en remontant Fresh Wharf vers le London Bridge. Il allait probablement trouver une voiture de louage là-bas. Malgré tout, son état me causait quelque souci.

— Va-t-il recouvrer ses forces, Tom ?

— Il va les recouvrer à merveille. Il s'aspergera de l'eau sur la figure, un soupçon d'eau de Cologne pour effacer la fétidité de ses vomissures et personne n'y verra goutte.

— Il articulait assez mal.

— Alors il n'aura qu'à se taire.

— Puisque tu le dis.

Après tout, Tom était à sa manière un homme avisé.

— Eh bien, reprit-il, es-tu prêt pour la *Ship Tavern* ?

— Tout à fait.

— Alors tâchons d'y dénicher Tobias !

Et nous traversâmes de conserve le quai désert en direction de la *Ship Tavern*, en cheminant d'un bon pas, tels les deux garçons les plus courageux de tout Londres. Nous nous en approchions lorsque, tout à coup, la porte de l'établissement s'ouvrit à la volée et cinq ou six hommes en sortirent précipitamment, arborant tous pêle-mêle des effets de marin. Une grande effervescence régnait parmi eux. Nous nous arrêtâmes pour les observer. L'espace d'un instant, je crus qu'ils se précipitaient droit sur nous... mais non, ils virèrent de bord vers la rivière, en direction du pont.

— Jeremy, déclara Tom, ce sont mes camarades de l'*Aventure*.

Puis il interpella le dernier de la troupe :

— Holà, Harry ! Que se passe-t-il ? Où courez-vous donc comme cela ?

Harry ne répondit pas. Il se borna à se retourner en nous faisant signe de le suivre. Tom et moi échangeâmes un regard, et sans nous dire un mot, nous mîmes à courir sur leurs brisées. Nous les avions presque rattrapés, lorsqu'ils disparurent dans une volée de marches menant à la berge. Le temps de les rejoindre en contrebas, nous les trouvâmes regroupés autour d'un canot ayant accosté. Le batelier se tenait debout et devisait sérieusement avec l'un des membres de l'équipage, tandis que les autres demeuraient pantois devant le contenu de l'embarcation. Le corps d'un individu gisait en proue, tout détrempé, les cheveux collés au visage... victime de noyade, à n'en point douter.

— Non, expliquait le batelier avec une irritation manifeste. Je n' l'ai *pas* repêché. Il ne flottait pas vraiment. Il s'est r'trouvé comme accroché dans l'eau, à l'une des piles du pont. Impossible de dire depuis combien d' temps il s' trouvait là, ni combien d' gens l'ont vu avant moi. Mais c'est moi qui ai ramé jusque là-bas et qui l'ai mis dans le canot. J'ai fait ma bonne action et c'est tout c' que j' vais faire. Vous l' connaissez, c't à vous d' vous en charger.

— Il s'est noyé, n'est-ce pas ?

— Sans doute.

— Il porte des traces sur le corps ?

— Pour sûr qu'il en porte. Imagine-toi en train de heurter le London Bridge pendant des heures et des heures, t'aurais aussi des marques sur toi, pardi !

— Mais des blessures ou quelque chose comme ça ?

Tom s'éloigna de moi et, plus que par simple curiosité, joua des coudes parmi ses camarades, puis contempla le cadavre dans le canot.

— Pour savoir s'il est blessé, déclara le batelier,

vous d'vez lui ôter ses effets et r'garder par vous-mêmes.

Je me frayai alors un chemin jusqu'à Tom et vis ce qu'il voyait. Bien que le visage de la dépouille dans le bateau présentât quelques marques et boursouflures, je le reconnus cependant comme étant celui du lieutenant Grimsby du bâtiment de Sa Majesté l'*Aventure*.

CHAPITRE VIII

Où sir John néglige de lire les sommations d'usage à l'équipage

Si le cadavre du lieutenant Grimsby suscitait grand intérêt parmi les membres de l'équipage présents au bord de la Tamise, provoquant parmi eux moult conjectures, nul ne semblait savoir réellement que faire ensuite. Quelqu'un suggéra de transporter le corps au conseil de l'Amirauté et de le déposer sur le seuil de la porte du vice-amiral sir Robert Redmond. Quelqu'un d'autre songea qu'il serait plus miséricordieux d'organiser pour le défunt une veillée funèbre à la *Ship Tavern*.

Le batelier manifesta son désintérêt pour le sujet en retirant l'officier mort de la proue du canot, pour le laisser retomber sans ménagement sur la rive boueuse. Il poussa ensuite son embarcation dans l'eau, sauta dedans et s'installa aux rames. Lorsqu'on le vit pour la dernière fois, il traversait le chenal, et maniait ses avirons, en gouvernant avec habileté jusqu'à son prochain débarcadère.

— P'têt' qu' si on l' laissait juste ici, quelqu'un passera et saura quoi en faire.

Quelques grognements vinrent approuver cette suggestion. Des pieds commencèrent à remuer. À l'évidence, ils souhaitaient eux aussi se débarrasser de la dépouille.

— Vous ne pouvez pas faire cela, répliqua Tom d'une voix pour le moins sévère. Laissez-le ici au soleil et il va boursoufler et exhaler une odeur pestilentielle d'ici une heure ou deux. Ce n'est point la chose qu'il sied de faire.

— Tom a raison, déclara l'un des marins, hochant la tête avec sagacité.

— Oui-da, pour sûr.

Je m'éclaircis la voix, puis, de mon ton le plus grave possible, pris la parole :

— Pardonnez-moi, messieurs, mais il n'existe qu'une seule manière de traiter cette affaire.

Tous me lorgnèrent d'un œil suspicieux, à l'exception de Tom.

— Qui es-tu donc pour nous dire ce qu'il convient de faire, mon garçon ?

— Je suis l'assistant de sir John Fielding, magistrat du tribunal de Bow Street.

— Ma foi, oui ! C'est bien lui, c'est bien lui. Tu t' souviens, Bert ? Le gars avec l'aveugle qui a tourné l' capitaine en ridicule.

— Ça m' revient, maint'nant. C'est çui-là qu'a fait dégringoler M. Boone en bas d' l'échelle, pas vrai ?

— Même qu'il l'avait point volé, mon garçon !

— Oui-da, alors dis-nous donc c' qu'il faut faire. On est tout oreilles.

Je répondis que le corps devait être remis au Faucheux, lequel conservait tous les cadavres découverts en des circonstances étranges, comme celles-ci. J'en informerais ensuite sir John, qui apprendrait ainsi comment et quand M. Grimsby avait trouvé la mort, puis toutes sortes d'autres choses qu'un docteur en médecine digne de ce nom pourrait lui confier. (Hélas, le magistrat n'en connaissait qu'un seul de la sorte, M. Gabriel Donnelly, lequel s'était retranché dans la lointaine Tibble Valley, poursuivant de ses assiduités une veuve peu disposée à lui accorder ses faveurs.) Bref, je déployai tous les efforts pour créer l'impression qu'il existait une manière séante de traiter des affaires aussi délicates que celle-ci, et bien sûr mon auditoire désira s'acquitter convenablement de cette tâche.

Les hommes se dévisagèrent les uns les autres, tout en se grattant l'occiput.

— C'est à quelle distance d'ici ? finit par demander l'un d'eux.

— Pas très loin, répondis-je. Un peu au-delà du London Bridge.

— Eh bien... j' suppose qu'on pourrait faire ça. On est assez nombreux, ma foi. On pourrait s' relayer pour l' porter deux par deux.

Il y eut un murmure d'assentiment dans le groupe... puis une objection s'éleva :

— J' sais pas trop, mais ça m' semble une besogne qui va rud'ment nous assécher l' gosier, par une journée chaude comme aujourd'hui.

— Diable ! C'est qu' t'as point tort, Harry ! Et si on emportait deux ou trois bouteilles avec nous ? Qu'est-ce vous en dites, les gars ? Du gin ou du rhum ?

— Une de chaque !

Ils firent une collecte. Par esprit de camaraderie, je versai moi-même mon écot. Tom fit de même. On mandata l'un des marins pour se charger des achats et je pressai Tom de l'accompagner, au cas où il apercevrait Tobias Trindle à l'intérieur de la *Ship Tavern*.

— S'il s'y était trouvé, il serait ici parmi nous, allégua mon compagnon.

— Eh bien... hésitai-je.

Ce qu'il affirmait n'était pas dénué de bon sens, effectivement.

— Laisse-moi les interroger, me dit-il.

Puis, s'adressant aux marins :

— Dites donc, les gars, c' vieux bouc de Tobias est-il dans les parages ? Se trouvait-il à la taverne ?

— Non, il n'y a point mis les pieds depuis des jours. Il était au *Gull and Anchor*, hier ou la veille, j' crois. J' l'ai croisé là-bas avec Isaac et Bristol Beatty.

— Pour sûr qu' c'est un vieux bouc, Tom. Tu t' souviens comment qu'il nous a tous emm'nés dans c' bordel de métèques, à Bombay ?

— Tous sauf moi.

— Même qu' t'as été rusé d' rester à bord. Combien d'entre nous ont attrapé la vérole ? Trois ?

— Nenni, plus qu' ça... cinq ! T'oublies Sam l'Chérubin et Ned Tobert.

— Très juste, mais ils s' sont fait tuer dans la bataille avec les grabs, alors pour eux, c'est pas sûr.

— Ma foi, ils *pensaient* qu'ils l'avaient. Diable de bataille, pas vrai... avec les grabs ? Ces fripouilles n'arrêtaient pas d' grimper à bord.

Ainsi occupèrent-ils leur temps à évoquer leurs souvenirs, jusqu'à ce que leur messager revînt avec les bouteilles pour le trajet jusqu'au domicile du Faucheux. Leur commissionnaire en avait généreusement acquis une en sus en puisant dans sa propre bourse. Il la déboucha et la fit circuler parmi nous. Je déclinai l'offre, mais Tom but une lampée, avant de la tendre à son voisin.

— Eh bien... dit l'un d'eux (appelons-le le chef, car il était le premier à approuver ma proposition), j' suppose qu'on f'rait mieux d' s'y atteler. Harry, tu prends l'aut' bout.

Harry s'exécuta et nous nous mîmes en route ; nous remontâmes les marches, traversâmes le quai, puis gravîmes une petite colline le long de Fresh Wharf. Bien qu'il n'y eût aucun bateau amarré, quelques hommes musardaient devant l'entrée de l'entrepôt. Ils nous lorgnèrent d'un air intrigué, en apercevant M. Grimsby qui se balançait mollement entre ses porteurs. Le groupe à la porte dut songer qu'il s'agissait d'un officier que l'alcool avait enivré, jusqu'à ce que l'un des individus se penchât pour y voir de plus près, au moment où le cadavre passait devant eux, et secouât la tête d'un air grave en regardant ses camarades. Aucun d'entre eux ne fit pourtant le moindre commentaire.

— Bon sang, c' qu'ils d'viennent lourds quand ils sont morts, pas vrai ? déclara Harry.

C'était lui qui ouvrait la marche en portant les pieds du lieutenant.

— Il est point aussi lourd d' ton côté qu' du mien, répliqua son partenaire.

Ce qui n'était pas faux, car tandis qu'ils gravissaient la colline, l'autre supportait tout le poids du tronc.

Le reste d'entre nous s'était réparti devant et à l'arrière du cortège. Tom et moi conduisions cette étrange procession funèbre, nous retournant fréquemment pour voir comment les autres se débrouillaient.

— Tu sais où c'est qu' se trouve c't'endroit... chez l' Faucheux, dis-tu ? C'est quoi donc, c' nom-là ?

— Ce n'est point un nom, déclarai-je. Mais plutôt une façon... de le décrire. Il fauche... il ramasse les morts, en quelque sorte, hésitai-je.

Puis j'enchaînai tout de go :

— Oui, je suis déjà allé là-bas... pas souvent, mais je saurais retrouver mon chemin. Ce n'est pas le genre de lieu qu'on visite par choix.

— J'imagine.

— Oh non, vous ne pouvez...

Nous atteignîmes Thames Street, où circulait une multitude de piétons. Quant à savoir ce qu'ils allaient bien penser de nous et de notre grotesque fardeau, j'étais même incapable de le deviner. Il n'existait cependant pas d'autre moyen d'arriver à notre destination que d'emprunter cette rue, ne serait-ce qu'une portion, aussi conduisis-je mes compagnons à main gauche, en direction du pont. Les gens que nous croisâmes en chemin semblèrent se dérober sur notre passage, s'écartant amplement pour nous laisser la voie libre. Certains se détournèrent avec dégoût. Un ou deux plissèrent simplement le nez et poursuivirent leur route. Une dame accompagnée d'un monsieur s'effondra tout net dans les bras de ce dernier. Mais comment diable aurions-nous pu déplacer un mort, sans nous y prendre de cette manière certes un peu brutale ?

— Diable ! j'ai marché assez longtemps, déclara mon premier volontaire. Posons-le ici.

Harry et lui laissèrent violemment choir le corps de Grimsby sur les marches de l'église Saint-Magnus.

— Passe-moi cette bouteille de rhum.

Comme il débouchait celle-ci et avalait une belle gorgée de son contenu, je lançai des regards empruntés sur les passants. Je lus une réprobation outrée sur chacun de leurs visages et, pour la première fois, me sentis réellement embarrassé par ce rustre équipage. Je ne pouvais trouver aucune excuse pour la façon peu prévenante avec laquelle ils s'étaient débarrassés de leur faix, ni pour l'attitude qu'ils adoptaient à présent, se passant et se repassant les bouteilles. Tom, observai-je, se tenait également à l'écart des marins ; il était mal à l'aise et paraissait éviter mon regard. Ses camarades se comportaient quelque peu comme des enfants... n'étaient-ils point de mauvais garçons, après tout ? J'en avais souvent croisé de tels dans Covent Garden, buvant, faisant du tapage, s'attirant l'antipathie de la foule... et ils n'étaient guère plus âgés que moi. Ceux-ci étaient pourtant des hommes accusant nombre d'années d'existence, mais tout ce qu'ils se bornaient à échanger n'était autre que leurs bouteilles et leurs récits de tueries et de débauche.

(Avais-je alors un aussi sagace jugement eu égard à l'inconduite de ces marins à demi sauvages ? Peut-être que trente années m'auront octroyé un degré de sagesse dont je pare aujourd'hui avec libéralité l'adolescent de quatorze ans que j'étais à l'époque. J'ai nonobstant souvenance du cuisant sentiment d'embarras que j'éprouvais ce jour-là sur les marches de Saint-Magnus. Pareilles impressions demeurent chez certains d'entre nous les plus vivaces qui soient et les moins aisées à oublier.)

Je songeai qu'il était peut-être temps de leur rappeler que la besogne dont ils s'étaient chargés n'était pas achevée.

— C'est à peine un peu plus loin, prononçai-je d'un ton débonnaire, en profitant d'un bref répit dans les histoires qu'ils se contaient.

La plupart m'ignorèrent. Le seul d'entre eux à accorder quelque attention à ma discrète requête fut celui que j'avais moi-même désigné comme étant leur chef. Il me regarda en fronçant les sourcils.

— Patience, mon garçon. On s' remettra en route quand l' moment s'ra v'nu.

— Peut-être, monsieur, pourriez-vous tant soit peu redresser le lieutenant, afin qu'il n'ait point l'air aussi... mort.

Ce à quoi il réagit en partant d'un gros rire.

— Ma foi, p't'êt' qu'on pourrait bien faire ça !

Il s'ensuivit quelques minutes d'une macabre pantomime, durant laquelle ils s'employèrent à placer le défunt en position assise sur l'une des marches. Mais M. Grimsby refusait obstinément de conserver l'équilibre. Il vacillait à hue, oscillait à dia, sous moult rires et commentaires des marins, jusqu'à ce qu'ils parvinssent enfin à l'installer convenablement. Puis la tête du mort se mit à s'affaisser en arrière ou en avant, réduisant à néant leur tâche accomplie à grand-peine et ne faisant qu'accroître l'hilarité générale. À un certain moment, Harry se tint devant le défunt lieutenant et le sermonna gravement pour qu'il conservât sa place d'officier et de gentleman : « Sinon, que vont penser les gens à vous voir dodeliner et choir ainsi, comme n'importe quel marin ivre ? »

Et ses compagnons de rire de plus belle.

L'un d'entre eux agita un index menaçant devant la face contusionnée et boursouflée, en disant :

— Vous d'vez point oublier vot' rang et garder vot' maintien, monsieur.

C'en était finalement trop pour le groupe belligérant de badauds qui s'était rassemblé pour assister à cet épouvantable spectacle. Deux ou trois d'entre eux semblaient être des hommes cossus. L'un de ceux-ci s'avança et frappa le pavé de sa canne.

— Pour votre gouverne, annonça-t-il, sachez, messieurs, que j'ai dépêché mon valet en quête d'un sergent de ville. Pour autant que je sache, il se peut très bien que vous ayez assassiné cet officier. Vous faites à présent pleuvoir railleries et quolibets sur votre victime, telle une troupe de barbares. Quelle sorte d'hommes êtes-vous donc pour perpétrer pareil outrage ?

Bouteille en main, l'un des hommes d'équipage s'approcha et exécuta une manière de salut.

— On est d' la marine royale, monsieur, du bâtiment *Aventure* de Sa Majesté.

— Merci. Je ne doute pas que votre capitaine appréciera d'être informé de cet épisode.

La réplique plongea aussitôt les hommes de la frégate dans le silence, puis leur chef enleva vivement son calot et porta la main à son front en guise de salut.

— On vous d'mande pardon, monsieur. On n' voulait point faire d' mal, déclara-t-il, même qu'on a certain'ment fait aucun mal à l'officier ici présent. C't'un batelier qui l'a r'trouvé et qui l'a décroché d' l'une des piles du pont là-bas... noyé, qu'il était. Quand on l'a vu, on a su qu' c'était l'un des nôtres, à bord d' l'*Aventure*. En vérité, monsieur, c'était un bon officier et on l' respectait, même si pouvez p'têt' en juger autrement à cause de nos singeries.

Il ajouta en me désignant :

— Le garçon ici présent nous a dit qu'y avait un endroit dans l' coin où qu' c'est qu'on emmène les morts. On était en train d' le transporter, quand on s'est arrêtés pour se r'poser, et la boisson a eu raison d' nous comm'qui dirait.

— Je ne connais aucun endroit pareil dans le voisinage, répliqua l'homme pécunieux.

— Oh, mais il existe bel et bien, monsieur, intervins-je. Le domicile du Faucheux ne se trouve qu'à un jet de pierre d'ici.

— Le Faucheux ? Grand Dieu !

Par cette chaude journée de juillet, un frisson parcourut l'individu. Mais il ne fut pas le seul de ce petit groupe de badauds à réagir de la sorte.

— Eh bien, reprit-il, s'il en est ainsi, alors mettez-vous en route et emportez cette dépouille avec vous. À tout le moins, vous avez témoigné d'une grande disconvenance à l'égard du défunt.

— Et sur le parvis d'une église, qui plus est, renchérit un autre. Ce qui a valeur de blasphème !

— Ma foi, messieurs, répondit le porte-parole des marins, vous avez raison, j'en suis sûr. Et j' vous d'mande encore pardon, nous allons nous mettre en route, messieurs.

Il se recoiffa de son calot puis désigna le corps du lieutenant qui, laissé sans surveillance, avait dégringolé derechef à plat ventre.

— Hurley, dit-il à l'homme qui avait salué et s'était empressé de livrer le nom de leur navire, tu prends l' pauvre et cher lieutenant par les bras et quelqu'un d'autre le soutiendra par les pieds.

Sans la moindre protestation, ledit Hurley confia la bouteille qu'il tenait à un de ses acolytes, puis obtempéra. Un autre marin prit le lieutenant par les pieds et notre cortège s'ébranla de nouveau. Les badauds qui s'étaient rassemblés — et leur nombre s'était accru — s'écartèrent pour nous laisser passer, et nous partîmes plus paisiblement que nous nous en étions venus.

Comme nous traversions Fish Street Hill, en nous approchant du London Bridge, je regardai un long moment sur ma gauche et tentai d'imaginer à quoi avait pu ressembler le pont avec des maisons et des échoppes érigées sur toute sa longueur. On les avait détruites peu de temps avant mon arrivée à Londres. Comme cela avait dû être étrange de vivre sur un pont ! Pourquoi désirer une chose pareille ? Je confiai en chuchotant mes songeries à Tom.

Le marin dénommé Hurley subit un torrent d'injures de la part de ses congénères. Son impudence d'ivrogne les avait tous mis en péril, et ils ne prenaient point cela à la légère.

— C'est bien mérité, déclara le grand individu qui

avait pris la parole pour les autres. Laisse-moi t'dire, Hurley, qu' si je t'nais la badine en bambou de M. Boone, j' t'en flanqu'rais un coup sur l'arrière-train à chacun d' tes pas.

— Bah! fit Hurley, c't'homme n'en f'ra rien. C' n'était qu'une menace en l'air.

— Espérons-le.

— Pourquoi qu' tu lui as point donné nos noms, pendant qu' t'y étais, Hurley?

Et ainsi de suite... Hurley répondait en grommelant. Mais lorsqu'à Graves's Wharf j'indiquai qu'il nous fallait de nouveau obliquer à gauche, tandis qu'on désignait un autre marin pour porter le lieutenant par les pieds, Hurley ne se plaignit aucunement de n'être pas remplacé et de devoir continuer à supporter le tronc du défunt pendant que nous poursuivions notre route.

— Est-ce là-bas? s'enquit Tom auprès de moi. Ma foi, cela ressemble à une fermette.

— En effet, répondis-je, et c'est dans le champ qui se trouve devant qu'on enterre les corps inconnus et non réclamés.

— Doux Jésus! s'exclama-t-il. Cette odeur forte serait donc celle à laquelle je pense?

— Probablement... encore qu'on ait installé le Faucheux non loin de la Halle aux poissons pour masquer cette puanteur... à moins que ce ne soit pour mêler les deux.

D'autres exclamations fusèrent alors parmi ceux qui marchaient sur nos brisées. Tous semblaient cependant soulagés que nous eussions enfin atteint notre destination. Nous franchîmes le petit portail et nous approchâmes encore en traversant le champ.

— C'est un cimetière, alors?

— En effet.

— Mais il n'y a aucun bornage. Comment peut-il savoir où creuser?

— Au dire de Jimmie Bunkins, le Faucheux a arpenté le terrain à sa manière, de sorte que nul autre que lui ne le sache. Il creuse en profondeur et entasse les cadavres.

Tom renifla :

— Cet endroit sent mauvais aussi.

— Certains sont enterrés peu profondément. Tâche de ne pas trébucher sur un nez ou un orteil.

Mon compagnon baissa les yeux, en proie à une soudaine panique... puis il me décocha un regard fâché.

— Était-ce une plaisanterie, Jeremy ?

— Pas de celles dont on rit, répondis-je.

Je leur fis contourner la petite maison où logeaient le Faucheux et sa sœur hideuse, puis nous allâmes jusqu'à la clôture derrière laquelle étaient parqués les deux chevaux fantomatiques et affligés d'éparvin à leurs jarrets, lesquels tiraient le tombereau du maître des lieux. Ils demeuraient là sans broncher, comme à l'accoutumée, semblait-il, la tête penchée.

— Ces animaux sont vivants ? s'enquit l'un des membres de l'équipage.

— J'en ai vu un qui r'muait un œil, déclara un autre.

Bien que j'en doutasse, je n'allais point alléguer le contraire. Je préférai plutôt rassembler toutes mes forces pour appeler le Faucheux, afin qu'il sortît de sa sinistre grange.

— Ohé, le Faucheux ! Êtes-vous là ? Montrez-vous donc si vous êtes là !

J'attendis un peu puis criai derechef :

— Ohé ! Il y a quelqu'un ?

Nous patientâmes. On entendit du bruit dans la grange et le maître de céans apparut enfin. Il était tel qu'en mon souvenir ; nul ne lui ressemblait, après tout. Ses bras se balançaient à la manière d'un singe et paraissaient presque aussi longs que ceux dudit animal, comme il traversait la cour sur ses jambes arquées. Alors qu'il s'approchait, j'entendis dans mon dos des commentaires *mezza voce* sur son étrange silhouette, ses yeux disparates (dont l'un était plus grand que l'autre) et sa lourde démarche. Tout le monde observa néanmoins un silence respectueux lorsqu'il parvint finalement à notre hauteur.

— J' me souviens d' toi, dit le Faucheux, en me lorgnant de son œil le plus gros. T'es le jeune assistant du Juge aveugle. C'est-y qu' tu m'amènerais un pensionnaire ?

— Oui, monsieur, un noyé, répondis-je, un officier de la marine royale.

— Ma foi, t'as eu raison de me l'apporter, encore qu'il soit peu probable que j' le mette sous terre. Dis donc à tes camarades de me l' passer par-d'sus la clôture, pour que j' le récupère.

Sans un mot, les marins s'exécutèrent, allant jusqu'à prêter main-forte à Hurley. À l'évidence, le Faucheux leur inspirait quelque déférence craintive. Il les soulagea de leur fardeau et, d'un geste unique et rompu à pareille besogne, flanqua le corps du lieutenant par-dessus son épaule. Puis il leur sourit d'une manière qui se voulait accorte.

— Il fait rudement chaud aujourd'hui, reprit-il. Vous êtes les bienvenus à l'ombre de la grange, si vous apportez vos bouteilles.

Il conclut sa tirade par un rire lugubre qui me glaça les sangs.

Les six compagnons de l'*Aventure* se dévisagèrent, puis hochèrent la tête, en signe d'assentiment. Leur décision venait d'être adoptée.

— Suivez-moi donc, déclara-t-il. Mais j' dois vous d'mander de passer par-d'sus la barrière, comme votre ami. Je crains qu'en ouvrant l' portail les chevaux n' s'échappent en un clin d'œil.

Selon moi, il surestimait les capacités de ces pauvres bêtes.

Un à un, les marins enjambèrent donc la clôture, ne laissant que Tom et moi de l'autre côté.

— Viens, lui dis-je. Nous devons également y aller.

— Mais *pourquoi* ? me répondit-il dans un murmure. Je n'aime guère cet homme et je n'ai aucun désir de voir ce qu'il détient en sa grange.

— Pas plus que moi. Mais nous avons une tâche à accomplir là-bas.

— Et quelle est-elle ?

— Nous devons dévêtir M. Grimsby et l'examiner, au cas où son corps porterait des blessures et autres marques.

— Pourquoi devons-nous nous en charger ?

— Parce que c'est la première question que me posera sir John, lorsque je l'informerai du décès du lieutenant. « Était-il blessé ? » me dira-t-il. Et je dois être paré à lui répondre.

— Fort juste. À ta guise, alors.

Nous grimpâmes donc nous aussi par-dessus la barrière et suivîmes les autres.

— Prends garde au crottin, dis-je.

Comme mon regard se portait sur la grange, nos compagnons semblaient déjà avoir disparu à l'intérieur. Nous les y retrouvâmes tous rassemblés et prenant leurs aises sur l'énorme monceau de vêtements, dont j'avais souvenance de mes précédentes visites en cet invraisemblable endroit. Les bouteilles étaient débouchées et circulaient de main en main. Je m'aperçus que le Faucheux avait laissé choir le corps de M. Grimsby près de la porte. Nous aurions suffisamment de lumière pour accomplir la besogne qui nous incombait. Les langues se délièrent à mesure que les gosiers se remplirent. Les marins de l'*Aventure* témoignaient d'une curiosité toute naturelle (ou peut-être morbide) eu égard aux activités du Faucheux. Ils avaient des questions à lui poser et lui n'était que trop heureux d'y répondre.

— Les femmes de ce côté-là, les hommes de ce côté-ci, expliquait-il. Encore que j'avoue avoir parfois quelque peine à les différencier. On m'a déjà amené des hommes en toilette de femme et l'inverse aussi.

— Que nenni, vous badinez !

— Que Dieu m' foudroie sur place, si j' mens. Ah... pour sûr qu'on en voit d' toutes sortes dans un métier comme le mien.

Après une seconde lampée de la bouteille qu'on lui avait offerte, le Faucheux la tendit au marin le plus proche de lui.

— Quelle est la chose la plus singulière que vous ayez vue ? s'enquit le dénommé Hurley.

— Oh, eh bien ça, répondit le Faucheux, c'est ma foi facile d'y répondre. C'était un d' ces soirs où j'œuvrais tard, j' mettais un peu d'ordre, comm' qui dirait, et tout à coup... v'là qu'un d' mes pensionnaires se lève, il r'pousse la toile dont j' l'avais r'couvert et m' dit : « Où sont mes effets ? » J' les lui avais ôtés, vous voyez, comme j' le fais avec tous mes locataires. Vous êtes présent'ment assis sur la pile, du reste.

— Alors, il était vivant ou mort ?

— Oh, il était bien vivant, pardi ! Ça m'a fait sursauter, mais rien de plus. On n'a rien à craindre des morts, après tout. Bref, notre homme avait été frappé à la tête et dépouillé d' son argent ; il présentait tous les signes d'un défunt, mais il faisait juste un somme, pour ainsi dire. J' lui ai offert des effets qui lui plaisaient mieux qu' ceux qu'il portait, puis un shilling pour sa peine et j' l'ai chassé. Il m'a paru fort content, ma foi.

— Dieu du ciel et de la terre ! gémit Hurley. Un véritable Lazare...

— Un Lazare assurément, admit le Faucheux. Mais s'il avait dormi un jour de plus, il se s'rait réveillé sous terre.

Un silence s'abattit sur le groupe de marins ; ce qu'ils venaient d'entendre paraissait inconcevable.

Le grand gaillard, qui avait mené les autres à l'expédition que j'avais proposée, prit alors la parole :

— Ma foi, c'est là qu' nous autres marins on a l'avantage sur les terriens. La mer s'ra ma dernière demeure, comme prévu, car c'est plus propre et c'est... eh bien, c'est infaillible.

Les autres approuvèrent à l'unisson. On leva les bouteilles en hommage à cette déclaration de bravoure. L'une fut vidée et remisée de côté.

— Est-ce que la puanteur n' vous dérange jamais ? s'enquit l'un des hommes d'équipage, se faisant sans doute le porte-parole de ses camarades qui eux aussi respiraient le même air vicié.

— Sur ma foi, j' n'y prête jamais attention. On s'y habitue, pardi.

S'il y avait une chose dont j'étais sûr, c'était que ni Tom ni moi ne nous habituerions à l'odeur de l'endroit. C'était la pire que j'eusse respirée au cours de mes trois visites à la grange du Faucheux... jamais auparavant par une journée aussi chaude que celle-là. Un effluve de putréfaction flottait à l'intérieur, tel un épais nuage funeste. Si Tom avait pris la fuite, nul doute que je l'aurais imité.

Nous œuvrâmes nonobstant du mieux que nous pûmes, tandis que les autres devisaient de la sorte. Nous dévêtîmes entièrement M. Grimsby, mais personne ne prêta une once d'intérêt à la besogne qui nous occupait. Comme nous nous attelions à la tâche qui consistait à examiner le corps du défunt, les autres poursuivirent leur conciliabule.

— Qui vous rémunère pour faire c' travail ?

— Les cités de Londres et de Westminster, répondit le Faucheux.

— Comment en êtes-vous v'nu à l'exercer ?

— Il m'a été transmis par ma famille. Par mon père, qui l'a reçu de son père, qui lui-même le détenait de son père. En reconnaissance des bons offices rendus pendant la Grande Peste, au siècle dernier.

Les parties antérieures du corps ne portaient aucune blessure ou marque notoires, aussi nous le retournâmes. Jambes, cuisses et dos ne présentaient pas plus de traces, mais Tom me fit signe de m'approcher et m'invita à palper la tête. Les cheveux de M. Grimsby étaient les siens propres, pas une perruque, et il les avait arborés longs. Des mèches recouvraient une parcelle de peau de la taille d'une guinée, laquelle témoignait d'une meurtrissure à la base du cou. Je hochai la tête et songeai dans le même temps que nous n'avions échangé aucune parole.

— Vous pouvez j'ter un coup d'œil sur mes pensionnaires, si c'la vous chante, quoique certains soient pas très jolis à r'garder, j' vous préviens. Les morts sont d' drôles de gens, déclara le Faucheux. Mais c'la vous coûtera le peu d' rhum qui reste dans cette bouteille.

On reboucha la flasque en question et on la lui lança d'un geste désinvolte, tandis que le groupe de marins se relevait de son lit de vêtements amoncelés pour cheminer parmi l'alignement de cadavres, recouverts de toiles, devisant à mi-voix entre eux. Le Faucheux vida la bouteille, gloussa et se remit debout dans un ample grognement. Il vint vers nous et resta un instant à contempler le lieutenant Grimsby.

— Laissez-le tel qu'il est, dit-il. Vous m'avez épargné quelques efforts, pardi.

— La Marine l'enterrera, déclara Tom. Et un médecin de l'Amirauté viendra examiner la dépouille. Veuillez faire en sorte que ses effets soient convenablement brossés, monsieur.

— Oh, répondit le Faucheux. Oui... mon capitaine.

Il pouffa encore.

— N'est-ce pas comme ça qu'on dit ? Oui, mon capitaine ?

—Nous allons prendre congé, à présent, annonçai-je. J'informe sir John de cette affaire. Bien qu'elle relève de la Marine, il lui accorde lui-même un certain intérêt.

— Rappelle-moi au bon souv'nir du Juge, jeune homme. Dis-lui que j' reste son brave et fidèle serviteur. Oh, oui... pour sûr.

La nuit allait tomber quand nous parvînmes au numéro 4 de Bow Street, car il était presque dix heures du soir. N'ayant rien avalé depuis le déjeuner, nous étions deux adolescents affamés. Tandis que nous gravissions quatre à quatre les marches de l'escalier, Tom s'arrêta tout à coup et me glissa d'une voix pressante à l'oreille :

— Jeremy, tu entres le premier, et si Annie n'est pas à l'office, tu me fais signe et je te suivrai.

— Et que feras-tu si elle s'y trouve bel et bien ?

Il fronça les sourcils :

— Grand Dieu, je l'ignore !

— Oh, viens donc. Il le faut bien.

— Entendu, soupira-t-il. Tu as raison, je suppose.

J'avais remarqué que les relations entre Annie et lui se révélaient des plus empruntées, depuis que cette dernière était revenue en notre maisonnée. Tom, à son vif dépit, ne pouvait guère s'exprimer en la présence de la jeune fille et quasiment rien lui confier directement. Il évitait son regard, ce qui s'avérait sans doute des plus malaisé, car elle semblait n'avoir de cesse de le couver du sien. Les yeux de la belle le suivaient dans la pièce, le dévisageaient tendrement à l'autre bout de la table ; parfois, les larmes paraissaient y briller. Au cours du dîner de la veille, l'attention qu'Annie manifestait à l'endroit de Tom était devenue si flagrante que lady Fielding jugea nécessaire de la tancer. « Annie, je t'en prie ! » avait-elle lâché... plus en proie à l'exaspération, toutefois, que pour exprimer des reproches. Ce fut seulement à ce moment-là que la jeune cuisinière baissa les yeux sur son assiette. Mais ils eurent tôt fait de se porter derechef sur l'objet de leur fascination.

Les choses se passaient désormais ainsi entre eux. D'où la pusillanimité de Tom avant de franchir la porte, tel quelque poulain effarouché devant une barrière, pressentant que les ennuis l'attendaient au-delà. En l'occurrence, il n'y en eut aucun à proprement parler. Nous poursuivîmes notre ascension de l'escalier en redoublant de prudence. Je perçus la voix d'Annie, plus profonde et plus féminine qu'on l'eût supposé chez une personne de son âge, juste de l'autre côté de l'huis, comme nous nous en approchions ; elle s'élevait dans la pièce en une complainte, une triste ballade qu'on entendait alors au hasard des rues. Elle cessa pourtant lorsque nous fûmes à la porte et, comme je tournai la poignée et pénétrai à l'office, Annie se levait au même moment de la table. Tom me suivit.

— Bonsoir, Annie, articulai-je aussi chaleureusement qu'il m'était possible.

— Bonsoir à toi, Jeremy, ainsi qu'à toi, Tom.

Ce dernier marmotta quelque vague salutation et se tint derrière moi, comme pour se cacher.

Elle n'était plus la même. Un changement s'était opéré ou du moins s'amorçait en elle. Ses yeux croisèrent les miens et ne s'attardèrent point sur lui, tapi dans mon dos. Elle parvint même à esquisser un sourire, encore que non dénué de mélancolie.

— Vous deux devez être grandement affamés, déclara-t-elle.

— Oh, certes oui ! répondis-je. Du pain et du fromage feront l'affaire... même du pain seul.

— Je puis t'offrir mieux qu' ça. J'ai gardé votre dîner au chaud, si un ragoût vous sied.

— Cela devrait nous convenir à merveille. Mais pourrais-tu le conserver encore un peu sur le feu ? Nous devons parler à sir John.

— Non seulement je pourrais, mais je vais le faire. Tu trouveras le maître en sa petite chambre à l'étage.

Et ce disant, elle se tourna vers le fourneau et remua la marmite.

— Merci, Annie, dis-je comme nous traversions la cuisine. Mme Gredge ne m'a jamais si bien traité.

— Et j' suis meilleure cuisinière qu'elle, répliqua-t-elle fièrement. Sir John me l'a confié lui-même ce soir.

Nous la laissâmes donc à son fourneau. Dans l'escalier, Tom m'arrêta à mi-chemin.

— Elle semble en meilleur état, ne trouves-tu pas ? me chuchota-t-il. Peut-être que ma mère lui a parlé.

— Ou peut-être, répondis-je, t'a-t-elle chassé de son esprit.

Pareille pensée parut le troubler.

— Oh... dit-il, peut-être l'a-t-elle fait...

Nous trouvâmes sir John assis dans la lumière déclinante. La porte de son petit bureau était ouverte, mais j'y frappai en douceur.

— Ah, les garçons, est-ce vous ? Entrez, répondit-il. Dites-moi, avez-vous déniché notre témoin, Trindle ?

— Non, sir John, répondis-je, comme nous prenions nos sièges, mais nous avons fait une terrible découverte.

— Et quelle est-elle ?

— Le lieutenant Grimsby, déclara Tom.

— Que lui est-il arrivé ?

— Il est mort, dis-je.

— Vous devez me narrer toute l'histoire.

Ce dont Tom et moi nous chargeâmes à tour de rôle... depuis nos recherches dans les infâmes repaires au bord de la Tamise jusqu'à la découverte du corps que le batelier avait sorti de l'eau, sous le London Bridge, pour finir par la remise de la dépouille au Faucheux.

— Nous avons examiné le cadavre là-bas.

— Portait-il des blessures ?

— Eh bien, nous y avons vu des marques, des écorchures et des traces semblables. Mais comme l'a dit le batelier, on ignore combien de temps le corps a heurté le pont. Cependant, Tom a découvert quelque chose qui...

— Oui, monsieur, intervint Tom, son crâne était fortement meurtri à l'arrière, au point d'attache de la nuque. Broyé, pour ainsi dire, mais seulement sur cette partie spécifique.

— Uniquement là ?

Sir John se tourna et palpa son cou à l'endroit exact. Puis, comme s'il s'en souvenait soudain, il s'enquit :

— Mais pouvez-vous y voir ? Sommes-nous dans le noir ? Allumez une bougie, si vous le souhaitez.

— Non, monsieur, nous y voyons, répondis-je.

— Oui, c'est exactement sur la partie que vous avez touchée, dit Tom.

— De quelle taille est la meurtrissure alors ?

— Environ de la taille d'une guinée, déclarai-je.

— Ah, c'est aussi large que cela ! Dirais-tu, Tom, que notre homme aurait pu se l'infliger en heurtant la pile du pont ?

— Ma foi, je présume que c'est *possible*.

— Mais tu ne le penses pas ?

— Non, monsieur.

— À quoi songerais-tu, alors ?

— À un cabillot d'amarrage [1], affirma Tom avec une certitude remarquable.

— Ah, eh bien...

Les paroles de sir John moururent sur ses lèvres, tandis qu'il sombrait dans un long silence, en méditant, tête penchée, dans la lumière qui avait quasiment disparu. Tom me regarda en plissant le front, comme pour me demander si le magistrat s'était soudainement assoupi. Sachant qu'il n'en était rien, je secouai la tête avec fermeté. Puis sir John sortit enfin de son mutisme.

— Te souviens-tu, Jeremy, dit-il, que l'amiral sir Robert attendait mon retour au rez-de-chaussée, lorsque je vous ai lancés, Tom et toi, sur cette recherche ?

— En effet, monsieur. Il semblait en proie à la plus vive agitation.

— Il l'était. Il m'apportait la nouvelle que M. Grimsby avait déserté... ayant quitté le navire en contradiction avec les ordres du lieutenant Hartsell et les siens propres. Il m'a confié que Grimsby serait pourchassé et traduit en cour martiale. Puis il a voulu savoir si ce dernier s'était mis en rapport avec moi. Je lui ai répondu qu'il l'avait fait, par lettre, et qu'il nous avait invités à bord de l'*Aventure*. Sir Robert a alors rétorqué que le lieutenant n'avait aucun droit de faire

1. Cheville en bois ou en métal servant au tournage des manœuvres, à bord d'un navire. (*N.d.T.*)

cela et qu'à l'avenir nous ne devions point remonter à bord autrement qu'en sa compagnie. Nous pouvions bien entendu nous y attendre, pour avoir été sermonnés par le lieutenant Hartsell au moment de notre départ.

Le magistrat soupira et s'enferma de nouveau dans le mutisme pendant quelques instants.

— Si l'on a effectivement assené un coup sur M. Grimsby, avant de le jeter par-dessus bord, reprit Tom, il y avait alors de fortes chances pour qu'on ne le retrouve point.

— Si ce n'était grâce au London Bridge, répliqua sir John, il serait peut-être encore en train de flotter. Cependant, il m'a dit ce qu'il avait à me dire, le pauvre homme, et cela ne pouvait se faire sans encombre.

Sir John marqua une pause, puis poursuivit :

— Sa mort nous assure toutefois d'une chose.

— Et de quoi s'agit-il, monsieur ?

— M. Landon doit être à tout prix débarqué de l'*Aventure*. Je crois que sa vie est également en danger là-bas. Cela risque de signifier pour lui une incarcération à la prison de la Tour, mais cela serait préférable à sa situation actuelle. J'enverrai demain une missive à Bobbie, l'informant de tout cela et lui offrant l'opportunité de dépêcher un médecin chez le Faucheux, afin de confirmer ce que vous avez découvert.

— Qui porte ces messages entre la frégate et l'amiral ?

— Je gage que celui-ci aura été porté par M. Byner. Il semble passer davantage de temps en compagnie du lieutenant Hartsell qu'avec celui qu'il est chargé de défendre.

Sir John avait en effet raison : Annie mitonnait de meilleurs plats que Mme Gredge. Était-ce parce qu'elle usait à bon escient de succulents aromates anglais — romarin, sauge et thym — dont la vieille cuisinière se dispensait complètement ? Sa passion des oignons — que Mme Gredge accusait de lui causer des gaz et les flatulences qui en résultaient ? Était-ce ses audaces avec l'ail... que la vieille femme exécrait comme étant une intrusion étrangère ? Ou était-ce simplement le fait qu'Annie accordait une attention plus soutenue à son ouvrage ? Jamais un rôti trop cuit. Jamais un ragoût brûlé. Elle veillait elle-même sur son fourneau et, contrairement à Mme Gredge, ne comptait pas sur moi pour le surveiller. Annie avait coutume d'affirmer que savoir quand il fallait baisser un feu ou quand l'augmenter constituait la moitié du secret de l'art culinaire.

Elle en apporta la preuve avec le ragoût de bœuf qu'elle disposa devant Tom et moi, après notre entretien avec sir John. Il était assaisonné à merveille, avec juste ce qu'il fallait d'oignons et d'ail, de même qu'il avait mijoté à petit feu jusqu'à la fin, avant d'être légèrement porté à ébullition. Annie goûta le plat d'un air critique.

— Aussi bon qu'à la première cuisson, déclara-t-elle en faisant claquer ses lèvres.

Après nous avoir servis, elle s'excusa et monta dans sa chambre. L'air perplexe, Tom la regarda s'éloigner.

— Elle semble différente, nul doute, dit-il.

J'étais trop agréablement occupé par le contenu de mon assiette pour réagir autrement qu'en grommelant quelques mots.

— Quoi donc ? répliqua-t-il, car il n'avait à l'évidence pas compris.

— Elle a recouvré sa fierté, répétai-je. Sir John l'a gratifiée d'un beau compliment tout à fait sincère. Les véritables louanges font parfois des merveilles. N'en as-tu jamais fait toi-même l'expérience ?

Après y avoir réfléchi quelques instants, Tom reprit d'un ton posé :

— Oui, auprès du lieutenant Landon.

Sans doute avons-nous dû poursuivre notre collation avec davantage de gravité, mais non moins d'appétit. Nous n'étions que des adolescents, après tout, et pas même une pensée attristante ne pouvait porter ombrage à notre excellent souper.

Quelques minutes plus tard, à peine finissions-nous de saucer nos assiettes avec le pain, que retentit le plus effroyable des vacarmes dans les escaliers menant au rez-de-chaussée. Sans prendre la peine de frapper, M. Benjamin Bailey, le capitaine des sergents de ville, fit alors irruption dans la pièce. Pareil comportement lui ressemblait si peu, lui qui se révélait le plus respectueux des hommes (hormis à l'endroit des malfaiteurs et des criminels, évidemment), que j'eus tôt fait de deviner qu'il était porteur d'une nouvelle d'une extrême importance. Je me levai, tandis qu'il pantelait encore, cherchant à recouvrer son souffle.

— Sir John se trouve-t-il céans, Jeremy ?

— Tout à fait. Je m'en vais le quérir.

Je tournai les talons et, prêt à monter prestement à l'étage, je vis que le magistrat en personne descendait au même moment du premier pour faire son entrée à l'office.

— Que non, dit-il, me voilà, me voilà ! De quoi désirez-vous donc m'informer, monsieur Bailey ?

— D'une émeute, monsieur.

— Oh, que Dieu nous vienne en aide ! En ce moment même ?

— Tout à fait, sir John... elle bat son plein. Ce que je sollicite, monsieur, c'est votre permission de faire appeler une compagnie de grenadiers de la Tour.

— C'est aussi grave que cela, n'est-ce pas ?

— Monsieur, c'est...

— Non, non, monsieur Bailey, si tel est votre jugement, je l'accepte. Envoyez-les chercher, je vous en prie. Vous n'aurez pas à vous en charger ?

— Je dépêcherai le sergent Perkins. Il attend mes ordres.

— Alors, rejoignez-le et dites-lui de se mettre en route, puis attendez-nous en bas. Nous y serons dans une minute.

Comme il regagnait la porte, M. Bailey lança par-dessus son épaule :

— C'est l'équipage de cette frégate ancrée non loin du London Bridge qui est à l'origine de ces troubles.

Au dire de M. Bailey, qui nous relata l'histoire tandis que nous traversions hâtivement les rues, toute cette agitation trouvait son origine dans un incident assez courant, survenu chez *Mme Gerney*, un bordel notoire du Strand. Beaucoup plus tôt dans la soirée, un marin de l'*Aventure* s'était rendu compte, au cours de sa visite à l'une des belles de Mme Gerney, qu'on l'avait volé. Il s'en était plaint amèrement à la tenancière de l'établissement, mais n'avait obtenu en retour aucune satisfaction. Proférant alors les menaces les plus sombres, il avait quitté les lieux pour aller aussitôt rassembler toute une troupe de ses camarades de bord. Il recruta sa petite armée dans les repaires sis le long de la Tamise et les bouges de Covent Garden. Non seulement ses amis, mais également leurs compagnons de beuverie et de récentes accointances se joignirent à lui. Après des jours de soûlerie à ressasser les récits de leurs batailles passées, tous ces hommes étaient d'humeur à chercher querelle. Comme ils remontaient le Strand de pied ferme en direction du négoce de Mme Gerney, collectant bâtons, gourdins et pavés disjoints, l'exigence de réparation ne tarda point, sous le funeste effet de masse, à se muer en un désir de vengeance.

Ils frôlaient la centaine, voire davantage, au moment d'atteindre leur but, où ils ne trouvèrent que deux sergents de ville, prévenus et postés à la porte, pour s'opposer à eux. La troupe ne livra pas véritablement bataille contre les sergents — Rumford et Cowley —, mais se contenta de les écarter violemment, ignorant les injonctions « Dispersez-vous ! » et « Rentrez chez vous ! » que ces deux derniers leur lancèrent. Que pouvaient bien faire deux individus seulement armés de matraque, face à une centaine de leurs semblables ?

Les émeutiers franchirent à flots la porte, piétinant,

saccageant et molestant de diverses façons la frêle ligne de défense masculine, dont Mme Gerney avait loué les services, afin de protéger sa personne et sa maison de débauche. Celle-ci résonnait d'un véritable hourvari dévastateur... verres cassés, bruits sourds des meubles renversés et brisés, sans parler des hurlements et des cris perçants des femmes effrayées. L'action se déploya dans les étages de la demeure, laquelle s'avérait de taille considérable. On fracassa des fenêtres au-dessus, par lesquelles furent lancés miroirs, fauteuils, linge de lit et matelas, venant s'écraser sur le trottoir. La foule qui s'était rassemblée pour contempler l'événement (car les foules se rassemblent pour contempler n'importe quoi) recula, terrorisée par les mille et un objets qui pleuvaient sur elle. Les plus petits achevèrent leur trajectoire dans la vaste artère, suscitant la confusion et une certaine panique parmi attelages et coches. Le cheval d'un de ceux-ci broncha, déséquilibrant dans la foulée son partenaire, et les deux montures dévièrent ensemble leur véhicule qui alla heurter un fiacre avec force. Moult invectives s'échangèrent entre les deux cochers, comme ils s'arrêtaient pour régler leur affaire, interrompant simultanément le flux de la circulation dans la rue.

Sur ces entrefaites, un groupe de pensionnaires de Mme Gerney et leurs clients commencèrent à sortir en courant pour fuir les envahisseurs. Si aucun des fuyards n'était complètement nu, la plupart témoignaient d'un dépouillement vestimentaire à des degrés divers. Ce qui ne fit qu'accroître le divertissement offert aux badauds.

Ce fut dans ce tohu-bohu quasi total que Benjamin Bailey arriva, avec trois autres sergents de ville venus en renfort. Mais ces derniers n'avaient eux-mêmes qu'une solide massue en guise d'arme. Dans son inexpérience, le sergent Cowley suggéra que les agitateurs fussent éventuellement arrêtés un à un, à mesure qu'ils surgiraient de la demeure. Songeant à la folie d'une telle entreprise, M. Bailey ordonna que quatre des agents rassemblent les biens jonchant le trottoir et la rue en un seul monceau et montent la garde autour de celui-ci, puis, flanqué de Perkins, il s'en alla quérir la permission d'appeler les grenadiers auprès de sir John.

La situation avait tant soit peu changé, au moment où le capitaine des sergents de ville revint sur les lieux, accompagné du magistrat, de Tom et de votre serviteur. Comme nous descendions Southampton Street et nous engagions dans le Strand, nous aperçûmes une vive agitation à une rue de distance, tout au plus. Mais de cette masse grouillante d'individus s'éleva alors ce qui ressemblait à des volutes de fumée. En nous approchant, cependant, et sous la lumière crue des réverbères, nous remarquâmes que ladite fumée s'avérait bien plus conséquente qu'il n'y paraissait et que bon nombre de gens se déplaçaient autour de celle-ci, en formant une figure qu'on eût grossièrement décrite comme un cercle. M. Bailey informa sir John de l'évolution des événements, puis, prenant la tête, s'avança avec peine dans la foule. Tom et moi nous dévisageâmes l'un l'autre, avant de talonner de près le magistrat, lequel avait agrippé la ceinture du capitaine et progressait ainsi.

— Écartez-vous ! Écartez-vous ! aboyait M. Bailey. Faites place au magistrat !

Comme nous forcions notre chemin parmi les spectateurs récalcitrants, je vis d'où provenait la fumée : des torches tenues en l'air et circulant de main en main.

— Laissez passer sir John Fielding, magistrat du tribunal de Bow Street.

Lorsque le besoin s'en fit sentir, M. Bailey n'hésita point à faire usage de sa matraque qu'il maniait avec maestria. Les plus rétifs des badauds recevaient alors un coup sur l'épaule ou sur l'arrière-train. Grâce à sa belle opiniâtreté, nous parvînmes à la première rangée de curieux et pûmes assister au spectacle qui captait tant leur attention.

Les sergents, qui avaient agi selon les ordres de leur

capitaine en empilant les objets lancés par les fenêtres du bordel, se voyaient à présent forcés de défendre le fatras d'objets du mieux possible. S'étant évidemment lassés de leur saccage, les émeutiers étaient sortis en file de la bâtisse. Ce fut à la vision de l'amoncellement qu'ils avaient dû songer à créer un joli feu de joie... car ils avaient allumé des torches. Les sergents se placèrent aux quatre coins, desquels ils pouvaient frapper quiconque osait s'approcher pour mettre le feu au monceau. Il s'ensuivit une sorte de petit jeu... auquel seuls les marins devaient participer, car lorsque nous arrivâmes, six d'entre eux (j'en dénombrai six, mais il pouvait y en avoir davantage) étaient en train de danser, torches en main, et feignaient d'enflammer la pile, tout en les brandissant avec audace en direction des sergents et en acceptant de solides horions sur les bras et les jambes, comme si cela faisait partie de l'amusement. J'eus bel et bien l'impression à ce moment-là que s'ils l'avaient fermement décidé, ils auraient pu allumer leur feu de joie et le pouvaient encore, mais ces rustres appréciaient davantage cette forme de distraction, car elle amusait grandement la foule. Les rires allaient bon train alentour, de même que retentissaient des applaudissements chaque fois qu'un homme d'équipage faisait mine de mettre le feu ou agitait sa torche. Si les spectateurs s'étaient montrés peu enclins à nous laisser passer, c'était pour l'unique raison que semblable farce les ravissait.

M. Bailey ayant rapproché sa tête de celle de sir John, je me doutais, sans l'entendre, qu'il lui décrivait cette étrange scène. La réponse du magistrat me fut tout autant inaudible, jusqu'à ce qu'éclatât une nouvelle vague de rires, par-dessus laquelle ce dernier hurla, pour en couvrir le bruit :

— À quelle distance ?

Ce à quoi M. Bailey répliqua sur le même ton :

— Dix pas, *dix pas tout juste* !

Alors, sans hésiter, sir John s'éloigna de ces dix pas,

fouaillant l'air de sa canne devant lui. Ce qui l'amena entre deux des porteurs de torche et tout près du sergent Cowley, qui le dévisagea non sans surprise.

Le charivari cessa sur-le-champ. La soudaine présence de l'aveugle dans leur sillage surprit les exécutants, à telle enseigne qu'ils s'immobilisèrent quelques instants, se dévisageant l'un l'autre de la manière la plus perplexe qui fût. Qui était cet homme ? Que signifiait pareille intrusion ?

Voyant que la bouffonnerie s'était achevée, quand bien même l'intermède n'avait été que temporaire, la foule commença à huer ; on entendit sifflets et quolibets émanant des émeutiers regroupés près de la porte de la maison Gerney et au-delà. Mais lorsque l'un d'entre eux — et non le plus proche — contourna l'amoncellement d'objets et rejoignit sir John, la cohorte de marins et son auditoire sombrèrent dans le mutisme, percevant l'imminence d'une confrontation.

C'était un homme mince et de taille moyenne, de ceux qui, à l'instar de nombreux hommes de la mer, présentaient une face plus âgée en apparence que leur corps. Si ses joues étaient ridées et brunies par le soleil, et si nombre de ses dents lui faisaient défaut, il n'en tenait pas moins sa torche bien haut et cabriolait encore un instant plus tôt avec ses camarades, pour le plus grand courroux des sergents de ville.

Tout à coup, Tom me coudoya violemment le bras.

— C'est lui, Jeremy, me chuchota-t-il avec force à l'oreille. C'est *lui* !

Je n'avais pas la moindre idée de qu'il voulait me signifier, tant j'étais subjugué par le drame qui se jouait sous mes yeux. Alors que j'allais l'enjoindre à se taire, une idée me traversa l'esprit.

— Qui *donc* ?

— Tobias Trindle, répliqua Tom toujours en aparté. Je le reconnaîtrais n'importe où.

Que devions-nous faire ? Crier la nouvelle à sir John ? Nous ruer sur Trindle et le prier vivement de porter témoignage à la décharge de M. Landon ? Tout à fait impossible, bien entendu. Pour l'instant, il ne nous restait plus qu'à garder le silence et laisser les événements suivre leur cours, car les deux hommes allaient s'exprimer.

— Qui qu' c'est qu' vous êtes ? s'enquit Tobias Trindle.

— Je suis John Fielding, magistrat près le tribunal de Bow Street. Et vous, monsieur, qui êtes-vous ?

L'autre rit avec hardiesse à cette réplique :

— Vous m' croyez assez niais pour vous l' dire ?

— Si je devais m'en référer aux actes auxquels vous et vos compagnons vous livrez depuis une heure, je dirais que votre niaiserie est un fait établi... de même que la leur. Alors, vous pourriez tout aussi bien me livrer le nom du niais auquel je suis présentement en train de m'adresser.

— Ma foi, j' n'en f'rai rien.

Cela dit, Trindle porta promptement la torche sous le visage de sir John. Il la tint à proximité. Le magistrat ne broncha point. Des murmures indignés parcoururent l'assistance. Même certains des trublions reculèrent devant une telle effronterie.

— Z'êtes aveugle, pas vrai ?

— Certes, oui. À présent, veuillez ôter ce brandon de dessous mon visage, car je vous assure que si vous portez la moindre atteinte à ma personne, ou à celle de l'un ou l'autre de mes brigadiers, vous serez pendu. Nous sommes des représentants de la loi et la loi doit être respectée. Jusqu'ici, vous ne lui avez guère témoigné de respect. Vous et vos camarades avez troublé l'ordre public. Vous avez saccagé des biens privés. Et à présent, vous jouez avec le feu. L'incendie criminel est passible de pendaison.

Trindle retira son flambeau et considéra d'un air indécis la centaine de ses acolytes qui l'avaient accompagné jusqu'à la maison de tolérance de Mme Gerney. Étaient-ils de son côté ou non ? Quelques-uns avaient déjà commencé à s'éloigner, cherchant peut-être à battre en retraite.

— J'ai entendu causer d' vous. Vous êtes c'lui qu'on appelle le Curieux.

— Je le suis. Et si vous avez eu vent de moi, alors vous me savez également réputé pour tenir parole. Je vous ai fait la promesse que si la moindre blessure était infligée à mes sergents ou à moi-même, vous et les autres seriez pendus. Je vous ai de surcroît promis que si d'aventure un feu était allumé, l'issue serait la même. Je vous livre à présent un dernier engagement...

Le magistrat avait haussé la voix à son comble. Il s'adressait autant à la bande qu'à son meneur.

— Sachez, reprit sir John, que si vous vous dispersez à présent et revenez aux activités, quelles qu'elles fussent, qui vous occupaient avant que vous ne vous lanciez dans cette expédition destructrice, vous ne ferez l'objet d'aucune poursuite. Vous ne serez pas arrêtés, individuellement, ni même par groupe de deux ou de trois. L'endroit sur lequel vous avez donné libre cours à votre rage nous a causé des problèmes dans le passé. Je considérerai donc que justice sommaire lui aura été rendue. Tel est mon engagement. Mais si, au mépris de celui-ci, vous deviez persister, vous seriez alors considéré comme un attroupement séditieux.

Ayant ainsi conclu, le magistrat tourna les talons et, guidé par la voix de M. Bailey (« Par ici, sir John ! »), nous rejoignit au premier rang des badauds. Puis il attendit.

Tobias Trindle lança sa torche sur le pavé et l'éteignit en la piétinant. Ceux qui s'étaient livrés à cette dangereuse pitrerie l'imitèrent. Ils se retirèrent pour converser avec leurs camarades. Ils tinrent un conseil de guerre... ou peut-être de paix, car il laissait présager que le bon sens et la promesse de clémence de sir John l'emporteraient.

Je crois en vérité qu'il en aurait été ainsi, si au même moment deux fourgons remplis de grenadiers en provenance de la Tour n'avaient point surgi en caracolant avec fracas dans le Strand. Les cochers ramenèrent les chevaux au pas et vingt-quatre soldats en habit rouge en descendirent pêle-mêle, mousquets prêts à tirer. Un fort juvénile lieutenant les accompagnait sur son destrier pur-sang à robe brune. La foule s'écarta, afin qu'ils eussent amplement la place de se rassembler.

— Diable ! lâcha sir John, ils arrivent d'ordinaire trop tard pour être d'une quelconque utilité. Fallait-il que *ce soir* ils arrivent en l'occurrence trop tôt !

Interprétant l'apparition inopinée des grenadiers comme une trahison, les émeutiers les conspuèrent et les raillèrent à l'envi, tandis que le lieutenant alignait ses hommes.

— Conduisez-moi à leur officier, monsieur Bailey.

Le magistrat et le capitaine des sergents de ville partirent ensemble, Tom et moi leur emboîtant le pas. Nous n'étions pas sitôt parvenus à hauteur des soldats que le lieutenant les avait déjà placés sur deux vastes rangées latérales, de part et d'autre de l'amoncellement d'objets projetés de l'établissement de Mme Gerney. Son épée était au clair et levée.

— Fixez les baïonnettes ! commanda-t-il.

Ce ne fut qu'à cet instant que sir John parvint à lui, grâce au concours de M. Bailey. Il tenait en main le parchemin qu'il m'avait envoyé quérir dans le secrétaire de son bureau.

— Lieutenant ! lança-t-il d'un ton pour le moins rude envers le jeune officier. Ce que vous vous proposez de faire n'est pas en accord avec la procédure légale, jusqu'à ce que j'aie donné lecture des sommations d'usage. Et tel n'est pas mon désir.

Le lieutenant lança un autre ordre et les grenadiers levèrent leurs mousquets avec une précision scrupuleuse, de sorte que les armes étaient agrippées derrière la détente, au milieu du canon ; pointées vers l'extérieur, les baïonnettes étincelaient sous les réverbères.

— Vous pouvez lire ce que bon vous semble, monsieur, répondit le lieutenant d'une voix traînante, j'ai reçu l'ordre de neutraliser une émeute et j'entends bien m'acquitter de cette tâche.

Il leva une main toute de blanc gantée et, d'un index mollissant, désigna les hommes d'équipage déguenillés de l'*Aventure* et leurs compagnons qui avaient causé des ravages à l'intérieur du bordel.

— Je présume qu'il s'agit là des gueux sur lesquels nous devons livrer assaut ?

— Vous n'assaillirez aucun d'entre eux, jusqu'à ce que je vous enjoigne à le faire. Je vous rappelle, mon jeune ami, que vous vous trouvez sous mes ordres, ici même dans les rues de Londres. Je suis sir John Fielding, magistrat près le tribunal de Bow Street.

— Peu me chaut le titre que vous portez, monsieur, et je n'ai nul ordre à recevoir si ce n'est de mon capitaine. Car c'est lui-même qui m'a donné ceux-ci et j'entends les exécuter. À présent, monsieur, si vous voulez bien circuler, je vous prie ?

— Écoutez, espèce de jeune...

Mais voyant que le lieutenant allait à l'évidence faire avancer ses hommes, que sir John entravât ou non leur passage, M. Bailey écarta le magistrat de la rangée de baïonnettes et se hâta de faire signe à ses quatre sergents de s'éloigner, lesquels ne lambinèrent pas pour s'exécuter.

La foule des badauds s'était tue, dans l'attente de la suite des événements. La bande d'émeutiers, en revanche, témoignait d'un vacarme croissant. Leurs précédents lazzis et sarcasmes improvisés cédaient à présent la place à un refrain frondeur et obscène du *British Grenadier*, qu'ils chantaient en chœur à tue-tête. Tout cela n'était pas sans quelque bravade, car il semblait sans l'ombre d'un doute que leur nombre avait diminué depuis la dernière fois où j'avais porté mon regard sur eux.

— En avaaant, marche !

Le lieutenant baissa son épée et les soldats s'ébranlèrent en ordre magistral, mousquets tendus, baïonnettes étincelantes de malice destructrice.

Trindle tenta de faire chanter à ses compagnons un nouveau refrain, mais ils ne se montraient plus aussi vaillants. Si peu, à dire vrai, qu'ils battaient présentement en retraite... en remontant le Strand. Leur ultime élan de bravoure consista à lancer une volée de bâtons et de pierres sur les soldats en marche, ce qui n'eut en vérité guère d'effet. Mais tous n'avaient pas encore pris la fuite... du moins jusqu'à ce que, par une succession de commandes, le lieutenant rassemblât ses soldats en une seule rangée, refoulant ainsi le restant de la troupe de rebelles, l'arrière-garde en l'espèce, à une vingtaine de yards de distance. À ce moment-là, l'officier lança :

— Au pas de course ! En avant !

Les derniers marins tournèrent alors les talons et prirent leurs jambes à leur cou. Les émeutiers avaient été mis en déroute. Quant aux grenadiers, alourdis par leurs mousquets et leur harnachement militaire, et contraints de courir en cadence, ils ne pouvaient rivaliser avec les hommes d'équipage, lesquels avaient présentement disparu en un clin d'œil... et Tobias Trindle dans leur sillage.

Tout ce que nous avions vu, nous le rapportâmes à sir John.

Il nous écouta, en remarquant au passage que les événements eussent pu trouver un dénouement bien pis.

— Ce jeune sot de lieutenant aurait très bien pu se mettre à tirer, puis passer à la baïonnette.

Au même moment, à quelque distance, peut-être dans Bailey Alley, nous perçûmes alors le bruit étouffé d'une salve qu'on venait de tirer.

CHAPITRE IX

Où l'on retrouve Tobias Trindle, avant de perdre à nouveau sa trace

La salve des grenadiers ne tua personne mais blessa deux émeutiers, sans gravité pour l'un ou l'autre. Tous deux devinrent les prisonniers des soldats, ainsi qu'un marin qui avait chu et s'était foulé la cheville, puis un quatrième, venu lui porter secours. Comme l'affirma sir John avant que ne fussent tirés les coups de feu, les événements eussent pu trouver un dénouement bien pis.

L'arrogant jeune lieutenant était trop satisfait de lui-même et de son traitement de la situation pour souffrir la moindre critique émanant du magistrat.

— S'il existe une procédure spécifique... une disposition légale, si vous préférez, déclara-t-il tandis que ses hommes remontaient dans les fourgons qui les avaient amenés depuis la Tour, alors on ne m'en a jamais fait part, monsieur. Si vous souhaitez connaître mon nom pour formuler quelque plainte, je serai ravi de vous le livrer. Je m'appelle Thomas Churchill et c'est un patronyme dont je m'honore. Quant aux prisonniers, je vous les confie également.

Inclinant à peine la tête, il tira sa révérence :

— Je vous souhaite le bonsoir, messieurs.

Il enfourcha ensuite sa monture et s'éloigna en caracolant dans le Strand, puis interrompit la circulation d'un geste de la main, afin que sa modeste caravane pût s'en retourner sans encombre.

Benjamin Bailey le regarda s'en aller, un profond

mépris s'inscrivant sur son faciès aux traits rudes. Il se tourna et cracha sur le pavé.

— Thomas Churchill, prononça-t-il alors. Ce doit être l'un des godelureaux de la lignée des Marlborough[1].

— Apparenté, sans nul doute, approuva sir John. Quel âge lui donneriez-vous, monsieur Bailey ?

— Oh... dix-sept, dix-neuf ans tout au plus. Il commandera un régiment avant même la trentaine. C'est à cause d'individus tels que lui que j'ai rendu son shilling[2] à Sa Majesté.

— Ah oui, c'est une histoire que vous avez promis de me narrer un jour.

— Et un jour je le ferai, sir John.

— Quand vous le jugerez opportun. Pour l'heure, je souhaite vous voir surveiller le transport des prisonniers jusqu'à Bow Street. Parmi eux, il y en a au moins un qui aura quelque difficulté à marcher, vous pouvez donc héler un fiacre... deux, si cela vous sied. J'ai l'intention de transmettre la facture au lieutenant Churchill pour ce qui concerne les frais annexes... y compris médicaux. Allez donc quérir ce médecin du nom de Carr, celui dont vous avez dit qu'il avait servi dans l'armée. Il devrait faire l'affaire.

M. Bailey salua vivement le magistrat :

— Entendu, monsieur.

À ces paroles, il fit volte-face et s'en alla rejoindre ses cinq sergents (M. Perkins étant revenu sur les lieux) et leurs détenus.

Le trottoir bordant la maison *Gerney*, à présent désert, était quelques instants plus tôt encore grouillant

1. John Churchill, premier duc de Marlborough (1650-1722), général et homme politique anglais, dont le nom, certes déformé, entra dans la légende grâce à une chanson populaire : *Malbrough s'en va-t-en guerre*. (*N.d.T.*)

2. La coutume voulait que chaque nouvelle recrue reçoive alors un shilling le jour de son enrôlement, d'où la métaphore employée par Bailey pour faire allusion à sa démission. (*N.d.T.*)

d'une telle masse de badauds équivoques des deux sexes, qu'une foule immense se déversait maintenant dans la vaste artère. Le spectacle était terminé. Leur distraction avait cessé. Les seules personnes restantes appartenaient à la maisonnée de Mme Gerney; elles s'affairèrent à rapporter linge de lit, matelas, miroirs et autres objets divers en la demeure.

— Les garçons? Vous êtes toujours là?

— Nous le sommes tous les deux, monsieur, répondis-je.

— Eh bien, rentrons, déclara sir John. La nuit a été longue et je suis épuisé... comme vous devez l'être aussi.

Il soupira, puis ajouta :

— Guidez-moi dans la bonne direction, voulez-vous? Avec toutes ces allées et venues, je suis totalement désorienté.

Ainsi, avec Tom d'un côté et votre serviteur de l'autre, nous reprîmes le chemin de Bow Street en remontant le Strand. Sir John cheminait en silence et plus lentement qu'à son habitude. Il semblait quelque peu abattu par la tournure qu'avaient prise les événements là-bas, devant l'établissement Gerney. Sans pour autant vouloir accroître son découragement, je sentis qu'il me fallait nonobstant l'informer de la découverte de Tom.

— Monsieur, déclarai-je, Tom a quelque chose à vous confier au sujet du marin avec lequel vous parlementiez, avant l'arrivée des grenadiers.

— Oh? L'individu qui manqua me brûler le nez? Qu'en est-il donc, Tom? Il ne comptait pas parmi les prisonniers, ce me semble.

— Il s'agissait de Tobias Trindle, monsieur.

— *Diantre!* Notre témoin, n'est-ce pas? Alors, notre lieutenant Churchill aura bien plus joué les trouble-fête que je ne le pensais. Quelle malchance!

Il sombra derechef dans le mutisme. Puis, à mesure que nous approchions de Southampton Street, son pas se hâta. Sa lèvre inférieure saillit et il se mit à hocher la tête à part lui de manière telle que j'étais sûr que la confiance le gagnait à nouveau.

— Nous pouvons peut-être retourner cela à notre avantage, déclara-t-il. Tom, il est vrai, n'est-ce pas, que Tobias Trindle était au courant de la situation peu enviable du lieutenant Landon ?

— Oh, certes oui, monsieur, nous l'étions tous avant de nous mettre à l'ancre. La nouvelle a fait le tour du navire tel l'éclair. Tout le monde ne parlait plus que de cela.

— Pourtant Trindle, sans doute le seul véritable témoin de ce qui s'était passé, exception faite de Landon lui-même, ne s'est pas présenté pour donner sa version des faits. Dis-moi, Trindle faisait-il partie du premier groupe de permissionnaires... celui avec lequel tu as toi-même débarqué ?

Tom prit le temps de réfléchir, afin de ne pas se tromper.

— Oui, monsieur, il était avec nous.

— Sur Tower Wharf, l'amiral a lancé un appel, en demandant à quiconque aurait le moindre renseignement concernant l'affaire Landon de se présenter à lui. Toutefois Trindle ne l'a point fait... pas plus qu'il n'a rendu visite à l'amiral en son bureau. Pas plus qu'il n'est entré en contact avec moi. Cela, au moins, est une chose certaine. Je dois donc te demander, Tom, pourquoi a-t-il tenu sa langue ?

— La peur de représailles, répondit Tom, la crainte que le capitaine ne se venge.

— Pourtant, à la lumière d'autres faits dont j'ai désormais connaissance, le témoignage de Trindle pourrait assurément briser le lieutenant Hartsell en cour martiale. Nul doute qu'il le sait. Il a sans conteste fait preuve de suffisamment d'audace en s'adressant à moi, tout à l'heure. Alors, pourquoi son courage devrait-il le trahir face à un tribunal militaire ?

Tom ne répondit pas avant un long moment, et lorsqu'il le fit, c'était à l'évidence comme à regret :

— Monsieur, les hommes d'équipage de l'*Aventure* ne donnent aucune chance à M. Landon face à une cour martiale. Ils considèrent sans doute comme pure perte le moindre effort en sa faveur.

— Y compris notre M. Trindle ?

— Oh, certainement, monsieur !

— Y compris toi ?

Si Tom avait paru peu enthousiaste un instant plus tôt, il semblait à présent comme tiraillé entre deux points de vue :

— Je... j'en ai bien peur, monsieur.

Nous avions désormais obliqué dans Southampton Street, laquelle, contrairement au Strand, était quasi déserte. Nos pas résonnèrent encore tant soit peu dans la nuit, avant que sir John ne formulât sa réponse :

— As-tu aussi peu foi en la marine de Sa Majesté ? prononça-t-il le plus gravement du monde.

— En sa justice, sans doute, monsieur.

— Eh bien, qu'à cela ne tienne, dit sir John, car j'ai un plan qui nous permettra peut-être de contraindre Trindle à témoigner en cour martiale. Je vais signer un mandat d'arrestation. Je prétexterai qu'il a fomenté de grands troubles de l'ordre public. Je dirai qu'ils ont occasionné la dégradation de biens privés. Je dirai moult autres choses... *hormis* le fait qu'il a conduit toute une bande d'individus à l'émeute, ce qu'il a effectivement fait, bien entendu. Le cas échéant, je devrais le déférer à l'Old Bailey, et je tiens à ce que l'affaire demeure entre Tobias et moi. Lorsqu'il sera appréhendé, et je suis certain qu'il le sera dès lors que je lancerai mes sergents de ville à ses trousses, je tiendrai une épée de Damoclès au-dessus de sa tête. Nul doute qu'il acceptera alors de témoigner à la cour martiale convoquée pour juger du sort du lieutenant Landon.

Il repartit de plus belle, la canne martelant à présent le pavé de ses *clic-clic-clic* sonores.

— Oui, réitéra-t-il, nul doute qu'il acceptera.

Cette conversation suscita chez Tom un grand émoi.

Il grommela et s'en plaignit à moi, longtemps après que nous eûmes soufflé la bougie, à une heure où nous aurions dû nous mettre à dormir.

— Mais ne vois-tu donc pas dans quelle position cela me place, Jeremy ?

— Bien sûr que si, répondis-je dans le noir. Tu l'as exposé clairement.

— Mais ce sont mes camarades de bord !

— J'entends bien, Tom.

— Tobias Trindle est mon compagnon d'équipage.

— Oui, je comprends cela.

— Comment puis-je me prêter à une chasse à l'homme dont il serait la proie, en sachant ce que sir John a prévu ?

— Certes, cependant il a simplement prévu de le contraindre à agir comme il sied. Mais dis-moi la vérité, Tom : le lieutenant Landon n'était-il pas *aussi* ton compagnon d'équipage ?

— Assurément, mais on ne peut...

— On ne peut quoi ?

— On ne peut le sauver.

— C'est ce que tu as dit. Je pense que tu omets ainsi de rendre justice à sir John. Il a accompli des merveilles dans le passé.

Comme mes propos le laissaient sans réponse, je me plaçai dans le lit de telle manière que le sommeil pût bientôt m'envahir. Je respirais profondément et commençais à somnoler, lorsque Tom se redressa sans crier gare et bourra son oreiller du poing.

— Ces hommes sont mes camarades de bord ! se lamenta-t-il.

— Tu te répètes, répliquai-je. Maintenant, endors-toi, Tom.

Et finalement, après une autre protestation de la même veine, il obtempéra, tandis que je me demandais dans quelle mesure on pourrait compter sur son concours, lorsque nous nous mettrions en quête de Trindle, le lendemain.

Notre conversation, après le déjeuner, ne m'encouragea guère plus, lorsqu'il me prit à part et me demanda où l'on avait bien pu enfermer les prisonniers de la veille au soir. Je fus surpris d'une telle question... surpris qu'il eût prêté aussi peu d'attention au fonctionnement du tribunal et de la brigade au rez-de-chaussée.

— Eh bien, dans la chambre de sûreté, répondis-je. Tu as dû la voir. Il s'agit d'une cellule avec des barreaux et une porte qu'on ne peut ouvrir sans sa clé.

— Je suppose que oui, dit-il. Il se peut qu'on m'y ait enfermé, mais je ne puis m'en souvenir. J'ai chassé de ma mémoire toute cette affaire de justice qui remonte à trois ans.

« Que voilà de singuliers propos, songeai-je alors, et une singulière façon d'agir. » Si seulement j'avais pu extraire de mes souvenirs une grande partie de ce que j'avais vu et vécu durant mes dernières années !

— Je me demandais, Jeremy, si tu ne pourrais pas descendre au rez-de-chaussée et demander comment ils vont. Je tiendrai cela pour une grande faveur de ta part.

— Mais pourquoi ne pas descendre toi-même les saluer ? Tu pourrais ainsi leur donner courage. Dis-leur donc qu'ils peuvent s'attendre à une grande équité, voire davantage, de la part de sir John.

— N'as-tu donc rien saisi à ce que je t'ai confié ? s'irrita-t-il, sans pour autant hausser le ton au-delà du murmure. Je ne souhaite pas me placer à l'écart de mes camarades. Je ne désire pas représenter à leurs yeux celui qui détient le pouvoir de les garder prisonniers.

— Quel pouvoir ? La loi ?

Puis, non sans éprouver quelque émotion, je pressentis sa vision des choses.

— Tu veux parler de... sir John !

— Ouiiii !

Le sifflement de sa réponse chuchotée parut flotter dans l'air entre nos deux personnes. Je ne sus quoi lui répondre.

— Mais Tom, parvins-je enfin à lui dire, sir John Fielding est le plus juste, le plus probe des hommes. Enfin, tu lui dois la vie, si j'ai bien compris ton histoire.

— Oh, oui, tout à fait... comme ma mère me l'a rappelé au moins une centaine de fois depuis mon retour. Mais si je lui dois la vie, comme tu le dis et comme je le reconnais moi-même, je la dois également à deux... non, trois de mes compagnons, qui m'ont sauvé à des occasions aussi diverses que nombreuses, à bord de l'*Aventure*.

— C'est la raison pour laquelle tu renierais sir John auprès de tes camarades ?

— Mais non ! C'est pourquoi je te demande, Jeremy, de te rendre à ma place auprès d'eux et de t'enquérir de leur condition pour moi. Ne comprends-tu point ? Je ne souhaite pas être placé dans une situation où l'on me demande de le désavouer.

Je me voyais moi-même cruellement partagé par les loyautés opposées qui tourmentaient Tom. Il n'avait même pas fait mention du lieutenant Landon, qu'il admirait, pas plus que je n'allais le mentionner, la situation de Tom se révélant déjà trop complexe pour que je lui cause davantage de tracas. Bien entendu, je finis par accepter de rendre visite aux détenus appréhendés la veille au soir, ainsi que de prendre note de leurs noms. Comment aurais-je pu agir autrement, eu égard au dilemme qui taraudait mon ami ?

Aussi, le laissant se plonger plus avant dans le *Voyage autour du monde* de lord Anson, je descendis au rez-de-chaussée par l'office et rejoignis le dédale de salles et alcôves, situées derrière la salle d'audience, en quête de M. Marsden, le greffier. Je le surpris en train de converser avec M. Fuller, le brigadier de jour, tout à la joie de tirer des bouffées matutinales sur sa pipe en terre. Il souffla une grosse volute de fumée en l'air, puis me gratifia d'une œillade.

— Qu'est-ce qui t'amène, ce matin, jeune Jeremy ?

— Je me demandais simplement, monsieur, répondis-je au greffier, si je pouvais parler aux prisonniers.

Ce disant, je fis un signe de tête en direction de la solide geôle à barreaux, par-delà M. Fuller, et que nous nommions chambre de sûreté.

— Je n'y vois pas d'inconvénient, si tant est que M. Fuller n'en voie aucun.

Je regardai alors le sergent de ville avec optimisme :

— Monsieur ?

Bien que M. Fuller portât le titre de sergent, il officiait généralement en qualité de geôlier, car il avait la responsabilité de surveiller les détenus, de les amener à la barre, et ensuite à Newgate ou à la prison de Fleet, si telles étaient les dispositions prises par sir John. Je m'entendais moins bien avec lui qu'avec le reste des sergents de ville, car il jugeait suspecte mon amitié avec Jimmie Bunkins et n'attachait aucun prix au repentir de ce dernier. « Qui a volé volera », m'avait-il confié à plus d'une occasion.

Ce jour-là, cependant, il semblait enclin à l'indulgence... peut-être en raison de la présence de M. Marsden.

— J'imagine que tu nourris quelque dessein, déclara-t-il, et que ce n'est point la simple curiosité qui t'anime.

— Certes oui, monsieur Fuller, répondis-je, car sir John m'a chargé de trouver l'un des hommes d'équipage de cette frégate... parmi ceux qui ont participé aux troubles d'hier au soir. J'ai pensé questionner les prisonniers pour savoir où est cet homme.

(Telle était la réponse que j'avais préparée pour M. Fuller, sachant pertinemment qu'il allait me mettre au défi par ses questions. Après tout, je pouvais toujours dénicher quelque renseignement au sujet de Tobias Trindle... même si, en toute honnêteté, cela me paraissait peu probable.)

— Dans ce cas, répliqua M. Fuller, je ne saurais m'opposer à ta requête.

Ainsi, tout en remerciant les deux hommes, je passai devant eux pour rejoindre la chambre de sûreté. En jetant un regard par-dessus mon épaule, dont j'aurais dû me dispenser, je remarquai que M. Fuller me surveillait d'un œil des plus perçants. Ne sachant trop quelle figure lui présenter, j'esquissai tant bien que mal un sourire rassurant, doublé d'un signe confiant de la main, éveillant sans doute chez lui une méfiance encore plus grande.

Il y avait, comme on nous l'avait dit, quatre prisonniers dans la cellule. À ma grande surprise, deux d'entre eux m'étaient déjà familiers, pour les avoir rencontrés avec Tom et Bunkins, au *Gull and Anchor*.

— Vieil Isaac, lançai-je tranquillement. Comment allez-vous ?

J'avais capté son attention. Il se leva du banc où il était assis, tout morose et abattu, puis clopina jusqu'aux barreaux, où je me tenais, pour voir qui l'appelait. Était-il blessé ? Je pensais que non, car le bandage entourant étroitement sa cheville nue ne portait aucune trace de sang. L'un des deux hommes qu'il avait laissés sur le banc s'était trouvé en sa compagnie avec lui l'autre jour dans la taverne, mais je n'aurais su dire s'il s'agissait de Bristol Beatty ou de Tim Trotte-Misaine, pour n'avoir déjà pas su les différencier à notre première rencontre.

Mais en s'approchant, le vieil Isaac parut me reconnaître, car s'il éprouvait quelque peine à sourire, sa figure s'éclaircit tant soit peu et il se mit à branler du chef, tel le vieil homme avisé qu'il prétendait être.

— J' te connais, dit-il. T'es v'nu avec Tom Durham et le p'tit gars qu'avait pas son pareil pour siffler sa bière. Comment qu' c'est-y qu' tu t'appelles ?

— Jeremy, répondis-je. Jeremy Proctor.

— Ma foi, c'est comm' qui dirait réjouissant d' voir une tête connue.

— Que vous est-il arrivé, Isaac ?

Je désignai sa cheville de l'index, laquelle était enveloppée d'un pansement si épais que le pied était presque trop gros pour le soulier qui le comprimait.

— Eh bien, reprit-il, j'étais simplement en train d' musarder, tout en essayant d' me vider la cervelle du gin que j'avais bu dans la journée... euh... Bristol Beatty s' trouvait avec moi, pardi. Quand tout à coup et sans crier gare, v'là qu' toute une bande de gars déferle sur nous. Alors, j' dis comm' ça à Bristol : « Ben, c'est nos camarades d' l'*Aventure.* » Et Bristol qui m' répond : « Pour sûr qu' c'est eux. Où qu' c'est-y donc qu'ils courent comm' ça ? » On a donc essayé d'en arrêter un, pour lui d'mander d' quoi y r'tournait, pour ainsi dire. Mais c'est qu'il a point voulu s'arrêter, le bougre, même qu'il m'a renversé et un autre m'a piétiné la ch'ville... c' qui m'a causé une vive douleur. Enfin quoi, c'est-y d' vrais camarades, ces gars-là ? J' te l' demande... Bref, comme ils étaient passés et qu' Bristol m'aidait à m' remet' debout, nous deux on a vu c' qui provoquait une panique pareille : une escouade de grenadiers, qu' c'était, avec les baïonnettes aux mousquets, et qui descendaient la route au pas d' course, en pleine nuit. Avant qu'on ait pu s'écarter d' leur route, ils étaient d'jà sur nous. C't'un sergent qui nous a arrêtés, Bristol et moi, car j' crois ben qu' les aut' gars d' l'*Aventure* avaient comm' qui dirait provoqué du désordre ou je n' sais trop quoi. Mais pas nous, oh, certain'ment pas Bristol et moi. On était juste en train d' se prom'ner.

Il eût été impertinent de ma part d'émettre quelques doutes... j'en nourrissais nonobstant certains eu égard à son récit. N'avais-je point aperçu le vieil Isaac, ou quelqu'un lui ressemblant, parmi ceux qui s'étaient regroupés sur le seuil de l'établissement de Mme Gerney ? Je croyais fort bien l'avoir vu.

— Eh bien, déclarai-je, ne songeant qu'à formuler une réponse affable. Je suis ravi que vous n'ayez pas été blessé. J'ai entendu la salve tirée par les grenadiers et j'ai craint le pire.

— Ils n'avaient aucune raison d' le faire, répliqua Isaac d'une voix sombre. C'est ce p'tit morveux d' lieut'nant qui l'a ordonné. Mais les camarades étaient d'jà si loin et éparpillés qu' ça nous a guère fait d' mal.

— Combien d'entre eux ont été touchés ?

— Deux. Mais c' n'était pas ben grave pour l'un comme pour l'autre. Henry Bladgett y a laissé un doigt. Il aurait pu s' sauver, mais il est resté pour l' chercher et c'est comme ça qu'il s'est fait prendre, pardi. C'est nigaud, d'avoir fait ça... c'est pas comme si un médecin pouvait le r'coller et l' faire marcher comme s'il était tout neuf. Et Paddy l' Pansu, l' cuisinier, a r'çu la mitraille dans l' cul. C'est çui-là qu'est étendu sur l'aut' banc ; il peut point s'asseoir, mais il peut fort bien marcher.

J'avais appris de la bouche d'Isaac cela même que Tom m'avait demandé de découvrir. Tout en m'interrogeant sur la meilleure façon de prendre congé, je regardai autour de moi, dans l'espoir de trouver une excuse convenable. Je ne désirais pas quitter sans la moindre aménité un homme dans d'aussi tristes circonstances.

Mais le vieil Isaac reprit alors la parole :

— J' vais passer un marché avec toi, mon gars.

— Quelle sorte de marché, monsieur ?

— Mon nez m' dit qu'on fume du tabac par là-bas. C'est-y point vrai ?

Il faisait allusion à M. Marsden, bien sûr. L'arôme de cette herbe étrange flottait jusque dans l'air de la chambre de sûreté. Isaac demeura comme en extase au moment où il huma l'atmosphère. Il exhiba sa propre pipe et me la tendit.

— Maint'nant, si tu veux bien la prendre et aller d'mander si on veut bien m' la remplir, j' te dirai qué'qu' chose qui t'intéress'ra, j' te l' jure. Il s' pourrait même qu' ça intéresse c't' homme aveugle qu'on doit voir plus tard, aujourd'hui. Qu'est-ce t'en dis, l'ami ?

Je m'emparai de la pipe et fus étonné de sa légèreté dans ma main.

— Je vais voir ce que je peux faire pour vous, promis-je.

M'empressant de retourner auprès de M. Marsden, je me demandais ce que le vieil Isaac pouvait bien avoir à troquer en échange. Saurait-il où Tobias Trindle était à présent allé se cacher ? Peut-être qu'il m'avait tout bonnement dupé pour le plaisir d'une pipe matinale. Le cas échéant, cela jouerait en sa défaveur. Et Isaac semblait par trop désireux de vouloir s'attirer mes bonnes grâces.

M. Marsden, qui avait entre-temps rejoint son bureau dans l'alcôve, s'affairait aux tâches routinières inhérentes au tribunal. M. Fuller avait quant à lui disparu, ce dont je lui savais gré ; il aurait assurément réprouvé qu'on accordât semblable privilège à un détenu.

Après m'avoir entendu lui expliquer le but de ma démarche, le greffier saisit la pipe en terre et, puisant dans sa blague à tabac, entreprit de la remplir, tout en gardant serrée la sienne, de forme allongée, entre ses dents.

— Qu'avons-nous donc à y perdre, si ce n'est un peu de tabac ? déclara-t-il en me rendant la pipe bourrée. Et tu peux lui dire qu'il en recevra encore du bon de Virginie, si ce qu'il a à nous offrir est de grand prix.

Et à ces mots, il me fit un clin d'œil.

Tout en le remerciant, je repartis vers la chambre de sûreté, où je retrouvai Isaac qui attendait patiemment derrière les barreaux de la porte. La patience céda bientôt le pas à l'impatience et il se mit à fourrager dans ses poches, en quête de son briquet à amadou. Ce ne fut qu'une fois sa pipe allumée et en bouche, et après s'être exclamé avec effusion sur la qualité du tabac, qu'il daigna deviser d'autres sujets. Il me fit alors signe de m'approcher et se mit à chuchoter :

— J' me souviens que vous trois, les gars, vous r'cherchiez Tobias Trindle.

— Oui, répliquai-je non sans une certaine ardeur. Savez-vous à quel endroit il serait susceptible de se trouver ?

Isaac secoua la tête d'un air qui frisait l'agacement.

— Là n'est pas la question. C'que j'ai à t' dire, c'est ça : y en a d'autres qui sont aux trousses de Tobias.

— Oh ? Qui donc ?

— V'là c' qui s'est produit, mon garçon. Un long moment après vot' passage, un aut' est v'nu poser l' même genre de questions... où qu' c'est qu'il est, où c' qu'il pourrait ben s' trouver, et j'en passe... Seul'ment nous aut' trois à not' table, on lui a rien dit du tout, vu l' gars qu' c'était.

— Mais qui était-ce ?

— Bah, c'était ce p'tit saligaud, M. Boone, l'aspirant... çui-là qu' t'as fait dégringoler en bas d' l'échelle d' la dunette. Diable, c' que ça nous a plu !

Il acheva sa phrase en un gloussement, laissant entrevoir gencives, chicots et quelques rares dents entières.

— Mais que pourrait-il bien vouloir à Tobias Trindle ?

— N'as-tu donc point d' bon sens, mon gars ? C'est l' capitaine qui l'a dépêché pour quérir Tobias. Même que Boone nous l'a dit, pardi. « Le capitaine veut l' voir, qu'il a dit. Faites-lui la commission, si vous l' voyez. » Oh, pour sûr qu'on a hoché la tête, en l'assurant qu'on la lui f'rait et tout ça. Mais dès qu'il est r'parti, on est tombés d'accord entre nous qu' si l' capitaine voulait l' voir, ben qu' ça n' présageait rien d' bon.

— Et qu'avez-vous dit à Tobias ?

— Oh, on lui a dit qu' le capitaine voulait l' voir, comme de juste, et qu'il avait envoyé l'aspirant Boone pour le r'trouver. Mais on lui a dit d' rester bien caché, jusqu'à c' qu'ils aient pendu l' lieut'nant Landon. C'est là toute l'affaire, pas vrai ? C't'à-dire qu' su' l' gaillard d'avant, tout l' monde savait que Tobias Trindle avait vu la scène, quand l' capitaine — l' capitaine Markham, j' veux dire — a basculé par-d'sus bord, et qu'au dire de Trindle, ça s'est passé exactement comme M. Landon l'a déclaré. Mais on a tous tenu not' langue sur ce sujet.

— Mais pourquoi ?

Il me décocha un regard consterné et secoua la tête, comme ébaubi par mon ignorance.

— T'as pas la moindre idée de comment ça s' passe à bord d'un bâtiment d' Sa Majesté, pas vrai ?

— Non, répondis-je d'un ton grave qui convenait en la circonstance. Mais, dites-moi, vous avez déclaré que c'est après notre passage que Boone s'est présenté au *Gull and Anchor*. Pourriez-vous être plus précis quant à l'heure qu'il était ?

— Navré, mon gars, mais à force de boire toute la journée, sans la cloche pour sonner les quarts, tu perds la notion du temps, comm' qui dirait. Mais y m' semble qu'y d'vait commencer à faire nuit. Car peu d' temps après, c'est Tobias lui-même qu'est passé et nous, on...

Brusquement, il s'interrompit, songeant peut-être que ce qu'il allait me révéler mettrait en doute le témoignage d'innocence qu'il m'avait confié plus tôt.

— Était-ce à ce moment-là que vous avez appris à Tobias que Boone le recherchait ?

— Ma foi, peu importe l'ordre dans l'quel les choses se sont passées, rétorqua-t-il, subitement des plus défiants. J'ai fait c' que j'avais dit que j' ferais. J' t'ai dit c' que tu voulais, et sans l' tabac, j' te l'aurais confié quand même. C'est parce que Tobias s'rait mieux loti avec l'aveugle que si l' capitaine lui mettait la main d'sus.

— On a retiré le lieutenant Grimsby du fleuve, déclarai-je.

— C'est c' que je veux dire. On en a eu vent. Tobias aussi.

— Où est-il ? Vous devez le savoir.

— J' dois point savoir une chose pareille. C't'un homme tout c' qu'il y a d' plus malin, alors il aura assez d' bon sens pour rester caché. Si tu veux l' trouver, tu dois l' chercher... et prier pour le r'trouver avant qu' Boone ne l' retrouve.

Il brandit la pipe quasiment sous mon nez, en proie à un vif accès de dépit.

— R'garde donc ! dit-il. On cause, on cause... avec toutes tes questions et v'là qu'elle s'est éteinte.

Il ressortit son briquet et entreprit derechef de rallumer ostensiblement sa pipe.

— Tout c' que j' peux ajouter, marmonna-t-il en desserrant à peine les dents, c'est qu' Tobias a dit qu'il avait eu son content d' catins dispendieuses. T'auras peu d' chances de l' trouver aux alentours de Covent Garden. Va voir où qu' c'est qu' tu cherchais sur les quais. Y s' peut qu'il ait fait son nid chez une grue quelconque, qu'il la paie bien et qu'il l'envoie chercher à boire et à manger. C'est c' que j' ferais à sa place ; j' rest'rais à l'écart, l' temps qu' le bateau mette les voiles sans moi. Y en avait une qu'y r'cherchait d'puis des années... Black Emma ou Black Ella, un nom comme ça. Bref, c'était une sang-mêlé. Il les apprécie tellement !

Il secoua sa pipe d'un air de dégoût. Les cendres voletèrent çà et là.

— C'te maudite chose veut point s'allumer. Comm' qui dirait qu'y a plus rien à fumer.

— Ne vous en faites pas, Isaac, déclarai-je en m'éloignant des barreaux. Je vais tâcher de vous obtenir davantage de tabac... beaucoup plus. C'est promis.

Le problème s'énonçait comme suit : les événements notoires survenus la veille au soir chez *Mme Gerney* constituaient-ils une émeute, ou simplement un trouble de l'ordre public ? Dans le second cas, l'affaire serait entendue et jugée par sir John Fielding seulement. Elle n'irait pas au-delà de son palais de justice. S'il déclarait toutefois qu'une émeute avait eu lieu, tous ceux qui y avaient participé de près ou de loin seraient déférés à l'Old Bailey ; car l'émeute se révélait passible de pendaison. Bref, la question ne manquait pas d'intérêt, et sa réponse attira nombre de personnes en cette journée qui, autrement, eût été somme toute assez morne en salle d'audience. En vérité, aucune autre affaire ne devait être entendue ce jour-là. A l'ordinaire, cela n'aurait donné lieu qu'à une courte séance. Le public n'attendait rien de plus qu'une courte distraction, un léger divertissement aux dépens d'une poignée de marins indisciplinés. Mais il apparut clairement que sir John entendait traiter l'affaire comme étant beaucoup plus sérieuse. À ce dessein, il m'avait du reste mis à contribution pendant une bonne heure dans son cabinet, où, puisant dans les poussiéreux ouvrages entassés sur la tablette derrière le bureau, je fus chargé de consulter le droit et de lui lire à voix haute certains procès. Il avait également rassemblé divers témoins pour l'audition.

Ce fut ainsi que la cour de justice de Bow Street réunie à son heure habituelle se retrouva bondée de spectateurs. Les prisonniers, portant uniquement des fers au poignet, furent amenés dans la salle par le brigadier Fuller. À mesure que M. Marsden donnait lecture de leurs noms — Timothy Beatty, Henry Bladgett, Patrick MacGough, Isaac Tenker —, chacun d'eux répondait vivement à l'appel. On les pria tous de s'asseoir, et tous s'exécutèrent, à l'exception de Patrick MacGough, qui demanda la permission de demeurer debout, eu égard à la nature de sa blessure. Petits rires niais et gloussements accueillirent sa requête, mais sir John ramena le silence en usant de son maillet et répondit que le détenu pouvait se tenir comme bon lui semblait, allant jusqu'à lui permettre de prendre place auprès de M. Fuller, en s'adossant au mur. Ceci étant réglé, la séance pouvait enfin commencer.

— Nous nous trouvons en ce lieu pour décider de la nature de l'incident survenu la nuit dernière, au numéro 17 du Strand, amorça sir John, et, une fois cela déterminé, pour prendre quelque disposition au sujet des quatre prisonniers qui nous ont été présentés.

Il marqua alors une pause et demanda à M. Marsden d'appeler le premier témoin.

Ce dernier n'était autre que Cowley, qui, à vingt ans, demeurait le plus jeune des sergents de ville, encore qu'il fût davantage qu'un apprenti, car il compensait en taille et en initiative ce qui lui faisait défaut en expérience. En qualité de premier officier sur les lieux du délit, il constituait le tout premier observateur des événements, auxquels il avait du reste assisté jusqu'à leur terme. Ayant été prévenu qu'un grand groupe d'individus était en marche dans le Strand, il avait songé que ces derniers n'étaient sans doute pas animés des meilleures intentions, compte tenu de leur nombre ; aussi s'était-il hâté de les intercepter. Une fois parvenu au numéro 17, il constata qu'ils étaient déjà arrivés et que le premier d'entre eux était prêt à forcer la porte. Il leur cria de s'arrêter, de cesser et de se disperser. Mais nul ne lui prêta la moindre attention, pas plus qu'au sergent Rumford, qui parvint sur les lieux quelques minutes plus tard.

— Vous et le sergent Rumford, avez-vous tenté d'user de la force pour empêcher ces hommes de pénétrer en la demeure du numéro 17 ? s'enquit sir John.

— Certes oui, monsieur, répondit M. Cowley, mais c'était parfaitement inutile. Nous avons essayé de bloquer la porte, mais ils nous ont poussés de côté. Nous en avons frappé quelques-uns à coup de matraque, mais ils nous ont tout bonnement ignorés. Ils riaient, à vrai dire, et prenaient du bon temps. Ils n'avaient que faire de nous.

— Se comportaient-ils comme des hommes enivrés ? Formaient-ils une bande d'ivrognes, selon vous ?

— Ma foi, ils ne titubaient point ou quoi que ce soit, mais oui, monsieur, je dirais qu'ils avaient sans doute bu toute la journée, car ils empestaient sans conteste le gin et le rhum. Je dirais qu'il s'agissait d'hommes ivres, mais actifs... et même en pleine activité, si vous voyez ce que je veux dire.

— Je saisis tout à fait. Et à quel chiffre estimeriez-vous leur nombre ?

— Pardon, monsieur ?

— Combien étaient-ils ?

— Près d'une centaine.

— Fort bien, poursuivez.

Ce que fit le sergent Cowley, en déclarant que les fenêtres des étages avaient été brisées et que des objets de toute sorte avaient commencé à voler, pour se fracasser sur le trottoir... comme M. Bailey l'avait précédemment rapporté. Le capitaine des sergents de ville s'était rendu sur les lieux en compagnie des agents Perkins, Sykes et Cummins.

À ces mots, sir John congédia M. Cowley, et le greffier appela Benjamin Bailey à la barre, lequel continua le récit à partir de ce moment-là, décrivant les événements comme je les ai décrits plus haut. Seuls deux détails méritèrent qu'on s'y attardât. Tandis que j'étais assis à écouter les questions du magistrat, tout en me rappelant les procès qu'il m'avait demandé de lui lire plus tôt, je cherchai à discerner les points communs qui pouvaient s'en dégager. Mais à l'audition des réponses de M. Bailey, aucune caractéristique ne parut se dessiner.

Sir John interrompit son brigadier, comme ce dernier narrait son irruption pour mander le magistrat au numéro 17 du Strand.

— Permettez-moi de vous demander, monsieur Bailey, lorsque vous vous êtes présenté à moi, comment avez-vous qualifié les troubles dont vous aviez été témoin ?

— Ma foi, je vous ai raconté ce que j'avais vu, monsieur.

— Effectivement, mais quels termes avez-vous utilisés ?

— Eh bien...

M. Bailey hésita, à l'évidence ne sachant trop ce qu'il devait dire.

— J'ai appelé cela une émeute, dit-il enfin.

— Sur quoi vous fondiez-vous pour affirmer cela ?

Nouvel atermoiement.

— La taille de la foule, finit-il par déclarer, la destruction des biens, et le vacarme causé dans la rue.

— Et vous avez recommandé qu'on appelle les soldats de la Tour ?

— Oui, monsieur, c'est ce que j'ai fait.

— Et j'ai accepté votre recommandation sans hésitation. À présent, veuillez poursuivre, monsieur Bailey.

Ce dernier reprit son récit et eut tôt fait d'en venir au singulier comportement des hommes du navire *Aventure* de Sa Majesté, lorsqu'ils dansaient autour de ce gros amoncellement d'objets, lancés par les fenêtres des étages de la maison *Gerney*. Sir John lui laissa tout loisir de dépeindre le petit jeu d'attaque et de riposte auquel ils s'adonnèrent avec leurs torches, au grand dam des quatre sergents que M. Bailey avait postés pour monter la garde.

Sir John l'arrêta de nouveau en levant la main.

— Monsieur Bailey, déclara-t-il, vous m'avez alors décrit les activités auxquelles se livraient ces hommes en des termes peu courants. Vous rappelez-vous ce que vous m'avez confié ?

Benjamin Bailey prit le temps de réfléchir à la question, puis répondit :

— Je crois vous avoir dit, monsieur, qu'ils se livraient à un jeu avec les sergents, que tout ce qu'ils avaient à faire, c'était de lancer un flambeau sur le tas d'objets, s'ils voulaient y mettre le feu.

— Exactement, admit le magistrat, et que s'est-il passé ensuite ?

— Ce qu'il s'est passé ? Ma foi, vous vous êtes approché avec une hardiesse peu commune et vous avez proposé un marché aux trublions.

— Oui, rapportez-nous, je vous prie, ce qui a été dit et fait par moi et par celui qui s'est exprimé pour ses camarades.

Pour ce qui concernait cette partie de la déposition, le brigadier sembla tant soit peu hésitant, car il souhaitait ne point déformer les propos du magistrat, notamment en la circonstance. Lorsqu'il eut conclu, sir John ne manqua point de le congratuler.

— C'est exactement ainsi que je m'en souviens. Il existe toutefois quelques autres détails que je désire entendre de vive voix. En premier lieu, l'homme avec lequel je me suis entretenu... diriez-vous, compte tenu de votre expérience en la matière, qu'il était le chef de cette bande d'environ cent individus ?

— Certes oui, monsieur.

— Et son nom vous est-il connu ?

— Oui, monsieur, on m'a dit qu'il s'appelait Tobias Trindle.

— Excellent, monsieur Bailey, et comme vous l'avez dit, il a tenu conseil avec ses camarades, pour discuter de l'offre que je lui avais soumise. Que s'est-il passé ensuite ?

— Ma foi, les grenadiers sont arrivés dans deux fourgons, sous le commandement d'un certain lieutenant Churchill.

— Merci, sergent Bailey, ce sera tout pour l'instant.

Tous les yeux des personnes présentes se portèrent sur le jeune gentleman qui avait tranquillement pris sa place parmi les sergents de ville. Il se distinguait du reste de l'assemblée, tel un paon altier déployant ses plumes écarlates au milieu de triviales bécasses des bois. Chacun s'attendait, semblait-il, à ce que le lieutenant Thomas Churchill fût le prochain témoin mandé à la barre.

Mais en vain. Comme M. Bailey regagnait sa place devant la tribune de sir John, M. Marsden appela le sergent Oliver Perkins à venir témoigner. En entendant son nom, ce dernier se leva d'un bond et se hâta de prendre la place laissée vacante par son capitaine. Il se révélait un peu plus petit que ses camarades et la manche gauche de son habit était en quelque sorte vide — épinglée à l'épaule, à vrai dire —, car il avait perdu un bras, en service commandé, un an plus tôt. Ainsi paraissait-il différent des autres, encore qu'il l'emportât, selon moi, tant dans le domaine du courage que de l'ingéniosité. Sa vivacité, sa modeste stature et sa manche désemplie devaient-elles pour autant susciter l'hilarité ? Une longue vague de rires idiots secoua néanmoins l'assistance, dès lors qu'il fit son apparition.

(M. Marsden me suggéra par la suite que le public pensait voir apparaître le lieutenant Churchill à la barre, d'où sa surprise lorsque le sergent Perkins s'était présenté... la réaction courante à la surprise étant le rire. Par ailleurs, toujours selon le greffier, les spectateurs, las du déroulement de la séance — qui ne s'avérait point aussi divertissante que prévu —, s'étaient rabattus subitement sur la personne du sergent, le choisissant comme sujet de dérision. Peut-être trouvaient-ils amusante la présence d'un sergent de ville manchot. « Il ne devrait pas le prendre à titre personnel », conclut M. Marsden.)

Pourtant, ce fut assurément à titre personnel qu'il interpréta les rires. M. Perkins se retourna courroucé vers le public et il eût volontiers réagi en beuglant, si sir John n'avait pas rappelé la salle à l'ordre, en usant de son maillet. Le magistrat s'entretint brièvement avec son greffier, pour s'informer de la raison d'un tel désordre. M. Marsden formula peut-être alors les mêmes explications qu'il me livra plus tard. Quoi qu'il en fût, sir John fit une nouvelle fois retomber son maillet.

— Si ces troubles se reproduisent, je fais évacuer la salle, proclama-t-il.

Et son annonce fut accueillie par le silence absolu. Il prêta l'oreille avec attention pendant quelques instants, puis hocha la tête d'un air satisfait.

— Monsieur Perkins, commença-t-il, je n'ai que quelques questions à vous poser. M. Bailey vous a dépêché à la Tour, porteur de la requête que les troupes soient envoyées au numéro 17 dans le Strand, n'est-ce pas ?

— Oui, monsieur.

— Vous vous y êtes rendu en toute hâte ?

— Certes oui, monsieur. J'ai couru jusqu'à Russell Street et j'ai pris un fiacre. En vérité, je me suis juché auprès du cocher et je l'ai pressé de rouler vélocement tout au long du trajet.

— Fort bien. Et vous avez demandé la direction de la caserne des grenadiers ? Ils se sont montrés coopératifs ?

— Ils m'ont mis sur la bonne route avec diligence. Personne n'a entravé mon chemin. Ils ont traité cela comme une affaire urgente, et c'était assurément le cas.

— Et avec qui avez-vous conversé, une fois votre destination atteinte ?

— Avec un certain capitaine Weybright, monsieur.

— Et le lieutenant Churchill était-il présent ?

— Est-ce l'officier qui se trouve aujourd'hui dans la salle ?

— Oui, monsieur Perkins, juste derrière vous, je crois.

Le sergent Perkins se tourna et jeta un regard sur le jeune officier en habit rouge.

— Oui, monsieur, c'était l'un des trois autres officiers engagés dans une partie de cartes avec le capitaine. Il a bondi de son siège et a dit : « Laissez-moi y aller, mon capitaine ! »

— Et que lui a répondu son supérieur ?

— Ça, je ne saurais le dire, monsieur, car à ce moment-là, le capitaine m'a prié de m'en aller. « Ce sera tout, sergent », m'a-t-il dit. J'ai proposé de les accompagner jusqu'à l'adresse indiquée, dans le Strand, mais le capitaine s'est borné à répéter : « Ce sera tout. » En toute franchise, monsieur, j'espérais profiter de leur véhicule pour m'en retourner. Mais je m'en suis allé et me suis mis en quête d'une autre voiture de louage. Et Dieu sait qu'il faut marcher pour en dénicher une à Tower Hill, à cette heure-là du soir.

— À présent, monsieur Perkins, j'aimerais que vous

réfléchissiez soigneusement avant de répondre, car je souhaite que vous vous exprimiez avec précision et en toute honnêteté. La question est la suivante : lorsque vous avez décrit la situation à l'établissement de Mme Gerney, dans le Strand, quel mot ou expression avez-vous employés ?

Le sergent Perkins considéra en effet la demande avec sérieux. Il baissa la tête, se gratta le menton, puis finit par répondre :

— J'ai déclaré au capitaine qu'il y avait de sérieux troubles que les sergents présents ne pouvaient maîtriser. Je lui ai dit que j'avais été dépêché à votre requête et que vous vous trouveriez sur les lieux, à l'arrivée des soldats... et vous y étiez, à ce que j'ai pu comprendre, monsieur.

— Telles ont été vos paroles ?

— Comme j'en ai souvenance, monsieur.

— Vous n'avez pas utilisé le mot « émeute » ?

— Non, monsieur.

— Merci, monsieur Perkins, conclut le magistrat. Et, monsieur Marsden, vous pouvez appeler le témoin suivant.

Il s'agissait, bien sûr, du lieutenant Thomas Churchill. Il se tint devant sir John Fielding, son tricorne glissé sous le bras gauche, observant la posture militaire communément appelée « repos ». Il incarnait à merveille le jeune officier à l'avenir prometteur. Patronyme, liens familiaux et richesse mis à part, il suffisait de porter le regard sur ce jeune hommc pour deviner qu'il irait loin dans la carrière des armes. Il émanait de sa personne une aptitude et une assurance quasi perceptibles. La veille au soir, il avait d'ailleurs fait montre de ces qualités sans l'ombre d'un doute. Seuls un jugement circonspect et le respect de l'autorité lui avaient fait défaut.

Après avoir décliné son identité, son grade et son unité, il attendit en silence que sir John l'interrogeât. S'il était nerveux, voire embarrassé, nul n'aurait su le déterminer.

— Lieutenant Churchill ?

— Monsieur ?

— Voudriez-vous relater à la cour quel a été votre rôle dans la répression des troubles au numéro 17 du Strand ?

— Je puis l'exposer brièvement, monsieur. En arrivant à ladite adresse, j'ai rassemblé mes hommes dans la rue, en leur ordonnant de fixer les baïonnettes, puis je les ai conduits vers l'entrée de la demeure, où la bande s'était regroupée. Les trublions nous ont lancé des bâtons et des pierres, mais nous avons continué à marcher, jusqu'à ce qu'ils se scindent et se mettent à courir vers l'ouest, dans le Strand.

« À ce moment-là, j'ai ordonné à mes hommes de pourchasser la bande au pas redoublé et de la repousser dans une petite rue, une venelle tout au plus, sans relâcher leurs efforts. C'est alors que nous avons capturé nos premiers prisonniers... un vieil individu qui était tombé et s'était foulé la cheville et un autre, resté pour lui porter secours. Puisque nous nous étions arrêtés pour appréhender ces deux-là, j'ai ordonné aux soldats de porter l'arme et de faire feu... une seule salve, pas davantage. Elle en a blessé deux et tué aucun, mais nous avons également fait prisonniers ces deux-là. Comme la bande s'était dispersée, j'ai ordonné à mes hommes de faire volte-face et je les ai reconduits aux fourgons. Nous avons ensuite quitté les lieux.

— Je vous félicite, lieutenant, déclara sir John. C'était un excellent résumé... bref, mais fidèle à la réalité, car il a mis en exergue une omission de votre part dans le domaine de la procédure. Vous en avez pris connaissance depuis, n'est-ce pas ?

— Certes oui, monsieur, grâce au capitaine Weybright.

— Et qu'avez-vous appris ?

— J'ai appris, monsieur, que si la stratégie que j'ai utilisée pour disperser cette grande masse d'individus se révélait tout à fait correcte, je me suis toutefois montré quelque peu hâtif à en faire usage.

— Et plus précisément ?

— Je n'ai point attendu qu'on ait donné lecture du Riot Act[1].

Sir John s'adressa alors au public :

— Il est probable que pareille subtilité de la loi anglaise échappe aux personnes ici présentes, aussi vaudrait-il mieux peut-être que je l'explique brièvement. Lorsque des troubles atteignent des proportions telles qu'on doive appeler l'armée, cette décision incombe au magistrat. La simple présence de l'armée — la menace des baïonnettes et des balles — suffit en général à disperser la foule. Dans le cas contraire, le magistrat n'a plus qu'un seul recours, et il consiste à lire le Riot Act aux agitateurs. On met ici un frein à l'usage de la répression militaire. Car, après la lecture de ces sommations d'usage, on a coutume d'accorder aux fauteurs de troubles une heure pour se disperser. S'ils ne s'exécutent pas, c'est seulement à partir de ce moment-là qu'on juge leur attroupement séditieux, et tous les moyens nécessaires — baïonnettes et balles — peuvent être mis en œuvre pour les chasser des lieux. Ceux qui sont capturés sont considérés comme émeutiers et traduits en justice comme tels.

S'adressant toujours au public, sir John poursuivit :

— À l'audition de ce que je viens d'exposer, vous aurez compris combien les membres du Parlement qui ont élaboré cette loi étaient peu disposés à laisser à l'armée l'initiative de l'appliquer. À chaque étape, c'est l'autorité civile, en général un magistrat tel que moi, qui doit juger du bon usage de la force militaire. Il la mande sur les lieux de troubles, menace d'y avoir recours, puis donne lecture du Riot Act pour prévenir les trublions des graves conséquences qui les attendent, si d'aventure se poursuivait leur comportement destructeur. En ce qui concerne l'armée, les troubles ne

1. Loi contre les attroupements séditieux ; sommations qui sont lues avant de tirer. (*N.d.T.*)

doivent pas être considérés comme une émeute, tant que le magistrat ne les a pas ainsi qualifiés en faisant lecture de la loi, et tant que, après le délai légal, il n'a pas donné la permission de tirer sur les émeutiers. Il s'agit là d'un exemple clair de la primauté de l'autorité civile sur l'autorité militaire, un principe sur lequel reposent les lois de notre royaume.

« Ainsi que je l'ai dit au début, nous sommes ici pour déterminer la nature de l'agitation survenue hier au soir. Comme nous l'avons entendu dans les témoignages qui nous ont été livrés jusqu'ici, c'est une question sur laquelle des hommes circonspects peuvent se trouver en désaccord. Lorsqu'il s'est présenté à moi pour me décrire la situation dans le Strand, M. Benjamin Bailey n'a point hésité à qualifier ce qu'il avait vu d'"émeute"... et il a présenté de bonnes raisons d'agir ainsi. Le sergent Oliver Perkins, qu'on a dépêché à la Tour pour requérir les soldats en mon nom, a désigné ce qu'il a vu de "sérieux troubles" qui outrepassaient ce que les sergents pouvaient maîtriser.

Le public commençait alors à trahir des signes d'impatience. Il n'existait sans doute pas un individu sur dix, parmi ceux venus de la rue, qui fût capable de suivre le discours de sir John. Les autres n'osaient point manifester leur déplaisir par des commentaires bruyants ou quelque attitude tapageuse, mais ils l'exprimaient certes en remuant sur leur siège et en tapant du pied. Toutefois, le magistrat poursuivit :

— Se pose alors la question du dessein, déclara-t-il. La loi le prend en considération de plusieurs façons. Par exemple, un crime perpétré sans intention de tuer n'est pas un meurtre, mais un homicide involontaire. Et si, après un long trajet en diligence, un homme s'empare de la valise d'un autre passager, laquelle ressemble à s'y méprendre à la sienne, il ne s'agit point d'un larcin mais d'une erreur. Donc, puisque chacun s'accordait à penser, parmi les sergents, que cette bande disposait d'un véritable chef — ce qui en soi s'avère assez inhabituel — et que, selon M. Bailey, ce dernier répondait au patronyme de Tobias Trindle, je pense qu'il est important que le dénommé Trindle se présente à moi en qualité de témoin, afin que je puisse l'interroger quant à ses intentions en la matière. Par conséquent, je vais délivrer un mandat à son encontre, afin qu'il soit appréhendé et détenu en qualité de témoin capital dans cette affaire. En d'autres termes, je souhaite renvoyer ce débat « troubles » contre « émeute » à une date ultérieure, lorsqu'il me sera possible de collecter davantage de témoignages, afin de rendre un verdict avisé.

« Cependant, que suis-je censé faire de ces quatre hommes qui sont actuellement devant moi en tant que prisonniers ? S'il s'avère que l'agitation d'hier au soir était effectivement une émeute, alors ils devront être traduits en justice comme des criminels, mais je ne puis les détenir indéfiniment sans accusation. Peut-être qu'une inculpation moindre pourrait faire l'affaire. Si vous quatre voulez avoir l'obligeance de vous lever et vous présenter à moi, à présent ?

Et ils se levèrent, la mine lugubre, craignant le pire. En dépit de sa blessure, Paddy le Pansu, déjà debout, ouvrait la marche, tandis que le vieil Isaac claudiquait sur sa cheville foulée et fermait le cortège. Ils s'alignèrent devant le magistrat, observant une distance respectueuse entre eux et le lieutenant Churchill.

— Le sergent Cowley a déjà affirmé que la bande ayant pénétré au numéro 17 était amplement sous l'influence de l'alcool. Sergent Bailey ?

Le brigadier se leva d'un bond et répondit vivement à l'appel, tel un militaire.

— Inutile de venir à la barre. On doit s'y bousculer, déclara sir John. Puisque vous avez escorté les prisonniers jusqu'ici et avez surveillé leur détention, peut-être pourrez-vous donner votre opinion quant à leur état ?

— Leur état, monsieur ?

— Étaient-ils ivres ?

— Ils l'étaient, monsieur. Depuis des jours.

— Merci, monsieur Bailey.

À l'adresse des détenus, sir John posa alors cette question lourde de sens :

— Quelqu'un parmi vous souhaiterait-il réfuter cette affirmation ?

Ils baissèrent la tête et marmonnèrent une réponse négative.

— Le cas échéant, je vous accuse tous d'ivresse sur la voie publique et vous condamne à sept jours d'incarcération à la prison de Fleet. Si par hasard l'*Aventure* s'apprêtait à mettre les voiles et que l'affaire ne soit point résolue, je prendrai alors certaines dispositions. À présent, messieurs, sachez que la prison de Fleet s'adresse avant tout aux débiteurs, et bien que cela puisse sembler paradoxal, vous y aurez besoin d'argent, en particulier puisque trois d'entre vous nécessitent davantage de soins médicaux. J'ignore votre condition pécuniaire, et ne désire point la connaître, mais je crois assurément qu'il existe un moyen de vous octroyer un minimum de confort là-bas.

À ces mots, sir John se tourna dans la direction du lieutenant.

— Lieutenant Churchill, déclara-t-il, êtes-vous toujours en notre compagnie ?

— Je le suis, monsieur, répondit l'officier.

— Bien... car vous avez vous-même admis et déclaré avoir agi à l'encontre de la loi en procédant comme vous l'avez fait envers ceux qui ont causé de tels troubles dans le Strand. Pour cela, je vous déclare coupable d'avoir fait usage d'armes à feu illégalement dans la Cité de Westminster et, en opérant ainsi, d'avoir blessé deux hommes.

— Mais, monsieur, objecta le lieutenant, je ne portais aucune arme, je n'avais aucun pistolet à la ceinture. Ma seule arme était mon épée !

— Allons, lieutenant, j'attendais plus de circonspection de votre part. Vous savez fort bien que les armes à feu auxquelles je fais allusion n'étaient autres que les mousquets de vos grenadiers, et qu'il en a été fait usage sous votre commandement. Et pour cela, la cour vous inflige une amende de cinq guinées.

— Je vais devoir les emprunter.

— Eh bien, empruntez-les. À présent, si je puis poursuivre, cette amende servira à faciliter le séjour des quatre prisonniers en la prison de Fleet et à régler leurs factures médicales. Aucune partie de cette somme ne devra payer la moindre boisson, toutefois. S'il devait rester quelque argent, après qu'ils auront purgé leur peine, ce solde sera versé au fonds commun du tribunal.

Et ce disant, il frappa un violent coup de maillet et proclama :

— La séance est levée, le jugement est reporté à une date ultérieure.

Je n'aurais su dire s'il était tard dans la nuit ou tôt le matin. Je savais seulement qu'il faisait très sombre, à une heure où la lune ne brillait point, et que nous avions passé la soirée à explorer les antres de St. Catherine's Street. Comme nous l'avait assuré Black Jack Bilbo, ces endroits se révélaient bien pis que les établissements sis dans le quartier des douanes. S'il ne s'agissait plus de ces bouges à gin au sol en terre battue et dépourvus de tout mobilier, hormis un bar et des bouteilles, ceux que nous visitâmes ce soir-là paraissaient sans conteste plus infâmes, même s'ils étaient bien agencés, en raison d'une oppressante sensation malveillante dont ils semblaient être tous imprégnés.

Comment pourrait-on décrire une telle atmosphère de malignité ? Nul doute que Covent Garden proposait les mêmes agréments inavouables à quiconque en avait le désir, mais à l'époque je considérais toujours ce quartier, et le considère encore aujourd'hui, comme un endroit gai, davantage voué à la frivolité qu'aux intrigues. Mais là-bas, à St. Catherine's, chaque fois que nous entrions dans un établissement, les gens se taisaient brusquement, les yeux se plissaient, comme aux aguets, et lorsque reprenaient les conversations, elles n'étaient plus que murmures. Quant à la physionomie de ceux qui lançaient des regards de conspirateurs alentour et marmonnaient je ne sais trop quels sinistres desseins avec leurs acolytes, on l'eût apparentée peu ou prou à quelque masque diabolique. Ils étaient maigres et faméliques... des harpies jeunes et vieilles, flanquées d'hommes tourmentés. Ces personnages semblaient de ceux qui, si on leur en offrait le choix, auraient plus volontiers fait le mal que le bien.

Je crois que je n'aurais pas survécu à mon expédition dans ce sombre univers de bas-fonds (ce qui faillit m'arriver, à vrai dire) si le sergent Oliver Perkins ne s'était pas trouvé là. À présent que, à l'instar de Tom Durham, je pouvais moi aussi reconnaître Tobias Trindle de visu, il n'y avait pas lieu pour nous deux de chercher de conserve. Qui plus est, dès lors que nous l'aurions trouvé, nous n'aurions guère pu faire autre chose que de tenter de le persuader de se rendre, ni Tom ni moi n'ayant le pouvoir de l'appréhender, en définitive ; aussi chacun de nous deux était accompagné d'un sergent, porteur d'un mandat pour arrêter Trindle. Il incomba au sergent Perkins et à votre serviteur de fouiller les abords du fleuve, au-delà de la Tour, ce qui englobait les lugubres repaires bordant St. Catherine's Street.

La tâche parut infructueuse. Nous allions d'un établissement à l'autre, le *Pig and Whistle*, le *Green Man*, le *Quarterdeck*, cela ne variait guère, après quoi je passais en revue des clients qui subitement se taisaient, et observais avec soin leurs visages renfrognés. Dans le même temps, M. Perkins engageait la conversation avec le tenancier au comptoir, exhibant ostensiblement son gilet rouge (lequel indiquait qu'il appartenait aux sergents de ville) et la paire de pistolets qu'il arborait à la ceinture ; il mentionnait ensuite les noms de Tobias Trindle, et comme je lui avais suggéré, de Black Emma, ou Black Ella. Il n'apprit rien sur l'un ou l'autre, et pour ma part je n'aperçus ni Trindle ni aucun des autres marins de l'*Aventure* que j'avais été amené à rencontrer quelques jours plus tôt.

À un certain moment, comme nous changions de négoce, le sergent Perkins lâcha un grognement et secoua la tête dans un ample et lent mouvement de découragement.

— J'imagine qu'il n'est pas ici non plus, déclara-t-il. Je parierais qu'il se trouve de l'autre côté du fleuve, à Southwark ou Bermondsey. C'est là où je me cacherais... c'est un monde complètement différent là-bas.

— Peut-être avez-vous raison, monsieur, répondis-je. Je ne me suis jamais rendu sur l'autre rive.

— Tu peux t'en dispenser, mon garçon. C'est un peu plus répugnant que sur celle-ci, encore qu'il y ait moins d'endroits de ce genre.

Il marcha quelque temps en silence, puis reprit :

— Mais nous accomplirons notre besogne, pas vrai ? Si l'on souhaite nous voir fouiller ce quartier sordide, nous devons redoubler d'efforts. Tu tiens bon ?

— Assez bien.

— Le brave garçon !

Ce fut peut-être à notre halte suivante, ou deux arrêts plus loin... mais peu de temps après, en tout cas, qu'un changement s'opéra dans le décevant parcours qui nous avait portés jusque-là. Je me souviens fort bien du nom de l'auberge qui indiqua que la fortune nous souriait à nouveau, car cette enseigne semblait porter en elle quelque chose de prophétique ; elle s'appelait *La Reine de Saba*, du nom de la souveraine éthiopienne qui conduisit le vieux Salomon à tant de divagations.

J'avais achevé mon inspection des clients attablés — buveurs, fumeurs, parieurs à de simples jeux de hasard —, en quête de la face rude et parcheminée de Tobias Trindle ; tout cela sans résultat, bien sûr. Mais tandis que je m'en retournais, j'aperçus M. Perkins debout près de la porte et me faisant vivement signe de me hâter. Je le rejoignis en un clin d'œil.

— Que se passe-t-il, monsieur ?

— Viens-t'en, dit-il. Je te le confierai en route.

Une fois dehors, le sergent me surprit en me faisant rebrousser chemin. Il était en colère, écumait de rage et jurait dans sa barbe. Je jugeai plus opportun de ne point l'interroger jusqu'à ce qu'il se fût quelque peu calmé. Mais il ne lui fallut guère de temps pour recouvrer son sang-froid et me lâcher tout de go :

— C'est l'aubergiste de ce dernier établissement. Il ne valait guère plus que les autres, mais il a eu quelque chose à me dire, lorsque j'ai fait mention de notre Black Emma.

— Qu'a-t-il dit ? m'enquis-je en proie à un enthousiasme soudain.

— Eh bien, il a dit : « Elle ne vient plus ici. » Ce à quoi j'ai rétorqué : « Mais elle en avait l'habitude ? » Et il a répliqué : « Oui-da, même qu'elle utilisait les chambres à l'étage. » Peu importe à quel dessein, mon garçon. Je te livre seulement ce qu'il m'a répondu. Alors, je lui ai déclaré : « Où se rend-elle, maintenant ? » Et il m'a dit : « Au *Green Man* »... et c'est ce qui me rend si furieux.

— Je ne comprends pas, monsieur Perkins. Pourquoi cela devrait-il vous mettre dans un tel courroux ?

— Parce que nous nous y trouvions, à huit ou dix bouges d'ici, et le tavernier là-bas a affirmé qu'il n'avait jamais entendu parler d'elle, voilà pourquoi ! Il pense pouvoir se jouer d'un homme qui n'a qu'un bras, pardi ! Eh bien, je m'en vais lui montrer qu'Oliver Perkins n'est pas quelqu'un dont on se gausse, ni dont on se moque. Non, vraiment, il n'est *pas* question qu'on me mente.

Tout en grommelant menaces et imprécations, le brigadier me guida pour revenir sur nos pas jusqu'au *Green Man*. S'il n'était guère plus grand que moi, et ses jambes guère plus longues que les miennes, il me força néanmoins à trottiner pour conserver sa cadence. Je n'hésitai qu'un bref instant, lorsqu'il franchit la porte et fit violemment irruption dans l'établissement, puis m'y engouffrai dans son sillage. Dans le même temps, il avait brandi sa solide matraque en chêne et écarté trois hommes musardant au bar, dont il fit table rase des verres et des bouteilles ; ceux-ci ricochaient encore de toutes parts à mon entrée. Le sergent flanqua ensuite sa massue sur le comptoir et plongea de l'autre côté, en empoignant par le col le tavernier qui y était tapi ; puis, l'attirant à lui par la seule force de son unique bras, il le fit s'avancer jusqu'à ce qu'ils se retrouvassent tous deux face à face.

Alors, le sergent de ville Oliver Perkins s'adressa à l'aubergiste d'une voix qui, bien que paisible, emplissait la salle :

— Vous m'avez menti.

L'un des trois individus s'étant trouvé au bar se mit à obliquer lentement en direction de la porte. Le voyant agir, je m'y postai non loin, glissai la main dans la poche de mon habit, et exhibai le pistolet que M. Bilbo m'avait confié la veille. J'en fis suffisamment montre pour prouver que j'étais armé. Cela s'avéra probant. L'homme regagna sa place, et ma démonstration n'avait point échappé à ses camarades. Comme je remisai mon arme au plus profond de ma poche, je continuai à le tenir fermement par la crosse.

— À présent, reprit le sergent Perkins à l'adresse de l'aubergiste en l'empoignant toujours aussi fermement, je vais vous reposer la question. Que savez-vous au sujet d'une catin qui s'appelle Black Emma ? Où... est... elle ? Et si vous me répondez que vous ne savez pas, monsieur, vous allez le regretter.

La réponse du tavernier s'échappa tel un murmure. Était-ce parce que M. Perkins lui comprimait tant le col, ou parce qu'il avait honte de moucharder ? Je ne saurais dire. Mais bien que je ne fusse pas loin et que la salle fût plongée dans le silence, je ne pus pour autant distinguer les paroles exactes de sa réponse qui, sans être longue, s'avéra précise.

Ayant entendu l'aubergiste, le brigadier le repoussa vivement de l'autre côté du comptoir et le laissa choir lamentablement. Il s'empara de sa matraque et passa devant moi pour gagner la sortie.

— Viens, mon garçon ! me lança-t-il. Nous devons nous hâter.

Et nous nous hâtâmes. Il reprit une allure encore plus véloce, si véloce, en vérité, que je fus contraint de courir pour le suivre. D'ailleurs, il ne m'eût point permis de rester à la traîne. Il ne cessa de me presser, mêlant ses encouragements à un continuel flot de jurons.

— J'ai besoin de toi, dit-il. Quelqu'un a surveillé mes arrières au *Green Man* et je crois bien que c'était toi. Je ne te demanderai pas ce que tu détiens dans ta poche, mais par le Ciel, agite-le au besoin et utilise-le si tu le dois !

— Où allons-nous ? pantelai-je.

— Chez Black Emma. Elle loge dans Pillory Lane.

— Mais pourquoi une telle hâte ?

— Parce que ce nigaud derrière le bar a dit que quelqu'un d'autre était venu quelques minutes plus tôt et lui avait soutiré le renseignement, moyennant quelques pièces sonnantes et trébuchantes.

— Il l'a soudoyé ? Ce n'est pas le genre de Trindle.

— Pas plus que la description qu'il m'a fournie.

Nous nous étions engagés dans Pillory Lane. Je n'appréciais guère le nom de cette rue, bien que je n'en connusse point l'origine. Elle abritait nombre de grandes bâtisses d'une architecture sans recherche que je tins pour des entrepôts et des magasins.

— Il devrait être aisé de dénicher l'endroit. Il a dit que...

Le sergent Perkins s'arrêta et pointa l'index vers le bas de la rue, sur le trottoir d'en face.

— Tu la vois, mon garçon ? reprit-il. Prise entre

deux immenses bâtiments qui ressemblent à de grosses boîtes ? C'est la seule pension de la rue.

— Je la vois, monsieur Perkins.

— Voilà comment j'aimerais que tu agisses. Si l'endroit ressemble à la plupart des établissements de ce genre, c'est un dédale de petites pièces, de haut en bas, avec une sortie par-derrière. La chambre de la femme se trouve à l'étage. Je vais entrer par la rue et je la trouverai. Mais je vais sans doute faire un peu de bruit, et notre homme risque d'entendre et de nous fausser compagnie par la porte de derrière. C'est là que j'aimerais que tu te postes. S'il surgit, fais ce que tu peux pour l'arrêter, en évitant toutefois de l'abattre. Ne t'inquiète pas. Si tu dois tirer, alors j'en porterai le blâme. À présent, allons-y.

Nous traversâmes Pillory Lane en diagonale. Il mettait à présent autant d'ardeur à se déplacer furtivement qu'à marcher, quelques instants plus tôt, prestement. Il conserva la main sur les lèvres, m'enjoignant de garder le silence, et m'indiqua ensuite la partie latérale gauche de la vieille demeure, où un chemin permettait de la contourner par-derrière. Il me fit alors signe qu'il passerait par la porte placée immédiatement devant nous, où brûlait une seule bougie. Pour autant que je le sache, c'était quasiment l'unique éclairage de la rue.

J'opinai du chef et m'engageai dans le chemin qu'il m'avait indiqué. La puanteur de celui-ci manqua me faire revenir sur mes pas. Plus d'un pot de chambre y avait été déversé par les fenêtres placées de ce côté-ci de la maison. J'eusse volontiers pris garde où je mettais les pieds, s'il y avait eu suffisamment de lumière pour le permettre, mais seule une frêle lueur brillait derrière l'une des vitres de l'étage. Je trébuchai une fois mais ne chus point.

Je me trouvais un peu plus qu'à mi-chemin de l'arrière de la demeure, lorsque je perçus une petite explosion, une forte détonation... un coup de feu ! Je me mis à courir dans l'allée, incapable d'y voir au-delà de ma main devant la figure. Je heurtai quelque chose que je ne reconnus pas sur ma gauche, me retrouvai projeté contre le mur de droite, juste au moment où j'entendis des pas résonner au-dessus de moi. J'avais presque failli perdre mon équilibre lorsque je parvins derrière la demeure. Chancelant ainsi dans le noir, j'étais mal préparé lorsque, sans autre préambule qu'un grognement à l'étage, un homme se laissa choir sur moi, non point directement sur mes épaules, mais d'une façon telle que je tombai à la renverse. Je roulai sur moi, de sorte à m'éloigner de lui. Mais en agissant ainsi, je perdis mon pistolet. Je me mis à le chercher avec frénésie, tâtonnant le sol ici et là.

Pour sa part, mon assaillant ne prêta aucune attention à ma personne, pas plus qu'à ce que je cherchais à terre. Je sentis davantage que je ne vis (il faisait si sombre) qu'il avait recouvré l'équilibre et s'élançait vers l'avant... c'est-à-dire qu'il s'enfuyait de la pension.

Juste au moment où je mis la main sur mon pistolet, une voix s'écria derrière moi :

— Par ici, monsieur !

Toujours à terre, j'eus la présence d'esprit de désengager le chien. Je me relevai, scrutai plein d'espoir l'obscurité, et, sous quelque faible lueur, sans doute en provenance de lointains réverbères, je surpris le mouvement d'une silhouette toute de noir vêtue, à une trentaine de yards de moi.

— Arrêtez-vous ou je tire !

— Tire donc, mon garçon ! lança la voix de M. Perkins au-dessus de moi.

Visant bas sur la cible floue, j'appuyai sur la détente. Il y eut un grand éclair. L'arme tressauta vivement dans ma main. Celle-ci n'avait rien à voir avec un pistolet de duel, mais c'était une arme à feu appartenant au ténébreux passé de Black Jack Bilbo.

M. Perkins déchargea la sienne quasiment au même moment.

Mais grande fut notre déception lorsque nous entendîmes les pas s'éloigner dans la rue et au-delà.

— Écarte-toi ! me cria le brigadier. Je vais sauter !

Agile de ses pieds comme il l'était, il se posa aisément à ma droite.

— Monte là-haut et ferme bien la chambre... juste au-dessus, la dernière sur la gauche ! tonitrua-t-il. Je le prends en chasse.

Mais il s'était déjà mis en route... et moi aussi. Je contournai la demeure et franchis l'huis donnant sur la rue. Les curieux avaient passé la tête par leurs portes.

— Rentrez chez vous ! leur criai-je, avant de me lancer à l'assaut de l'escalier, en grimpant les marches quatre à quatre.

Ils étaient sortis et envahissaient l'étage. Je tenais toujours le pistolet et, bien qu'il fût vide, je savais qu'il paraissait des plus effrayants. Je le brandis ici et là d'un air menaçant.

— Écartez-vous, grognai-je de ma voix de ténor mal assurée. Rentrez dans vos chambres. Cette affaire ne regarde que les sergents du Curieux !

Ils s'écartèrent, hommes et femmes, vêtus et dévêtus, me facilitant le passage sur le palier. Avais-je si bien contrefait l'autorité ou étaient-ils simplement effrayés par un pistolet qui brimbalait, dans la main inexpérimentée d'un si jeune adolescent ? Quelle qu'en fût la raison, je dus profiter pleinement de cet instant qui m'était offert où je plastronnais en donnant des ordres, car au terme de mon long parcours je fus enhardi au point de tancer vertement ceux qui s'étaient massés autour de l'huis ouvert de la dernière pièce sur la gauche, me frayant un chemin parmi eux, et brandissant le pistolet vide une dernière fois.

— Disparaissez, vous tous ! aboyai-je. Rentrez dans vos chambres ! Déguerpissez !

Je refermai alors la porte à toute volée sur leurs visages empreints d'une absurde curiosité et rangeai l'arme à sa place, dans ma poche. Comme je me retournais pour inspecter la pièce, tout le plaisir que m'avait procuré ma prestation s'évanouit sur-le-champ, car mes yeux se posèrent aussitôt sur le lit où gisait le corps d'un homme, à demi couvert par un drap malpropre. Bien que sa face fût maculée de poudre à canon, et qu'un trou sanguinolent lui eût perforé le crâne sur le front, entre les deux yeux, je reconnus Tobias Trindle.

Il était mort. Cela ne faisait aucun doute. Je restai là à le dévisager, ne désirant point le toucher, de crainte de déplacer quelque indice capital. Et tout en le contemplant, je réfléchis au sort qui attendait le lieutenant Landon. Pouvait-on à présent le sauver ? Quelqu'un, même sir John Fielding, pouvait-il encore l'aider ?

J'ignore combien de temps je demeurai ainsi, mais peu à peu, j'eus conscience d'un petit bruit, irrégulier, certes, mais continu. J'inspectai la chambre. Elle était quasiment vide, hormis le lit. Elle contenait en outre deux sièges et une commode ; sur cette dernière étaient posés les restes d'un repas. Quel était ce bruit ? Que me rappelait-il donc ?

M'emparant du pistolet dans ma poche, je me déplaçai tranquillement vers le seul endroit d'où pouvait provenir ce son plus ou moins familier. La pièce disposait d'une sorte de réduit, sans doute une penderie, séparée non point par une porte mais par une lourde tenture.

Je tirai ce rideau et découvris une femme en sanglots, seulement vêtue d'une chemise. Si sa carnation était loin d'être noire comme de l'ébène, elle se révélait certes plus sombre que toutes celles des personnes que j'avais rencontrées jusque-là, à l'exception des lascars à bord de l'*Aventure*.

Ce ne pouvait être que Black Emma.

CHAPITRE X

Où le lieutenant Landon confie son histoire à sir John

À l'instar de n'importe quel autre membre de la gent masculine, ne sachant comment agir en présence d'une femme en pleurs, je rempochai mon pistolet et la persuadai de s'avancer vers l'un des deux sièges de la pièce, en usant de paroles apaisantes ; j'avais eu la prévoyance de disposer celui-ci de façon telle, qu'une fois assise, elle tournait le dos au lit. Elle ne souhaitait point regarder le cadavre de Tobias Trindle, et je ne voyais pas pour quelle raison on l'y aurait contrainte.

Ainsi installée, ses petits sanglots eurent tôt fait de cesser. Elle leva les yeux sur moi. Bien qu'encore larmoyants, ils étincelaient néanmoins de rage.

— Foutre ! s'exclama-t-elle en Londonienne plus vraie que nature, j'ai vu l' saligaud l'abattre. Si j'avais été là, j'y aurais eu droit itou !

— Mais où vous trouviez-vous ?

— Là-bas d'dans, répondit-elle en hochant la tête en direction du lieu d'aisances d'où elle était sortie, su' l' vase de nuit. J'ai r'gardé discrèt'ment par l' rideau et j' me suis ret'nue. Il pointait son aut' pistolet dans ma direction, alors j'ai compris qu'il avait dû m'entendre. Il m'aurait tiré d'sus, s'il y avait point eu quelqu'un en train d' monter avec fracas dans l'escalier.

— Connaîtriez-vous par hasard cet homme ? La chambre n'est éclairée que par une seule chandelle. L'avez-vous bien vu ?

Elle me lorgna d'un air brusquement suspicieux :

— Qui es-tu ? s'enquit-elle.

— Je suis avec les sergents de ville du Curieux.

Était-ce un mensonge éhonté ? J'espérais que non.

— Que nenni. Tu n'es qu'un gamin.

Elle possédait une voix assez grave pour une femme, ainsi qu'une attitude des plus autoritaires. Elle paraissait bien moins intimidante lorsqu'elle pleurait. Qu'étais-je censé lui dire, à présent ? En l'occurrence, je fus toutefois dispensé de lui expliquer mon lien avec les sergents de ville, ou d'inventer je ne sais quoi sur-le-champ, car elle reprit la conversation après quelques instants, se moquant apparemment de la moindre réponse que j'eusse pu lui fournir.

— Toby était un brave daron, déclara-t-elle. Il méritait mieux. J' le connaissais d'puis des lustres, pardi. Il est v'nu m' voir et il m'a dit comm' ça : « Em, tu s'ras ma catin pour la s'maine, et j' te donn'rai une liv' par jour. » Alors, j'ai répondu : « Tope là ! », j' nous ai acheté l' boire et l' manger, et puis j'ai gardé l' reste. Il s'est installé ici avec moi, comm' qui dirait qu'on était en ménage. Mais il m'a dit qu' les sergents d' ville étaient à ses trousses. On l'a abattu dans son sommeil, puis v'là qu' t'arrives et qu' tu m' dis qu' tu fais partie d' la bande du Juge aveugle. Qu'est-ce j' suis censée croire, moi ?

— À vous de croire ce que vous dicte le bon sens, protestai-je, car elle finissait par m'irriter. On le voulait vivant, non point mort. On le recherchait en qualité de témoin. Les défunts ne peuvent témoigner.

— Tu ne crois pas si bien dire.

— Il y avait quelqu'un qui souhaitait cependant le voir mort.

Elle hocha gravement la tête à ce propos.

— Y en avait un qu'il craignait plus que les argousins.

— Et qui était-ce ?

— Il n'a pas dit son nom, mais c'était quelqu'un d' son bateau. Ça, j'en suis sûre et certaine.

J'aurais apprécié de poursuivre plus avant cet entretien, mais au même moment quelqu'un frappa à l'huis. Je me levai brusquement, pistolet en main, prêt à repousser le moindre intrus, mais ce fut le brigadier Perkins qui apparut. Nous nous retrouvâmes à la porte. La sueur perlait à son front.

— Ah, tu as bien agi, déclara-t-il. Il n'y avait personne sur le palier et...

Il hésita un bref instant, alors qu'il découvrait la femme dans le fauteuil.

— Ce doit être Black Emma, n'est-ce pas ?

— C'est cela, monsieur.

— Ma foi, je m'en vais lui causer de notre ami, là-bas sur le lit.

— Elle a tout vu, déclarai-je.

— Vraiment ? Peut-être qu'elle a sa part de responsabilité. Il y a de quoi s'interroger, pas vrai ? Le fait qu'elle survive à l'assassinat en si parfaite santé ?

— Son histoire tient debout.

— Elle va avoir l'occasion de me la narrer, à présent. Quant à toi... tu t'appelles Jeremy, n'est-ce pas ? Bien sûr, je t'ai déjà rencontré, mais on ne nous a jamais présentés comme il sied. Mon garçon, tu as œuvré comme un homme, ce soir, mais à présent tu dois encore besogner un peu. Comme tu l'as sans doute deviné, je n'ai pas pu rattraper le visiteur. Ils étaient deux, en fait.

— Oui, j'en ai entendu un qui interpellait l'autre, répondis-je. La voix m'était familière.

— Eh bien, n'oublie pas d'en informer sir John. Ils ne pouvaient emprunter que deux issues pour s'échapper. L'une d'elles les forçait à traverser Goodman's Wharf, puis Butcher Row, ce qui m'a paru le plus probable, au point de les pourchasser là-bas. Sinon, ils pouvaient traverser le cimetière de St. Catherine, pour déboucher dans St. Catherine's Street, mais de là-bas, ils ne pouvaient que se rendre à la Tour. Est-ce possible que tous deux se soient rendus à la Tour... ou bien à Tower Wharf, disons ?

— Cela se pourrait bien, oui. Tout à fait !

— Ma foi, rapporte également cela à sir John. M'est avis que tu devrais aller le quérir maintenant, mon garçon. Souviens-toi de cet endroit... la seule maison d'habitation dans une rue d'entrepôts... Pillory Lane.

— Entendu, monsieur.

Il désigna le pistolet, toujours dans ma main.

— As-tu rechargé cette espingole ?

— Non, monsieur. Je n'avais point le nécessaire.

— L'arme ne t'appartient pas, alors ?

— Non, monsieur, on me l'a prêtée.

— Qui ?

— Quelqu'un.

— Hum. Ma foi, puis-je l'examiner ?

Je lui tendis l'arme, ravi de l'intérêt qu'il lui portait. Il la prit, la soupesa et prit sa visée, en penchant le canon court vers le sol.

— Eh bien, je ne puis t'aider. Il accepte des balles plus grosses que le mien, mais sa carcasse lui autorise une charge copieuse. Le visiteur m'est apparu sous les étincelles qui ont surgi du canon de ce pistolet. Il était prêt à rendre le coup de feu, quand j'ai tiré sur lui. Je doute que toi ou moi ayons touché notre homme. C'est pour cela que tu dois toujours t'éloigner au plus vite, lorsque tu tires un coup de feu dans la nuit. L'ennemi retourne le feu sur toi, au moment de l'explosion.

— Je m'en souviendrai, monsieur.

Il me rendit l'arme.

— C'est une arme idéale pour tirer à bout portant, reprit-il. Je n'en avais jamais vu de pareille. Sors-la et brandis-la si quiconque t'accoste en chemin, en rentrant à Bow Street. Cela devrait suffire à effrayer n'importe qui. As-tu assez d'argent pour un fiacre, si toutefois tu as la chance d'en trouver un à cette heure aussi tardive ?

J'acquiesçai d'un hochement de tête.

— Eh bien, mets-toi en route, alors. Mais ne sors pas par-derrière. Il existe certes un porche, mais l'escalier est vermoulu de longue date. C'est pourquoi tout le monde sautait tantôt.

Il me tapota le dos, comme pour me dire de m'en aller, puis se tourna vers Black Emma :

— Maintenant, à nous, ma brave dame, déclara-t-il comme je quittais les lieux. Je me demandais si vous voudriez me répéter ce que vous avez confié à ce charmant jeune homme ?

Grâce au Ciel, mon retour à Bow Street se déroula sans encombre. Tandis que je traversais ces rues désertes, une voiture de louage arriva en cheminant lentement derrière moi. J'entendis l'attelage trotter sur le pavé bien avant de le voir, en priant pour qu'il fût libre. Si le cocher se révéla aussi somnolent que ses chevaux, il parut néanmoins ravi de la course que je lui proposais, et tout autant de m'attendre à Bow Street, lorsque nous arrivâmes, car je lui promis de m'en retourner à Pillory Lane, en compagnie d'un certain nombre d'autres passagers.

Mais le sort en décida autrement. Je me mis en quête de sir John et le trouvai en train de deviser à mots couverts avec M. Bailey, M. Baker et Tom Durham. Le ton de la conversation ne me plut guère. Il flottait comme un parfum de défaite dans l'atmosphère... et jusque-là ils savaient simplement que Tobias Trindle demeurait introuvable. Il m'incombait alors d'annoncer qu'on l'avait certes découvert, mais qu'il était mort, assassiné dans son lit par un agresseur non encore identifié.

Les quatre personnes présentes me saluèrent avec sobriété, puis je fis brièvement ma déclaration, leur promettant de fournir de plus amples détails en chemin, lorsque nous rejoindrions Pillory Lane dans le fiacre qui attendait à la porte. Sir John ne trahit guère d'émoi, tandis qu'il se levait avec lourdeur du fauteuil du greffier. Les autres, qui se tenaient debout, s'apprêtèrent à s'en aller.

— M. Bailey m'accompagnera, déclara le magistrat. Tom, Jeremy, allez vous coucher. Tous deux venez de vivre une longue journée.

Il ajouta ensuite d'un ton calme, exprimant sans doute son sentiment le plus profond :

— Et celle-ci s'achève amèrement pour nous, n'est-ce pas ?

— Mais, monsieur, protestai-je, vous aurez, je le crois, besoin de moi pour vous indiquer la demeure.

— Je ne pense pas. Monsieur Bailey, connaissez-vous Pillory Lane ?

— Comme ma poche, monsieur, répondit-il. Je connais la maison même que Jeremy a décrite, car, telle qu'elle se niche entre ces deux entrepôts, on pourrait la croire venue de nulle part.

— Alors, mettons-nous en route et traversons cette épreuve le plus prestement possible.

— Mais monsieur...

J'avais à l'esprit une ultime requête pour les accompagner.

Mais il ne voulut rien entendre :

— Non, Jeremy, m'interrompit-il d'une voix des plus fermes. C'est quelque chose dont M. Bailey et moi nous chargerons. Le sergent Perkins nous attend là-bas ?

— Oui, monsieur.

— Il nous donnera alors l'information dont tu as parlé. Tu as fort bien œuvré et je t'en sais gré. Mais à présent, tu dois t'en aller au lit.

Il s'avança dans le grand vestibule, comme nous nous écartions pour le laisser passer.

— Monsieur Bailey ?

Et tous deux franchirent à la hâte la porte donnant sur la rue, pour rejoindre le fiacre qui attendait.

Tom, qui n'avait soufflé mot, me fit signe de gravir l'escalier menant à l'office. Je souhaitai le bonsoir à M. Baker. Il hocha la tête et me gratifia d'un clin d'œil encourageant.

— Sir John a raison, mon garçon. C'est une besogne d'adulte qui risque de les occuper le reste de la nuit. Sois bien aise d'avoir quelqu'un qui veille avec autant de sollicitude sur toi. Et toi aussi, Tom Durham.

Et Tom et moi de répondre d'une seule voix :

— Oui, monsieur.

Sans une parole de plus, je suivis donc Tom dans l'escalier, puis dans la cuisine. Une bougie se consumait sur la table. Annie avait placé à proximité les reliefs d'un gigot de mouton et une miche de pain à peine entamée, chaque aliment étant enveloppé dans un linge.

— Tu as faim ? s'enquit Tom.

— Une faim de loup, répondis-je.

Et nous nous attelâmes à la tâche. Sur d'épaisses tranches de pain, nous disposâmes de généreux morceaux de mouton, garnis de moutarde forte. Il nous fallut de l'eau pour avaler le tout et apaiser le feu du condiment. Mais Dieu que nous nous régalâmes ! Quel festin parut semblable collation aux estomacs de ces deux garçons affamés !

Dès lors que nous eûmes satisfait notre voracité des premiers instants, nous prîmes le temps de mastiquer avec méthode, désireux de savourer quelque peu notre nourriture avant de l'avaler tout rond.

— C'est gentil de la part d'Annie de nous avoir gardé ces restes, déclara Tom.

— Pour sir John aussi, répliquai-je. Nous ferions mieux de lui en laisser un peu.

— Oui-da. Car il adore le mouton... et le bœuf !

— Et ne dédaigne point l'agneau, ni le porc, ni le cabillaud, ni le... !

Nous partîmes alors d'un grand éclat de rire, car en vérité sir John était un gros mangeur qui se plaisait à table et un homme de belle corpulence. Il vous semble peut-être étrange, cher lecteur, que Tom, qui venait de perdre son camarade de bord, et moi, qui avais vu ce dernier sur son lit de mort, nous soyons comportés avec tant de légèreté, mais il en est ainsi chez les garçons de l'âge que nous avions alors. Ils raffolent de niaiseries et semblable inclination trouve son expression dans les instants les plus incongrus. Mais après avoir ri notre content, ce fut comme si nous nous étions en quelque sorte purifiés et qu'il nous était désormais possible d'aborder le sujet qui nous taraudait l'esprit depuis notre retour à l'office.

— Qui a fait cela? s'enquit Tom tout à coup.

Inutile pour lui de préciser à quoi il faisait allusion.

— Hartsell et Boone, répondis-je.

— Tu en es sûr?

— J'ai entendu une voix et je suis certain d'avoir reconnu Boone.

— Boone n'a pas pu appuyer sur la détente. C'est un couard... un butor doublé d'un poltron.

— Non, il peut s'agir de Hartsell... ou de quelqu'un dont il a loué les services. Quel que soit le coupable, celui-ci a manqué dégringoler sur moi et m'a proprement renversé, en tout cas, mais il faisait si sombre que je ne saurais affirmer avec certitude que c'était lui. Le sergent Perkins a entrevu l'assassin lorsque j'ai tiré sur lui, quand il s'est enfui. M. Perkins a alors fait feu aussi.

— L'as-tu touché?

— M. Perkins pense que non, pas plus qu'il n'y est parvenu. Il les a pris en chasse et a perdu leur trace. À son avis, ils ont dû s'enfuir vers la Tour.

— Ou bien Tower Wharf? suggéra Tom.

— Exactement.

Nous demeurâmes quelques instants silencieux, méditant sur les conséquences et les circonstances du décès de Tobias Trindle. Lorsque nous eûmes achevé notre souper de minuit, nous prîmes soin d'envelopper la viande et le pain, afin de les laisser tels que nous les avions trouvés.

— Devons-nous laisser brûler la chandelle? demanda Tom. Il n'en reste guère.

— C'est inutile, je suppose. Qu'il y ait dix bougies ou aucune, cela importera peu à sir John lorsqu'il rentrera, car il n'y verra goutte. Peux-tu te diriger dans le noir?

— Je te suivrai de près.

Ce disant, il se pencha et souffla sur la flamme. La pièce baigna alors dans une obscurité partielle, car un mince croissant de lune était apparu dans le ciel depuis une heure. Cela projetait une lumière spectrale sur les objets, de sorte qu'ils paraissaient un peu moins réels qu'ils ne l'étaient.

— Jeremy ?

La voix de Tom m'arrêta net à proximité des marches.

— Oui ?

— Quelqu'un l'a vendu.

— Trindle ?

— Bien sûr, rétorqua-t-il avec une once d'acrimonie. De qui d'autre voudrais-tu que je parle ?

— Ma foi, l'aubergiste du *Green Man* a admis qu'il avait reçu de l'argent et qu'il avait dépêché quelque inconnu chez Black Emma, juste avant que M. Perkins ne lui soutire la même information de force. Et il ne peut s'agir que de l'assassin.

— Mais quelqu'un a dû livrer le nom de la femme au meurtrier... à Hartsell... tout comme le vieil Isaac te l'a confié.

— Tu as raison, certainement, et peut-être qu'on l'a aussi envoyé directement au *Green Man*.

— Je pense que c'est Isaac qui l'a trahi par deux fois... une fois auprès de toi, pour un peu de tabac, et une fois auprès du capitaine, pour être à l'abri des ennuis.

— Je te trouve bien injuste envers lui, répliquai-je. Il s'est confié à moi, parce que Boone était venu lui poser exactement les mêmes questions que les nôtres. Il a dit que Trindle serait mieux loti entre les mains de sir John qu'entre celles de Hartsell. Je te l'ai rapporté, et c'est ce qui t'a décidé à remiser tes scrupules par-devers toi et à te joindre à la recherche de Trindle. Tu l'as affirmé toi-même.

— C'est vrai, reconnut Tom, et peut-être que j'ai mal agi en y prenant part.

— Tes paroles n'ont aucun sens.

Mes propos se révélaient fort acerbes, mais ils étaient le reflet de mes sentiments à ce moment précis.

— A-t-il réclamé du tabac avant de vouloir parler ?

— Il ne l'a point réclamé. Il en a fait la demande. Il se serait confié à moi, de toute façon.

— Puisque tu le dis. Mais il a dû songer qu'un renseignement, aussi infime soit-il, au sujet de la cachette de Tobias, le placerait dans les faveurs de sir John. N'as-tu point rapporté l'information à sir John, *ainsi que* sa source ?

— Bien évidemment.

— Tu saisis ? Il est parvenu à ses fins.

— Tu me flanques le tournis avec tous tes soupçons. Je ne sais que dire.

— Il n'existe qu'une seule façon d'en avoir le cœur net. Est-ce que cette prison où il est confiné... quel est son nom ?

— La prison de Fleet.

— Cette prison tient-elle un registre de ses visiteurs ?

— Peut-être, répondis-je. Enfin, c'est probable.

Puis j'admis :

— Bref, je n'en suis pas sûr.

— Eh bien, si c'est le cas, et si Boone est inscrit sur la liste, je dirais qu'il y a de fortes chances pour que j'aie raison, ne crois-tu pas ?

Je restai muet.

— Ne le crois-tu pas ? réitéra Tom.

— Je ne veux plus en parler, dis-je. Tout ce que je souhaite, à présent, c'est me coucher.

J'obtins finalement gain de cause. Nous gravîmes l'escalier, moi le premier et Tom me talonnant. Plus tard, en songeant à cette conversation, il me parut curieusement significatif qu'elle se fût tenue dans le noir.

En me levant de bonne heure le lendemain matin,

afin d'allumer le fourneau de l'office, je trouvai sir John attablé. Il se tenait courbé, la tête penchée sur une assiettée de mouton et de pain. Si j'avais su que telle était son habitude, j'aurais sans doute pensé qu'il disait les grâces avant son repas. Pourtant ses lèvres ne remuaient point, et sa respiration puissante et paisible signifiait clairement qu'il s'était assoupi à la table. Mais depuis combien de temps ? S'il avait sombré depuis quelques minutes à peine, il eût été malséant de le réveiller et de le presser à rejoindre son lit. Et s'il était aussi profondément endormi qu'il semblait l'être, il valait mieux sans doute ne point le déranger. Je devais nonobstant allumer le feu, de même qu'il fallait cuire le porridge et préparer le thé. Annie allait descendre d'ici peu. Qu'étais-je donc censé faire ?

En fin de compte, je fis bien sûr ce que j'avais coutume d'accomplir chaque matin, mais beaucoup plus silencieusement. J'ôtai les cendres de la grille du foyer et m'en débarrassai, avant de placer avec moult délicatesse les bûches et le petit bois d'allumage, pardessus lesquels j'éparpillai quelques copeaux et du papier froissé. Enfin, m'emparant du briquet à amadou, j'embrasai l'allumette de soufre et attendis qu'elle produisît une belle flamme, puis mis le feu aux morceaux de papier, jusqu'à l'obtention d'une superbe flambée ; je sus alors que ma besogne était accomplie. Tout cela fut exécuté avec tellement d'aisance et de douceur que sir John ne cilla pas un seul instant. J'étais fort satisfait de ma personne.

Mais lorsque Annie descendit en martelant l'escalier de ses sabots, je songeai qu'elle allait certainement le réveiller, aussi me ruai-je au-devant d'elle pour l'enjoindre au silence. Je l'interceptai sur l'avant-dernière marche. Elle me considéra d'un air des plus intrigués quand, au lieu de mon habituel salut matinal, je l'accueillis avec un doigt sur mes lèvres, avant de pointer celui-ci en direction du magistrat endormi à l'office. Elle hocha la tête, s'assit sur la marche et enleva ses sabots.

— Le pauvre homme, murmura-t-elle. Depuis combien de temps est-il ainsi ?

— Je n'en ai aucune idée, répondis-je. Tom et moi, nous nous sommes couchés tard. Il se peut qu'il soit sorti toute la nuit. Il était ainsi lorsque je suis descendu pour allumer le fourneau.

— Il vaut mieux l' laisser dormir.

— C'est ce que je me suis dit.

— Est-ce qu'il s'est produit un grand crime ?

— Oui, un meurtre... et pis encore, car c'était le meurtre de celui que nous cherchions pour qu'il vienne témoigner.

Le meurtre, elle comprenait fort bien de quoi il retournait. Quant au reste, m'est avis que cela dépassait son entendement. Toutefois, elle hocha discrètement la tête, se leva et pénétra pieds nus à l'office en catimini. Elle circula dans la pièce, s'affairant à ses tâches coutumières, tout en les exécutant de manière remarquablement paisible.

Ce fut en définitive le fumet du bacon en train de cuire qui l'éveilla. Annie en avait découpé huit belles tranches dans la flèche de lard, avant de les disposer dans la poêle ; dès qu'elles commencèrent à grésiller et à rissoler, elles exhalèrent un tel arôme qu'il eût éveillé les morts d'un cimetière. Sir John était quant à lui assurément non point décédé, mais seulement endormi. Sa tête se releva tant soit peu, puis quelque peu encore, enfin son visage se crispa et il se retourna.

— Ah ! s'exclama-t-il en humant l'air à pleins poumons. Du bacon !

— C'est bien cela, sir John, déclara Annie. Et aimeriez-vous un ou deux œufs de poule en accompagnement ?

— Certainement, Annie. Sachez que si un homme se prive de sommeil, il ne doit point se priver de nourriture, car pour affronter la journée, il doit bien puiser ses forces dans quelque source

À ces paroles, il se leva, s'étira et éprouva son cou,

lequel paraissait un peu raidi, en tournant la tête d'un côté et de l'autre. Il se révélait d'humeur remarquable, pour quelqu'un ayant si peu dormi... et dans un fauteuil, de surcroît; d'autant plus remarquable, du reste, pour quelqu'un qui avait perdu l'ultime espoir de sauver celui qu'il estimait innocent.

— Ensuite, après un solide déjeuner, monsieur, reprit Annie, vous pourrez monter à l'étage et faire un somme. Cela vous sera bénéfique, monsieur. J'entends lady Fielding qui s'agite là-haut, à présent. Je suis certaine qu'elle dira comme moi que c'est ce qu'il vous faut.

— Ce n'est certes point l'envie qui me manque, mais je ne le puis, car une matinée chargée m'attend. Mais qui sait? Plus tard, peut-être, après mes audiences.

Sa tête pivota jusqu'à ce qu'elle se fixât exactement dans l'axe où je me trouvais.

— Jeremy, déclara-t-il. Tu es ici, n'est-ce pas?

— Je le suis, monsieur.

— Va-t'en quérir le rasoir et le bol... et repasse bien la lame sur le cuir. Je dois être rasé de frais aujourd'hui, car je dois paraître sous mon meilleur jour. Et tu le dois aussi, mon garçon, car nous rendrons ce matin une nouvelle visite au vice-amiral sir Robert Redmond. J'espère que ce sera notre dernière, en vérité.

Si sir John m'avait prévenu que le lieutenant William Landon risquait d'être présent pendant notre entretien avec sir Robert, j'ignorais toutefois qu'il arriverait en compagnie de gardes de la marine royale. J'en dénombrai trois : un de part et d'autre du prisonnier, et un troisième qui leur aboyait les ordres. Nous rencontrâmes ce singulier quatuor comme nous descendions du fiacre, qui nous amenait du 4, Bow Street. Ils remontèrent Tower Hill en marchant au pas, après avoir traversé le pont-levis, en aval du fleuve. Sir John avait réussi à obtenir de l'amiral un mandement permettant de transférer le détenu à la prison de la Tour, après la mort de M. Grimsby, quand bien même sir Robert, au cours d'une brève enquête (qui consista à interroger le lieutenant Hartsell), avait déterminé que Grimsby, en état d'ébriété, avait basculé par-dessus bord, au beau milieu de la nuit, au moment où l'officier de pont (M. Boone) s'affairait ailleurs.

Grâce à son ouïe fine, sir John perçut leur arrivée avant même que je ne pusse les entrevoir. En descendant de la voiture, il inclina la tête et tendit l'oreille quelques instants.

— J'entends trois hommes qui marchent au pas, et un quatrième qui chemine avec indifférence. Serait-ce M. Landon escorté par des gardes ?

Je me tournai et regardai dans la direction qu'il indiquait... vers la Tamise... et remarquai qu'il les avait « vus » parfaitement avec ses oreilles.

— Oui, monsieur. C'est cela.

— A-t-il les menottes au poignet ?

J'observai plus attentivement et vis que le prisonnier balançait librement les bras.

— Non, monsieur.

— Eh bien, que Dieu en soit loué. Ils lui ont au moins laissé cette parcelle de dignité.

En vérité, le lieutenant Landon semblait fort détendu en cette étrange compagnie... et, de façon singulière, amusé. Il nous salua d'un sourire désabusé, tandis que la voiture de louage s'éloignait, et nous les laissâmes passer. Jugeant cela curieux, je m'en ouvris au magistrat.

— C'est un jeune homme bizarre, déclarai-je. Je ne sais trop quoi penser de lui. Quelquefois, j'ai presque l'impression qu'il s'évertue à jouer les martyrs.

Sir John pointa sa canne derrière eux et nous nous mîmes en route. À l'évidence, il souhaitait que les fusiliers marins et leur détenu arrivent les premiers au bureau de l'amiral. Il lambina. Nous attendîmes. Les gardes, formant une colonne avec le prisonnier à la deuxième place, poursuivirent leur chemin en montant les marches et en pénétrant dans la bâtisse, puis ils gravirent et gravirent encore le vaste escalier, tandis que nous les suivions pendant tout ce temps, impatients de les voir mettre un terme à cette étrange cérémonie. Lorsqu'ils entrèrent dans le bureau de sir Robert, sir John me retint en haut des marches, jusqu'à ce que les fusiliers marins ressortent et prennent leur place dans le vestibule, en position de repos. Tout cela, il le sut et le comprit grâce aux renseignements que lui fournirent ses oreilles. Il hocha finalement la tête et nous passâmes devant eux en franchissant la porte.

— Monsieur ! brailla le lieutenant Byner avec la tonitruante démesure d'un sergent-major. L'amiral vous attend à l'intérieur, en compagnie du détenu.

— Parfait, répondit sir John. Je présume que vous-même, en qualité d'avocat du prisonnier, serez également présent durant cet interrogatoire ?

— Avec votre permission, *monsieur* !

— Permission accordée, assurément. Ce serait plutôt à moi de vous la demander.

N'ayant aucune réponse en la matière, le lieutenant Byner nous salua ostensiblement d'un hochement de tête, se dirigea avec raideur vers la porte et l'ouvrit à la volée. Nous entrâmes. Le lieutenant nous emboîta le pas. Moult poignées de main s'échangèrent... mais aucune avec moi, puisque j'étais mineur, bien entendu. Sir John découvrit assez précisément où se tenait le lieutenant Landon, et lui tendit la main, laquelle fut solennellement serrée.

— J'ai cru comprendre, sir John, que c'est à vous que je dois mon changement de domicile, déclara M. Landon.

— En un sens, je suppose, répondit le magistrat, car la suggestion venait de moi. C'est toutefois l'amiral Redmond qui a accordé la permission nécessaire.

— Eh bien, je vous en sais gré, monsieur, car je suis

mieux installé dans cette vieille prison de triste notoriété, aussi curieux que cela puisse paraître.

— Vous m'en voyez ravi, lieutenant, mais c'est de votre sécurité que je me souciais. Je craignais que vous ne soyez la victime de quelque accident, comme ce fut le cas pour M. Grimsby.

— Jack, intervint sir Robert, il n'y a point lieu d'aborder la question. J'ai enquêté sur cette affaire, comme tu le sais, et me suis renseigné sur la cause de son décès.

— C'est ce que l'on m'a dit, répliqua sir John.

Puis, s'adressant à M. Landon :

— J'ai pensé aussi que vous vous exprimeriez plus librement, si l'on vous en offrait l'occasion, loin du navire *Aventure*.

À ce moment-là, oncle et neveu échangèrent des regards, comme ils l'avaient précédemment fait dans la cabine du lieutenant, à bord de la frégate. Cette fois-ci, néanmoins, ce qu'ils se communiquaient avec les yeux s'avérait tout à fait différent et bien plus aisé à interpréter. Sir Robert lança à M. Landon un long regard de défi, mais M. Landon l'affronta et lui en décocha un de son propre cru. Le silence se prolongea, tandis que l'un et l'autre continuaient à se dévisager. Ce fut sir John qui rompit le mutisme ambiant :

— Lieutenant, demanda-t-il, allez-vous parler ?

— Certainement.

— Alors, asseyons-nous, car les horaires d'un magistrat se révèlent parfois capricieux et la nuit dernière a été longue pour moi.

— Je préfère rester debout, si vous le permettez, dit M. Landon.

— Eh bien, restez debout, je vous en prie, répliqua sir John, en se laissant choir dans le fauteuil vers lequel je l'avais guidé, mais de grâce poursuivons.

Comme à l'accoutumée, je pris place derrière lui. Je plaçai cette fois la main sur son épaule, afin de pouvoir lui transmettre un signal au moment venu. Il m'avait assigné un rôle à jouer. Bien que je n'eusse pas répété, j'étais certain de l'incarner avec maestria, comme n'importe quel pensionnaire de Drury Lane[1].

— Lieutenant Landon, reprit sir John, quelle sorte d'officier était feu le capitaine Markham ?

Puis il s'empressa d'ajouter :

— Avant de me répondre, permettez-moi de demander à M. Byner : disposez-vous de quelque instrument d'écriture ?

— Oui, monsieur, un crayon.

— Ce qu'il y a de mieux, sans doute. Et quelque chose pour écrire dessus ?

— Oui, monsieur, une liasse de papier.

— Fort bien. Prenez bonne note de ma question, car lorsque viendra le moment de l'interroger en cour martiale, celles que vous lui poserez devront être, comme les miennes, suffisamment ouvertes pour lui permettre de livrer sa version des faits. Et écoutez avec attention les réponses qu'il va formuler présentement, car vous ne devez jamais interroger un témoin en séance, sans connaître au préalable la réponse qu'il vous offrira.

— Pardon, monsieur ?

M. Byner parut pour le moins intrigué par cette remarque, alors qu'elle me semblait tout à fait sensée.

— Parfaitement. Il ne doit y avoir aucune surprise.

S'adressant derechef à M. Landon, le magistrat déclara :

— À présent, monsieur, si nous pouvions reprendre, avec toutes mes excuses pour cette interruption. Je réitère donc ma question. Quelle sorte d'officier était feu le capitaine Markham, du vaisseau *Aventure* de Sa Majesté ?

Il y eut un silence, durant lequel le lieutenant Landon se tint brièvement immobile, face à sir John, tout en réfléchissant apparemment à sa réponse. Assis à son

1. Célèbre théâtre londonien, dirigé de 1747 à 1776 par le non moins illustre acteur David Garrick. (*N.d.T.*)

bureau, sir Robert Redmond paraissait mal à l'aise, penché en avant, comme craintif de ce que le prisonnier eût pu révéler. Quant au lieutenant Byner, il se tenait courbé dans son fauteuil, griffonnant sur un tas de feuilles pliées, qu'il tenait en équilibre sur son genou.

— Dès le premier jour où nous avons quitté Portsmouth, commença M. Landon, il paraissait clair que le capitaine Markham buvait à l'excès. Lors de notre premier repas à sa table, il a vidé à lui seul deux bouteilles de vin de Bordeaux... il semblait les considérer comme sa propriété, nous en laissant deux autres à nous partager. Il a ensuite consommé une demi-bouteille de cognac, est devenu de plus en plus somnolent, puis s'est endormi sur place.

« Cela a fini par devenir une habitude, lorsqu'il se présentait à sa propre table, les occasions se faisant de plus en plus rares à mesure que le bateau naviguait vers le sud. Ses apparitions sur le pont se sont raréfiées simultanément. Il ne prenait guère part à l'élaboration de l'itinéraire sur la carte, encore que j'aie cru comprendre qu'il a consigné celui-ci un certain temps dans le journal de bord. Il ne connaissait aucun des officiers, hormis le lieutenant Hartsell de nom, et plus précisément parce qu'il lui a peu ou prou confié la direction du vaisseau. Nous longions à peine les côtes africaines, que le lieutenant Hartsell le suppléait déjà, tandis que le capitaine Markham demeurait en sa cabine, probablement ivre.

— Parfait, commenta sir John. Vous avez répondu à la question. Concluez votre réponse ici. Au tribunal, vous devez éviter les expressions telles que : « peu ou prou » ou « probablement ». Soyez le plus précis qu'il vous est possible. Nous disposons déjà d'une déposition signée du médecin de bord, M. MacNaughton, laquelle sera lue en cour martiale, stipulant que le capitaine présentait un état quasi permanent d'ébriété durant ces heures où il s'isolait en sa cabine. Il ne vous sera donc point nécessaire de conjecturer.

M. Landon, qui avait observé une certaine raideur en répondant à la question de sir John, se détendit tant soit peu à l'audition de ces commentaires, hocha la tête pour manifester qu'il comprenait et acceptait les points qu'on lui reprochait. Il gagna plus qu'il ne perdit en confiance, lorsque le magistrat lui posa la question suivante.

— Pouvez-vous, monsieur Landon, nous relater vos souvenirs des événements déterminants qui sont survenus le 12 avril 1767 ?

— Autant qu'il m'en souvienne, nous venions depuis deux jours à peine de quitter Le Cap, où nous nous étions approvisionnés, lorsqu'une tempête, d'une ampleur que je n'avais jamais connue, nous a surpris et tenus en alerte pendant presque une journée et une partie de la nuit. Il faisait très sombre. La pluie tombait à verse. Mais le pire venait de la mer elle-même, car les lames atteignaient des sommets aussi élevés que n'importe quel clocher de Londres. Nous étions secoués de haut en bas, brimbalés de bâbord à tribord, de la manière la plus épouvantable qui soit.

« C'est moi qui, au milieu de cet enfer, ai fait part au lieutenant Hartsell que le mât de misaine commençait à se fendre et ne résisterait pas au coup de chien. Je lui ai demandé s'il fallait l'abaisser. Il m'a alors répondu que la décision n'était point de son ressort mais de celui du capitaine, et qu'il me fallait quérir ce dernier. C'est alors qu'il...

Sir John l'interrompit :

— Comment avez-vous réagi face à cet ordre émanant de M. Hartsell ?

— Par la surprise, monsieur, répondit le lieutenant, car M. Hartsell occupait de fait les fonctions de capitaine depuis deux bonnes semaines et il avait sans nul doute pris jusque-là toutes les décisions en parvenant à nous maintenir à flot. En réalité, cela faisait même trois jours que je n'avais pas vu le capitaine Markham. Il avait fait une brève apparition sur le gaillard d'arrière, au cours de notre escale au Cap. Je me suis demandé, en réfléchissant à tout cela, pourquoi M. Hartsell redoutait subitement de donner des ordres.

— En quel état avez-vous découvert le capitaine Markham ? s'enquit sir John.

— Dans un état effroyable. Il paraissait plus mort que vif. Il avait bu, assurément, car une bouteille à moitié vide se trouvait non loin de lui, dans son lit. Il y avait également de fraîches vomissures, et l'air de la cabine était lourdement chargé d'alcool. Il semblait avoir même dépassé la simple ébriété. J'ai eu vent d'individus qui, à la suite d'une maladie ou une blessure, sombraient dans un sommeil profond et insolite pendant des jours, voire des semaines. J'ai donc eu l'impression que c'était son cas. Il m'était tout simplement impossible de le réveiller. Je m'en suis donc retourné auprès du lieutenant Hartsell, sur la plage arrière, et je lui ai dit que je ne pouvais aucunement arracher le capitaine à sa torpeur. Il m'a répondu que je devais y parvenir coûte que coûte, mais aussi le conduire sur la dunette, où tous deux se chargeraient d'examiner le mât de misaine. Tels étaient ses ordres. Je n'avais d'autre choix que de faire tout mon possible pour les exécuter. Je suis donc reparti dans la cabine du capitaine, en l'extirpant à bout de bras hors de sa couchette, puis je me suis mis à le vêtir tant bien que mal. Je me souviens de l'avoir enveloppé dans une pèlerine, en attachant celle-ci, tout en le laissant tête nue, dans l'espoir que la brise et la pluie l'aideraient tant soit peu à recouvrer ses esprits. Avant de le conduire sur la dunette, j'ai tenté de le faire marcher dans sa cabine pendant une minute ou deux. Je crois avoir obtenu quelque réaction de ses jambes, mais sa tête dodelinait toujours autant. Au bout du compte, je suis parvenu, en le soutenant, à lui faire gravir l'échelle menant à la dunette.

À ce moment-là, le lieutenant Landon marqua une pause dans son récit, comme s'il avait besoin, semblait-il, de s'octroyer un bref répit dans la pénible évocation de ces souvenirs. L'expérience m'a enseigné, cher lecteur, qu'en se remémorant et en narrant de nouveau des événements d'une grande émotion, tout individu peut se retrouver aux prises avec ceux-ci une fois encore, éprouvant alors les mêmes sentiments, les mêmes éreintements qu'à l'origine. Ce qui semblait donc être le cas pour M. Landon, car sa face ruisselait de sueur, dans cette pièce où la chaleur n'était point accablante, et il paraissait suffoquer.

Tout cela, sir John sembla le percevoir, car il attendit un instant, avant de lui poser sa question suivante.

— Qu'avez-vous trouvé en arrivant sur la dunette ?

— Il s'agit plutôt de ce que je n'y ai pas trouvé, répliqua le lieutenant, un sourire d'ironie ourlant ses lèvres. Je n'y ai pas trouvé le lieutenant Hartsell, comme il me l'avait annoncé. La dunette s'avérait déserte, à l'exception de moi-même et de l'homme que je soutenais tel un fardeau. C'est, bien sûr, le pont le plus élevé, et, en tant que tel, c'est un endroit périlleux par une tempête aussi violente que celle-là. Le vaisseau avait plongé dans le creux d'une vague. Je me suis cramponné comme je le pouvais au gréement du mât de misaine, tout en maintenant mon emprise sur le capitaine. Dans cette périlleuse posture, j'ai aperçu M. Hartsell en contrebas, sur le gaillard d'arrière, s'agrippant fermement à un canon de dix-huit qui était bien arrimé. Il leva un bras et nous fit signe de le rejoindre. Au creux de la vague, l'*Aventure* s'est redressé et j'ai songé qu'il serait possible de se risquer sur l'échelle de tribord. Je l'avais presque atteinte avec mon bras enserrant le capitaine, lorsque tout à coup, nous avons été vivement projetés le long du tribord et la violence du mouvement l'a arraché à mon étreinte. Il s'est retrouvé contre la lisse de couronnement, juste en face de l'échelle, mais dans le même temps, le vaisseau continuait à coucher par le tribord, et le capitaine commençait à basculer par-dessus bord. J'ai tendu la main pour le rattraper, mais il glissait tant et si bien qu'il m'a échappé et a fini par tomber à l'eau, et je me suis retrouvé avec son soulier en main... comme je crois vous l'avoir confié auparavant.

— À présent, lieutenant Byner, annonça sir John, la question suivante portera sur le mobile... qu'il est important de traiter, car on ne peut en attribuer aucun à M. Landon.

Il marqua une pause, puis reprit, avec la voix dont il usait en audience :

— Dites-moi, monsieur, le capitaine Markham et vous-même étiez-vous en bons termes ?

— Ni bons, ni mauvais, répondit M. Landon. Honnêtement, je ne crois pas qu'il connaissait mon nom, tant notre relation était insignifiante. Je ne suis pas certain d'avoir jamais eu l'occasion de m'adresser à lui directement, hormis lorsqu'on me l'a présenté au début de la traversée... c'est-à-dire, jusqu'au moment où je suis allé le réveiller, pendant la tempête.

— Oui, pour le contenu, cela ira fort bien, commenta sir John, mais n'employez point cette expression : « ni bons, ni mauvais ». Cela semble indiquer qu'il vous était indifférent. Trouvez une autre manière d'exprimer la même chose, monsieur Landon. Je vais à présent vous poser une autre question, afin de formuler le sujet de façon plus explicite.

De nouveau, il se tut, puis s'enquit :

— Aviez-vous la moindre raison de souhaiter la mort du capitaine Markham ?

— Aucune, absolument aucune.

— Avez-vous, en réalité, provoqué le décès du capitaine Josiah Markham, en le poussant à la mer ?

— Non... absolument pas.

Se tournant vers M. Byner, qui continuait à noter avec frénésie sur la liasse de papier posée sur ses genoux, sir John attira son attention sur ces deux dernières questions :

— Quelles que soient les circonstances, on ne doit pas les lui poser. Est-ce bien compris ?

— Entendu, monsieur.

Durant tout ce temps, le vice-amiral sir Robert Redmond avait écouté attentivement, et ce faisant, l'expression sévère qu'il arborait plus tôt s'était quelque peu adoucie. Mais lorsque furent formulées les questions suivantes, son visage se durcit derechef, de sorte qu'il sembla à la fois inquiet et réprobateur.

— Le lieutenant Hartsell s'est-il entretenu avec vous de la mort du capitaine, immédiatement après qu'elle a eu lieu... disons, dans les vingt-quatre heures qui ont suivi ?

— Uniquement d'une façon générale, répondit M. Landon. Il a formulé des évidences... à savoir, qu'avec le décès du capitaine, il assurerait alors sa suppléance et que je devrais par conséquent moi-même me considérer comme premier officier suppléant. Puis le jour qui a suivi la tempête, il a tenu son premier conseil de capitaine et a expliqué tout cela aux autres officiers, en attribuant de nouvelles tâches à chacun et ainsi de suite, ce qui était parfaitement inutile, bien entendu, puisque dans la pratique nous avions œuvré sans capitaine, depuis le début de la traversée. À cette occasion, on rendit une sorte d'hommage au capitaine. Le lieutenant a fait une brève allocution à ce sujet, que j'ai consignée dans mon journal. Puis, M. MacNaughton nous a informés de l'état de sant...

— Un instant, je vous prie, intervint sir John. Vous avez tenu un journal ?

— Certes, oui.

— Vous l'avez encore ?

— Non, monsieur. Je l'ai remis à l'amiral sir Robert Redmond. Je présume qu'il demeure toujours en sa possession.

Le magistrat réagit par le silence. Sous ma main, je sentis son épaule se contracter.

— Aucune accusation de meurtre n'a donc été formulée par M. Hartsell, aussitôt après le décès du capitaine ? reprit sir John après s'être tu pendant près d'une minute.

— Aucune, monsieur.

— À quel moment M. Hartsell vous a-t-il fait part de son acte d'accusation rédigé à votre encontre ?

— En fin d'après-midi, la veille de jeter l'ancre au London Bridge. Nous nous trouvions dans la rade de Londres et attendions de pouvoir entrer au port. Les membres de l'équipage s'interrogeaient sur les raisons qui nous ont poussés à ne pas faire route sur Portsmouth. Ils se demandaient si cela signifierait une permission à terre dans la grande cité, aussi me suis-je fait leur porte-parole en posant la question à M. Hartsell. Nous étions alors sur le gaillard d'arrière. Je me souviens exactement de ses paroles. Il a déclaré : « Monsieur Landon, nous faisons escale à Londres, afin que vous puissiez être traduit en cour martiale, pour le meurtre du capitaine Josiah Markham. Et à présent que vous en êtes informé, je pense qu'il serait bienséant que vous vous consigniez de votre propre chef dans vos quartiers. Rejoignez votre cabine. Vos repas vous y seront servis. »

— Et quelle a été votre réaction ?

— La stupéfaction. J'étais totalement anéanti. Pour avoir servi sous ses ordres pendant plus de deux ans, je savais qu'il ne badinait point. Par ailleurs, il y avait eu une autre affaire qui se rapportait à celle-ci.

— De quoi s'agissait-il ?

— J'avais proféré des menaces à son endroit.

— Pour quelle raison et quelle en était la nature ?

— En général, le lieutenant Hartsell se révélait un bon officier et jouait à merveille son rôle de capitaine. Ayant occupé un poste de commandement durant la guerre contre la France, il exerçait ses fonctions avec autorité. Il était bon marin et gardait la tête froide au combat. Mais en tant qu'homme, la conduite de M. Hartsell laissait grandement à désirer. Sa promotion au titre de seul maître à bord lui permettait de donner libre cours à ses penchants contre nature.

— Prends garde aux accusations que tu portes,

recommanda d'une voix menaçante l'amiral à son neveu.

— Je n'en porterais aucune, lui rétorqua directement le lieutenant Landon, s'il s'était limité à sa liaison avec M. Grimsby, mais il a commencé à jeter son dévolu sur les aspirants... d'innocents enfants ! Je l'ai entendu s'en vanter auprès de M. Grimsby. Il les appelait son harem.

— Pas question d'en entendre davantage ! déclara l'amiral en martelant son bureau de son poing.

— La menace ! tonna sir John encore plus fort. Qu'en est-il de la *menace* ?

— Oui, oui, la menace... dit M. Landon, qui beuglait presque à son tour. L'aspirant Sample s'est présenté à moi, m'a fait part des actes auxquels le lieutenant Hartsell l'avait contraint. Il s'en était plaint au révérend Eagleton, sans obtenir réparation. Le garçon, qui n'avait que treize ans, m'a demandé d'intervenir. Je suis allé voir le lieutenant Hartsell et je l'ai prévenu que s'il ne mettait pas un terme à ces actes avec les aspirants, je porterais témoignage contre lui à ce sujet, lorsque nous serions rentrés à Portsmouth. C'est à ce moment-là, je crois, qu'il a conçu son accusation d'homicide à mon endroit, dans une missive envoyée des Indes, et dont sir Robert m'a lu le contenu. Tout cela est consigné en mon journal... y compris la mort de l'aspirant Sample qui, une semaine après sa conversation avec moi, est tombé ou a été poussé par M. Boone depuis l'extrémité de la vergue de la hune de misaine, pour ne plus jamais se relever... il se peut même qu'il ait sauté. Je me trouvais alors sous le pont et je n'ai rien vu. Et M. Hartsell a-t-il cessé ses pratiques après ma menace ? Après la mort de cet enfant ? Que non. Il en faisait davantage mystère, voilà tout.

— Il suffit, lieutenant ! répliqua sir Robert en bondissant hors de son siège. Nous en avons suffisamment entendu. Monsieur Byner, faites-le sortir. Dites aux fusiliers marins de le ramener à la Tour.

Byner obtempéra aussitôt, éparpillant ses feuilles à

terre dans sa précipitation, puis il empoigna M. Landon par le bras et le contraignit avec une rudesse inutile à regagner la porte.

Sir John lui cria dans le dos :

— Merci, monsieur Landon ! Nous connaissons enfin toute l'histoire et vous l'avez fort bien relatée.

Ce à quoi le lieutenant lui adressa un sourire reconnaissant en guise de réponse, tandis qu'il franchissait l'huis sous la contrainte.

Entre-temps, l'amiral avait contourné son bureau. Les mains sur ses hanches imposantes, il faisait face à sir John, se penchant avec courroux sur le magistrat, lequel demeurait assis. Ils restèrent ainsi face à face pendant un long moment, avant que l'amiral ne s'exprimât d'un ton qui n'excédait guère celui du murmure.

— Tu es satisfait, n'est-ce pas, Jack ? À présent, tu connais l'histoire *dans sa totalité*, en l'occurrence ? Qu'est-ce qui t'a donc poussé à agir ainsi, si ce n'est une curiosité morbide... et le désir de souiller une institution que tu prétendais aimer jadis ! Tu souhaites salir le nom de la marine royale, en compensation de la perte de ta vue. Je comprends à présent... toi qui étais autrefois un héros à mes yeux, aux yeux de nous tous.

Sir John s'exprima alors d'un ton monocorde, paisible et froid :

— Je souhaite seulement que justice soit rendue à cet innocent jeune homme qui n'est autre que ton neveu.

— Certes, il est mon neveu et j'ai de l'amour pour lui, mais je suis encore plus attaché à la marine. Jack, il y a toujours eu des individus tels que Hartsell dans la marine de Sa Majesté. De telles choses se produisent, mais dans une large mesure, elles n'existent pas. Elles *ne peuvent* exister, car l'Angleterre a foi en sa marine, a toujours eu foi en elle, plus qu'en aucune autre institution. Si on laissait éclater un semblable scandale, il la ternirait à un point tel que les pères ne confieraient plus jamais leurs fils en qualité d'aspirants. Qui plus est, la marine deviendrait un objet de risée, de mépris. Ne saisis-tu point ?

Pendant que l'amiral pérorait avec flamme, M. Byner revint dans la pièce, mais si subrepticement que je n'étais pas sûr que sir John eût remarqué sa présence. J'étreignis légèrement son épaule de ma main. Bien que je fusse certain qu'il eût senti mon signal, le magistrat n'en laissa rien paraître.

— Je me souviens, déclara-t-il, que tu m'as adjuré de trouver des témoins, d'enseigner à M. Byner mes « astuces », selon ton propre terme, de faire tout ce qui était en mon pouvoir pour sauver ton neveu. À présent, m'est avis que « tout ce qui est en mon pouvoir » exclut la vérité. Comment en est-on arrivé là ? Il existe même un journal tenu par ce dernier qui devrait corroborer tout ce qu'il nous a confié. Tu le détiens. Il doit être retenu comme pièce à conviction selon les règles de n'importe quelle procédure d'enquête criminelle, même celles de la marine royale. As-tu l'intention de le conserver par-devers toi ?

Ce disant, sir John tendit la main vers l'amiral, puis la ramena vivement à sa poitrine, tout en flanquant d'un même mouvement une tape sur ma main. De cette façon, il répondait à mon signal.

Je me pliai tout à coup en deux, comme en proie à une violente douleur, puis me redressai tant soit peu, pour chuchoter à son oreille. M'ayant écouté, il se tourna vers moi d'un air irrité.

— Mais tu disais en être débarrassé, déclara-t-il avec brusquerie.

— Je sais, mais...

Je grimaçai alors et portai la main à mon ventre.

— Ce garçon a eu un accès de diarrhée hier au soir. Il semble qu'elle lui soit revenue. Pourrais-tu... ? Le lieutenant Byner pourrait-il... ?

L'amiral soupira.

— Oui, oui, bien sûr. Lieutenant, veuillez conduire

le jeune homme aux lieux d'aisances, au bout du vestibule. Attendez-le. Nous ne pouvons laisser des gamins de son âge errer seuls dans les couloirs de l'Amirauté.

Je sortis donc, M. Byner me tenant presque par la main. Je ne cessai de jouer mon rôle, continuant à grimacer, me courbant à une ou deux reprises en chemin. En toute modestie, je pensais m'en acquitter fort bien.

Quoi qu'il en fût, M. Byner sembla convaincu. Il se hâta de me conduire dans un long corridor, au coin duquel il obliqua pour ouvrir une porte en grand, et, désignant l'intérieur de la pièce, me dit :

— C'est ici. Tâche de ne point lambiner.

Il fit ensuite claquer l'huis derrière moi.

Le lieu était éclairé par deux chandelles, placées chacune sur un bougeoir fixé au mur. Bien qu'exiguë, comme le sont pareils endroits, la pièce n'en demeurait pas moins la plus luxueuse du genre qu'il m'eût été donné de voir, depuis ma visite de la résidence de lord Goodhope, un peu plus d'un an auparavant. Celle-ci était dotée en outre d'un réservoir et disposait d'une table de toilette idoine.

J'attendis près de cinq minutes, en les comptant une à une par série de soixante secondes. Sir John avait estimé qu'une telle durée serait au maximum nécessaire à la mise en œuvre de notre stratagème. Il l'avait conçu afin de s'entretenir dans le détail avec sir Robert, sans que M. Byner fût présent ou écoutât à l'huis. Il n'avait pas la moindre confiance en ce dernier.

Une fois le temps écoulé, je tirai la chasse et le réservoir se vida dans une grande gerbe d'eau. En quittant le lieu, je tripotai les boutons de mon habit, comme pour remettre de l'ordre à mes effets.

— Viens-t'en, me dit M. Byner.

Ce que je fis, en sautillant à ses côtés, à l'instar de quelque individu souffrant qui se rétablit subitement.

Quels qu'eussent pu être les propos échangés entre l'amiral et le magistrat, ceux-ci n'avaient point duré le temps escompté, car je trouvai sir John en train de m'attendre dans l'antichambre réservée à M. Byner, mon tricorne dans sa main. La porte donnant sur le bureau de sir Robert était à présent close. J'ignorais au juste ce que cela signifiait.

Sir John gratifia le lieutenant d'un adieu affable, quoique loin d'être chaleureux, et nous commençâmes à descendre l'escalier. Portant un doigt à ses lèvres, il m'avisa de ne point souffler mot à l'intérieur de la bâtisse. Ce ne fut qu'une fois à Tower Hill qu'il se mit à parler... en usant d'un ton des plus graves.

— Ah, Jeremy, déclara-t-il, quelle abomination que cette affaire ! Elle est encore pire que je ne le pensais et d'une indignité que je n'aurais jamais redoutée.

CHAPITRE XI

Où William Landon comparaît en cour martiale

Le trajet entre Tower Hill et le 4, Bow Street n'est pas des plus courts et, en fin de matinée, avec les haquets, attelages et autres coches martelant le pavé des rues encombrées, notre traversée de Thames Street, Fleet Street et du Strand se révéla si lente que le cocher de notre voiture de louage n'eut d'autre choix que laisser ses deux canassons baguenauder avec le reste. Ainsi, sir John eut amplement le temps de me relater le contenu de l'entretien qui s'était prolongé entre lui et sir Robert, en l'absence de M. Byner, de commenter les propos qui s'y étaient tenus, et de se répandre en injures contre ceux-ci. Il paraissait ne rien vouloir me dissimuler. Il me tint un si long discours, cher lecteur, qu'il me semble plus approprié de vous le résumer dans ses grandes lignes et de citer uniquement le magistrat dans les passages qui semblent pertinents par leur singularité.

Sir John évoqua le décès du lieutenant Jonathan Grimsby. Pouvait-il s'agir d'autre chose que d'un meurtre ? En dépit des découvertes officielles de son enquête, sir Robert avait tacitement admis la probabilité d'un homicide, en consentant à transférer M. Landon à la Tour. Et pour quelle raison avait-on assassiné M. Grimsby ? Parce qu'il avait révélé à sir John à bord de l'*Aventure* le véritable sort qui était réservé aux aspirants ; tout ce qu'il avait confié là-bas confirmait les paroles tenues par M. Landon, quelques minutes plus tôt. Et Grimsby avait proposé de témoigner à la décharge de Landon.

(Sir Robert avait objecté qu'un tel témoignage eût été gâté par le fait que Grimsby, au dire de M. Landon, entretenait des relations contre nature avec M. Hartsell. Mais sir John avait repoussé cet argument.)

Il fut alors question du conseiller désigné par sir Robert. Au mieux, le lieutenant Byner se révélait incompétent, et au pire, c'était un traître. Sir John fit observer que M. Byner était présent à l'interrogatoire du médecin de bord, à Portsmouth ; il avait entendu le praticien affirmer qu'un dénommé Tobias Trindle, qui tenait la barre en ce jour funeste où le capitaine Markham trouva la mort, avait révélé qu'en dépit des grands efforts déployés par M. Landon pour sauver le capitaine, il aurait été impossible de ramener ce dernier sur le pont, dès lors qu'il avait commencé à glisser par-dessus la lisse de couronnement. Ce témoignage confirmait parfaitement la version des faits de M. Landon. Tobias Trindle eût constitué un témoin capital pour la défense de Landon, mais on l'avait assassiné la veille au soir, d'une balle entre les yeux, alors qu'il était allongé dans un lit. Sir John avait déclaré qu'il avait dissimulé aux autres le nom de Tobias Trindle, qu'il se portait garant de la bonne foi de son jeune assistant, Jeremy Proctor, et qu'assurément sir Robert n'entamerait aucune action qui entraverait aussi brutalement la défense de son neveu. Comme seul Byner restait en lice, parmi ceux qui avaient entendu M. MacNaughton divulguer l'identité de l'éventuel témoin, il semblait fort probable qu'il eût répété ce nom à quelqu'un d'autre ; et cette tierce personne aurait provoqué la mort dudit témoin. Sir John avait instamment prié sir Robert d'être prudent dans ses propos et de n'accorder qu'avec parcimonie sa confiance au lieutenant Byner.

(Sir Robert avait répliqué que M. Byner le secondait

et qu'évidemment il lui accordait sa confiance et continuerait à la lui accorder. Quant au décès de Tobias Trindle, il relevait sans doute d'un règlement de comptes personnel... quelque vile querelle de marins avait provoqué son assassinat, certainement à cause d'une femme. L'amiral estimait peu probable qu'il y eût un lien quelconque avec la cour martiale qui allait prochainement se réunir. À ce propos, il doutait tout autant qu'il fût permis à un marin de témoigner à l'encontre de son capitaine, comme de témoigner à la cour martiale d'aucun officier, du reste.)

Sir John avait alors rétorqué qu'il pouvait éventuellement fournir un autre nom au titre de témoin... celui de l'aumônier et maître d'école, le révérend Andrew Eagleton. Mais ce dernier témoignerait uniquement si on l'assignait à comparaître... et il demeurait donc peu fiable. Au dire de sir John, l'individu craignait le lieutenant Hartsell comme le diable, et cette crainte l'avait probablement conduit à s'éloigner à une centaine de lieues de Londres, pour n'y revenir qu'une fois que la cour martiale aurait rendu son jugement.

(Sir Robert avait répondu qu'en dépit de tous les arguments évoqués par sir John, il n'y avait réellement aucune raison de mander le révérend Eagleton.)

Ici, cher lecteur, je vais commencer à citer le magistrat, tandis qu'il s'adressait à moi, dans ce fiacre qui cheminait lentement, afin que vous puissiez saisir toute l'intensité de sa passion dans cette affaire :

— À ce moment-là, Jeremy, me déclara-t-il, j'ai défié Bobbie. Je lui ai dit : « Tu semblais auparavant souhaiter sauver ce jeune homme. À présent, tu as changé de cap pour le combattre. Comment se fait-il que ton attitude se soit autant modifiée en si peu de temps ? »

« Il m'a alors répondu : "Jack, mon point de vue n'a jamais changé d'un iota, car dès la première fois où mon neveu m'a rapporté cette affaire entre le lieutenant Hartsell et les aspirants, je lui ai interdit d'en souffler mot à qui que ce soit. Et j'ai ajouté qu'en aucune circonstance de pareils faits ne pouvaient être évoqués dans le déroulement d'une cour martiale. Mais notre jeune homme paraît *déterminé* à témoigner au sujet de Hartsell et des enseignes de vaisseau."

« Bobbie a prétendu que son neveu a éprouvé une certaine satisfaction en me livrant ce matin son témoignage, et qu'il risquait d'être tenté par la folie de le colporter alentour. L'amiral a insisté sur le fait que le jeune homme avait une chance d'en réchapper en cour martiale, s'il s'en tenait strictement à son témoignage eu égard à la mort du capitaine Markham, mais plus aucune s'il se répandait en propos calomnieux à l'endroit de Hartsell. Puis il a ajouté que nous en aurions bientôt le cœur net, car on avait établi la liste des jurés. Un amiral et un capitaine partiront demain de Portsmouth. La cour martiale se réunira dans deux jours à peine.

— Deux jours ! m'exclamai-je. Mais est-ce régulier, monsieur ? L'*Aventure* est à l'ancre depuis moins d'une semaine.

— Eux seuls sont à même de décider de la régularité de leurs actes, me répondit le magistrat. Mon garçon, voilà une vérité concernant la marine royale qui m'est révélée bien tardivement, dans mon existence, semble-t-il. C'est proprement décourageant de découvrir combien je la connaissais peu, durant ces quatre années où je l'ai servie. Il semble que la marine demeure seul juge de sa justice, qu'elle constitue sa propre contrée où les règles coutumières de conduite et de procédure n'ont pas besoin d'être appliquées. As-tu noté ce que Bobbie m'a dit, en m'accusant de vouloir salir la réputation de la marine, pour me venger de la perte de ma vue ? Comment ose-t-il proférer une chose pareille ? Comment ose-t-il ?

Sir John heurta alors vivement le plancher de la voiture, en proie à un singulier accès de colère.

— En effet, monsieur ! rétorquai-je, sincèrement indigné pour lui.

— J'ai aimé la marine comme nul autre. Si l'on m'en avait fait la demande, j'aurais répondu : « Oui, je donnerai mes yeux à la marine. Je lui ferai don de ma vie ! » Quand je me penche à présent sur les années où je me suis langui de ma carrière perdue, combien j'ai accepté comme un pis-aller cette vie consacrée à la justice que mon frère m'a offerte... je me demande comment j'ai pu être aussi niais, vraiment ! Je me rends compte aujourd'hui que j'étais fait pour la justice, et si j'y suis venu par quelque voie détournée, alors c'est regrettable ; mais le plus important, c'est que j'y sois venu. Que Dieu et Jésus-Christ m'en soient témoins, j'aime la justice, et c'est une maîtresse bien plus fiable et bien plus loyale que la marine l'a jamais été. Si Bobbie pense pouvoir m'effrayer en me lançant des insinuations aussi grossièrement fallacieuses en pleine face, alors il se trompe grandement. En premier lieu, il ne devrait point juger de l'affaire, en raison de son lien de parenté avec l'accusé. Il s'est ingéré dans celle-ci comme aucun juge ne le devrait. Il s'est approprié le journal intime de M. Landon... non point comme une pièce à conviction, probante pour le procès, mais pour le placer sous séquestre, afin qu'il ne fût jamais présenté en audience. Malgré tout, Jeremy, je promets que justice sera rendue à ce jeune homme, de quelque manière que ce soit.

Lorsque nous parvînmes enfin à Bow Street, sir John n'eut d'autre choix que de se ruer dans la bâtisse et de procéder à ses audiences. Il m'avait toutefois donné mes instructions, comme le fiacre s'approchait de la cour de justice, et dès que je l'eus vu franchir la porte du numéro 4, je me mis en route pour la demeure et le tribunal de M. Saunders Welch. Je connaissais bien le chemin pour l'avoir emprunté quelques jours plus tôt, à peine. Et cette fois encore, j'étais porteur d'une requête émanant de sir John, ce dernier sollicitant de M. Welch qu'il siégeât à sa place dans deux jours. Le magistrat était certain que son collègue accéderait à sa demande, car il lui demeurait toujours redevable en matière de suppléances.

Il s'avéra que M. Saunders Welch, magistrat près le tribunal de Hanover Street, contesta moins le contenu de la requête que la forme sous laquelle elle était transmise.

Notre homme, ayant rendu justice pour la journée, accepta de me recevoir en son cabinet. Celui-ci se distinguait grandement de la pièce sommaire et poussiéreuse où sir John buvait sa bière quasiment chaque après-midi, une fois ses audiences achevées. Les quartiers de M. Welch se révélaient bien éclairés ; des tableaux ornaient les murs, un tapis décorait le sol, un grand nombre de solides fauteuils se déployaient dans la pièce, de même qu'y était installé un lourd bureau de chêne, derrière lequel trônait le magistrat. Il était occupé à compter de l'argent, sa collecte d'amendes infligées ce jour-là. Le bruit courait alors que quasiment tout délit pouvait être réglé au moyen d'une indemnité versée au tribunal de Hanover Street ; certaines rumeurs prétendaient même qu'à l'occasion un homicide pouvait passer pour une mort accidentelle, en proposant une amende suffisamment conséquente pour qu'elle fût susceptible de plaire à M. Welch.

Comme je pénétrais dans la pièce, ce dernier leva la main pour m'enjoindre au silence en demeurant à la porte. Puis, achevant de compter ses shillings, il en consigna le nombre dans un registre, et me fit signe de m'approcher.

— Tu es le garçon de Bow Street, n'est-ce pas ?

— Oui, monsieur.

— Que m'apportes-tu donc ?

— Un message de la part de sir John Fielding, monsieur.

Il tendit la main au-dessus du bureau.

— Donne-le-moi, déclara-t-il.

— Il s'agit d'un message de bouche à oreille, monsieur.

Il fronça les sourcils en me lorgnant d'un air perplexe :

— Sont-ce ses paroles ? Émanant de ta bouche ? s'enquit-il alors d'un ton quelque peu exaspéré.

— Oui, monsieur.

Il y eut un silence, puis il reprit :

— Je ne suis pas du tout certain d'apprécier. M'est avis qu'il ne sied point que les affaires des tribunaux de Londres soient confiées à la mémoire auditive d'un gamin des rues, tel que toi.

Je fus vivement offensé par sa remarque, cher lecteur, comme vous l'auriez assurément été si vous vous étiez lavé aussi soigneusement que je l'avais fait ce matin-là, avant de revêtir vos plus beaux atours pour rencontrer l'amiral. Un gamin des rues, vraiment ! Moi qui me croyais un parfait jeune gentleman, du moins en apparence.

— Pourquoi n'a-t-il point transmis un billet, comme à son accoutumée ?

— Le temps lui a manqué, monsieur.

— Ah oui, en effet. Il n'avait pas le temps, dis-tu ? Il est vrai que notre charge nous pèse souvent, mais il aurait sans doute pu trouver le temps de dicter une missive et de la signer de son paraphe d'aveugle.

À présent, j'étais tout à fait scandalisé. Il pouvait bien dire ce qui lui chantait à mon endroit, et je retenais ma langue, mais qu'il fît mention de l'infirmité dont souffrait sir John avec tant de grossièreté et de cruauté m'invitait, semblait-il, à quelque riposte.

— Puisque c'est à moi qu'il incombe la plupart du temps d'écrire sous sa dictée, repris-je, avec toute la dignité que je pus rassembler, il s'est sans doute fié à ma mémoire pour une affaire aussi minime que le message qu'il m'a chargé de vous transmettre.

— Entendu, répondit M. Welch. Je vais écouter

celui-ci, puis je jugerai moi-même s'il s'agit d'une affaire minime ou non.

— Fort bien, dis-je. Sir John m'a prié de vous trouver, afin de vous demander si vous pouviez prendre en charge ses audiences d'après-demain. M. Marsden vous portera le rôle des causes et les prisonniers seront transférés ici par M. Fuller, membre des sergents de ville.

— Ce qu'il propose signifie deux fois plus de labeur et deux fois plus de temps à ma charge ! Je l'ai remplacé voilà quelques jours à peine. Qui d'autre qu'un garçon ignare pourrait qualifier cela d'affaire minime ?

— Mais enfin, *vous-même*, monsieur, répliquai-je en toute innocence. Si je puis me permettre de citer en partie votre lettre à sir John, de mai dernier...

Je m'éclaircis la voix et enchaînai :

— ... « Et si vous m'obligez de bonne grâce en cette *affaire minime*, je devrais être rentré de Bath avant la fin de la semaine, plus frais et dispos que jamais pour accomplir mon devoir et toujours prêt à vous suppléer, le jour où vous en feriez la demande. »

(J'ignore, en vérité, si je le citais mot pour mot, mais ayant lu la missive à voix haute pour sir John et rédigé la réponse sous sa dictée, je savais donc que dans son billet M. Welch promettait de rendre la pareille à sir John, si d'aventure il le sollicitait. Aussi récitai-je ce dont je me souvenais d'une voix résolue et confiante, comme si cela revêtait une telle importance qu'il m'eût fallu l'apprendre par cœur.)

M. Saunders Welch me dévisagea longtemps et sans souffler mot. Je commençai à me demander si je n'étais peut-être pas allé un peu trop loin, et si le moment n'était pas venu de formuler quelque excuse. J'étais à vrai dire en train d'en concevoir une dans ma tête, lorsque M. Welch éclata de rire. Il rit longuement, en vérité, et à gorge déployée, à l'instar d'un individu qui eût entendu quelque boutade fort amusante. Finalement, il recouvra assez de pondération pour s'exprimer.

— Tu es un jeune impertinent, me dit-il, mais je sais être bon prince, lorsqu'on me dame le pion. Va-t'en à présent, avant que je ne décide de céder à la colère, et dis à sir John Fielding que je me chargerai de ses jugements avec les miens, dans deux jours. Mais rappelle-lui, ainsi qu'à son M. Marsden et à M. Fuller, que *mes* audiences commencent à dix heures. À présent, déguerpis.

Je gagnai la porte d'une démarche oscillant entre la marche véloce et la course.

— Merci, monsieur, conclus-je en ouvrant l'huis en grand.

— Plus un seul mot !

Ainsi, en moins d'une minute, j'étais de nouveau dans la rue, et ravi de m'y retrouver, me jurant de ne jamais plus user d'une telle hardiesse dans les affaires concernant sir John. C'est une promesse que j'ai tenue depuis, en général...

N'ayant rien d'urgent à faire à ce moment-là, et sachant que mon itinéraire de retour pouvait se modifier dans cette direction, je décidai de passer à la résidence de Black Jack Bilbo et de me débarrasser du fardeau que je transportais dans la poche de mon habit. Ce pistolet qu'il m'avait confié avait suscité un vif intérêt chez le brigadier Perkins. Je m'interrogeais sur les origines de cette arme. Autant que sur celles de M. Bilbo.

L'imposante demeure de St. James Street, où j'avais passé un certain temps et Annie Oakum beaucoup plus longtemps, se dressa devant moi, au terme de ma promenade de midi. Je connaissais les secrets de cette vieille bâtisse, ou quelques-uns d'entre eux, et peut-être les avait-on enseignés à mon ami Jimmie Bunkins, à présent. Je ne le voyais guère, à cette période... de moins en moins, depuis que M. Bilbo l'avait pris sous sa tutelle. Il est vrai qu'il apprenait alors la discipline, grâce à son « daron », et souhaitait lui faire plaisir, mais comme le prouvait sa mésaventure, lorsque nous étions en quête de Thomas Trindle, Bunkins devait encore apprendre à se discipliner lui-même. « Cela doit être difficile pour lui, songeai-je, d'abandonner un mode d'existence qu'il connaît si bien. »

J'étais donc en train de penser à lui, lorsqu'il m'ouvrit la lourde porte à laquelle je venais de frapper.

— Bonjour, l'ami, dit-il. Entre et sois l' bienv'nu.

Il me la tint ouverte en grand et je franchis le seuil.

— Comment s' porte m'sieur Bunkins ? m'enquis-je en imitant peu ou prou sa manière désinvolte de s'exprimer.

— Fort bien, m'sieur Proctor. T'es v'nu rendre une s'ringue, j' parie.

— Très juste, très juste. L' daron d' la place est-il céans ?

— C't'homme-là dort moins qu' tous ceux qu' j'ai connus, vrai. Tom — ton frère, ou cousin, ou camarade, peu importe — s' trouvait ici pour la même raison qu' toi. Le fait est qu' tu l'as manqué d' peu.

— C'est fort dommage, dis-je.

— Tom a dit qu' c'était toi qu'avais découvert l' gaillard qu' vous étiez tous deux en train d' chercher.

— Je l'ai trouvé mort, précisai-je.

— Tom est sûr que quelqu'un a cafardé votre homme. Il est allé à la prison de Fleet, pour parler à c'te quelqu'un, pardi.

Ce disant, Jimmie Bunkins tressaillit vivement de dégoût.

— Brrr... dit-il, ça m' semble rud'ment bizarre... d'aller mett' les pieds dans une prison, sans qu'on t'ait forcé à y aller.

— Ma foi, il a des soupçons, expliquai-je, alors, laissons-le faire.

Il me fit signe de le suivre, et tandis que nous allions traverser le long vestibule central, la porte de ce qui avait jadis constitué le boudoir de lady Goodhope s'ouvrit brusquement et une femme passa la tête au travers... un joli minois, du reste, avec des boucles en cascade et du fard appliqué avec grâce sur les joues et les lèvres.

— *Ah, monsieur Jimmie!* lança-t-elle en agitant un doigt dans sa direction. *Vous partez! Mais, non, non! Revenez pour la leçon*!*

Bunkins soupira en grimaçant.

— C'est Mme Bertrand, déclara-t-il en guise de présentation. C't'une brave daronne, mais j' n'arriv'rai jamais à baragouiner son français.

Elle ouvrit davantage la porte et me gratifia du plus affable des sourires. J'étais entièrement sous le charme. Je m'inclinai jusqu'à la taille, la main sur le cœur.

— *Enchanté**, dis-je, sachant cette expression appropriée en la circonstance.

Après quoi elle m'inonda d'un véritable torrent de mots français, que je n'avais jusqu'alors jamais entendus et dont le sens m'échappait totalement. Mes oreilles non aguerries apprécièrent nonobstant la douceur et la mélodie des propos, mais je ne pus rien faire d'autre que de saluer derechef la dame, avant de m'éloigner dans le corridor.

— C'est bon, l'ami, reprit Bunkins à mon adresse. Va-t'en r'joindre le daron. Il est où qu' c'est qu'il est tout l' temps... dans cette pièce avec tous les bateaux su' l' mur. T'y es d'jà allé, pas vrai ? Moi, j' dois *continuer avec la leçon**.

Cela dit, il se plia au bon vouloir de Mme Bertrand. Elle le prit par la main et, tout en m'honorant d'un plaisant signe de tête, elle s'engouffra dans sa salle de classe. Je crois bien que j'enviais Jimmie.

Je frappai vivement à l'huis de Bilbo, mais attendis jusqu'à ce qu'il m'invitât à entrer. Il semblait assez

* Les mots en italique suivis d'un astérisque sont en français dans le texte. (*N.d.T.*)

content de me voir et me pria instamment de prendre place dans un siège, en face de lui. Avant de m'installer, je sortis le pistolet de ma poche et le posai avec soin sur le bureau, derrière lequel mon hôte était assis.

— J'ai cru comprendre qu'il avait servi, déclara M. Bilbo.

— En effet, monsieur.

— C'était une circonstance inévitable, n'est-ce pas ?

Je soupirai.

— Oui, monsieur. J'ai crié : « Arrêtez-vous ou je tire ! » Et le sergent avec qui je me trouvais m'a ordonné de tirer.

— Lequel était-ce ?

— M. Perkins.

— Le gars manchot ? C'est un homme sensé. Et as-tu atteint ta cible ?

— Je ne crois pas, monsieur. J'ai visé bas pour le blesser. Le sergent Perkins a également tiré sous les étincelles provoquées par mon coup de feu. Il pense que ni lui ni moi n'avons touché le fuyard. Il faisait très sombre.

— C'est aussi bien que tu l'aies manqué. Cette arme peut causer de terribles dégâts à faible portée.

— Le sergent Perkins la tient pour l'une des plus terribles.

— Lui as-tu confié sa provenance ?

— Non, monsieur.

— Brave garçon ! dit-il.

Puis, s'emparant du pistolet, il le soupesa, l'examina, remit le chien en position, et, dirigeant l'arme vers le sol, appuya sur la détente ; le chien produisit un petit claquement sec.

— Un homme averti en vaut deux, déclara-t-il. Maintenant, puisqu'il a servi, il doit être nettoyé et rechargé. Reste un moment et nous causerons un peu, pendant que je m'en occuperai.

Il releva alors les manches de son élégante chemise, et prit dans un tiroir de son bureau les outils et instruments dont il aurait besoin pour sa tâche, puis les étala devant lui. Il s'affaira d'une main experte, œuvrant prestement et efficacement. Démontant le pistolet en plusieurs éléments, il les nettoya un à un.

— D'ordinaire, on ne fourbit point une arme dans le détail, tel que je fais, expliqua-t-il. Mais celle-ci a besoin qu'on lui fasse sa toilette.

Je hochai la tête et me contentai de l'observer, tout à fait fasciné.

— Ainsi, tu as donc découvert ton témoin mort ? C'est ce que Tom m'a appris. Il m'a conté une histoire de trahison... de sombres soupçons qu'il nourrissait... comment un individu avait vendu le témoin de sir John à un tiers.

— Tom en est davantage certain que moi-même. Il s'agit, en vérité, d'une affaire des plus troublantes. Je... dirais qu'elle se présente plutôt mal.

— Qu'est-ce qui te trouble dans cette affaire, Jeremy ?

— Eh bien, répondis-je, pour commencer, je n'en comprends pas vraiment les tenants et les aboutissants.

— Continue, dit-il.

Et dans le même temps, il poursuivit sa besogne.

— Sir John et d'autres personnes associées à cette affaire n'ont de cesse de faire référence à ce qu'ils nomment « des pratiques contre nature » et « des penchants non naturels ». Cette question prévaut sur tout le reste. J'ai demandé à sir John de m'expliquer ce que cela signifiait et il a renvoyé sa réponse à plus tard. À vrai dire, il paraissait quelque peu embarrassé par ma requête.

Black Jack Bilbo opina du chef. Il se gratta la barbe, tout en réfléchissant un instant au problème.

— Cela peut causer de la gêne chez certains, déclara-t-il, et on ne saurait les en blâmer, je dois le reconnaître. Pas plus qu'on ne doit blâmer sir John en la matière. Mais avant d'approfondir le sujet des pratiques non naturelles, dis-moi, Jeremy, que sais-tu de celles qui sont naturelles ?

— Monsieur ?

— Que sais-tu de ce qui se passe entre un homme et une femme, comment on fabrique des bébés, et ainsi de suite ?

Il me posa la question avec un tel calme et une telle franchise, que je ne ressentis aucun besoin de mentir ou d'exagérer mes connaissances.

— J'en sais quelque peu, avouai-je, mais point tout en ce domaine. Je sais qu'il existe des maladies qui peuvent en résulter — la vérole et des affections de ce genre — et je sais que cela peut également donner naissance à des bébés. Mais j'ignore *de quoi il s'agit*, au juste.

Il hocha la tête.

— Fort bien, dit-il. Tu as l'âge de connaître ces choses-là, aussi vais-je t'en informer. Et peut-être sir John t'en parlera-t-il plus tard. Mais le cas échéant, ne l'interromps point en déclarant : « John Bilbo m'a déjà tout appris. » Cette conversation doit demeurer entre nous. Est-ce bien compris ?

— Entendu.

— As-tu déjà observé une femme dans le plus simple appareil ?

— Euh... une fois, monsieur.

— Alors, tu as dû remarquer que quelque chose manquait sur son corps, dont toi, moi, et tous les hommes sommes pourvus.

— Certes oui, monsieur.

— Eh bien, regarde, dit M. Bilbo.

Et plus vivement que je n'aurais su le dire, il avait de nouveau assemblé le pistolet, toujours non chargé, puis sorti un étui d'un autre tiroir. Il tenait chaque objet dans chacune de ses mains. D'un geste preste et sûr, il enfouit alors le pistolet dans l'étui. Le canon disparut à l'intérieur, jusqu'à la garde de la détente.

— Vois-tu combien ce pistolet s'insère à merveille dans l'étui ?

Ce fut donc avec cette démonstration que débuta

mon instruction dans un domaine que tout homme et toute femme doivent acquérir par quelque moyen que ce soit. J'avais des questions à lui poser. Il y répondit. Enfin, après avoir satisfait ma curiosité et dit tout ce qu'il avait à dire eu égard aux pratiques naturelles, il en vint à celles dites contre nature, et provoqua chez moi moult stupéfaction.

— À présent, si j'en crois mon expérience, déclara-t-il en concluant cette partie de son exposé, un homme ne se livrera point à des actes dits non naturels, tant qu'existera une femme disponible alentour... encore que certains pensent différemment. D'aucuns affirment que c'est dans la nature de certaines personnes. Mais là où l'on sait pareille pratique des plus communes, c'est en ces lieux où des hommes et seulement des hommes partagent une promiscuité pendant une longue période... comme dans une prison ou à bord d'un navire. C'est bien plus courant à bord d'un bateau que la plupart n'en ont conscience ou ne voudraient l'admettre.

Ses propos m'offraient, semblait-il, une occasion de poser une question. Mais comment la formuler sans en dire trop ? Peut-être sous la forme d'une supposition.

— Monsieur Bilbo, déclarai-je, supposons — et ce n'est qu'une supposition — que quelqu'un disposant d'une grande autorité... la plus haute autorité, disons, à bord d'un bateau... se mette à contraindre d'autres personnes à... des pratiques non naturelles, et que ces autres personnes soient beaucoup plus jeunes... encore des garçons... euh, des aspirants. Qu'adviendrait-il, alors ?

Je me rendis compte que j'avais énoncé ma question de manière à la fois si maladroite et si explicite, qu'il comprendrait sans la moindre difficulté où je voulais en venir par ma « supposition ». Mais j'avais autant confiance en lui qu'il se fiait à moi. Il ne m'interrogea pas plus avant sur le sujet et me répondit sans ambages.

— Il s'agirait d'un grave délit pour deux raisons.

M. Bilbo n'avait point coutume d'user de tels termes, pas plus qu'il ne s'exprimait souvent de façon aussi sévère.

— De prime abord, qu'on les y contraigne ou non, des garçons ayant l'âge d'aspirants n'ont pas la maturité ou l'expérience nécessaires pour accepter ou refuser la chose, si bien que tout acte perpétré avec eux serait considéré comme contraint. En second lieu, cela reviendrait à un usage terrible de l'autorité de la part du capitaine — appelons-le le capitaine — *un abus*, dirions-nous. Car les garçons de cet âge-là sont confiés au capitaine en toute confiance. Ils demeurent sous sa responsabilité. Cela équivaudrait pour lui à la rupture d'un engagement des plus solennels.

— Serait-ce passible de la pendaison ? m'enquis-je.

— Ma foi, je ne saurais dire, Jeremy. Je suis ignorant de la loi comme tout un chacun, peut-être même plus encore que la plupart. Je sais seulement que peu m'importerait de mourir, si j'avais un tel délit sur la conscience.

Il me glissa alors un clin d'œil, accompagné d'une sorte de sourire triste, et d'un haussement de ses larges épaules.

— Voilà, dit-il, nous avons parlé longuement de ces importants sujets... et ils sont d'importance, sache-le. Plus de folies, de vilenies et de franches obscénités ont été commises au service des pratiques naturelles ou non que quiconque, hormis Dieu, le saura jamais. Toutefois, du moins me l'a-t-on dit, on y découvre aussi l'amour. Et même un vieux pécheur tel que moi le cherche et escompte un jour le trouver. À mesure que tu deviendras un homme, Jeremy, j'espère qu'il ne t'échappera point, comme ce fut le cas pour moi.

Cet homme audacieux, à l'air féroce, et dont le sombre passé avait inspiré tant de rumeurs et tant de conjectures, n'aurait su davantage me surprendre par ses propos, même s'il m'avait dit qu'il eût souhaité que lui poussent des ailes, afin qu'il pût voler. (En un sens, je suppose, ce fut ce qu'il me confia.)

— Mais tu dois t'en aller, à présent. Je t'ai retenu bien trop longtemps, en l'occurrence. Sir John aura des tâches à te confier, j'en suis sûr. Cependant, ne te fais point si rare, Jeremy. Tu es un brave garçon avec qui l'on se plaît à converser, et Jimmie Bunkins a besoin de toi beaucoup plus que tu ne le penses.

Le lendemain fut une journée chargée pour sir John Fielding. Il y eut maintes allées et venues. Plusieurs personnes vinrent lui rendre visite. Un air de mystère planait sur ces entrevues qu'il m'était impossible de sonder. Il sortit tôt dans la matinée en compagnie du sergent Perkins, et s'en revint peu de temps avant le début de ses audiences. L'attendait alors l'officier subalterne qui servait de valet de pied à sir Robert Redmond ; il tenait une lettre en main, laquelle provenait assurément de l'amiral, selon moi. Pourtant sir John ne me pria point de la lui lire. Il se borna à la remiser par-devers lui et renvoya le messager les mains vides.

Puis, plus tard dans l'après-midi, M. Marsden entra dans le cabinet du magistrat, y demeura quelque temps et, lorsqu'il en sortit, me fit signe d'y pénétrer. Ils avaient tous deux préparé une missive que j'étais chargé de porter.

— Y aura-t-il une réponse ? m'enquis-je auprès de sir John.

— Loin de moi l'idée d'en espérer une, me dit-il en me tendant le billet.

Je considérai celui-ci et constatai qu'il était adressé à l'amiral.

— Porte cette lettre à pied, ajouta-t-il. Reviens sans te presser. Mais remets-la uniquement à Bobbie, et certainement pas au lieutenant Byner. Si tu dois attendre l'amiral, alors attends-le, mais remets-lui la lettre en main propre. Si cela s'avère impossible, alors reviens avec celle-ci.

Il fut rarement aussi explicite. Naturellement, je

m'interrogeai sur le contenu de la missive. Sans poser de question toutefois, je le saluai et me tournai vers la porte.

— Jeremy, il y a une chose que tu devrais probablement savoir.

— Quelle est-elle, monsieur ?

— L'amiral qui est venu de Portsmouth, afin de siéger à la cour martiale, est porteur de documents pour la promotion du lieutenant Hartsell. On doit désormais l'appeler *capitaine* Hartsell.

— Mais qu'est-ce que cela signifie, monsieur ? Le fait que cela se produise en un moment pareil, je veux dire ?

— Effectivement, qu'est-ce que cela signifie ? D'abord, entre moult autres choses, que tout au long de la séance de demain on utilisera le titre de « capitaine » pour s'adresser à notre homme ou faire référence à lui. On effacera ainsi la référence au fait que l'accusateur et l'accusé étaient du même rang, au moment des événements jugés par la cour martiale. Cela atteste du bien-fondé et de la probité de chaque décision prise par Hartsell dans le passé, et, grâce à cette promotion, les débats pencheront désespérément en faveur de l'accusation. Ce qui veut dire que le lieutenant Landon n'a pas la moindre chance d'en réchapper. Cela signifie qu'ils ont l'intention de le faire pendre. C'est inéluctable.

Tout cela fut dit d'une voix posée, comme s'il m'eût expliqué quelque règle de procédure juridique. Les larmes me montèrent aux yeux. Je les essuyai, ravi que sir John ne pût les voir.

— Comment peuvent-ils agir de la sorte, monsieur ? Ce n'est point de la justice.

— Il n'obtiendra aucune justice de la part de la marine royale.

Le magistrat eut un profond soupir, puis m'indiqua la porte.

— Mais mets-toi en route, Jeremy. Nous causerons de ces sujets un jour.

Et je m'en allai effectivement, encore que mon cœur parût aussi lourd que mes pieds, durant ce long trajet qui me mena à Tower Hill. Comme cela ne doit pas faire l'ombre d'un doute à vos yeux, cher lecteur, sir John Fielding représentait alors pour moi un personnage à mi-chemin entre le héros et le dieu. Le voir si désespéré et vaincu m'attristait autant que d'envisager le sort réservé au lieutenant Landon. Je préférais de loin le savoir peiné et courroucé, comme il l'avait été la veille, que de le découvrir en cet état. Il allait certainement pouvoir entreprendre quelque action... il allait bien sûr faire quelque chose.

Lorsque je parvins à l'Amirauté avec semblable tristesse et semblable apathie, je n'étais en rien préparé à l'accueil qui m'y attendait. Je découvris de prime abord que, sans la présence d'un éminent personnage tel que sir John à mes côtés, j'étais loin d'être le bienvenu. Quand à l'entrée le maître d'équipage apprit que j'étais porteur d'une lettre pour l'amiral, il exigea que je la lui remisse. Mais je ne cédai point. Comme à l'évidence cet homme robuste pouvait aisément me saisir par la peau du cou et m'arracher la missive des mains, je reculai alors de quelques pas.

— Dis donc, mon garçon, reviens avec ce billet. Donne-le-moi.

— La personne qui l'envoie m'a demandé de le remettre à l'amiral Redmond et uniquement en main propre.

— Et qui est cet envoyeur ?

— Sir John Fielding, magistrat au tribunal de Bow Street.

J'ignore si ce fut le nom, le titre ou la charge qui l'impressionna, ou même l'alliance des trois — et cela n'a guère d'importance —, mais le maître d'équipage se laissa fléchir et, laissant la porte ouverte, m'attira à l'intérieur avec la promesse de me dépêcher à l'étage, flanqué d'un quartier-maître, jusqu'au bureau de l'amiral. Fidèle à sa parole, il désigna l'un des trois marins musardant alentour pour me chaperonner jusqu'à l'étage au-dessus. Une fois à la porte se déroula encore cette étrange cérémonie où l'on frappait à l'huis et chacun beuglait de part et d'autre. Lorsqu'il s'ouvrit enfin, le lieutenant apparut, me dévisageant d'un œil des plus critiques, tout en plissant le front.

— Que veux-tu donc, mon garçon ?

J'avais certes anticipé une altercation avec M. Byner, à propos de qui s'emparerait de la lettre, mais en l'espèce celle-ci dura plus longtemps que je ne l'eusse prévu, certainement plus longtemps que nécessaire. Tout cela se déroula sur le seuil même de l'antichambre ; je ne fus pas invité à entrer, pas plus que mon chaperon ne concéda de m'y abandonner. Pendant tout ce temps, je perçus néanmoins un brouhaha de voix joviales derrière la porte close qui donnait sur le bureau privé de l'amiral.

Finalement, le lieutenant comprit qu'il ne parviendrait point à me soutirer la missive, qu'il usât de la force ou d'onctueuses prévenances ; il indiqua donc au marin que je devais demeurer sur place, m'abandonna et s'en alla frapper doucement à l'huis de l'amiral. Un instant plus tard, sir Robert Redmond fit son apparition, écouta son lieutenant, me lança un regard et opina du chef. Mais entre-temps, dans l'embrasure de la porte, j'entendis quelque chose qui me flanqua un frisson dans le dos.

L'amiral s'avança vers moi. Entre le moment où il était apparu et son arrivée sur le seuil, sa face s'était fortement rembrunie.

— Je crois que tu es porteur d'une missive émanant de sir John.

— Oui, monsieur. Et la voilà.

Ce disant, je sortis la lettre de ma poche et la posai dans sa paume tendue. Le saluant d'un hochement de tête, je reculai, montrant ainsi que j'escomptais me retirer.

— Ne t'a-t-on point dit d'attendre une réponse ?

— Non, monsieur.

— Eh bien, même si je n'ai point pris connaissance de ce billet, j'en ai nonobstant une pour lui. Dis-lui que je regrette profondément la perte de son amitié en cette circonstance, mais que le devoir dicte ma conduite et que je dois m'y conformer.

Il me dévisagea avec une grande sévérité, puis ajouta :

— As-tu bien saisi ?

— Oui, monsieur.

— Tu peux t'en aller.

Et j'obtempérai sans demander mon reste, distançant mon chaperon attitré dans l'escalier et franchissant prestement la porte donnant sur la rue. Je ne pris même pas le temps de secouer la poussière de l'Amirauté de mes souliers, encore que je l'eusse fait volontiers, car ce que j'avais entendu par la porte entrebâillée du bureau de l'amiral résonnait encore à mes oreilles. Les paroles importaient peu, car ce n'était qu'une bribe de phrase : « ... même si d'aucuns le pensent », suivie par les rires des autres personnes présentes. C'était la voix s'exprimant de la sorte qui suscitait chez moi un tel émoi ; une voix traînante aux inflexions nasales, indubitablement celle du lieutenant... à présent capitaine Hartsell. Sa promotion donnait lieu à ces réjouissances, bien entendu ; les toasts étaient portés dans le bureau de l'amiral.

En arrivant au 4, Bow Street, je ne fus pas mécontent d'apprendre que sir John était sorti, de nouveau pour quelque étrange commission, cette fois en compagnie de M. Fuller. Je n'avais aucun désir d'ajouter à son fardeau en lui rapportant ce que j'avais appris. Et avant de le revoir au souper, ce soir-là, j'avais décidé de ne lui rien dire du tout. Je lui confiai simplement le message que l'amiral m'avait chargé de lui transmettre. Il écouta. Un sourire ironique se dessina sur ses lèvres.

— Le devoir dicte sa conduite, c'est bien cela ?

Sans doute par la voix de quelque lord... d'un comte, d'un baron, peut-être le chef suprême de la marine en personne.

Nous étions attablés à l'office. Le regard de Tom croisa le mien. Celui de sa mère se posa avec embarras sur sir John. Annie, pour sa part, semblait tranquillement faire abstraction du silence qui planait sur le reste d'entre nous, à moins qu'elle souhaitât peut-être nous divertir.

— J'ai fait usage d'un nouvel ingrédient pour donner du goût à c' poulet à l'étouffée, annonça-t-elle d'un air mutin. Ils appellent ça du paprikeur ou du paprika... ou quelque chose comme ça. Faut marcher jusqu'au marchand d'épices, sur les quais, pour en trouver. J'y ai vu ton bateau, Tom. On m' l'a montré, en fait. Jamais rien vu d'aussi grand.

— Il l'est, certes, Annie, répondit-il, mais il en existe d'encore plus gros.

— Le poulet est tout à fait succulent, commenta sir John. Rien de tel qu'un bon plat pour rehausser l'humeur lorsqu'elle est au plus bas.

— Merci, monsieur.

— Jeremy ?

— Oui, sir John ?

— J'aurai besoin de toi une grande partie de la journée de demain. Cette lettre que tu as portée à sir Robert était une requête, pour avoir la permission d'assister au procès en cour martiale. Bien que celui-ci ne soit certainement pas ouvert au public, il ne me le refusera point... nonobstant le caractère irrévocable du message que tu m'as rapporté. Oh, je suis sûr qu'il nous trouvera une place !

En vérité, cher lecteur, je n'avais aucun désir d'y assister et ne comprenais pas pourquoi le magistrat avait décidé de s'y rendre. S'il était certain que le lieutenant serait jugé coupable, comme sir John l'avait dit, alors pourquoi être les témoins d'une telle erreur judiciaire ? Pourquoi être présents pour voir ce malheureux mis à tort en disgrâce ? Mais je n'avais bien sûr pas voix au chapitre. Si l'on avait besoin de moi, je m'y rendrais, évidemment.

— Certainement, monsieur, je me tiendrai prêt à l'heure que vous souhaitez.

Le silence envahit de nouveau la tablée. Le poulet préparé par Annie avait mis quelque baume au cœur de sir John, mais pas au mien. Je trempai un morceau de pain dans la sauce, puis le mastiquai avec paresse, sans en apprécier la saveur.

Tom s'éclaircit la voix, non sans une certaine hésitation, puis déclara :

— Je suppose que sir Robert ne me sera plus d'un grand secours, à présent, pour m'obtenir une affectation en qualité d'aspirant.

— Non, Tom, je dirais que nous pouvons peu compter sur lui dorénavant à cet égard.

— Mais Jack, gémit lady Fielding, subitement frappée par la portée des propos qu'il venait de tenir, c'est *terrible* ! Cela signifie-t-il que Tom doit s'en retourner à bord du vaisseau, avec cet homme comme capitaine ?

— Pour l'heure, cela n'est que conjectures, Kate. Sache que je ferai tout mon possible pour améliorer la situation.

— Tout ton *possible* ? Tu as déjà fait tout ton possible pour aider ce lieutenant, et tu sais à présent qu'il est probable — même certain — qu'il sera jugé coupable.

— Kate, je ferai *tout mon possible* pour Tom. Je ne peux en promettre davantage.

— Ce n'est pas suffisant, Jack. Cet homme découvrira tes liens avec Tom... s'il ne les connaît déjà. Il le punira pour cela. Il risque même de le faire assassiner. Il risque de...

Lady Fielding s'interrompit, se leva de table et y jeta sa serviette. Elle était au bord des larmes.

— Non, Jack, ce n'est pas suffisant.

Elle quitta alors la pièce, gravissant l'escalier d'un

pas décidé pour rejoindre leur chambre. Sir John l'entendit s'éloigner. Il secoua la tête avec tristesse, comme si les mots lui manquaient.

Puis il reprit :

— Tom, monte à l'étage et tâche de trouver le moyen de réconforter ta mère, tu veux bien ?

— Je vais tâcher, monsieur.

Il ne restait plus que nous trois à table, une fois que Tom eut quitté l'office. Annie et moi échangeâmes des regards ; elle roulait des yeux inquiets.

— Quelqu'un veut-il encore du poulet ? s'enquit-elle. Il en reste tellement.

Le procès en cour martiale du lieutenant Landon, pour le meurtre du capitaine Josiah Markham, tous deux officiers à bord du vaisseau de Sa Majesté l'*Aventure*, débuta à neuf heures précises, dans une salle d'audience connue de sir John, à Whitehall[1].

Outre le vice-amiral sir Robert Redmond, l'assemblée des juges se composait du contre-amiral Charles Semloe, en poste permanent aux entrepôts navals de Portsmouth, et du capitaine Thomas Bender du vaisseau de Sa Majesté le *Bristol*, un bâtiment de ligne récemment ancré à Portsmouth. Un lieutenant dont j'ignorais l'identité assistait le jury en lisant à voix haute tout ce qui devait être lu, et en consignant le déroulement de la séance en sténographie, sur un modeste bureau placé sur le côté.

L'accusé était présent, bien entendu, ainsi que son avocat, le lieutenant Richard Byner. L'accusateur se trouvait également là, en compagnie de l'aspirant Boone. On dénombrait aussi un petit nombre d'observateurs et d'intéressés parmi le public. Hormis sir John et votre serviteur, il n'y avait quasiment que de jeunes officiers en uniforme... « dépêchés par leurs supé-

1. Siège des ministères et des administrations publiques. (*N.d.T.*)

rieurs », me murmura sir John. Un individu en civil — arborant d'élégants atours, une perruque fort seyante, et d'un âge avoisinant la cinquantaine — était sans doute un membre non militaire de la marine royale, toujours selon sir John. À l'exception du trio de fusiliers marins qui avaient deux jours plus tôt escorté le lieutenant Landon de la Tour au bureau de sir Robert, telles étaient donc toutes les personnes présentes dans cette pièce de Whitehall. Mais elles la remplissaient, car celle-ci n'était guère vaste — à peine plus de vingt-cinq pieds sur quinze — et à mesure que s'avança cette matinée de juillet, l'air commença à se faire rare et la chaleur terrassante.

Le vice-amiral sir Robert Redmond proclama l'ouverture du procès et présenta les deux autres juges. Puis, sir Robert lui ayant fait un signe de tête, le jeune lieutenant anonyme s'avança et donna lecture de l'acte d'accusation à l'encontre du lieutenant William Landon. C'était tout à fait extraordinaire. La mise en accusation grossièrement rédigée et ne dépassant guère un paragraphe, qui avait été montée de toutes pièces près d'un an plus tôt à Bombay, par Hartsell, encore lieutenant à l'époque, s'était tant étoffée qu'elle couvrait désormais dix feuilles de papier ministre et nécessita presque quinze minutes de lecture à haute voix. Mais en substance, elle affirmait la même chose : à savoir qu'au cours d'une tempête singulièrement violente, M. Landon avait poussé le capitaine Josiah Markham par-dessus bord, dans les eaux de l'océan en rage, où ce dernier avait nécessairement et inéluctablement trouvé la mort par noyade.

Sir Robert ordonna ensuite au lieutenant Landon de se lever.

— Avez-vous entendu l'acte d'accusation ?

— Oui, monsieur.

— Et que plaidez-vous, coupable ou non coupable ?

— Je plaide une innocence absolue dans cette affaire.

— Coupable ou non coupable ? répéta l'amiral.

Le lieutenant Landon hésita, puis, d'une voix si basse qu'elle nous parut quasiment inaudible, au dernier rang, il prononça :

— Non coupable.

On appela alors le capitaine James Hartsell. Ce dernier se leva et s'approcha à grandes et confiantes enjambées de la table où siégeaient les trois juges. Mains jointes derrière lui, il leur faisait face et nous tournait le dos. Après s'être présenté comme étant : « l'actuel capitaine du bâtiment de Sa Majesté l'*Aventure* », il se lança dans le récit qu'il avait narré la première fois, à bord de son vaisseau, avec une aisance qui laissait supposer qu'il avait répété son allocution, et de surcroît, cette fois-ci, sans les interruptions provocatrices de sir John. (Le magistrat avait sans le vouloir renforcé la version des faits de Hartsell, car les passages accusant auparavant, selon lui, certaines inconsistances avaient été habilement dissimulés à l'assemblée des juges, de sorte que l'histoire prenait un aspect lisse, comme s'il s'agissait seulement de rapporter un fait établi.) La prestation de Hartsell se révéla si parfaite que sa déposition dura assez peu de temps... en comparaison avec l'acte d'accusation, plus long dans sa lecture que ne l'était l'énonciation des faits. Il conclut d'un bref salut de la tête mais demeura debout dans la même posture, à la disposition des juges, pour quelque question qu'ils eussent pu lui poser.

Le capitaine Bender, de l'équipage du *Bristol*, chuchota à l'oreille de sir Robert, lequel lui répondit visiblement par l'affirmative. Il déclara ensuite, de la voix la plus autoritaire qui fût :

— Capitaine Hartsell, vous avez fait mention, en relatant ces événements, qu'en voyant le capitaine Markham basculer par-dessus bord en haute mer, vous aviez lancé un canot à l'eau, afin de lui venir en aide. Était-ce avisé ? Aurait-on pu le sauver ?

Hartsell observa le silence, pencha un instant la tête, comme s'il eût soigneusement réfléchi à sa réponse :

— Sans doute était-ce inconsidéré de ma part, déclara-t-il, car cela entraîna la perte de quatre hommes et d'un canot. Aurait-on pu le sauver ? Je ne saurais vous répondre, pas plus que je ne suis certain d'y avoir songé, lorsque j'ai donné l'ordre de mettre le canot à la mer, car mon seul espoir à ce moment-là était de sauver l'un des meilleurs officiers et l'un des hommes les plus nobles que j'aie eu le privilège de servir. Je ne le connaissais que de frais, mais j'ai grandement profité de son jugement. À cet effroyable instant où j'ai vu qu'on le poussait à l'eau, j'ai simplement refusé d'accepter sa perte.

— Je comprends fort bien, capitaine Hartsell, dit l'interrogateur. Merci pour la franchise de votre réponse.

Et sir John, à mes côtés, lâcha un énorme « Harrreuhm ! » qui fit se tourner un certain nombre de têtes dans notre direction. « Qu'ils s'extasient à l'envi, songeai-je alors, mais s'ils savaient seulement tout ce qu'a fait cet homme qui s'adresse à la cour, ils conviendraient que l'immonde hypocrisie qui sort à présent de sa bouche demeure le cadet de ses péchés. »

— J'ai une question à vous poser, capitaine, déclara sir Robert.

— Oui, monsieur ?

— Il existe un espace de temps considérable entre la date à laquelle vous avez dit que ces événements se sont déroulés, et celle à laquelle vous avez rédigé la lettre dénonçant le lieutenant. Qui plus est, j'ai parcouru attentivement le journal de bord, qui se trouve ici en évidence, afin que les autres juges puissent l'examiner... je l'ai parcouru attentivement, disais-je, et n'y ai point trouvé mention de la perte du capitaine sous la forme d'un homicide, ni à la date à laquelle celui-ci a eu lieu, ni à aucune autre date ultérieure.

Comment justifiez-vous ces mois de délai pour faire état d'une affaire aussi grave ? Et pourquoi cela n'a-t-il jamais été consigné dans le journal de bord de l'*Aventure* ?

Voilà qui honorait sir Robert Redmond, selon moi. La question ne manquait point de pertinence, elle était de celles qui exigent une réponse dans n'importe quel procès digne de ce nom. Hartsell l'avait esquivée auparavant, lorsque sir John la lui avait posée, sous le prétexte qu'il devait être certain en son for intérieur de ce dont il avait été témoin. Ce qui, j'en étais sûr, aurait paru une bien piètre réponse dans n'importe quelle cour de justice, même celle-ci, mais je n'aurais su concevoir la manière fallacieuse avec laquelle on allait l'étayer.

Loin de provoquer chez celui à qui on la posait une difficulté manifeste, la question semblait presque lui procurer quelque plaisir, car Hartsell avait une réponse toute prête. Mais laissons-le s'exprimer :

— Pour répondre en premier lieu au sujet du livre de bord, pareil registre me semblait peu approprié pour y noter davantage que la perte du capitaine Markham, que j'ai tout de même consignée. Le journal de bord n'est point sûr et l'on ne peut le conserver à l'abri. Les autres officiers — et à ce moment-là ils étaient trois, outre moi-même — pouvaient le consulter à l'occasion, et notamment lorsque des officiers de pont y introduisaient leurs notes. Si j'avais tenu mon propre journal — et conservé en un lieu sûr —, je l'aurais noté dans celui-ci, mais telle n'a jamais été mon habitude.

Il poursuivit, en changeant de sujet :

— À présent... en ce qui concerne la grande question du délai pour rapporter l'affaire, j'ai médité sur ce que j'avais vu pendant un certain temps, en me demandant si j'avais réellement assisté à ce que mes yeux affirmaient avoir vu. Comme on me l'avait fait observer, un prompt mouvement pour retenir le capitaine pouvait être interprété comme un prompt mouvement pour le pousser par-dessus bord. Je réfléchis à cette possibilité et, pendant une période, je dirais que mes sentiments en la matière penchaient davantage vers les soupçons que vers une certitude absolue. Ce qui faisait essentiellement défaut, c'était la raison pour laquelle M. Landon souhaitait tellement voir le capitaine mort, au point de se charger lui-même de son assassinat. Je n'en voyais aucune. Mais ce fut alors qu'un des aspirants s'est présenté à moi. Il m'a confié que...

— Je dois vous interrompre, capitaine Hartsell, déclara sir Robert. Cet aspirant qui s'est présenté à vous était-il l'aspirant Albert Boone ?

— Lui-même, monsieur.

— Et il se trouve parmi nous pour témoigner ?

— Certes oui, monsieur.

— Alors, écoutons-le nous dire ce qu'il vous a confié. Nous l'appellerons pour témoigner après vous. Je gage que ce dont il vous a fait part a renforcé vos convictions dans cette affaire ?

— Oui, monsieur.

— Fort bien. Nous allons donc l'entendre et ainsi mieux comprendre par nous-mêmes.

Sir Robert parut sur le point de renvoyer Hartsell, lorsqu'il sembla brusquement se rappeler quelque chose.

— Ah ! dit-il. Je crois que c'est le moment pour moi de demander à l'avocat de la défense s'il a des questions à poser au capitaine Hartsell.

Sir Robert leva les yeux et balaya la pièce du regard.

— Monsieur Byner ?

— *Présent, mon amiral !*

— Avez-vous des questions ?

— Pardon, mon amiral ?

— Pour le capitaine Hartsell ?

— Oh non, mon amiral, aucune.

— Parfait, dans ce cas. Capitaine Hartsell, vous pouvez regagner votre place. L'aspirant Albert Boone pourrait-il se présenter ?

Et ce dernier se présenta, en plastronnant quelque peu. Il paraissait excessivement fier de prendre part à un événement aussi grave que celui-ci. Tandis qu'il s'avançait vers les juges, il regarda alentour d'un air frisant l'arrogance et ne sembla faiblir que lorsque son œil croisa celui du lieutenant Landon. Il s'empressa alors de détourner son regard. M. Landon continua en revanche à le suivre des yeux, le dévisageant ouvertement, même après que l'aspirant eut pris la place du capitaine Hartsell, devant l'assemblée des juges.

Comme on lui demandait de décliner son identité à la cour, Boone salua et bredouilla son nom d'une manière qui n'était pas tout à fait conforme à la procédure, puis ajouta, après que sir Robert l'y eut incité :

— Aspirant à bord du bâtiment de Sa Majesté l'*Aventure*.

Puis Sir Robert l'aiguillonna derechef :

— Voudriez-vous nous dire, je vous prie, jeune homme, quelle était la teneur des propos que vous aviez à confier au capitaine Hartsell, eu égard au décès du capitaine Markham ?

— Oh oui, monsieur, je m'en vais le faire.

Alors, tout simplement, cher lecteur, Boone livra un mensonge. C'était non seulement une fable éhontée, mais également une véritable mystification, car non content de nous livrer son fallacieux récit, il se crut tenu de le broder avec force indignation morale et colère pharisaïque. Par ailleurs, le témoignage manquait grandement de détails.

Le mensonge s'énonçait comme suit : à un certain moment, avant le jour de la formidable tempête, M. Landon avait confié à l'aspirant Boone sa haine envers le capitaine Markham.

— Il avait un sourire diabolique sur les lèvres lorsqu'il m'a dit cela, monsieur, déclara Boone, comme si c'était l' diable en personne. Il disait que le capitaine lui avait fait un affront et qu'il se vengerait de lui d'une manière ou d'une autre. Il m'a effrayé, pardi. J'ai protesté, pour sûr, monsieur. J'ai dit ce qui était vrai, que le capitaine Markham était un bon officier et un homme juste, malgré sa maladie. Alors, M. Landon a répliqué que cela lui importait peu, car il lui rendrait la monnaie de sa pièce, de toute façon.

Ayant dit cela, Boone hocha la tête, d'une façon censée exprimer une grande certitude. Il piétinait sur place, comme s'il avait hâte de partir. Mais sir Robert, sans doute offensé par cette grossière tentative d'attribuer un mobile à l'acte présumé du lieutenant Landon, lui posa toute une série de questions qui semèrent la confusion chez Boone et dont les réponses parurent embarrasser tous ceux qui les entendirent.

— Pouvez-vous préciser davantage à quel moment le lieutenant vous a fait ces confidences ? s'enquit sir Robert.

— Euh... pas exactement, monsieur. J' sais seulement que c'était avant la grande tempête.

— À quelle occasion vous a-t-il confié cela ?

— Pardon, monsieur ?

— Il ne s'est assurément point présenté à vous un beau jour en disant : « Oh, à propos, aspirant Boone, je déteste le capitaine et je vais me venger de lui. » Seriez-vous en train de déclarer à la cour que cela s'est déroulé ainsi ?

— Euh... non, monsieur.

— Alors, comment ?

— Eh bien...

Boone attendit un long moment, tentant d'offrir quelque consistance à son extravagant récit, en imaginant un détail ou deux.

Finalement, il déclara :

— Cela s'est passé la nuit, monsieur.

— La nuit, dites-vous ? Et vous étiez seuls tous les deux ?

— Oui, monsieur, sur le gaillard d'arrière.

— Sur le gaillard d'arrière ? Et où se trouvait l'homme de barre ?

— Il était là aussi.

— A-t-il entendu les propos que le lieutenant Landon vous a tenus ?

— Non, monsieur, parce que M. Landon chuchotait.

— Je vois. Lui avez-vous dit quelque chose qui ait provoqué chez lui les funestes remarques que vous avez citées ?

— Euh... non... ma foi, tout ce que j'ai dit, c'est que j'appréciais le capitaine.

— Et cela a suffi à lui inspirer pareille sédition ?

— Pardon, monsieur ?

— Oh, peu importe, dit sir Robert. Mais dites-moi plutôt pourquoi vous avez attendu si longtemps pour en informer le capitaine suppléant. Vous disiez vous-même que cette prétendue conversation avait eu lieu avant la grande tempête. Toutefois, ce n'est que plusieurs mois plus tard que vous l'avez rapportée. Pourquoi donc ?

— Parce que, monsieur, j'avais peur de lui... de M. Landon, je veux dire. Il est venu me voir un jour, après la tempête, et il m'a dit : « Ne répète à personne ce que je t'ai confié, ou bien tu subiras le même sort que le capitaine. »

— Et cela a suffi à acheter votre silence pendant des mois ?

— Pardon, monsieur ?

— Restez à votre place, aspirant Boone. Il se peut que nous ayons d'autres questions à vous poser.

Sir Robert jeta un regard circulaire, avant d'ajouter :

— Capitaine Hartsell, voudriez-vous vous lever, je vous prie ? Gardez votre place, mais dites-moi, est-ce le récit de ce garçon qui vous a décidé à écrire cette lettre d'accusation à l'encontre du lieutenant Landon ?

— Oui, monsieur, répondit Hartsell tout de go. Il était réellement effrayé par M. Landon lorsqu'il s'est présenté à moi, et la menace prononcée par M. Landon à l'endroit de M. Boone semblait porter en elle un aveu de culpabilité eu égard à la mort du capitaine.

— Vous étiez convaincu que l'affront présumé du capitaine Markham fournissait au lieutenant Landon de solides raisons de vouloir assassiner le capitaine ?

— Oui, monsieur.

— Avez-vous confronté le lieutenant Landon au récit de M. Boone ?

— Non point, monsieur.

— Lui avez-vous fait part de vos propres soupçons ?

— Non, monsieur.

— Avez-vous de quelque façon que ce soit fait mention de l'affaire à M. Landon ?

— Non, monsieur.

— Vous avez préféré envoyer une lettre l'accusant de meurtre ?

— Oui, monsieur.

— Et pourquoi donc ? Pourquoi n'avez-vous point tenté de réunir une cour martiale à Bombay ?

— Pour deux raisons, monsieur. La première, c'est qu'il n'y avait point à cette période — ni à aucune période, je crois, tant que nous nous trouvions dans les eaux indiennes — un nombre suffisant de vaisseaux de la marine royale susceptibles de fournir des officiers pour une assemblée de juges. La plupart du temps, nous autres à bord de l'*Aventure* nous trouvions seuls là-bas, à l'exception des navires marchands de la Compagnie des Indes orientales. La seconde, monsieur, c'est qu'ayant perdu le capitaine, nous ne pouvions nous permettre de réduire davantage notre contingent d'officiers. En l'occurrence, nous en avons effectivement perdu un autre, le lieutenant Highet, avant la fin de l'année suivante. La contribution du lieutenant Landon à bord de l'*Aventure* se révélait satisfaisante en tout point, hormis un seul : il avait assassiné le capitaine Markham.

Sir John et moi avions précédemment entendu cette saillie drolatique. L'écouter à nouveau ne fit que m'irriter. Ce qui m'agaça davantage fut d'entendre certaines des personnes présentes, y compris le capitaine Bender du *Bristol*, éclater de rire à son audition. Hartsell attendit que le calme revînt.

— En bref, voilà pourquoi, reprit-il, j'ai choisi de différer l'affaire du lieutenant Landon, jusqu'à ce que s'achève notre période de service.

— En fait, vous avez attendu jusqu'à ce que vous soyez à votre point de mouillage actuel, pour l'informer, n'est-ce pas ? s'enquit sir Robert.

— Cela s'est passé à la veille de jeter l'ancre, en vérité.

— Vous pouvez vous rasseoir, capitaine Hartsell.

L'amiral Redmond regarda à droite et à gauche ses confrères.

— Y a-t-il d'autres questions pour l'aspirant Boone ?

Puisque ni le contre-amiral Semloe ni le capitaine Bender ne répondirent par l'affirmative, sir Robert s'adressa à la défense :

— Monsieur Byner, avez-vous des questions pour M. Boone ?

— Aucune, monsieur.

— Fort bien, vous pouvez disposer, monsieur Boone.

Et ce dernier ne se fit pas prier. Dépourvu de toute hâblerie, il tourna les talons, la tête basse, et regagna son siège au côté de Hartsell, où simplement il se rassit.

— Lieutenant William Landon, veuillez vous présenter, je vous prie, déclara sir Robert.

Et M. Landon s'approcha de la table où siégeaient les juges. Après avoir salué et décliné son identité, il adopta la même posture que Hartsell avait prise plus tôt : jambes écartées et mains jointes dans le dos. Je remarquai qu'une des deux tenait une liasse de feuilles de papier ministre, étroitement enroulée. Sur l'ordre de sir Robert, il se lança dans le récit de sa version des faits survenus le 12 avril 1767, le jour de la fabuleuse tempête au large du cap de Bonne-Espérance.

Cela correspondait dans l'ensemble, et dans la plupart de ses détails, au récit qu'il avait livré deux jours plus tôt, dans le bureau de son oncle, à l'Amirauté. Il était clair que Landon tenait à narrer les faits de manière froide et directe, à l'instar de son adversaire, Hartsell, mais il ne le put. Il flancha en approchant du point culminant du récit, lorsque, sur la dunette, le capitaine Markham lui avait échappé et avait été projeté par le mouvement du bateau sur la lisse de couronnement. Comme il tentait de décrire ses ultimes efforts pour le sauver, en le tenant et en le sentant glisser, M. Landon finit par fléchir sous le poids des larmes. Semblable étalage d'émotions était alors, et demeure encore, bien entendu, considéré comme tout à fait inconvenant parmi des officiers de la marine royale ; et lorsqu'il lâcha : « ... son soulier m'est resté dans la main » et perdit son sang-froid, sanglotant et reniflant, tel un enfant, un murmure réprobateur parcourut la salle. Les juges eux-mêmes détournèrent leur regard.

— C'est terminé, lieutenant Landon, déclara sir Robert.

Ce n'était point une question, mais une affirmation, presque un ordre.

M. Landon releva la tête.

— Non... monsieur... je n'ai point terminé. J'ai davantage de choses à dire, concernant la manière avec laquelle cette perfide accusation a été portée à mon endroit, comment...

— Lieutenant, *c'est terminé !*

— Mais, je dois...

— Vous n'avez *rien d'autre* à déclarer... à moins que les autres juges... Non ? Monsieur Byner, avez-vous quelque chose à demander dans les limites de cette enquête ?

— Je n'ai aucune question, monsieur, répondit M. Byner, mais une déposition à lire à la décharge du lieutenant Landon.

— Comment ? Oh... oh oui, émanant du médecin de bord, n'est-ce pas ?

Mais sur ces entrefaites, M. Landon s'était brusquement retourné et semblait s'adresser à tout l'auditoire, brandissant la liasse de feuilles qu'il avait tenue serrée dans la main, tout au long de son témoignage.

— J'ai *moi-même* une déclaration à faire ! s'écria-t-il. Elle retrace sans la moindre équivoque les actes iniques et contre nature perpétrés par cet homme !

Il pointa violemment l'index en direction de Hartsell.

— Donnez-moi cela ! rétorqua sir Robert en se levant de son siège.

— J'exige le droit d'en donner lecture devant cette cour.

— Je dois d'abord en prendre connaissance pour juger de sa pertinence.

M. Landon regarda alentour avec courroux, comme en quête de quelque autorité supérieure qui pût intercéder en sa faveur. N'en voyant aucune, il faiblit. Lorsqu'il reprit la parole, ce fut d'une voix plus basse et d'un ton frôlant la supplique.

— À tout le moins, monsieur, dit-il, qu'elle soit insérée dans le compte rendu de ce procès.

À ces mots, M. Landon flanqua le tas de feuilles enroulées sur la table des juges. Sir Robert s'en empara, les déroula et, toujours debout, n'y porta qu'un bref instant son attention.

— Cela ne se peut, déclara-t-il.

Ayant prononcé ces paroles, il entreprit de déchirer ces documents en mille morceaux. M. Landon l'observa faire et, bien sûr, tenta un geste pour l'en empêcher.

— Vous ne valez guère mieux qu'eux, quels qu'ils soient, déclara-t-il à son oncle. Il n'est point dans ma nature de lancer des imprécations, mais j'en appelle au jugement de Dieu sur vous tous.

Le lieutenant regagna sa place contre le mur, entre

les deux fusiliers marins, et se rassit, le regard fixe et vide.

Il s'ensuivit un silence d'une durée considérable. Je perçus pour ma part la respiration haletante et malaisée qui paraissait provenir de la table des juges. Sir Robert demeurait debout, non sans une certaine difficulté, ses deux bras le soutenant à peine. La face cramoisie, il pantelait. Mais il parvint tout de même à recouvrer le contrôle de sa personne et s'assit de nouveau sur sa chaise.

— Monsieur Byner, veuillez donner lecture de la déposition du médecin.

Et l'avocat obtempéra. Bien que j'eusse été présent au moment de sa rédaction, je découvris que je ne me souvenais guère de ce témoignage. Les paroles de M. MacNaughton ne semblaient point être les siennes, telles que je les connaissais, du moins. L'accoutumance sur laquelle il avait insisté devenait à présent : « une forte inclination pour la boisson » ; ce qu'il avait diagnostiqué comme étant un foie distendu par l'alcool s'était transformé en « tuméfaction abdominale ». Par des moyens aussi subtils que ceux-ci, on avait donc dénaturé, amenuisé la déposition. Elle se concluait toutefois avec l'éloge de M. Landon, comme étant « le meilleur gentleman chrétien que j'aie jamais eu le privilège de connaître » et la certitude que le lieutenant Landon n'aurait jamais pu commettre l'acte dont on l'accusait. « On avait sans doute commis une erreur de jugement. »

Venant après le drame qui venait de se dérouler sous nos yeux, entre le neveu et l'oncle, cette lecture avait dans son ensemble un caractère trivial, entre autres parce que M. Byner s'en acquitta d'une voix monotone et écorcha le patronyme du médecin au passage.

— Cela sera porté au compte rendu du procès, déclara sir Robert, qui avait quelque peu recouvré son calme. Faites passer au greffier, monsieur Byner.

Le vice-amiral sir Robert Redmond regarda de part

et d'autre ses confrères, puis s'adressa à eux comme suit :

— Vous noterez que la déposition qui vient de nous être lue diffère tant soit peu du témoignage livré par le capitaine Hartsell. Ce dernier n'a fait précédemment aucune allusion à la « forte inclination pour la boisson » dont souffrait le capitaine Markham, pas plus qu'à ses fréquentes et longues absences sur le pont, que M. MacNaughton attribuait à cette inclination. Nul doute que c'est par pure générosité d'esprit que le capitaine Hartsell s'est dispensé de mentionner celles-ci comme étant les défauts de son ancien capitaine. Néanmoins, nous devrions probablement accorder davantage de crédit à l'opinion de M. MacNaughton, en sa qualité d'homme de médecine.

« Ayant porté cette pièce au dossier, je crois que nous avons entendu suffisamment de témoignages pour prendre notre décision. Nous nous absenterons aussi longtemps que nécessaire pour y parvenir, puis nous reviendrons pour rendre notre verdict.

Il se leva ensuite, suivi par le contre-amiral Semloe et le capitaine Bender, et tous les trois se retirèrent dans le couloir, en empruntant une porte à l'arrière de la pièce.

— Jeremy, déclara sir John à mes côtés, j'aimerais que tu m'accompagnes jusqu'au bas de l'escalier, car je ne connais point le chemin, puis je souhaite que tu reviennes ici.

Le magistrat se leva. Je vis d'autres personnes l'imiter et s'étirer, mais nous fûmes les seuls à gagner la porte. Comme je le guidais vers les marches voisines, et tout en les descendant, il continua à me donner ses instructions. Et si elles me laissaient quelque peu perplexe, je ne demandai aucune explication, car je perçus une sorte d'urgence dans ses propos.

— Dès le retour des juges et une fois leur décision rendue, tu ne dois point perdre de vue Hartsell et cet âne bâté de Boone. S'ils passent par ici — ce qu'ils feront, je pense —, alors tu les suis simplement. S'ils empruntent un autre chemin, reste dans leur sillage assez longtemps pour t'assurer de leur itinéraire, puis rejoins-moi prestement pour me dire où les attendre. Est-ce compris ?

— Euh... oui, monsieur.

— Bien. Nous voici arrivés, n'est-ce pas ?

Il se pencha et tâtonna l'huis, en quête de la poignée. Dès qu'il l'eut en main, il ouvrit la porte... et là, à ma grande surprise, apparut Benjamin Bailey, capitaine des sergents de ville. Derrière lui, j'entrevis le sergent Perkins, ce qui m'étonna encore davantage.

— Je suis là, sir John, déclara M. Bailey.

— Bien. À présent, Jeremy, tu dois t'en retourner. Mais un dernier mot : ne laisse pas Boone s'échapper.

« Boone ? songeai-je en remontant l'escalier au trot. Quelle importance a-t-il ? Qu'a-t-on prévu ? N'ont-ils donc pas suffisamment confiance en moi pour m'inclure dans leur stratagème ? »

J'étais pour le moins confus et tant soit peu blessé en pénétrant de nouveau dans la salle d'audience, où je me faufilai dans le fauteuil, près de la porte, que j'occupais une minute ou deux plus tôt. Ceux qui s'étaient levés se tenaient toujours debout. Deux ou trois personnes avaient engagé une conversation à voix basse et posée. Nul n'avait la hardiesse d'arpenter la pièce. Hartsell et Boone demeuraient assis côte à côte, sans échanger la moindre parole. Le lieutenant Landon ne se tenait qu'à quelques pieds de distance. Si ses yeux étaient ouverts, ils paraissaient comme dénués d'expression ; on eût dit qu'il s'était retiré de cette pièce, où on l'avait tant humilié et injurié, pour s'en aller rejoindre quelque endroit plus chaleureux, où régnaient la justice et la charité.

Nous n'eûmes point à attendre longtemps. Il ne s'était sans doute pas écoulé plus de cinq minutes avant que ne s'ouvrît la porte donnant sur le vestibule et que les trois juges réapparussent pour regagner leur table. Ils demeurèrent debout.

— Le prisonnier veut-il se donner la peine d'avancer ?

L'un des fusiliers marins dut secouer un peu le lieutenant Landon pour qu'il revînt au lieu et à l'instant présents, tant il était perdu dans ses pensées. Mais une fois sorti de sa torpeur, il réagit selon la manière convenable et se présenta aux juges de la cour martiale qu'il salua.

Le vice-amiral Robert s'exprima comme suit :

— Lieutenant William Landon, vous êtes reconnu par les juges de cette cour martiale coupable du meurtre par noyade du capitaine Josiah Markham. Vous êtes par conséquent condamné à être pendu par le cou, jusqu'à ce que mort s'ensuive, à Execution Dock, dans une semaine. Caporal de la garde, veuillez reconduire le détenu à la Tour.

À ces mots, M. Landon exécuta un nouveau salut, ce qui me stupéfia au plus haut point.

Tout le reste se déroula avec une grande célérité. Les fusiliers marins entourèrent le lieutenant, et le caporal, aboyant une série d'ordres, entraîna le cortège dans l'allée entre les sièges, en passant devant moi, avant de franchir la porte. M. Landon ne me lança aucun signe de reconnaissance au passage. Si je m'étais préparé à cette issue, je n'en demeurai pas moins abasourdi.

Les premiers à se lever ne furent autres que Hartsell et Boone. Le capitaine fraîchement promu se tourna et regarda alentour, comme s'il avait espéré des félicitations. Il n'en reçut aucune. Ceux qui s'étaient rassemblés, pour quelque raison que ce fût, afin d'assister à cette audience se détournèrent de lui comme ils l'eussent fait avec un lépreux. Les juges de la cour martiale disparurent par leur porte dérobée, au fond de la pièce. D'autres les suivirent. Quelques-uns s'attardèrent dans le vestibule, juste à ma droite, parmi lesquels Hartsell et Boone. Le capitaine ne me prêta aucune attention ; l'aspirant, en revanche, me gratifia d'une grimace qui, je crois, était censée m'effrayer. Je laissai passer une ou deux personnes entre eux et moi, de manière à pouvoir discrètement leur emboîter le pas.

Nous descendîmes ainsi l'escalier, puis nous retrouvâmes au-dehors dans une chaude matinée de juillet. Je franchis la porte juste à temps, pour entendre M. Bailey déclarer :

— Capitaine Hartsell ?

Et l'autre idiot leva la tête, sourit à sa manière et répondit :

— Ma foi, oui...

À croire qu'il s'attendait à enfin recevoir l'hommage qu'il méritait pour son audace et sa sagacité.

— Par ici, monsieur.

Curieux, Hartsell suivit M. Bailey vers le coche qui attendait. Ni lui ni Boone ne nous remarquèrent lorsque le sergent Perkins et moi leur emboîtâmes le pas.

— Veuillez vous donner la peine de monter, je vous prie, poursuivit M. Bailey, le plus civilement du monde. Le coche vous amènera à votre destination.

Satisfait, Hartsell se hissa dans la voiture et il était presque à l'intérieur, lorsque (comme je l'appris par la suite) il entrevit Black Emma et l'aubergiste du *Green Man* qui l'attendaient, auprès de sir John.

— C'est cet homme, déclara Black Emma.

— Oui, renchérit le tavernier. C'est bien lui.

— Vous êtes en état d'arrestation, monsieur, pour le meurtre de Tobias Trindle, conclut sir John.

Hartsell tenta alors tant bien que mal de descendre. Armé de sa matraque, M. Perkins lui assena un grand coup sur le postérieur, puis M. Bailey l'agrippa par la culotte et le projeta à bras-le-corps à l'intérieur du coche.

Ce qui laissait Boone aux bons soins de votre serviteur. Il se tourna, les yeux révulsés, et chercha par quelle issue il pouvait fuir. Il n'en trouva aucune, car je lui flanquai un solide horion à l'estomac, auquel il n'était aucunement préparé. Il se plia en deux et je lui en administrai un second dans la figure.

— Cela ira, me dit M. Perkins.

Et il disait juste, car M. Bailey ramassa Boone alors et, sans aucun effort, le poussa à l'intérieur jusqu'à ce qu'il s'écroulât sur son maître, avant de sauter lui-même d'un bond dans la voiture.

— Tu ferais mieux de grimper là-haut, Jeremy, me conseilla M. Perkins. Cela risque d'être violent à l'intérieur.

Puis il s'engouffra à son tour dans le coche et fit claquer la portière derrière lui.

Le valet de pied, qui m'était parfaitement inconnu, me tendit la main pour m'aider à monter et me laissa de la place sur le siège. Sur ces entrefaites, le cocher fouetta l'attelage qui s'ébranla... mais j'ignorais pour quelle destination.

Un petit attroupement s'était rassemblé et, l'air médusé, nous regardait nous éloigner.

CHAPITRE XII

Où l'on met enfin un terme à cette affaire

J'eus la stupéfaction d'apprendre que le coche n'était autre que celui de Black Jack Bilbo. Il était tiré par quatre chevaux. À ce moment-là, le compartiment au-dessous contenait sept personnes... lesquelles ne devaient guère jouir d'un grand confort. Grâce à Dieu, mon siège au-dessus était doté d'une solide poignée, à laquelle je pouvais m'agripper pour éviter de voler dans les airs et de dégringoler sur le pavé, car le cocher faisait caracoler l'attelage à vive allure vers la résidence de M. Bilbo.

Tout cela, je l'appris de la bouche du valet de pied qui voyageait à mes côtés. C'était un joyeux drille, ponctuant chacune de ses phrases de « Foutre ! » et de « Bigre ! », comme il me narrait en beuglant les préparatifs entrepris par le « daron d' la place ». Dieu sait qu'il n'était pas peu fier d'avoir contribué avec son maître au succès de l'enlèvement de Hartsell et de Boone.

Le cocher arrêta l'attelage devant la grande demeure.

— À terre, mon garçon, me dit le valet de pied.

Je me mis à descendre, en posant avec précaution mes pieds sur chaque barreau.

— On reste là et on attend.

Avant que je n'atteigne le trottoir, la moitié de notre groupe avait déjà pénétré dans la maison, M. Bailey poussant Hartsell sans peine, tandis que M. Perkins le suivait de près, en empoignant Boone par le col. Je m'étonnais de la célérité avec laquelle les deux coupables avaient revêtu l'apparence de criminels ordinaires, à présent qu'ils se retrouvaient entre les mains de la loi : Hartsell avait perdu son tricorne dans le coche, et sa perruque était de guingois ; quant à Boone, il pleurnichait et braillait, à l'instar de n'importe quel gamin de sept ans.

Sir John ne leur prêta aucun intérêt. Tout en rassemblant le reste de notre compagnie, il franchit l'entrée de la résidence avec mon aide, Black Emma et l'aubergiste du *Green Man* marchant sur nos talons. M. Bilbo se tenait sur le seuil et il referma la porte, lorsque tout le monde fut à l'intérieur.

— Tout au bout du vestibule, sir John, dit-il. Je crois que vous connaissez le chemin.

— En effet, monsieur. Venez, vous tous, et suivez-moi.

Il ouvrit effectivement la marche, se dispensant volontiers de mon aide, en longeant le mur de gauche avec sa canne, jusqu'à ce qu'elle atteignît la porte ouverte.

Dans la pièce, les sergents attendaient avec les détenus, de même que M. Marsden attendait l'arrivée du magistrat. Des sièges en nombre suffisant avaient été disposés en rangées, face à l'imposant bureau. Sur l'un d'eux était assise une silhouette familière, en train de fumer sa pipe ; il s'agissait du vieil Isaac, et près de lui, les bras croisés et les sourcils froncés, était installé le sergent Cowley.

M. Marsden s'empressa de rejoindre sir John et le conduisit à l'endroit qu'on lui avait préparé derrière le bureau. Tous deux s'assirent côte à côte et conversèrent.

— Viens donc, Jeremy, installe-toi auprès de moi et nous assisterons ensemble à cette séance.

Ce n'était autre que M. Bilbo qui tapotait le siège à proximité du sien ; j'y pris place et regardai alentour si d'autres membres de sa maisonnée étaient venus en spectateurs à cette audience. Il n'y en avait aucun. La porte donnant sur le corridor était fermée à clé.

— Si tu cherches Bunkins, tu ne le trouveras point, précisa M. Bilbo. Je l'ai envoyé faire une commission qui devrait l'occuper le restant de la matinée. Quant aux autres, je leur ai dit de se tenir à l'écart. Sir John désirait garder cette réunion privée.

— Secrète ?

— « Privée » est le terme qu'il a employé.

Par trois fois, sir John Fielding frappa violemment le bureau du plat de sa main. Le moindre murmure entendu dans la pièce cessa aussitôt.

— Le tribunal de Bow Street déclare ouvert l'ordre du jour, proclama-t-il d'un ton solennel de circonstance. Nous sommes ici réunis pour une audience extraordinaire, le 25 juillet 1769, au numéro 12 de St. James Street, afin d'entendre les témoignages sur une seule et unique affaire. Ce qui nous intéresse à présent est le meurtre de Tobias Trindle, marin sain de corps et d'esprit, autrefois à bord du bâtiment de Sa Majesté l'*Aventure*... meurtre qui eut lieu juste après minuit, voilà deux jours. Le capitaine suppléant de l'*Aventure*, précédemment lieutenant et désormais capitaine James Hartsell, a été appréhendé à ce sujet. Voudrait-il avoir l'obligeance de s'avancer, maintenant ?

Hartsell resta assis, fermement cramponné aux bras de son fauteuil.

— Capitaine Hartsell, approchez, répéta sir John.

M. Bailey, qui se trouvait à côté du prisonnier, se leva et, le saisissant à bras-le-corps, l'extirpa de son siège, avec la même aisance que s'il eût saisi un oiseau sur son perchoir. Il l'escorta vers sir John, au bureau, et le contraignit à y demeurer.

— Capitaine Hartsell, vous nous épargneriez moult tourments en admettant sur-le-champ votre culpabilité dans cette affaire. Alors, prisonnier, dites-nous, à présent, que plaidez-vous ? Coupable ou non coupable ?

Ayant quelque peu recouvré son sang-froid et par conséquent sa hardiesse, Hartsell déclara :

— Je ne plaide ni l'un ni l'autre, car je récuse cette cour. Je suis un officier de la marine de Sa Majesté et ne puis être jugé qu'en cour martiale.

— Capitaine Hartsell, vous avez tout loisir de récuser cette cour, mais celle-ci ne vous récuse aucunement, car le crime pour lequel on vous a appréhendé a été commis à l'intérieur de cette juridiction, et que vous soyez amiral ou général, c'est du pareil au même. Quiconque se voit accusé d'un crime commis dans Londres sera jugé par une cour de justice londonienne. Sachez, toutefois, que ce tribunal ne vous jugera point pour ledit meurtre. Il est destiné en première instance à rassembler témoignages et preuves, afin de déterminer s'ils sont suffisants pour que vous soyez déféré et comparaissiez en cour d'assises, à l'Old Bailey. Je réitère donc à présent ma question : que plaidez-vous ? Coupable ou non coupable ?

Hartsell observa un mutisme des plus hostiles.

— Monsieur Marsden, veuillez noter que le prisonnier refuse de répondre, mais nous poursuivrons comme si nous avions entendu qu'il plaidait non coupable. Vous pouvez disposer, capitaine Hartsell, et aspirant Albert Boone, veuillez approcher.

Boone n'opposa aucune résistance. Il s'élança vivement vers le bureau.

— Non coupable ! s'écria-t-il avant même qu'on lui posât la question. J' n'ai fait que ce qu'il m'a dit, monsieur, et c'est mon capitaine, alors j' devais le faire, monsieur.

— Modérez votre impétuosité, monsieur Boone. Souffrez que je vous informe des charges pour lesquelles on vous a arrêté, et vous les explique.

— Oui, monsieur.

— Vous êtes accusé d'avoir prêté assistance au capitaine Hartsell pour l'assassinat de Tobias Trindle, d'être son complice dans celui-ci. Sachez qu'en étant ainsi associé à un crime capital, on se rend également coupable d'un crime capital... c'est-à-dire passible de la peine de mort. Fort de ce que vous venez d'entendre, que plaidez-vous, à présent ? Coupable ou non coupable ?

— Non coupable, monsieur, non coupable... puisque, comme j' vous le disais, j' n'ai fait que ce qu'il m'a dit.

— Regagnez votre place. Monsieur Marsden, veuillez maintenant appeler le premier témoin.

Le greffier appela Isaac Tenker — que j'avais connu sous le nom de « vieil Isaac » — et le marin buriné s'approcha de sir John non sans quelque appréhension. Le récit qu'il livra confirma les soupçons de Tom Durham. Tant soit peu honteux, il admit en présence du magistrat qu'après m'avoir confié en général où nous devions chercher, pour trouver Tobias Trindle, et avec qui le trouver, il avait ensuite reçu à la prison de Fleet la visite de l'aspirant Boone, auquel il avait livré les mêmes renseignements.

— Exactement les mêmes ?

— Pas exactement, non... J' lui ai dit qu' le vieux Tobias avait parlé d'une femme noire qu'il cherch'rait du côté du fleuve, dans un endroit appelé l' *Green Man*. J'aurais dit la même chose à vot' garçon, pardi, sauf que c' détail-là m'est rev'nu après lui avoir parlé.

— Quel dommage ! commenta sir John. M. Trindle serait vivant, aujourd'hui, si votre mémoire ne vous avait pas fait défaut. Mais dites-moi, monsieur Tenker, pourquoi vous êtes-vous confié à l'aspirant Boone ? Vous était-il particulièrement sympathique ?

— Euh... non, monsieur. C'est juste que, vous voyez... il était diligenté par le capitaine, et il parlait en son nom... et ma foi, un homme peut point aller cont' son capitaine, pas vrai ?

— Je ne vois nul besoin de répondre à votre question, répliqua le magistrat, et je vais donc vous demander de regagner votre place. Monsieur Marsden, appelez le suivant.

Ce que fit ce dernier, à haute et intelligible voix :

— Seth Tarkin, veuillez vous présenter.

Le nom ne m'était pas familier. Pourtant je ne fus guère surpris de voir l'aubergiste du *Green Man* se lever et occuper la place laissée vacante par le vieil Isaac, devant le bureau. Son rôle dans l'affaire, je le connaissais déjà, car le sergent Perkins l'avait interrogé sous la menace en ma présence. Notre homme avoua volontiers à sir John ce qu'il avait fait : moyennant la somme d'une guinée, « vingt et une pièces d'argent et même pas une trentaine[1] », il avait confié à « c't'homme-là » (Hartsell) non seulement où trouver la pension de Black Emma, mais aussi l'endroit exact où elle logeait, « dernier étage, dernière chambre à main gauche ».

Sir John ne discuta point avec lui de la bienséance de son acte. Il demanda simplement si le capitaine était seul, lorsqu'il s'était présenté au *Green Man*, pour glaner ce renseignement auprès de lui.

— Non, monsieur, il était pas seul. Y avait c' garçon avec lui.

Et à ces mots, le tavernier se retourna et pointa directement l'index sur l'aspirant Boone.

— Ce sera tout. Monsieur Marsden, veuillez appeler le prochain témoin, je vous prie.

— Sergent Oliver Perkins.

Le sergent Perkins se présenta et expliqua qu'il s'était rendu avec moi dans un grand nombre d'auberges et de maisons de gin du secteur, et que, sur l'indication d'un autre aubergiste, il était retourné au *Green Man*.

— J'ai persuadé M. Tarkin de me dire ce qu'il avait confié au visiteur s'étant présenté plus tôt. Il m'a également dit que ce quelqu'un *était* venu lui rendre visite quelques minutes auparavant, à peine. Le jeune Proctor et moi-même, nous nous sommes précipités à l'adresse

1. La guinée équivalait en effet à vingt et un shillings. (*N.d.T.*)

indiquée. J'ai dit à M. Proctor de se poster à l'arrière de la bâtisse, pendant que j'y pénétrerais par la porte côté rue.

— Puis-je vous demander, monsieur Perkins, s'enquit sir John, qu'était censé faire M. Proctor pour arrêter le... visiteur, au cas où ce dernier s'échapperait par la cour... ce qu'il fit, si je ne m'abuse.

— Rien du tout, monsieur. Je lui ai simplement dit de m'appeler, si l'autre se présentait. Je lui ai dit de demeurer caché. La nuit était fort sombre, monsieur.

— Je vois. Poursuivez.

— Eh bien, monsieur, quand je me suis trouvé à mi-chemin dans l'escalier, en train de courir, j'ai entendu un bruit qui ressemblait à un coup de feu, j'en étais sûr. Je me suis empressé de monter, pistolet en main, puis j'ai aperçu une silhouette qui sortait précipitamment par la porte vers laquelle je me dirigeais, et qui voulait fuir par-derrière. Il a dû être surpris à ce moment-là, parce qu'il n'y a plus d'escalier à l'arrière de la bâtisse... ils étaient trop vermoulus. Avec moi à ses trousses, il n'avait pas d'autre choix que de sauter. Quand je suis apparu, il a tiré sur moi et j'ai riposté sous les étincelles de poudre.

— Ce qui explique les trois coups de feu entendus par les résidents de cette pension.

— Oui, monsieur. Ma foi, il s'est enfui en courant. J'ai sauté à mon tour et me suis mis à le poursuivre, non sans avoir dit au jeune Proctor de se rendre dans la chambre de cette femme, pour voir ce qui s'y était passé et pour la fermer à clé.

— Les locataires de la maison ont affirmé que le garçon qui est arrivé sur le palier, en leur ordonnant de retourner dans leurs chambres, tenait un pistolet en main.

— Ah oui, monsieur... avant de l'envoyer dans la demeure, je lui ai tendu l'arme avec laquelle j'avais tiré... et qui était vide, bien sûr.

— Bien sûr. Il serait malséant de confier une arme à

feu chargée à un garçon aussi jeune. Poursuivez, monsieur Perkins.

— Ma foi, sir John, je l'ai pris en chasse, bien que je n'aie plus entendu de bruit de pas. Il avait le choix entre deux chemins pour s'enfuir et j'ai dû prendre le mauvais, car j'ai perdu sa trace.

— Je vois. Sinon, où vous aurait conduit l'autre itinéraire ?

— Vers le fleuve et la Tour.

— Parfait, monsieur Perkins. Je crois que je vais demander à M. Proctor de narrer la suite, à présent.

Juste au moment où j'allais me lever, M. Bilbo saisit mon bras et me glissa à l'oreille :

— Je crois que nous sommes tirés d'affaire, mon garçon. Tous mes remerciements à M. Perkins.

Je lui rendis son clin d'œil, tandis que M. Marsden appelait mon nom.

— À présent, dites-moi, monsieur Proctor, s'enquit sir John d'un ton des plus graves, après vous être déchaîné comme un beau diable dans cette pension, en menaçant ses habitants avec un pistolet vide, qu'avez-vous découvert lorsque vous êtes enfin entré dans la pièce au bout du vestibule ?

Je lui narrai donc ce que je vous ai déjà relaté, cher lecteur, aussi n'y a-t-il pas lieu de le réitérer ici. Mon témoignage fut bref, et sir John ne me pria pas de m'étendre sur quelque détail que ce fût. Je décrivis l'état du cadavre dc Tobias Trindle, ainsi que celui de la pièce. Il conclut la partie du récit me concernant à l'apparition de Black Emma.

— Veuillez l'appeler, monsieur Marsden, demanda le magistrat.

— Emma Black, si vous voulez bien vous avancer.

Elle se leva mais rechigna à se déplacer.

— C' n'est point mon nom, répliqua-t-elle avec fermeté.

Le greffier consulta la feuille qu'il tenait en main puis considéra derechef la femme.

— Ce n'est pas votre nom ? répéta-t-il. Alors, quel est-il ?

— Black Emma, rectifia-t-elle. C'est l' seul que j'aie jamais porté.

Il fronça les sourcils, se pencha vers le magistrat et se lança dans un tête-à-tête à mi-voix avec lui. Puis, hochant la tête, il revint à elle.

— Pourriez-vous choisir un nom maintenant ? s'enquit le greffier.

— Comme Smith, Jones ou Tatersby, vous voulez dire ?

— C'est exact.

— Ma foi, j' sais pas trop.

Elle y réfléchit un instant.

— Redites voir mon nom comme vous l'avez dit tantôt ?

— Emma Black !

Bien qu'il ne l'eût point crié, M. Marsden le prononça avec une certaine emphase.

— Ça n' me déplaît pas trop, ma foi. Gardons-le.

— Alors, veuillez vous avancer, je vous prie.

Ce qu'elle fit, et si Hartsell avait caressé jusque-là quelque espoir de voir les chefs d'inculpation à son encontre s'envoler en fumée (car ni M. Perkins ni moi-même n'avions prétendu avoir aperçu le visage de l'homme qui s'était enfui), c'étaient bel et bien ses espérances que le récit de Black Emma réduisait à néant. Perchée sur son vase de nuit, elle avait vu un homme pénétrer dans la pièce, pistolet en main. Il s'était avancé vers le lit où reposait Tobias Trindle et, plaçant le canon de l'arme contre le front du dormeur, avait appuyé sur la détente. Elle avait entendu la vive détonation du coup de feu. Le corps de Trindle se convulsa soudain devant elle, puis retomba les bras en croix sur la couche. Ensuite son assassin pivota vers l'endroit où elle se dissimulait, et sortit un second pistolet. Mais ayant entendu quelqu'un s'approcher, il s'était retourné pour s'enfuir par la porte.

— Comment l'individu était-il vêtu ? s'enquit sir John.

— Pas facile à dire, monsieur, répondit la femme. Il portait une cape noire qui le r'couvrait entièr'ment, des épaules aux bottes. Mais quand il a sorti le deuxième pistolet, j'ai aperçu qué'qu' chose qui brillait, qui pourrait ben êt' un bouton d' cuivre.

— Je vois. Alors, il y avait de la lumière dans la pièce ?

— Une chandelle brûlait, d' mon côté du lit.

— Pouviez-vous, à la lueur de cette seule bougie, distinguer nettement ses traits ?

— Pour sûr, monsieur, car lorsqu'il s'est penché sur Toby pour accomplir son acte cruel, la lumière d' la chandelle m'a clairement montré sa figure.

— Vous l'avez donc suffisamment vu pour l'identifier à présent ?

— Oh oui, monsieur, tout à fait.

— Cet homme se trouve-t-il en ce moment dans la pièce ?

— Oui, monsieur. C'est celui qu'est assis là-bas.

Et se retournant, Emma Black désigna sans hésiter le capitaine James Hartsell.

— Merci, miss Black, ce sera tout.

— Merci *à vous*, monsieur.

À ces mots, elle exécuta une révérence à sa façon et retourna s'asseoir.

— Prisonniers, veuillez revenir, clama M. Marsden.

Et ces derniers revinrent, Boone de son plein gré et Hartsell plutôt de mauvaise grâce, encore qu'il ne fallût point l'y contraindre; M. Bailey et M. Perkins les escortaient. La mine et la conduite de sir John trahissaient une grande gravité, en les attendant puis en s'adressant de nouveau aux détenus.

— Capitaine Hartsell et aspirant Boone, commença-t-il, comme vous venez de l'entendre, il y a suffisamment de témoignages pour vous traduire en justice aux assises. Avez-vous à présent quelque chose à ajouter ? Monsieur Boone ?

— Simplement c' que j'ai d'jà dit. Je n'ai fait que c' qu'il m'a dit.

Hartsell se tourna et considéra Boone avec un profond mépris. Mais Boone n'en fut pas pour autant impressionné, car il le défia du regard à son tour.

Sir John, à qui cet échange non verbal échappait tout naturellement, se contenta de pencher la tête en direction du capitaine et lui demanda s'il avait à présent la moindre déclaration à formuler.

— Je n'ai rien à dire, répliqua le capitaine, pour la simple raison que je ne reconnais point votre autorité ou celle de cette cour sur ma personne.

— Nous en avons déjà discuté. À l'évidence, vous n'êtes pas avare de répétitions. Pour ma part, j'en use avec parcimonie. Le gouverneur et les gardiens de la prison de Newgate ont désormais toute autorité sur vous, jusqu'à la date de votre procès... et sans doute pour la courte période qui s'ensuivra. Vous aurez tout loisir de défendre votre point de vue avec eux, si cela vous chante. N'espérez point qu'ils y seront favorables.

« Aspirant Boone, puisque vous vous présentez, semble-t-il, comme la victime du capitaine et désirez apparemment mettre un terme à votre association avec lui, je m'en vais vous aider à faire un pas dans ce sens, en vous écrouant à la prison de Fleet plutôt qu'à Newgate. Il s'agit principalement d'une maison d'arrêt pour débiteurs, et un garçon de votre âge risque d'y être mieux traité que les criminels invétérés qui constituent la majorité de la population de Newgate.

— Oh, merci, monsieur, merci... pleurnicha Boone.

— Je vous en prie, répondit sir John avec une expression bienveillante, quelque peu teintée d'ironie. À présent, monsieur Bailey et monsieur Perkins, vous allez conduire sur l'heure le capitaine Hartsell à Newgate. M. Cowley et M. Proctor accompagneront l'aspirant Boone à la prison de Fleet, de même qu'ils y ramèneront Isaac Tenker... mais un peu plus tard, car je dois m'entretenir avec l'aspirant. Quant au reste de l'auditoire, vous pouvez disposer avec mes remerciements. M. Marsden vous remettra à chacun un shilling, afin que vous puissiez rentrer à votre domicile en voiture de louage. N'oubliez pas néanmoins que vous serez mandés pour porter témoignage, lorsque sera fixée la date du procès à l'Old Bailey.

Avant qu'il n'en eût terminé avec l'aspirant Albert Boone, sir John Fielding avait non seulement obtenu de lui un accord pour témoigner contre son capitaine, qu'il offrit volontiers en échange de la promesse du magistrat de recommander pour lui la transportation plutôt que la pendaison, mais sir John s'était également assuré sa signature sur deux copies d'un document rédigé par M. Marsden dans lequel Boone reconnaissait franchement avoir porté un faux témoignage dans le procès en cour martiale du lieutenant William Landon.

Le trajet jusqu'à la prison de Fleet, dans le coche à quatre chevaux de M. Bilbo, se déroula sans incident, hormis les fréquents bâillements du sergent Cowley, lesquels me firent craindre qu'il ne s'endorme et que les prisonniers n'en profitent pour prendre la poudre d'escampette ; comme il était armé et moi non, je n'aurais guère pu les en empêcher. Mais M. Cowley, en dépit du fait qu'il avait passé la nuit à patrouiller dans les rues de Westminster, se débrouilla pour rester éveillé tout au long du parcours. Et en vérité, ni le vieil Isaac ni Boone nc manifestèrent la moindre inclination à faire preuve d'une telle hardiesse. Le marin marmonnait d'un air maussade qu'il serait désormais retenu comme témoin essentiel, après que ses camarades auraient bénéficié d'une levée d'écrou, tandis que l'aspirant ne pipa mot, tant il était plongé dans la vision lugubre de son avenir.

À l'entrée de la maison d'arrêt de Fleet, le transfert des prisonniers aux geôliers s'effectua sans encombre. Comme on me l'avait demandé, je leur rapportai que sir John avait spécifié que Boone fût incarcéré à l'écart des autres détenus du bâtiment de Sa Majesté l'*Aventure*, et l'on m'assura que ses vœux seraient respectés. Ensuite, il ne restait plus à M. Cowley et à moi qu'à nous en retourner avec panache au 4, Bow Street. Une fois arrivés, je dus le secouer pour l'arracher à un profond sommeil, car il avait succombé à la fatigue, en remontant dans la voiture et en prenant place sur ses confortables coussins. Mais il finit par s'éveiller et descendit tant bien que mal du coche. Nous remerciâmes alors le cocher et le valet de pied, puis le sergent Cowley me quitta pour rejoindre son proche domicile en flageolant sur ses jambes.

Je pénétrai au numéro 4 pour découvrir l'endroit sens dessus dessous. Des papiers éparpillés jonchaient le sol, où j'aperçus également les clés du sergent Fuller. J'entendis un tohu-bohu, où s'interpellaient des voix qui ne m'étaient point familières. Si j'avais eu une once de bon sens, j'aurais fait volte-face et m'en serais retourné par la porte que je venais de franchir. Mû cependant par je ne sais quelle curiosité, je poursuivis mon chemin avec précaution.

Juste au moment où je m'approchais de la chambre de sûreté déserte, prêt à me raviser, un fusilier marin surgit de l'endroit d'où je m'y serais le moins attendu et pointa sur moi son mousquet, lequel portait une baïonnette à son extrémité.

— Mon caporal, hurla-t-il, j'en ai trouvé un ici !

Et c'était vrai. Je demeurai immobile, craignant davantage la baïonnette que l'arme à laquelle elle était fixée. Je doutais toutefois qu'il tirât sur moi, mais il risquait de trébucher et de me blesser par erreur. Le gaillard me paraissait maladroit.

Ledit caporal sortit de l'alcôve de M. Marsden, suivi par un autre fusilier marin qui, à l'instar de l'individu qui me tenait en respect, brandissait un mousquet avec une baïonnette. Ils piétinèrent un amoncellement de documents qu'ils avaient jetés par terre, en vidant le bureau du greffier et des boîtes d'archives. Le caporal me détailla des yeux et se détourna d'un air déçu.

— C'n'est qu'un gamin, déclara-t-il. Flanque-le avec l'aut' gars et dis-le au lieutenant.

Je fus ainsi escorté jusqu'à l'alcôve de M. Marsden, où je rejoignis M. Fuller, qui, la mine attristée, m'accueillit avec une voix qui ne l'était pas moins. Un garde était chargé de notre surveillance.

— Bonjour, Jeremy. Je n'ai rien pu faire. Ils sont entrés en trombe avec les baïonnettes aux mousquets, avant même que je ne puisse saisir un pistolet pour les menacer.

— Nul ne peut vous en blâmer, répondis-je. Ils m'ont surpris tout autant.

J'altérais quelque peu la vérité, mais pareils propos me semblaient séants en la circonstance.

— Je me sens fort honteux.

— Vous n'avez pas lieu de l'être. Mais combien sont-ils, au juste ?

— Cinq ou six... six, en comptant le caporal... et un lieutenant de vaisseau qui dirige les opérations. Ils pensaient trouver ici sir John en train de siéger au tribunal, mais je leur ai dit qu'il était allé assister à un procès en cour martiale. Ce qui a rendu le lieutenant fou furieux, ma parole ! Il n'a cessé de vociférer sur moi. « Où se trouve sir John, alors ? Et où est le capitaine Hartsell ? » Jeremy, qui est donc ce capitaine Hartsell ?

J'entendis et reconnus alors ledit lieutenant avant de le voir apparaître. Il vint vers nous en tonitruant de cette voix de sergent-major qui lui était propre et qu'on eût entendue à des lieues à la ronde. Le lieutenant Byner ne masquait certes point sa colère.

— Je crois que je connais ce garçon ! tonna-t-il. Amenez-le-moi !

Il me fit face ensuite, mains sur les hanches. Il frappa le sol de son pied, sans doute pour obtenir mon attention, laquelle lui était parfaitement acquise, bien entendu.

— Oui, c'est bien toi, n'est-ce pas ?

Voilà une question d'une absurde singularité, à

laquelle nul ne pouvait répondre, mais je fis de mon mieux :

— Oui, monsieur, c'est cela.

— J'ai plusieurs choses à *te* demander.

— Ma foi, je vais tâcher de vous satisfaire.

— En premier lieu, pourquoi n'y a-t-il aucun document dans le cabinet de sir John ? Aucun dossier... aucune note concernant les affaires en cours. Par Dieu, il doit forcément s'en trouver quelque part ! Dans la marine, nous prenons note de tout !

— Sir John n'en prend jamais, monsieur, pas plus qu'il ne tient le moindre registre.

— Aucun journal ?

— Non, monsieur.

— Aucun dossier ? J'ai trouvé tous les tiroirs de son bureau quasiment vides. Comment se déroulent donc ses enquêtes ?

— Il conserve tout dans sa tête, monsieur. Je crois que c'est à l'évidence la raison pour laquelle vous n'avez découvert aucun document.

— Oh ? Pourquoi donc ?

— Il ne peut lire.

— Il ne peut lire ? Et il est magistrat ?

— Non, monsieur, il ne peut lire parce qu'il est aveugle.

— Oh...

Le lieutenant porta la main à son menton et médita quelques instants sur ma réponse.

— C'est étrange... reprit-il, mais on l'oublie souvent.

— Ce sera tout, monsieur ? dis-je, en m'apprêtant à partir.

— En aucun cas ! Où se trouve le capitaine Hartsell ?

— Eh bien, je présume qu'il est à bord de son navire.

Bien sûr, il ne risquait pas de s'y trouver. Il n'y avait guère de chances pour qu'il y fût, eu égard à ce que sir John avait dit, et au fait que le capitaine avait quitté la demeure de M. Bilbo escorté par deux sergents de ville armés.

— On l'a aperçu qui s'en allait sous la contrainte dans un coche. Nous pensons que sir John Fielding se trouvait dans cette voiture, et qu'il l'a enlevé afin de le faire prisonnier, pour quelque offense insignifiante.

— Oh, eh bien, je puis peut-être vous aider à ce sujet, lieutenant Byner. Sir John s'en est allé avant que ne soit rendu le verdict.

— Je sais. Je l'ai vu partir avec toi... puis tu es revenu.

— Oui, monsieur, il m'a demandé de lui communiquer le jugement à son retour.

— Retour de *quel endroit*, maudit galopin !

— De la résidence du président de la Haute Cour de justice, monsieur. Il a dit que le président lui dépêchait sa voiture et qu'il l'attendrait là-bas, à l'entrée.

— Tu veux dire que c'est dans le coche du président de la Haute Cour qu'on a contraint le capitaine à monter ?

— C'est fort possible, monsieur... voire probable.

À nouveau, il caressa son menton.

— Hummm... ma foi... le président de la Haute Cour, dis-tu ? Tout cela ne me dit rien qui vaille. Peut-être ferais-je mieux de rentrer et...

— Le président de la Haute Cour réside à Bloomsbury Square, précisai-je, au numéro 7. Vous risquez d'y trouver sir John, en ce moment. Ou peut-être que vos fusiliers marins et vous souhaitez l'attendre ici ?

— Non... euh... non.

Il regarda alentour et trouva l'individu qu'il cherchait.

— *Caporal !* lança-t-il de sa voix de stentor. Rassemblez vos hommes et soyez parés à partir.

— Oui, mon lieutenant ! répondit le caporal en saluant promptement.

Ce dernier s'exécuta en beuglant moult commandes,

tandis qu'il rassemblait les cinq hommes sur une seule file.

— Ma foi... merci pour ces renseignements, me dit le lieutenant Byner. C'était fort intéressant... fort intéressant. Eh bien... je te laisse à tes occupations. Navré pour le désordre.

Puis il esquissa un vague signe de la main en guise d'adieu et lâcha :

— *Caporal!* Faites sortir vos hommes!

Encore des ordres... Les fusiliers marins marchèrent bientôt au pas vers la porte, mousquet sur l'épaule, baïonnette enlevée et remisée par-devers eux. Malgré tout, j'avais peine à croire qu'ils franchiraient l'huis avec l'arme portée aussi haut, mais ils y parvinrent tant bien que mal. M. Byner les suivit et referma la porte derrière lui.

Je me tournai ensuite vers M. Fuller. Il semblait pour le moins anéanti par cet épisode... non point ébranlé par la peur, mais plutôt affligé d'humiliation. Il soupira.

— Je n'ai pu quasiment rien faire, lorsqu'ils sont arrivés de la sorte dans le couloir... rien du tout, en fait.

— Rien du tout, monsieur Fuller, approuvai-je.

— Et lorsqu'ils sont montés à l'étage, je...

— Ils sont montés!

Je n'aurais pas cru qu'ils oseraient, et pourtant...

Tout en assurant M. Fuller que je reviendrais l'aider à ramasser le désordre par terre, je me précipitai vers l'escalier et courus jusqu'au premier. J'ouvris la porte à toute volée et fis irruption dans la cuisine, en manquant me faire assommer par Annie, laquelle brandissait un lourd poêlon en direction de mon crâne.

— *Jeremy!* hurla-t-elle. J'aurais pu t' blesser!

— Tu aurais pu me tuer!

— Mais j'ai cru que tu étais un des leurs qui revenait. J'en ai t'nu deux à distance, grâce à c't'objet, et ils m'ont crue sur parole, quand j' leur ai dit qu'y avait personne ici, à part moi.

— Je suis certain que tu as su leur tenir tête. Tu...

Je fus interrompu par une clabauderie soudaine au rez-de-chaussée. M. Marsden, d'ordinaire le plus calme des hommes, était tout à fait hors de lui, clamant à tue-tête son indignation. Je perçus le grognement de basse de sir John et l'intense ténor de la voix de M. Fuller, qui tous deux se joignaient aux récriminations du greffier.

— Viens donc, Annie, dis-je. Autant que tu voies par toi-même les dégâts qu'ils ont faits au-dessous et rapportes ta version des faits à sir John.

Nous n'avions pas sitôt atteint le rez-de-chaussée que le magistrat avait calmé tout le monde et écoutait le récit plaintif de M. Fuller. M. Marsden s'affairait ici et là, ramassant des documents au hasard et secouant tristement la tête. Sir John réconforta le sergent avec quelques paroles louant ses mérites, puis, avec un amusement non feint, écouta Annie lui narrer la bataille qu'elle avait livrée en cuisine, et la félicita. Lorsque vint mon tour, il parut me traiter néanmoins plus sévèrement, me rappelant d'emblée qu'il eût été prudent de m'en aller, dès lors que j'avais entendu ces voix étrangères. Je ne cherchai cependant aucune excuse à ma conduite et poursuivis, identifiant le chef du groupe comme étant le lieutenant Byner (ce qui suscita un grognement de la part de sir John), puis lui dis que j'avais confié à l'officier un tissu de mensonges, dans l'espoir de m'en débarrasser, ainsi que du groupe de fusiliers marins.

— Oh ? Un mensonge ? Quelle sorte de mensonge ?

— Je crains de lui avoir fait croire que la voiture, dans laquelle est parti le lieutenant Hartsell, appartenait au président de la Haute Cour de justice. Il semblait certain que vous y étiez aussi.

Le magistrat réfléchit un instant, puis me dit :

— Et comment le lieutenant a-t-il réagi à ces propos ?

— C'était sans doute plus grave que ce à quoi il s'attendait, semble-t-il.

— Il est parti sur-le-champ, sir John, intervint M. Fuller, lui et ses fusiliers marins. Le caporal les a rassemblés et ils s'en sont allés au pas. Ils ne voulaient point avoir affaire avec le président de la Haute Cour.

— Eh bien, Jeremy, parfois — mais parfois, seulement — un mensonge livré à bon escient peut s'avérer plus utile que la vérité. Le tien a fait naître un plan en mon esprit. Monsieur Fuller, ces papiers que vous avez déjà collectés au sol, je souhaite que vous les y jetiez derechef. Vous avez prétendu que vos clés se trouvaient également à terre ? Jetez-les-y, comme elles s'y trouvaient tout à l'heure. Monsieur Marsden, bien que cela risque de vous attrister, nous allons laisser tout ceci tel quel pendant un certain temps, car vous et moi allons rendre visite au président de la Haute Cour. Il doit absolument voir cela.

Lorsque, moins d'une heure plus tard, tous deux s'en revinrent, ils entraînaient dans leur sillage William Murray, comte de Mansfield, président de la Haute Cour de justice de Sa Majesté. Cet auguste personnage daignait rarement rendre visite au tribunal de Bow Street, et lorsqu'il venait, il était en général porteur de quelque complainte qui irritait sir John. La compassion était sans doute le dernier des sentiments qu'on pouvait espérer de sa personne, mais ce fut pourtant de la compassion qu'il exprima à profusion à l'endroit de M. Marsden ; et à sir John, il fit la promesse que la cour d'assises ne céderait en aucun cas devant la marine, au sujet du procès Hartsell.

— Vous affirmez détenir une kyrielle de témoins, dont celui-là même qui a assisté à l'acte, ainsi qu'un complice qui est prêt à déposer contre l'accusé ?

— Tout à fait, milord, répondit sir John.

— Eh bien, qu'il soit capitaine ou non, il sera jugé comme tout criminel de droit commun. Nous ne saurions tolérer une justice pour la marine et une autre pour le reste d'entre nous.

— Non, certainement pas.

— Mais pourquoi auraient-ils causé tant de dégâts ? Que cherchaient-ils donc ?

— M'est avis, répondit le magistrat, que c'est principalement l'œuvre de l'officier responsable de la troupe d'envahisseurs, sans doute en proie à quelque accès de dépit. Il espérait nous trouver, moi ou le capitaine Hartsell, ou les deux. Et comme il n'a déniché ni l'un ni l'autre, il a ordonné aux fusiliers marins de semer ce désordre.

— Abominable ! Intolérable !

— Mon jeune assistant m'a également informé du fait qu'ils étaient en quête de notes, de dossiers, tout ce qui pouvait se rapporter à des investigations récentes. Selon moi, ils cherchaient les noms de nos témoins à l'encontre du capitaine Hartsell.

— Vraiment ! Eh bien, ils ne les auront point. Au besoin, ces témoins bénéficieront de la protection de la cour.

Ce fut ainsi que débuta la plus formidable et la plus acharnée des batailles que Londres eût jamais connue. Le vice-amiral sir Robert Redmond réclamait le capitaine Hartsell. Le ministre de la Marine le voulait aussi. Toutes les hautes instances de la marine de Sa Majesté l'exigeaient, semblait-il. Et le président de la Haute Cour de justice s'opposait à tout ce petit monde. Chacun s'accordait à penser que William Murray, comte de Mansfield, présentait une caractéristique tout à fait exceptionnelle, laquelle n'était autre que son opiniâtreté. D'aucuns considéraient cela comme une faiblesse ou comme une vertu, selon qu'ils partageaient ou non le point de vue du président de la Haute Cour, à l'occasion d'une discussion. Mais il était homme à ne pas transiger sur ce qu'il jugeait être une question de principe, quel qu'en fût le coût et quelles que fussent les forces rassemblées contre lui.

Le ministre de la Marine vint lui rendre visite et le quitta en le traitant d'imbécile obstiné. Le Premier ministre le convia à venir s'entretenir du problème Hartsell ; le président de la Haute Cour lui répondit par écrit qu'il n'y avait pas lieu pour lui de se déplacer, car il n'y avait aucun point à discuter. On murmura alors que le roi lui-même s'était discrètement renseigné pour savoir de quoi il retournait, puis avait sagement décidé de laisser les deux parties en conflit régler leurs propres affaires. À mesure que rumeurs et potins vinrent garnir les colonnes de deux gazettes de l'époque, l'affaire eut tôt fait de se répandre parmi le public, de même qu'elle alimenta toutes les conversations ; l'opinion publique se rangeait loyalement du côté du président de la Haute Cour. Je doute, toutefois, qu'il en eût connaissance, et même le sachant, je crois qu'il s'en fût soucié comme de son premier penny. Ce qui lui importait, c'était d'avoir arrêté la date du procès à l'Old Bailey au 30 juillet, juste cinq jours après que sir John lui eut remis le résumé de l'instruction ayant eu lieu à cette audience extraordinaire du tribunal de Bow Street ; et de présider, en qualité de haut magistrat, ledit procès. Voilà *tout* ce qui lui importait.

Si l'on pouvait croire qu'au milieu de tout ce scandale, la cause du lieutenant Landon était perdue et tombée dans l'oubli, il n'en était rien ; sir John ne l'avait point oublié, pas plus qu'il n'estimait sa cause perdue. Je puis en témoigner, car le lendemain du jour d'exaltation où le lieutenant avait été déclaré coupable, on me manda pour aller quérir une lettre dictée par le magistrat, laquelle devait être remise ensuite au vice-amiral sir Robert Redmond. Comme sir John n'y avait point précisé le sujet qu'il souhaitait aborder, le destinataire dut supposer qu'il s'agissait de ce qui le concernait au plus haut point : l'affaire Hartsell. Ce qu'il tint pour une opportunité de conciliation lui procura une telle allégresse, qu'il décida sur-le-champ de se rendre à Bow Street. Il demanda à ce qu'on préparât sa voiture et, dans un geste témoignant de son euphorie, m'invita à faire le trajet en sa compagnie. (Il est utile de mentionner au passage, cher lecteur, qu'il transmit son ordre à un lieutenant plus jeune qui ne m'était point familier; M. Byner brillait étrangement par son absence, ce jour-là.) Mais comme l'amiral me questionna sans succès sur l'état d'esprit de sir John, en attendant le coche, on me relégua sur le siège du cocher, auprès de son valet de pied assassin. Quoi qu'il en fût, j'étais heureux de faire ce long chemin depuis Tower Hill en attelage... et non moins ravi de voyager en silence.

L'arrivée de sir Robert ne manqua pas d'attirer l'attention de M. Fuller, qui pouvait s'attendre à un plus imposant détachement de marins dans le sillage de l'amiral, et celle de M. Marsden, qui interrompit son incessant travail de notation et de classement pour le dévisager avec acrimonie, lorsqu'il passa devant lui. Sir Robert les ignora, à l'instar de tous les amiraux, et me demanda simplement quelle était la porte de sir John. Je la lui indiquai et lui proposai d'annoncer sa présence, mais il déclina mon offre en me chassant d'un geste vague, puis franchit la porte au pas de charge, en la laissant ouverte derrière lui.

Je n'irais pas jusqu'à prétendre que j'avais l'intention d'écouter, aussi curieux que j'eusse pu être. Néanmoins, cher lecteur, comme j'avais coutume de m'asseoir sur le banc, devant la porte du cabinet de sir John, au cas où il eût besoin de moi pour quelque besogne ou commission, je n'avais aucune raison de rompre cette habitude. Prenant donc ma place habituelle à côté de l'huis ouvert, j'entendis donc par hasard chacune des paroles qui s'échangèrent entre eux.

— Jack, Jack! commença sir Robert avec grande effusion. J'étais si heureux de recevoir ton invitation que je me suis aussitôt précipité ici. J'étais du reste sur le point de t'écrire, pour te demander si je pouvais venir ici, chapeau bas, te présenter mes excuses.

— Je te concède qu'elles me reviennent de droit, répondit le magistrat.

— Une effroyable erreur a été commise hier. Le lieutenant Byner a largement outrepassé la tâche qui lui était assignée. J'ai cru comprendre qu'il avait laissé cet endroit dans un épouvantable état. Permets-moi de te présenter à ce sujet mes excuses les plus sincères et les plus profondes. C'était faire injure à ta personne et tu m'en vois grandement navré.

— J'accepte tes excuses.

— On l'a relevé de ses fonctions. Il sera puni d'une manière ou d'une autre, sans doute qu'on l'enverra en mer. Le croirais-tu ? Ce gaillard n'a point servi à bord d'un bâtiment depuis qu'il a été aspirant.

— Oui, je veux bien le croire. Mais, Bobbie, il n'en demeure pas moins qu'on l'a dépêché au tribunal de Bow Street avec une escouade de fusiliers marins, et je ne peux que supposer que leur but était de libérer un prisonnier — en l'occurrence, le capitaine Hartsell —, au besoin par la force. N'était-ce pas la raison pour laquelle on les a envoyés ici ?

— Eh bien... oui, Jack, c'est exact.

— Ceci, tu peux me croire, a constitué une insulte sans précédent envers mon tribunal et tout le corps judiciaire sur lequel repose cette nation.

— Mais tu dois comprendre notre position. Le capitaine Hartsell est un officier de la marine royale, et il doit en conséquence être jugé par une cour martiale navale. Nous nous chargerons de lui, sois-en sûr. Tu verras combien la justice navale peut agir avec promptitude et sévérité.

— Je l'ai vue à l'œuvre, Bobbie, et elle ne m'a guère impressionné.

— Ah, Jack, cette regrettable affaire... laissons-la derrière nous. Crois-moi, j'ai fait tout mon possible pour sauver ce garçon.

Ceci, cher lecteur, prononcé d'une voix des plus plaintives.

— Je l'ai fait, réellement.

— Je te l'accorde, admit sir John. Je crois que dans

les limites que tu t'étais fixées, tu as fait tout ce qui était en ton pouvoir. Tu as interrogé Hartsell avec rigueur et comme il convenait, j'ai trouvé, sur son accusation tardive. Tu as cherché à révéler combien le récit de l'aspirant était grotesque. Je suis également certain qu'en délibérant avec les deux autres juges, tu as plaidé l'acquittement, avant de leur céder au moment du vote.

— Tout à fait ! Tout à fait !

— Et pourtant cela n'a pas suffi à le sauver.

— Non, reconnut sir Robert d'une voix lugubre, cela n'a pas suffi.

Il y eut un silence. J'entendis un tiroir s'ouvrir puis se refermer.

— Je crois, toutefois, que cela pourra l'aider.

— De quoi s'agit-il ?

— C'est un document attesté par mon greffier et moi-même, et signé de la main de l'aspirant Albert Boone, dans lequel il admet avoir livré un faux témoignage lors du procès en cour martiale du lieutenant William Landon, et avoir agi ainsi à l'instigation du capitaine... alors lieutenant... James Hartsell.

Silence. Sir Robert s'éclaircit la voix. Puis de nouveau, un silence.

— Je dois l'étudier de plus près.

— Tu peux effectivement le faire. Je dispose d'une copie, tout autant valable... correspondant mot pour mot à celle-ci, attestée et signée à l'identique. Je souhaite que tu l'emportes et l'utilises comme fondement, afin de proclamer non valide le procès en cour martiale et d'abandonner toutes les charges qui pèsent contre le lieutenant Landon.

— Jack, je ne suis pas sûr de pouvoir agir ainsi. Je ne suis pas certain d'en avoir le pouvoir.

— Et pourquoi pas ? Tu as servi en qualité de juge pendant le procès. Tu as vu clair dans le témoignage fallacieux du gamin. Cela apparaît manifestement dans le compte rendu du procès. Je pensais que tu accueillerais cette nouvelle avec joie.

— C'est le cas, c'est le cas, mais...

Il observa encore un silence prolongé. Puis, tout à coup, sir Robert s'exprima d'un ton circonspect, voire rusé :

— À présent, Jack, je pense deviner ton manège.

— Mon manège ? Que voudrais-tu dire ? Je ne me livre à aucun manège.

— Oh, sans doute, sans doute... mais il me semble que ce qu'on vient de me suggérer en toute quiétude s'apparente tant soit peu à une sorte de marché... Landon contre Hartsell. Eh bien, sache qu'un tel arrangement pourrait en effet se produire. Je vais devoir en référer à mes supérieurs, bien sûr, mais ta proposition ne dépasse certainement pas le domaine du possible.

Autre silence, mais cette fois-là, ce fut sir John qui tarda à répondre.

— Tu m'as totalement méjugé, déclara-t-il enfin. Laisse-moi t'assurer que si tu crains de ne pas avoir l'autorité d'invalider le procès de M. Landon, je suis *certain* pour ma part de ne pouvoir intercéder en faveur du capitaine Hartsell. Il a été déféré aux assises. La date du procès est fixée. Rien ne peut changer cet état de fait... ni ne le doit.

— Mais, Jack, si je pouvais m'entretenir avec le président de la Haute Cour, cela pourrait assurément...

— Ne rien y changer du tout. Ton capitaine sera jugé ici, à l'Old Bailey, et il n'existe aucune dérobade possible. Mais grand Dieu, Bobbie, je pensais que tu aurais hâte de t'emparer de ce document que je t'ai remis ! Grâce à celui-ci, tu peux sauver M. Landon. Il est ton neveu, après tout... dois-je te le rappeler ? Et tu le sais, tout comme moi, innocent des charges dont il a été reconnu coupable. Bref, tu l'as sous tes yeux : on l'a inculpé sur la foi d'un parjure et d'un assassin.

— Allons, Jack, tu t'avances un peu trop, je crois. Le capitaine n'a pas encore été reconnu coupable. Tout accusé est présumé innocent, tant qu'on n'a point prouvé sa culpabilité. Même moi, je connais au moins cette notion en matière juridique.

— Dans ce cas, tu ne fais qu'ergoter. Tu peux être certain, comme je le suis devant toi à présent, qu'il sera inculpé et pendu.

Alors, sans un mot d'adieu, sir Robert franchit la porte par laquelle il était entré quelques minutes plus tôt, à peine. Il marchait d'un pas moins allègre, toutefois, et beaucoup moins assuré, mais je remarquai qu'il tenait dans sa main la confession de parjure, signée de la main de l'aspirant Boone.

Le lendemain, au milieu de toute cette tourmente, Tom Durham reçut une lettre qui changea complètement sa vie. Quand on la lui remit en main, celle-ci l'intrigua, puis le laissa pantois (comme il me le confia ensuite), car elle portait le sceau royal. Il s'agissait en effet d'un message en provenance du souverain, puisque la signature de Sa Majesté y était apposée au bas. C'était une « promotion royale » faisant de lui un aspirant au sein de la marine.

À mon insu, puisque les requêtes appropriées avaient été dictées à M. Marsden, sir John avait suivi le conseil de sir Robert, lorsqu'ils avaient pour la première fois abordé le sujet. Il avait donc rédigé une demande officielle pour que Tom soit nommé par Sa Majesté, tout en adressant dans le même temps un billet plus personnel à la reine Charlotte, afin qu'elle intercédât en faveur de Tom; il lui faisait simplement observer la stricte vérité... à savoir qu'en dépit de son excellente éducation Tom demeurait sous tutelle judiciaire, et qu'il s'était distingué en servant Sa Majesté à bord de l'*Aventure*, s'élevant de mousse à matelot tandis que la frégate sillonnait les eaux indiennes, et que l'on avait loué sa bravoure au combat et sa ténacité à exécuter tous les ordres qu'on lui transmettait. La réussite de Tom Durham venait ainsi prouver tout le bien-fondé du programme auquel la souveraine avait si généreusement apporté son royal soutien; le fait que le roi reconnaisse la valeur de Tom en le nommant aspirant offrirait au jeune homme davantage de distinction et de dignité, et qui plus est, sir John prédisait au jeune Tom Durham une brillante carrière d'officier de marine.

L'affaire était donc conclue. Si le magistrat n'avait sans doute jamais cessé de la conserver à l'esprit, il s'était refusé à laisser entendre à lady Fielding et à Tom qu'une nomination de Sa Majesté pourrait intervenir, car, ainsi qu'il m'en informa plus tard, il s'avère toujours hasardeux de dépendre des faveurs royales en quelque domaine que ce soit. Il jugea plus opportun de ne point susciter chez eux de faux espoirs, qui risquaient d'être ensuite anéantis.

Bien entendu, la bonne nouvelle donna lieu à des réjouissances. On me diligenta à l'étal de M. Tolliver, afin d'y acheter son meilleur rôti de bœuf. Annie en fit un plat digne de ce nom, qu'elle servit à la salle à manger et compléta avec un pudding réalisé avec la graisse de la viande ; on l'invita à se joindre à nous, comme elle avait coutume de le faire à l'office, et elle revêtit sa plus jolie robe pour l'occasion.

Seuls deux sujets vinrent gâter cette festive soirée. Le premier n'était autre que le prompt départ de Tom. Une note accompagnait la missive royale, stipulant qu'il devait partir le lendemain et se présenter à Portsmouth pour prendre son service à bord du bâtiment de Sa Majesté le *Léviathan*, un navire de ligne de soixante-dix canons qui mettrait le cap dans une semaine pour servir en Méditerranée. Tom aurait à peine le temps de procéder aux ajustements de son uniforme d'aspirant et d'apprendre ses nouvelles fonctions.

L'humeur de sir John assombrit également quelque peu cette soirée. Au terme de la visite de l'amiral, je le savais des plus pessimistes eu égard aux chances du lieutenant Landon d'échapper à la pendaison à Execution Dock. Pourtant, me dis-je, les belles perspectives qui s'offraient à Tom, que le magistrat en personne avait rendues possibles, parviendraient au moins temporairement à l'égayer. Mais je réagissais sans apprécier pleinement la profonde tristesse que toute cette affaire avait suscitée en lui.

Il leva son verre et but avec nous tous, lorsque, à la fin du repas, lady Fielding proposa un toast en souhaitant longue vie et une grande carrière à son fils. Mais sir John demeura silencieux, ne proposant aucun toast de son cru, sombrant plutôt dans cet insondable silence contemplatif où je l'avais vu s'enliser dans ses moments les plus sombres. Je ne fus pas seul de la tablée, bien sûr, à le remarquer.

— Jack, déclara lady Fielding, ne te réjouis-tu point de la bonne fortune de Tom ? De nous tous ici réunis, tu devrais être le plus satisfait, car c'est toi qui as rendu cela possible.

Elle leva alors de nouveau son verre :

— Devant vous tous, je rends hommage à mon époux, qui peut faire des miracles ; un homme qui rend possible l'impossible et offre de l'espoir aux désespérés.

Si son toast trahissait les meilleures intentions du monde, ce n'était pas le genre d'éloge à rehausser l'humeur de celui qui craignait, à juste titre, qu'une grande injustice soit commise, celui-là même qui pensait avoir épuisé l'ultime chance d'arrêter la marche d'un innocent vers la potence. Mais il se leva et prit son verre.

— J'admets éprouver des sentiments partagés en cette occasion, dit-il. Car si je n'ignore point que Tom a grande hâte d'être mieux loti qu'il ne l'était auparavant, et qu'en outre son expérience des deux années passées et son intelligence feront de lui un excellent officier, je suis attristé de constater que ces derniers jours m'ont fait perdre la foi en une institution à laquelle il se prépare désormais à consacrer son existence. Bien que sachant qu'il n'en fera rien, je ne blâmerais point Tom ni ne le critiquerais si, fort de ce qu'il sait de celui qui est emprisonné à la Tour, en attente de sa pendaison, il déclinait l'honneur que Sa Majesté lui a accordé et quittait la marine royale aussi prestement que je pourrais l'accommoder. Mais, ainsi que je l'ai dit, il ne fera rien de tel, car je sais qu'il adore la mer comme je l'adorais à son âge... et plaise à Dieu qu'il ait l'opportunité de lui témoigner cet amour toute sa vie durant. Aussi, Tom, je lève mon verre en ton honneur et m'en vais t'énoncer seulement deux recommandations. La première, c'est qu'en la qualité d'aspirant tu te conformes à ce que tu sais être juste et séant, et ne te laisses pas influencer par ces voix alentour qui t'incitent à l'opportunisme et à la facilité. La seconde est la suivante : que tu ne divulgues jamais mon nom, ni nos liens de parenté, en présence de tes camarades de bord, de tes collègues officiers, ni à quiconque arbore un uniforme de la marine. Tom, je bois à ta santé, et puisse Dieu te bénir et te protéger.

À l'exception de Tom, nous nous levâmes tous et vidâmes notre verre. Puis nous nous rassîmes, hormis sir John, qui flanqua sa serviette sur la table.

— Si vous voulez bien m'excuser, à présent, dit-il, je crois que je vais me coucher tôt. J'espère pouvoir trouver le sommeil qui m'est nécessaire. Cela n'a guère été aisé, ces derniers soirs.

J'écartai ma chaise de la table et m'apprêtai à l'assister.

— Non, non, Jeremy, ne te lève pas. Je n'ai pas bu tant de vin, au point de ne pas retrouver le chemin de mon lit. Tom, je te ferai demain mes adieux comme il sied. Bonne nuit à tous.

Et il nous quitta ainsi. Nous ne restâmes guère longtemps à table ensuite. Annie et moi débarrassâmes les plats et nous chargeâmes de la vaisselle. Tom et sa mère s'emparèrent des bougies et passèrent au salon, où ils devisèrent longtemps. Je sais qu'il en fut ainsi, car alors que j'avais moi-même lu jusqu'à une heure avancée de la nuit, il n'était point apparu dans la mansarde que nous partagions.

Il avait été décidé que lady Fielding, et elle seule, accompagnerait Tom jusqu'à la diligence de Portsmouth ; nous nous rassemblâmes tous à l'office pour lui faire nos adieux. Il embrassa hardiment Annie sur la joue, suscitant chez elle quelque émoi et une grande confusion chez sa mère. De sir John, il reçut une étreinte virile, une chaleureuse poignée de main, et quelques paroles solennelles glissées dans son oreille. Celles-ci durent profondément l'affecter, car lorsqu'il s'approcha de moi, les larmes brillaient dans ses yeux. Il me prit la main droite et la serra vigoureusement.

— Jeremy, dit-il, mon frère, continue sur la voie que tu as choisie. Je sais qu'elle te sied à merveille. Nos bavardages nocturnes vont me manquer.

J'étais si ému qu'il m'appelât son frère que je pus à peine marmonner les quelques mots que j'avais préparés. Toutefois j'ignorai mes propres larmes, toussotai pour dégager ma gorge, et sortis ma main gauche de derrière mon dos, pour lui offrir le livre qu'elle tenait.

— Qu'est-ce que c'est ?

— Le *Voyage autour du monde* d'Anson, répondis-je. Tu n'as pas eu le temps de l'achever. J'ai pensé qu'on devait t'en offrir l'opportunité. Conserve-le, Tom, car c'est le présent que je t'offre.

— Je ne sais que dire. Je vais le conserver et le lire, et le relire, et le relire encore. Et chaque fois, je songerai à toi.

Ramassant ensuite la valise convenable que lady Fielding s'était empressée d'aller lui acheter la veille, il nous adressa à tous un signe de tête un peu gauche, puis franchit la porte et commença à descendre l'escalier. Sa mère lui emboîta le pas.

Au sujet du départ de Tom, je n'aurai qu'un seul détail à ajouter. Plus d'une heure après, comme j'étais rentré de mes commissions à Covent Garden, je me trouvais de nouveau à l'office. Annie était partie se promener, souhaitant, je pense, être seule avec son chagrin d'avoir vu Tom s'en aller. Tandis que je remisais les légumes dans la huche, j'entendis des pas qui gravissaient les marches et songeai que peut-être Annie s'en revenait. Ce fut cependant lady Fielding qui franchit la porte. Je la saluai puis retournai achever ce que j'avais entrepris.

— Jeremy, me dit-elle. J'ai quelque chose à te confier.

Sa voix se voilait d'un léger tremblement.

— Oui, madame, répondis-je en m'approchant d'elle.

— Je t'ai refusé quelque chose dont tu as besoin, je te l'ai refusé parce que moi-même, ne sachant point ma place réelle en cette maisonnée, j'ignorais également la tienne. Je ne savais pas quel comportement adopter avec toi. Jeremy, je t'ai refusé l'amour que tu me portais. Mais mon petit Tom t'a appelé son frère et cela ne peut que signifier que je...

Elle réprima un sanglot, puis ajouta :

— ... que je suis ta mère. Dorénavant, je ne refuserai rien venant de toi. Je t'offrirai tout l'amour que tu mérites et que tu souhaites. À compter de ce jour, je serai aussi ta maman.

À ces paroles, cher lecteur, elle m'ouvrit les bras en grand et je m'y précipitai. Comme vous devez vous en douter, nous versâmes tous deux moult larmes... comme celles que je verse à présent, en me rappelant cet instant.

Ni sir John Fielding ni moi n'assistâmes au procès du capitaine James Hartsell. Ce que je vous livre à présent, en substance, n'est donc que le fruit de ce que j'ai glané au hasard des articles parus dans les journaux de l'époque, ainsi qu'auprès d'une personne que j'ai rencontrée plus tard dans mon existence, et qui y était présente.

La marine royale octroya au capitaine Hartsell un avocat digne de ce nom en la personne de sir Richard Calper, éminent ténor du barreau à la carrière couronnée de succès. Il disposait de quelques cartes dans son jeu et il en joua une immédiatement. Sir Richard contesta la composition du jury, affirmant que, dans le cas présent, « un procès avec un jury de ses pairs » ne pouvait signifier qu'une chose : le capitaine Hartsell devait être jugé par douze autres officiers ayant le rang naval de capitaine ; il proposa de différer le procès jusqu'à la constitution d'un tel jury. Le président de la Haute Cour repoussa l'argument, objectant en premier lieu que ce serait peu commode, car il serait difficile de rassembler un tel jury... « voire diablement impossible, ce qui, je présume, sir Richard, servirait fort bien votre dessein ». Il ajouta aussi qu'il n'appréciait guère le raisonnement sur lequel se fondait pareille entreprise. « Sommes-nous censés juger par corporation ? Car vous pouvez bien penser ce que bon vous semble du grade de capitaine dans la marine royale, ce n'est qu'une profession parmi d'autres. Vous vous moqueriez sans doute d'être jugé par un jury de vos pairs, si cela signifiait être jugé par douze autres bâtonniers. » À ces mots, des éclats de rire envahirent la salle. « Non, je récuse votre argument. Le crime dont est accusé le capitaine Hartsell a été commis dans Londres, aussi doit-il être jugé par douze citoyens ordinaires de notre cité. Qu'il en soit ainsi. »

Le procès se déroula donc, apparemment sur le modèle de l'audience au tribunal de sir John, hormis l'adjonction de deux nouveaux témoins. Le premier n'était autre que M. Singh, le matelot lascar de l'*Aventure*, avec lequel j'avais conversé le jour de notre seconde visite à bord de la frégate. L'avocat objecta qu'en apparaissant devant la cour le témoin transgressait les ordres le sommant de demeurer à bord de l'*Aventure* ; il devenait, *de facto*, un déserteur, et on ne pouvait permettre à un homme dans cette condition de témoigner dans un palais de justice. Le président de la Haute Cour informa sir Richard que M. Singh s'était présenté sur invitation du tribunal, et que les désirs dudit tribunal supplantaient le règlement naval. Libre d'avoir alors voix au chapitre, M. Singh confia qu'il faisait partie de l'équipage de lascars ayant conduit en canot le capitaine Hartsell et l'aspirant Boone à Tower Wharf, pendant la nuit du crime ; qu'ils avaient attendu plus de deux heures leur retour, lequel s'effectua après minuit ; et qu'en regagnant le navire en chaloupe, les deux complices avaient ouvertement discuté du meurtre de Tobias Trindle... comment son corps avait eu un soubresaut, lorsque le coup était parti, et avec quelle habileté ils avaient ensuite échappé à leur poursuivant.

Lors du contre-interrogatoire, l'avocat tenta de suggérer que les deux malfaiteurs ne se seraient jamais exprimés aussi librement devant les autres.

— Pourquoi se seraient-ils livrés à de semblables inepties, monsieur Singh ?

— Parce qu'ils pensent que nous seulement garçons indiens et impossible comprendre anglais. Mais je comprends tout ce qu'ils disent. Oh, oui !

Vint alors Seth Tarkin à la barre, l'aubergiste du *Green Man*, qui décrivit son rôle de Judas dans la meurtrière entreprise de Hartsell. Il ajouta également que M. Boone se trouvait aux côtés du capitaine, lorsqu'il s'était renseigné sur le domicile de Black Emma.

Ensuite, bien sûr, Emma Black fut appelée à témoigner... laquelle demeurait un personnage capital dans l'affaire, car son témoignage était oculaire. Et à ce moment-là, sir Richard Calper joua son dernier atout.

— Milord, déclara-t-il, je récuse cette femme en qualité de témoin, car c'est une délinquante, présentement et activement engagée dans le non-respect de la loi. C'est une catin connue, milord. Elle fut ainsi désignée par le dernier témoin. La prostitution est un délit et, par conséquent, c'est une criminelle.

Le président de la Haute Cour fut tenu d'accorder à ces propos quelque considération, mais cela se solda par un conciliabule entre le juge et le témoin.

— Miss Black, êtes-vous actuellement et activement engagée dans la prostitution ? Vous devez vous rappeler que vous témoignez à présent sous serment.

— Nenni, monsieur, je ne le suis plus. J' suis pensionnaire du Foyer Marie-Madeleine pour prostituées repenties, où j'apprends l' métier de couturière.

— Vous affirmez donc que vous *étiez* une prostituée, mais ne l'êtes plus. Est-ce exact ?

— Oui, monsieur. Si vous saviez la vérité... la moitié des femmes de Londres vendent leur corps à un moment ou un autre, y compris les femmes mariées.

— Si je soupçonne et espère que votre estimation est un tant soit peu excessive, j'accepte le principe de vos propos et me réjouis du fait que vous n'exerciez plus à présent vos anciennes activités. Cette personne peut donc témoigner.

Et une fois qu'elle eut terminé, le capitaine James Hartsell devint un homme condamné. L'aspirant Albert Boone porta alors témoignage et ne fit que certifier l'issue du procès. Il relata sa visite rendue au vieil Isaac, ce que ce dernier lui avait appris, et comment le projet d'assassinat avait été conçu et mis en œuvre. Il raconta leur fuite et confirma qu'ils avaient discuté du crime, en s'en retournant à l'*Aventure*.

— Vous admettez alors que vous étiez le complice du capitaine Hartsell dans cette entreprise criminelle ?

— Oui, milord, mais je n'ai fait que suivre ses ordres.

— Vous a-t-on fait des promesses en échange de votre témoignage ?

— Aucune, monsieur, hormis sir John, l'aveugle, qui a dit qu'il ferait certaines recommandations.

— Il les a faites. La cour en tiendra compte, au moment de votre procès. Vous pouvez disposer.

Il est intéressant de noter que le mobile ne fut jamais évoqué, tant par l'accusation que par la défense. Le ministère public n'en avait nul besoin, tant se révélait conséquent le poids des témoignages à l'encontre du capitaine. Le défendeur ne s'y opposa pas, car la marine royale n'avait évidemment aucun souhait de faire connaître à la cour le mobile du prévenu avec force détails, lesquels seraient consignés dans les archives.

Le jury se retira, puis revint quelques minutes plus tard. Il rendit un verdict de culpabilité.

Le président de la Haute Cour condamna le capitaine James Hartsell à être pendu dans les deux jours.

Cet après-midi-là, sir John dicta sur le tard une missive à M. Marsden et me chargea de la porter. Je courus quasiment tout au long du chemin jusqu'à Tower Hill, et l'on m'informa à l'entrée que l'amiral se trouvait encore en son bureau, mais qu'il avait donné la consigne de n'être dérangé sous aucun prétexte. Je n'avais d'autre choix que de confier la lettre à l'officier marinier de service.

Que contenait-elle ? Je ne saurais le certifier. Je présume que le magistrat remarquait que cela ne faisait désormais aucun doute que le neveu de sir Robert avait été jugé sur les témoignages d'un parjure et d'un assassin, car le capitaine Hartsell venait d'être condamné. Je suis sûr qu'il lançait un ultime appel pour sauver la vie du lieutenant Landon. Mais comme je vous le disais, cher lecteur, j'ignore le contenu exact du billet, puisque c'était M. Marsden qui l'avait rédigé sous la dictée de sir John.

L'aspirant Albert Boone comparut le lendemain. Tous les témoins apparus au procès du capitaine Hartsell se représentèrent à celui de Boone, avec en outre le vieil Isaac Tenker. Boone aurait pu simplement plaider coupable et leur épargner toute cette peine, mais il insista pour plaider non coupable, sous l'unique prétexte qu'il n'avait fait qu'obéir aux ordres de son capitaine et avait été contraint de participer à un acte qu'il savait inacceptable et illicite. Ce qui ne l'empêcha pas d'être jugé coupable. Et le juge qui auditionna l'affaire, qui n'était pas le comte de Mansfield, prit en considération le témoignage de Boone contre son capitaine et suivit les recommandations de sir John Fielding. Il condamna l'inculpé à la transportation vers la colonie de Géorgie, où ce dernier purgerait dix ans de travaux forcés.

L'ironie du sort voulut que le lieutenant William Landon et le capitaine James Hartsell fussent pendus le même jour, soit le 1er août 1769. À en croire la rumeur, ce fut ce dernier qui, sans conteste, offrit le meilleur spectacle. Durant son trajet dans le tombereau qui le menait à Tyburn Hill, il montra les dents, jura et cracha sur la foule qui le conspuait. Poussé sur l'estrade de la potence, il flanquait de telles ruades à son bourreau qu'on dut également lui ligoter les pieds. Mais il fut pendu haut et court, suffoquant, la tête fléchie, la corde au cou, jusqu'à ce qu'il rendît son dernier souffle et que sa langue pendît mollement de sa bouche. Le lieutenant Landon, en revanche, rejoignit le gibet d'Execution Dock avec dignité. Il salua l'exécuteur des hautes œuvres et pardonna à tous ceux qui l'avaient méjugé. Il s'éteignit, dit-on, en parfait gentleman et en bon chrétien.

Si vous désirez être régulièrement tenu au courant de nos publications, merci de bien vouloir remplir ce questionnaire et nous le retourner :

Éditions 10/18
c/o 10 Mailing
35, rue du Sergent Bauchat
75012 Paris

NOM : ....

PRENOM : ....

ADRESSE : ....

....

CODE POSTAL : ....

VILLE : ....

PAYS : ....

AGE : ....

PROFESSION : ....

TITRE de l'ouvrage dans lequel est insérée cette page :

L'onde sépulcrale, n° 3110

....

IMPRIMÉ EN FRANCE PAR BRODARD ET TAUPIN
6247W - La Flèche (Sarthe)
N° d'édition : 3045
Dépôt légal : septembre 1999